《中国首个“文学之乡”典藏》

编　委　会

2017 中国首个“文学之乡”典藏

景绿叶

李 义 著

黄河出版传媒集团
宁夏人民出版社

图书在版编目(CIP)数据

景绿叶 / 李义著. — 银川:宁夏人民出版社,2017.10
(中国首个"文学之乡"典藏)
ISBN 978-7-227-06769-6

Ⅰ.①景… Ⅱ.①李… Ⅲ.①长篇小说—中国—当代
Ⅳ.①I247.5

中国版本图书馆 CIP 数据核字(2017)第 280309 号

中国首个"文学之乡"典藏
景绿叶　　李义 著

责任编辑 王 艳
责任校对 李彦斌
封面设计 马春辉
责任印制 肖 艳

黄河出版传媒集团
宁夏人民出版社 出版发行

出 版 人 王杨宝
地　　址 宁夏银川市北京东路 139 号出版大厦(750001)
网　　址 http://www.nxpph.com　http://www.yrpubm.com
网上书店 http://shop126547358.taobao.com　http://www.hh-book.com
电子信箱 nxrmcbs@126.com　renminshe@yrpubm.com
邮购电话 0951-5019391　5052104
经　　销 全国新华书店
印刷装订 宁夏精捷彩色印务有限公司
印刷委托书号 (宁)0007085

开本 720 mm × 980 mm　1/16
印张 19.25　字数 270 千字
版次 2017 年 10 月第 1 版
印次 2017 年 10 月第 1 次印刷
书号 ISBN 978-7-227-06769-6
定价 46.00 元

吉祥西吉　文学花开

中共固原市委常委、西吉县委书记　马志宏
西吉县人民政府县长　武维东

一脉文心传万代，千古不绝是真魂。文脉不仅是一个地方精神的折射和文明的体现，而且在本质上更是一种认知的基石与发展的动力。

西吉历史悠久，文化源远流长。在月亮山下、葫芦河畔的这片吉祥之地上，回汉各族群众创造了灿烂的文化。农耕文化、游牧文化、红色文化等相互碰撞、相互交流、相互融合，形成了独具特色的民俗文化、丹霞胜景、红色圣地等四大文化名片，呈现出思想艺术俱佳、风格独特多样、雄浑典雅并存的艺术景象，有力地促进了全县经济社会各项事业的和谐发展。

改革开放以来，在县委、政府的正确领导下，西吉发生了翻天覆地的变化，全县经济繁荣、民族团结、社会稳定、群众生产生活水平不断提升，文学艺术蒸蒸日上、枝繁叶茂，结出了丰硕的果实。郭文斌、火仲舫、了一容、火会亮、古原、单永珍、牛学智、赵炳鑫等一大批有朝气、有才华、有创意的西吉作家相继亮相全国文坛，以讴歌时代、讴歌人民、讴歌家乡、凝聚力量、鼓舞人心为己任，辛勤实践，努力耕耘，创作出一大批优秀文艺作品，深情讴歌西吉改革、开放、发展的历程，生动描写西吉各族人民的生活，充分展示生活中源远流长的美好情愫，尽心阐扬“团结包容，奋进创新”的西吉精神，极大地激发了广大干部群众热爱西吉、建设西吉的热情，令人欣慰，让人振奋。尤其是2011年10月10日，中国首个“文学之乡”

落户西吉，又一次向世人证明西吉文学的实绩和西吉作家的实力，文学成为西吉的“铁杆庄稼”。

党的十八大以来，西吉县委、政府认真贯彻“四个全面”战略布局和“五大发展理念”，全面落实《中共中央关于繁荣发展社会主义文艺的意见》和习近平总书记在全国文艺工作座谈会、中国文联十大、中国作协九大上的重要讲话精神，西吉文学艺术事业如雨后春笋，空前繁荣，强势崛起，涌现出了马金莲、刘汉斌、王西平、西野、刘岳、李兴民等一批新作家，他们以独具特色的文学创作再次步入宁夏、全国文坛，成为西吉文学的新亮点。更为可贵的是周彦虎、王雪怡、李义、李耀斌、李继林、樊文举、火霞、马强、袁志学、康鹏飞、单小花等一大批坚守故土的作家，在繁忙的工作和生活中，坚持笔耕不辍，作品屡屡跻身全国文学大刊，成为新时期西吉文学创作的骨干和生力军。尤其是近年来，县委、政府全面贯彻习总书记建设经济繁荣、民族团结、环境优美、人民富裕的新宁夏指示精神，认真落实自治区第十二次党代会精神，大力实施“文化振兴”工程，西吉作家捧回了鲁迅文学奖、“五个一工程”奖、茅盾文学新人奖、全国少数民族文学骏马奖、春天文学奖、民族文学奖、飞天文学奖等全国大奖，捧回了一大批全国书画、戏剧、摄影、民间文艺等艺术作品大奖，这不仅为西吉文学艺术事业赢得了荣誉，也为西吉文化大发展大繁荣做出了积极的贡献。同时，还进一步激发了全县人民立志打赢脱贫攻坚战，与全国一道全面建成小康社会的坚定信心和决心，为实现“两个一百年”的奋斗目标和中华民族伟大复兴的中国梦奠定了坚实的思想基础。

2016年5月，中国作协在西吉启动了“文学照亮生活”全民公益大讲堂，中共中央委员、中国作协主席铁凝做了题为《文学照亮生活，生活照亮文学》全民公益大讲堂第一讲。这不仅是对西吉各项事业发展的肯定，更是对西吉文学艺术的鼓励和鞭策。县委、政府审时度势，为秉承文化传统，服务基层作家，汇集优秀作品，树立学习典范，弘扬“爱国、为民、崇德、尚艺”的文艺界核心价值观，为建设开放西吉、富裕西吉、和谐西吉、美丽西吉增光添彩，深入推进“文化振兴”工程实施，决定启动《中国首个“文学之乡”典藏(2017年卷)》项目,为全县有一定影响的作家、诗人编辑出版代表性、经典性的作品选集,旨在展示中国首个“文学之乡”西吉文学创作成就,为西吉文学进一步繁荣发展注入强大活力。《中国首个“文学之乡”典藏(2017年卷)》项目由西吉县文联负责实施,他们始终坚持“二为”方向、“双百”方针和“三贴近”原则,充分发挥“培扶人才,编研作品”的职能,以流芳百世为目标,选取了思想艺术性上乘的佳作,高质量完成了这套“典藏”的资料搜集、编辑校对、设计印刷等各项工作。今后,我们要将此项工作形成长效机制,一以贯之,使该项目成为西吉,乃至宁夏文艺界的一个响亮品牌,成为外界了解西吉的一个重要窗口,成为西吉文艺事业大发展大繁荣的一个具体看点。

《中国首个“文学之乡”典藏(2017年卷)》从现有的西吉作家中选取了在小说、散文、诗歌创作中具有代表性的郭文斌、了一容、周彦虎、李义、李继林、马强、马越七位作家,他们的创作各具审美趣味,各有艺术追求,既有西吉文学传统的一面,又有超越地域影响而呈现出的大格局,一定程度上代表了西吉文学发展的普遍实力。

挖掘历史,留住记忆;复兴文化,普及新知。相信《中国首个“文学之乡”典藏(2017年卷)》的出版,定会对促进西吉文化体系建设,提升西吉文学发展起到积极的促进作用。也期望通过本套丛书的发行,能够引起社会各界对西吉的进一步关注,汇聚更大的社会力量来推动西吉发展。

是为序。

自序：一个疑惑

在写作困顿时，我喜欢读读哲学，尤其是那些被我打了波浪线的句子，比如：

“有两种东西，我对它们的思考越是深沉和持久，它们在我心灵中唤起的惊奇和敬畏就会日新月异，不断增长，这就是我头上的星空和心中的道德定律。”(康德)

“因为爱，这声名卓著的魅力，含藏着对每种幸福与善的渴望。”(柏拉图)

“在我的作品的核心总有一颗不灭的太阳。”(加缪)

……

我想，为什么这些句子给人以沉静，以及结实的力量？是因为它们指向了核心。当下，只有空气和阳光是免费的，阳光比起空气，也还比较安全。但无奈生活于斯，我还是爱着这生活，进而写作。而我的写作，我还是指向了热爱。当下，只有这个办法是有效的。

维特根斯坦说：“想象一个语言即是想象一种生活。”又说：“字词只有在生活的水流里，才具有意义。”

所以，我热爱这生活，并坚持写作。

我的这部长篇是写教育的。

我经常记起这几句话：

我有个疑虑：这么多人，怎么办呢，毕竟只招N个人？

几千年的老办法:考。

我有个疑虑:考不上的大多数怎么办呢?

没办法,交给社会。

我有个担忧:这些人中,有心理失衡者报复社会怎么办?

公安干什么的?抓他。

我还是担忧:他若毁灭自己呢?

那,没办法,听天由命,谁碰上谁倒霉。

我有个想法:不考行吗?让这些人都去干些什么,干自己想干的事不是很好吗?

我也想不考,但不考行吗?干的活有好有苦,谁都想干好的,而好的只需N个人。都怪人太多了。

我想:人多怎么不能是一种优势,产生大能量呢?肯定是我们还没找到好的办法。

那你慢慢想,慢慢找。我还忙,我忙都忙不过来,没时间想。

我想:找他们问问,看他们到底是怎么想的行吗?喂,问你话呢,你去哪儿?

我想:我真该去问问他们了,事情与他们有关,或许办法就在他们那里。

想起教育,我就想起这几句话。

这几句话是我早些年写的,那时我还没有离开讲台,是一名教师。

兹以之为序,向那时的疑惑致敬。

2014年5月于固原

目录

她叫景绿叶。

她是风景里的一片绿叶。

——题记

第一章　雷声坠在景绿叶的梦上

一、景绿叶

雷声坠在景绿叶的梦上，激起一朵墨色的水花。景绿叶惊醒，夜色黏稠，使得传来的雷声混沌，如瘪的皮球撞在幕布上。雨终于来了。景绿叶扔了睡眠坐起来，没有开灯，似乎听得更清晰深远。雨很急，带着脾气，大雨点噼噼啪啪，乱溅在屋瓦上。景绿叶抬头，喜悦地听着屋顶。这时，骤雨哗哗，漫天而来。天像个电筛子，万千的筛眼抖动中甩下万千的雨线，雨线密匝匝排成了雨阵。风疾，驱驰得雨阵旋转、倾斜，一排排雨箭射在景绿叶的门板上。景绿叶跳下床，掀起窗帘等着，一个闪电，果然廊檐挂上了雨帘，院子里溅满了白花花的水泡。

阵雨军队一样过去了，雨声硝烟般散入远空。留下了细雨，淅淅沥沥，起承转合，奏了一夜的曲子。景绿叶陪雨到天亮。她确实像一枚绿叶，青绿的叶子，被雨滋润了一宿。

清晨，地气氤氲，散向沟坳。景绿叶将视线拓展在整个山野上，大块小块的绿庄稼，喝了乳汁似的，嫩得透亮，衬以缭绕的水雾，都像长在仙界的灵性植物了。

景绿叶所在的润水中学，卧在山坡下的一面川台上，绿树层层，像渊博的知识掩映着。此刻，语文老师任青板书了一个特大的“雨”字，而后，给“雨”字里点缀了一串又一串密集下降的雨滴。他一直点一直“下雨”，“下”得全班学生疑惑，继而顿悟式地大笑起来，开了心地笑。任青才说：

同学们，趁着好雨带来的好心情，让我们用笔，留住这场好雨吧！现在，大家上作文课。以雨为话题，自拟题目，字数不限。现在开笔，半小时后交卷。哦，然后那个——当堂评比，班费奖励！

任老师掠一下头发，双手压压学生们涨起的笑，坐在讲桌后提起了笔。他感觉一群诗句携灵带气，向他涌来，得赶紧用笔捞住。

教室门开着，空气丰腴地流淌进来，湿润着每一个学子。

刚到一节课的三分之一处，一位精瘦的学生，将一张纸放到他的面前：

好雨知时节

铁文武

昨晚11点：雨 雨

昨晚11点20分：雨

昨晚11点40分：雨

今天凌晨1点—8点：雨

几个月后：

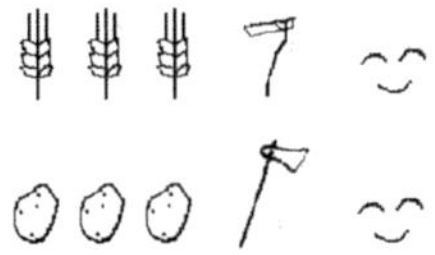

那时，作为老师的任青纸上只写了三行：

我张胸臆万千，捧住这万顷甘雨

万颗麦穗，万株土豆

已将万亩的丰收奉献在大地之上

景绿叶轻盈着身心，在教师灶上忙活。热锅里丢进一个炒字，一团鲜香哧啦而起，溢向门口；味道，都被醒在了菜蔬上。洋芋是洋芋，面是面，几撮调料，间以些许的绿菜及油泼辣子。简单、可口、舒胃。教师们佐以雨后的好心情和爽朗谈笑，吃得很热闹。景绿叶转脸，任青刚好迈进灶房门，像一种心有灵犀。任青的一张脸愉悦得能感染一切。景绿叶马上给他舀饭，连同半勺记忆：之前，她站在雨窗后，看见任老师在雨中俯着头、跨着步，到了教室檐下，摇头，抖头发上的水，用手指一下又一下梳理湿发。别的老师跑，他不跑，是有意被淋，让有缘的雨点，落到他那教师服上、青年脸上、诗人的头发上。

啊呀，任老师，你班里笑声滚滚，惹得我班的学生头往窗外拧。你给讲啥好东西，学生都乐翻了？

张老师，打扰你上课了。没办法啊，一场豪雨，浇出了我班的几个小诗人。其中一位，你们看，还是先锋派。

那首“图诗”被展示在诸位老师手里。

自然是又一番放大了两三倍的笑声、谈论声：

正常正常，你是诗人，出些小诗人正常。

哎哟，看这雨下得大的！哎哟，这三棵麦子丰收了，一把镰刀割，一张脸笑了；还有，这三颗土豆也丰收了，一把镢头挖，一张脸，又笑了。

不一样就是不一样，看你这课上得，人做梦都梦不到。

哎呀，这雨，下在地里长庄稼，下在教室里长诗歌。嗯，好，好。

发表时记着署上润水中学，让咱学校也出出名。

景绿叶融入热闹，护巾上揩干了手，接过任老师学生的“作品”，眼睛一亮，说：

画得还挺形象的！

她“读”了一遍，会心微笑了。只有她的笑没带声音，写在脸上妍如花瓣着露。几位女教师，十几年的苦读，都损伤了美丽中的鲜嫩成分。知识、自信与后天的饰补，使她们镜子里的面庞，无论怎样瞧总欠一层生气。在近视镜片的虚光下，总使人想起白瓷的精致来。景绿叶刚来时，她们说，啥叫漂亮，景绿叶就叫漂亮，清水出芙蓉一样。任青接口说：

应该这样说，啥叫美丽，景绿叶就叫美丽，两鬓鸭雏色，天然去雕饰。

美丽与漂亮，不一样。

女人们立即撇开各自的教师身份，逼上来问区别。他说：

不一样就是不一样。

女人们起哄：

还不说！啥时把人家黄花大姑娘看得这样细？还两鬓！还鸭雏色？

未婚者大喊：

停停停！你们听我说完！

她们不听，把“两鬓鸭雏色”五个字全作了炸弹，投向光棍。任青跳离餐桌，边退边喊：

乱说！你们乱说！

很快被递进景绿叶耳朵。五个字本清纯，被笑一污，景绿叶臊红了脸。再遇见任青，那五个字一搔，两颊就烧，面庞就要红，景绿叶狠劲制止。觑见任青也一脸不自然，似在同一时刻也被那五个字搔了。数次摩擦后，那五个字上黏附的笑，掉去了许多，见面渐趋正常。

任青返回厨房提他的保温瓶，说：

这叫一高兴给忘了。

景绿叶立刻站端正了：

任老师教的学生真厉害！

哈。任青笑，摇头。

任老师，我听学校里都说你是愉快教学法，这首诗算不算呢？

哈。啥愉快教学法。我是胡教，胡教。任青出门，扭头又说：

不过，愉快，哦，高兴高兴，总不是坏事吧？

任青的脚被门槛一挡，往前冲了两步，差点摔了保温瓶。

灶房旁一间小房是景绿叶的宿舍。一床一桌一椅，一辆轻便自行车。素简，整洁，一如主人的衣着、打扮，亦如主人的思想、情感。景绿叶收拾完灶房后，多时待在宿舍。中午，她一般不休息，对窗伏案，与书、笔打着交道。晚饭后，若没有临时任务，她便骑车半小时，走十几里山路，回家给老爸做伴。父亲景文山、母亲白梨花，是她景绿叶和妹妹景梅的启蒙老师。二老均为民办教师，在他们村从教终身。村中好多人家父子、母女两辈人，甚至三辈人都是他们的学生。“夫妻教师，奉献桑梓”这一匾牌，在他们的宿舍兼村小办公室挂了几十年，他们的各类奖状、奖证一箱子都装不完。任何人翻看这些东西，都觉得自己像富翁一样。国家清退民办教师时，父亲笑呵呵、母亲泪啼啼下了岗。父亲硬被大伙选为村主任，继续为大家操心。痛心的是，母亲不久病倒，晚期，这震碎了父亲的心，父亲谢辞村主任，去省城租了房子，住在省城给母亲看病，坚持了两年，直到最后。这些，都永远烙印在姐妹二人的心上，留在全村人的记忆里了……景绿叶立在窗前，刚刚放学，校园里沸腾的欢乐渐次退去。两排松树，早在雨水里洗亮了它们的绿衣服，连同它们的心情。景绿叶相信树木也是有心情的，只要你将目光在树木上静置一分钟，是会看见它们的心情的。女生宿舍前，学生或走或跑或蹲，玩耍的，看书的，吃馍馍的，想干啥就干啥，都尽着自己的心意，不时放飞阵阵欢笑。

——自己也享受过这样的年华。

自己也享受过这样的年华，是父母给予的。景绿叶这样想着，拢起了自己的一团心绪，坐在桌前，从抽屉里拿出一本教案来。这是父亲当年的教案，沧桑感很重的封面上，“学校”后的横线上是“润水乡旺水村小学”，笔画规整而硬挺，跟写它的人一模一样；“班级”后是“一、二、三年级复式班”；“姓名”后是“景文山”。景绿叶最欣赏父亲写的“文”字，每次看见，总要目光跟着“描红”一下，尤其是“文”字的一捺，父亲总是写得一波三折，起笔、行笔、出笔，棱角分明而洒脱。

母亲没有了，父亲躺倒了。那时，景绿叶正读高一，是班里的学习委员，她毅然辍学回家照顾父亲。学校、父亲反复劝读，景绿叶说：

完成学业的方式不只上学一条，而父亲，只有一个！

一句话封了所有人的口，从此，断了上学的路。景绿叶精心照顾父亲。吃、穿、喝，按摩、聊天。每晚给父亲洗脚。洗完便认真地捏、搓、揉，像雕刻家精心打磨两只脚形的艺术品。温热的舒服自涌泉而入，抵达全身，将仰于躺椅上的父亲催入半睡眠状态。

父亲闭眼是亲情，睁眼是女儿。

“女儿”二字，疗祛了父亲七成的孤寂。父亲终于恢复了过来。为了两个女儿，父亲将失妻之痛封在内心，将笑容捧给女儿，亮给看见他的每一个人。夜深人静或每逢佳节，他仍会静静地揭起伤疤，让自己的心疼一疼。白天，让红日浴脸浴身。双目微闭，只留有几毫米的缝，依然看见着整个世界的几分之一。梨花满眼，片片梨叶都像是老伴儿的眼睛，青青地看着他，为的就是叫他坚持着，好好活着，好好看着它们，和她们。不然这一树的绿梨叶，还有白梨花，都叫谁看呢？那会多么孤寂啊！

一掬饱含真诚和尊重的照顾递过来，景绿叶接受了：景绿叶去离家十几里远的中心小学做厨师。她全身心投入工作当中，并照顾父亲、妹妹，自学高二高三课程，人生的历练使她的青春多了份坚韧，使她的美丽摒弃了浮华，她像家乡旱土里的一棵小杏树，慢慢熬着，慢慢长着。景绿叶自修完高中课程的那年，妹妹也遂父母之愿考上了师范（师范四年之后的“并轨”，不包分配，暂放一边不说吧），这也是下了一场人生的透雨。村里人锣鼓喧天，披红戴花，以最高的祝福和最大的快乐，送景梅踏进了师范的大门。父亲终于硬朗了起来，回归了康乐与悠闲。他似乎听到了妻子的笑声，听到妻子藏在身后对他说：

好啊，你挺过来了。

转身，没人。似又藏在了身后，说：

你挺过来了，好啊！

眼一闭，就看见了妻子那永驻丽质的容颜。

“父亲的活法正确了。”“父亲又开始了正确的生活。”景绿叶将这两个句子写在纸上，推敲着，看哪一个句子更好，然后抄在她的笔记本上。她已经写完了三个笔记本，每本的扉页都大书着“夫妻教师的人生——献给我的父亲母亲”。她在写一本书，这是她的一个愿望，且是她当前最大的一个愿望。

感于她的自学精神，润水中学的老校长陈维民将她“调”到中学里。陈校长说：

我润水中学的人个个不弱啊。我敢说，我们的厨师，也是全县所有乡镇学校里最好的。

景绿叶赶紧低头，这个“最好”当然不只指厨技与文凭。进了中学，景绿叶日渐增强了信心，终于下决心把以前的愿望变成现实——为父母写本书。

这件事只有一个人知道，这个人就是此书的作者——景绿叶。

景绿叶一有空就坐在桌前，坐待一身的音、尘坠落脚下；储在宿舍一角的那团静谧，上升、放大，布满陋室，浸住身心时，她才打开记忆之门。执笔之前，景绿叶遥视十里之外的父亲，似乎看见他和串门来的李大叔，边喝罐罐茶边下棋；再遥视几百里远的妹妹，她坐在气派的师范图书馆里看书，对那些偷看她的男生视若无睹。景绿叶嘴角翘起了一个微笑，心定了下来，定在了“写”上。有时写累了或卡住了，景绿叶就一遍遍翻看父亲的教案本。这一册册教案本翻过来又是“剪贴本”，且被归类为“教育案例”“优秀教师”“教学故事”“优秀文章”等，标上“教学故事（第一册）”“教学故事（第二册）”“教学故事（第三册）”，等等。景文山老师在最穷的时候，都坚持订阅《参考消息》《教师之家》等。他订在陈维民的名下，赶集的人带来，或他赶集去时拿回。拿回自己订的报纸时，不忘“借”一些陈校长及中学的报刊。理由是：我订的报纸你先看了，你的这些报刊我借去看看，反正你都先看了，头味叫你先尝了，哈哈。

翻看这些剪贴，如同翻看当年教育的一块块标签，也引人想象剪贴者当时静夜读、剪、贴的劳作情景。想象一展开，全是一个山村教师的安贫乐道。有的“豆腐块”被红笔打了勾，旁边加了“△、☆、!、?”等；有的批上“如此教育学生，学生日后怎样看待老师”之类的话；有的被通篇评点，或词或句或段，俨然名人点评名著。老景老师视自己的二十几本剪贴本为财富，经常翻阅，并指点给妻女，一同佐餐。老景老师喜欢拿有趣的教学故事来做家庭谈资。潜移默化地，景绿叶便认定了教师是太阳底下最灿烂的职业，一度梦想着成为一名教师，且是好教师。景绿叶往往翻不了几页，就会勾起彼时彼景，彼时的“绿叶儿”“梅花儿”，被一对年轻教师甜美地呼唤起来了，景绿叶就觉得自己逆着时光，噌噌地小了回去，小到了十岁、七岁、五岁……景绿叶看见自己在蹒跚学步，看见母亲的一双手在前面招引着，父亲的一双大手在两腋下搀着自己；看见父母给自己和小朋友们上课，手把手教他们写拼音：大大嘴巴 a、a、a，圆圆嘴巴 o、o、o，扁扁嘴巴 e、e、e；看见自己给妹妹当老师，手里拿着教鞭……

笔，开始行走，将一缕缕记忆打捞于纸面，熠熠生辉。

早操时，宋老师赶来请景绿叶给他看班。广播声很大，响彻校园。宋老师喊着说是几班的第几节，就跨上自行车，脊背一弓一弓蹬走了。学校里教师少，谁一有事就来请“小景”或“景老师”看班。看班就是“看着叫学生上自习，不要打着吵了”，这是挂在经常有事的几位老师嘴上的话。学生也喜欢景绿叶来看班，可以随意问题，问各科的题，都能得到大姐姐般亲切详细的讲解，而且很少难住她。这就是师生们称她为“景老师”，而不是“景师”的主要原因，多一个“老”字多的是尊重。景绿叶对待老师的托付和学生的请教，用的是两个词：认真、耐心。一些学生，尤其是女生，作业不会，不问代课老师就爱问她。一位女生的母亲，提着鸡蛋找到她，张自己的大嗓门说：

我的女子说她经常向你问题，说景老师你知识呢，好得很；人呢，好得很；手艺呢，好得很。我今儿一看，就相信了！我今儿一看，你都身上带着呢！

夸得景绿叶几乎要害羞。不收鸡蛋。那位母亲立马暗了脸，真的生气了，说：

你看你，你看你怪吗不怪，我都煮熟了！

她说着，抓起鸡蛋一磕，两搓，剥了皮，硬往景绿叶嘴边送。景绿叶只好收下，放到教师灶的餐桌上，被老师们称赞着分享了。过后，景绿叶逮个机会，给那个女生一些钱，才觉得心里安然了些。不就是讲了些题嘛，景绿叶给自己暗里叮嘱着，要放清醒点。

刚看完班，小张堵在教室门口：

啊景老师，有点事有点事，我下节课生物，劳驾一下您。

景绿叶急了：

你早说啊，没时间备课了！

不备不备。副课。照本宣宣。课后题做了就行。

上县的班车在校门外鸣号。小张朝景绿叶连连拱手：

走了走了，辛苦辛苦。啊，那个，大恩不言谢啊！

小张跑向校门口，长系的黑皮包甩打着屁股。学生都笑了。景绿叶莞尔，看自己的手，空空如也，连教本都没给，咋宣？上哪个班？上到哪？啥内容？景绿叶快步走着，整理着大脑里的纷乱。景绿叶第一次上副课时，一想平生第一次要上讲台了，心跳得怎么也管不住，好像是别人的心，她偷来了藏在自己的胸腔内。她前一天就“背”课。边“背”边调整舌头，只一句“同学们好——，现在开始上课”，就觉得舌头折巴打结，不听使唤。完了又“背”动作、“背”姿势、“背”面部表情。手往哪儿放呢，眼往哪儿看呢，安排好了就一遍一遍地表演，心里感慨着演员的天赋，似乎演员出了娘胎就带满了一百个拂袖、掩面、吐词的表演细胞，而自己，才有不到三十个动作，怎么就做不好呢。终于“背”好了这节课。眼一闭，都在眼前一行行整齐地板书着。前半夜睡不着，后半夜整个身子困软下去，如同睡在水面上。似梦非梦，恍惚在黑暗的教室里上课。后来才知是“备课”而非“背课”。待一上讲台，下面齐排排竖行行的学生，竟然一齐拿眼睛看向了她，俨然审判。她浑身紧起来，暗自使劲制止自己，越制止越紧张，终而大脑里的记忆功能“死机”，怎么也打不开了，原先背好的特级教师的开场白一句都没出席。她匆匆说了声：

哦，上课，哦。

——声音在颤。下面全是乌着的眼睛，目光亮亮地拉直了全射向她。她的脸颊剧烈地烧起来，赶紧抓起课本转身板书。手压在黑板上，却不知道写啥，黑板帮忙般地冰着她手掌上的肉。袖口在颤！教室门开着，她几乎想奔出去！要命时刻，一声“报告”闪在了教室门口，她赶紧跨过去请这位迟到的学生进来。迟到的学生受宠若惊，边往座位走边瞪着一眼的疑惑看她。景绿叶偷看一眼，门外没有一个人，邻班的教师讲课声音很大，学生答声如雷。她偷吸了一口气，闭上门。她再没上讲台，站在第一排俩女生课桌前，念起课本来，是念，还不是宣，没敢随意增删一个字。念了数段，教室里泛起了鱼鳞般、波纹式的嗡嗡声，她才把挡在眼前的教本移开，轻着声音，尝试着加上一句两句地宣起来。她没看大家的脸，把目光放在同学们头顶一尺之上的位置看下去。到课后的作业时，开始“讲”起来。这时，整个儿人的身心轻了许多，似将全身骨节处过紧的螺丝整体松了一圈。讲完最后一题，她才接近了正常。看表，还有二十五分钟才能下课。一节课四十五分钟还没挨过一半，就叫大家往作业本上做这几道题。一片参差的声音说：

做完了。

她急忙说：

做完了可以做其他作业。

就等这句话。教室里一下子响了起来，大家都麻利地收拾了这门副课，拿出语、数、外，抓紧时间做起来，不再看她、听她了。这时就有几位女生向景老师请教，她一看很简单，讲了起来，一连斩了三四位学生的五六道题。抬起头来，一教室的学生都在各忙各的，目光碰上她时冲她一笑，她赶紧还给学生一个老师式的微笑。这时候，她才确认了自己现在的角色，是老师；才明白自己是在上课。而上课的老师，就要传道、授业、解惑。她只算得上解了一会儿惑。下课铃骤响，她没走上讲台去说“下课”两个字，趁着混乱逃回了宿舍。扣了门，拉了窗帘，倒在床上。直了会眼，又拉过被子蒙了头脸。一段时间后，她掀开被子坐起来，看见她备的教案摊开在宿舍的桌面上，似乎是另一个人写的，跟她没有关系。还有，拇指、食指，俩指肚上染着很厚的粉笔末，却没有板书一个字。狼狈得那个惨，简直是，惨不忍忆。

景绿叶跑进教务处。罗主任连声骂张玉“不坚守岗位”，在墙上的“润水中学课程总表”大牌子上瞄，指住了一个长方形标签说：

这，就是这，这个班。

主任敲敲牌子，说：

这个“校长”（小张的谐音）架子越来越大了，给我这个主任连个招呼都不打，就逃了！

景绿叶刚赶到教室门口，铃声大作。一进教室，站起一个学生喊“起立”，全班站起，像一片树林：

老、师、好——

同学们好，请坐。哦，今天这节课呢你们老师有事让我来上。大家把课本翻开。上到哪一节了？

一片翻书声。

几个学生嚷：

噢，这一节有实验！有显微镜！

学生都要看显微镜。一个声音说：

咱们学校实验室里有一台显微镜，高年级学生都看过的。

这一句堵住了景绿叶的退路，她刚准备说学校里没有显微镜的话呢。其实她也很想让大家看看显微镜，就怕学校不允许。便嘱大家不要吵，先预习课文，她去找教导主任。

显微镜一放到讲桌上，全班同学都——用小张常挂在嘴角的词儿形容，就是——不亦乐乎了。景绿叶愉快并小心着，让全班每一位学生都看了一遍切片，都说没意思，就放上她的一根头发。景绿叶让女生看，都惊呼“像椽一样”。完了，都说没看美，要再看个什么。这时，就有一个住校男生红着脸将一只虱子小心放了上去。一个一个看，教室里立马溅起了一层水泡式的惊叹：

牛！简直是个牛！

男生看一眼又看一眼，说眼睛等等如何，腿等等如何。女生眼一搭都跑远了。景绿叶时刻不忘保护好显微镜。她快乐着学生的快乐，她觉得这是她上得最简单最轻松，且全班学生每一位都愉快的一节课。观察完毕，她简单讲了显微镜的结构，工整板书，学生们瞪着眼听得非常认真，这几乎令她感动。景绿叶进而鼓励大家好好学习，长大当个科学家，努力探索科学奥秘，努力发明创造，等等。学生们全肃着脸，全部接收而且接受。她发现，这些口号式的教育之辞，在恰当的时机说出来是这样富有感染力。她曾听餐桌上老师们说过，同样一句话，不同的时间说出来效果不一样，不同的人说出来效果也不一样。课后，她眼前放映自己小学至高中的每一位老师的讲课，选出几位，静静追忆品悟，希望在下一节不期而来的副课上能讲得好一点。——师生都说任青的课讲得特棒，她没听过，也没有听的资格——而当前，自己只是为学生着想，尽量“做”得好一些，还远远算不上“讲”得好。景绿叶存心分析着自己，享受着偶为人师的乐趣，她清晰地觉得自己，全身心都浸在一片澄清的愉悦之中。

二、任　青

黄昏。一抹夕晖穿过灶房的窗玻璃，敷在景绿叶的肩上。景绿叶准备做晚饭，双手已经碰响了锅碗瓢盆。任青与一位青年才俊式的人说笑着推开了灶房门。任青说：

这，我同学来了。张长弓，大记者。我得到外面饭馆去破费，晚饭我的一份不准备了。

景绿叶微笑、点头。那记者推一下镜片，几缕目光穿过镜片撞到景绿叶的淑女脸上，说：

啥破费，你稿费来了应该请客。

景绿叶问：

任老师又发表作品了？

记者作势要回答，被任青拽着走了。景绿叶眼光散淡着，晚饭少了一个人，就差了许多味，似乎是她少放了盐。

饭后，景绿叶回家去。她悠闲地蹬着自行车，一圈一圈放飞着自己的想象，想象着任青宿舍里的情景。将她的想象看作“1”，那么任青宿舍里此时真实的情景便在“1”的左右。因为任青每次收到稿费，必须盖学校公章，才能在邮局被自己的身份证领出来。盖章的同时，消息开始了传播。小张等人便会及时前去“庆贺”一下，庆贺的结果便是，任青收到一堆溢美之词，而稿费被提前全部开支或透支。此次，“庆贺”的是一个大西瓜及一盒芙蓉王，欣赏的是任青发表在市报上的组诗《万雨》。记者潇洒着自己，为大家用公家的数码相机拍照，哗、咔嚓，哗、咔嚓。拍了又弄在屏幕上让大家自我欣赏，乡村教师们的愉快和笑声塞满了那间小屋。

陈校长听见，也进来阅读。小张及时切了西瓜递给校长。校长读了两遍，又读了其他诗人的几首诗，苦了脸说：

我真的老了，都读不懂了。奇怪，怎么没有一首像艾青那样的诗了？

记者说：

这是印象派。

陈校长换张笑脸给记者说：

啥时候请大记者把我们学校宣传宣传？

记者说：

吃瓜，陈校长，您放心，我早听说您治校勤苦。任青常说您是他的老师，说没有您的……

校长马上切断记者：

现在，啥事都要靠年轻人闯呢。你们热闹着。我在，你们热闹不美。学生上晚自习，我去看一下。

大家都知道，陈校长对待“出于蓝而胜于蓝”的任青——昔日自己的得意学生，今日润水中学语文教研组组长——的态度是：既怕任青调到县上去，又希望他在教学上“稳”一点。润水中学不是梧桐树，凤凰能久待吗？

有时他真想把他操持了几十年的学校“禅让”给任青，他也被“校长”两个字压垮了。但任青呢，肯定是宁愿调到县城中学也不接这个烂摊子的。调上去，对象就能找上双职工。比任青能力、人才逊许多的人调上去都改变了命运。陈校长希望自己的爱徒成为城里人，过上好日子，但一设想润水中学的未来，及润中三百多名寒门学子的未来，他就倍感惘然。有经济能力的好学生全都插到县上念去了。现在的家长，手里有一块钱，九毛九要往孩子身上贴。乡下老师就是教差学生的，教差学生需要更好、更有耐心的老师。陈校长的目光透过自己宿舍兼校长办公室的窗玻璃，盯住走在校园里的任青时，他才觉得那团胶水一样的惘然，暂时离开了自己的一躯老身。他多次恳请教育局局长分一个女教师，哪怕是丑女教师给润中，但还是没有要来的，三年没有等来个闰腊月。因为一旦有了工作，就是丑女，“关心”的人立马成指数倍增加，种种关系一网，丑女想到乡下去都难。当然像本校的王老师，那是因为她没当老师时就已婚了，当了老师后，她、她的老公调不上去，孩子又小，属于没办法，才在润中长年暂居着，连寒暑两个假期都以校为家。

陈校长的记忆淌开了，坏了的水龙头一样。教学方面，任青公开和他叫过板了。那年任青刚来，小升初考试阅卷，他和任青分阅作文。开头互阅，他看完一篇作文，叫任青看，然后学着古人，他俩把判分写在纸上，伸到一起，都是二十八分。再来一篇，他判三十分，任青判二十九点五分，出入在他看出了一个错字，任青看出了那个错字，还看出了一个别字。评分标准是：两个错别字扣半分，三个扣一分，一个不扣。大家都称赞二人的默契，笑言任老师心有灵犀与师通。判兴正酣，校长骂着三个抄袭者，全判了零分。这时任青说也发现两篇作文雷同，他均判了高分。拿过一看，和他判零的全部雷同：题目都是《我家的小猫》——本次作文是“写一个自己熟悉的动物，自命题目”——开篇都是：“我家的小猫真可爱，圆圆的脑袋，明溜溜的眼睛，长长的胡须，像个小老虎一样。”下来，花开两朵，各表一枝：略写猫捉老鼠，详写猫偷吃肉。翻遍卷子，又找出两名，共七名。

任青说：

算是“七胞胎”。

大伙哄地笑了，看见校长脸很硬，都低头熄了笑。这时，陈校长一丢“七胞胎”卷子，问：

凡抄袭都判零，咋能判分？——还有一堆没说出来的话：你把两个抄袭者判高分招来，不是把另外两个好学生的前途斩了吗？这不是犯罪吗？太草率太不像话了！不知道自己手里的笔有多重吗？

任青说：

关键是不知道谁是抄袭者，谁是原作者。

反正都是一丘之貉，我们润中要招的是好学生！

我们只是在判一张卷子，单凭一张试卷也定不了谁优谁劣。

那你说咋定，考试考了几千年，照你说还不考了？

校长，我不是这个意思——任青改口叫“校长”了，他一直是称“陈老师”的——我也是说，既然是一考定终身，人家写在试卷上了，判是我的事，抄是监考的事。

你听听你听听，大家都听听！校长击了一掌“七胞胎”试卷，走了。

几位年轻老师提着笔说：

要是这种情况出现在高考卷中，还真不知人家咋个判法。

谁晓得呢，还不都是碰命，碰上啥是啥。

吵！吵！就知道添乱！干活，抓紧干活！罗主任站起来喝止。他点上一支烟，说：

两点，任老师。(一)马上跟我去校长办道歉；(二)“七胞胎”作文事件，你先想个解决的办法。

任青接口说：

既然陈老师要选好学生，那把“七胞胎”弄来再考作文不就得了。

大家都嘻嘻地叫起好来。主任直眼看任青。然后说：

走？

任青说：

走！

去了校长办。

全部试卷阅毕，润中经与学区及有关部门讨论，决定将“七胞胎”找来，现场命题，重写作文。“七胞胎”是一个偏僻教学点的，是一位转行从教的年轻人的全部学生。年轻人骑一辆摩托奔到中学，一语不发。他的脸上理直气壮地坐着一颗瘊子。他是几个月前才走上讲台的，一来就被发配到偏僻处，接手的是一位经常有病的老教师的五年级毕业班，全班就此七人。上了几节课，他绝望得几乎要发疯。最后拿起勇气，数学从三年级补起；思想品德，一个字，背；语文，一个字，背，背课文背古诗背作文。他押了十篇作文，不想“投中了一注”。乐而生悲，不服白不服，没有办法的事。

任青带语文，把班级带成了“中文系”。他有时像个教授，上课不拿教本。要背的课文、古诗、古文，他先给学生自我陶醉式地一背，学生就服了。发表了作品，把发表的诗歌、获奖的散文，还有稿费单，有意让学生们传阅，学生就崇拜开了。尤其是一篇小说发表了，寄来五百六十元稿费，这在润中简直是放了颗炸弹。他的作家形象急剧高大起来，逼得学生们对他仰视再仰视。他说：

写好作文，不但考大学占便宜，还能当作家挣钱，这可是名利双收的事，简直是一本万利！

——极具诱惑力的话。任青继续趁热打铁或火上浇油，说：

写好作文是有秘诀的。

学生们都屏息瞪眼，一教室的眼睛全部黑葡萄一样，生怕错过任老师兼任诗人、任作家的一个字。任青伸出食指，一个字一个字点着说：

谁、给、我、当、面、能、背一百篇文章，当然了，包括古诗，我就把作文的秘诀告诉给他（指一位男生），或者她（指一位女生）！谁、给、我、搜、集三百段好段落，抄写在这个本子上，并熟记，我也把作文的秘诀告诉他（指另一位男生），或者她（指另一位女生）！

任青扬了扬用班费批发来的黑皮笔记本，每个学生发给一本。说：

得了秘诀，不成为作家，作文考前五名不成问题。前五名！一辈子不愁作文了。啊呀，这个秘诀，我知道这个秘诀是在大学，比你们年龄大多了。

假如你们知道了，肯定超过我，这是毫不含糊毫无问题的。发表作品，当作家的成功率，嗯，几乎在百分之八十以上！

——其实本没有秘诀，多读多背多写就是秘诀，不予点破，悬而诱之，似乎正是他教育的秘诀。孩子们涉世尚浅，哪能经得起如此深具煽动性的话。任青还说：

当然了，有些同学天生不喜欢作文。我告诉这些同学，这不是你们的错，这是教育的错。我郑重告诉大家一点，不管你基础多差，照样可以写好作文，因为——古人说得好：问渠那得清如许，为有源头活水来。也就是说，作文是来源于生活的，是一条鱼；而语文是一把工具，是一根钓鱼竿。学好了语文，等于有了质量上乘的钓鱼竿，可以帮你钓到更大的鱼、更多的鱼；而有了更多的鱼，你可以卖掉吃不完的鱼去买最好的钓竿。就是说，作文写好了，翻过来可以促进语文阅读能力的——大、大、提、高！

任青以一脸肃然，及十足的语气强调着自己的话，近似于发誓。然后，他列举了三位文凭不高，都成为著名作家的例子。三人为众，凡事过三，就使人深信。如此，所有听者被一网打尽，都成了他的信徒。他说啥学生信啥，课上得随意而愉快，教学成绩却遥遥领先。学生在别的课上写语文作业、看小说，有的灵感一来就埋头写起来，把数学、外语老师讲台上辛苦的讲解视作耳旁风，被抓住了也不以为耻。还有，几位外班的学生转到了任青的班里，其后找来想转的被陈校长斥了回去。

陈校长迫于非语文老师的诉苦，最后来个明升暗降，提任青为语文教研组长，兼校报的主编，不当班主任，带两个平行班的语文，且允许他在周四下午的团队课，可以举办语文讲座。团队课一般排在各班周四第六节，其实每学期只搞一两次团队活动，余下的变相成为自习课。

举办讲座，等于把影响放大到了全校。任青还喜欢书法，街道上、校墙上有他刷的“人民教育人民办，办好教育为人民”等大字标语，宿舍里挂着自临的四条屏《兰亭序》，外面求写大字者，他一概悬腕挥毫，不收润笔费还备有红纸、墨汁，免费服务。学校里也有两位能提毛笔的，一位有洁癖，怕墨染手，一般情况下请不动；一位是校长，诸事缠身，烦于提笔。二人推辞不写，以后手痒了也没人来请写，便扔了桌上放干的毛笔，眼不见心不烦。学校里开学的通知，运动会的横幅、标语等，任青视为是自己书法的发表，一概认真完成。凡此种种，使一个人具有了明星的某种效应。

陈校长看住了年轻人说：

任青，上课要注意，讲台上说的每句话学生都在听着呢。

任青连连点头。但他有一个允许学生在课堂上随便提问的不良习惯。上自习时，铁文武忽然举手，朗声问道：

任老师，诗歌标题旁边，那个括号里的“组诗”“外一首”是什么意思？

任青说：

狮子过生日，四只羊去送礼。收礼官一看，这四只羊是一家子的，都姓羊，身高相近，长相相似，脾气相投。是兄、弟、姐、妹四个。那么，这四个放在一组就可以叫“组诗”。这下明白了吗铁文武？

铁文武说明白了。

任青说：

同样的道理，狮子过生日，两只羊去送礼。一高一矮，一胖一瘦，脾气相左，爱好各异，一个姓羊，一个姓羔，只不过是结伴一块儿来的，高而胖者走在前面，那么，跟在后面的叫什么呢铁文武回答。

铁文武说：

叫“外一首”。

任青说：

假如后面跟着两只呢？三只呢？

铁文武说：

叫“外二首”“外三首”。

铁文武的回答被全班笑声湮没。任青听见自己也哈哈笑了两下，黑板上有个没擦掉的≈，数学老师丢在那里的，他觉得自己的笑也约等于自嘲。他拍拍两手上不存在的粉笔末，走出了早自习课堂。

任青的“寓言”被陈校长安排的“间谍学生”及时刺探了去，陈校长听了又能怎样呢，只能是哭笑不得。不大的学校，二十几位教师，回汉男女老少，竟然分为数派。“斑主任”小王（脸上有雀斑）两口子一派，几位年轻人一派，老教师一派，任青一人一派。校长为了掌控局势，有时安排些“间谍”，通过刺来的只言片语洞察秋毫——不少老师都有在课堂上流露不满的习惯——从而将矛盾消灭在萌芽状态。“斑主任”小王和老公小何，似乎安于或忙于双职工的小康日子，疏于交往。一家三口，两间宿舍，一间做卧室兼客厅，一间做厨房，一人上课一人领孩子。两个平行班，小王带外语，小何带数学，而语文遇的是任青。夫妻二人合力致教，抓住一切时机向学生灌输“学好数理化，走遍天下都不怕”的理念，动辄搬出陈景润等名人的故事，苦苦相劝，但收效甚微。到了初三，连陈校长也终于撑不住了，害怕中考后，数、外两门拖学校的腿，终于来请任青出面拯救。任青说：

一个木匠，是个瘸子，为了活命，去山里给人做桌子。那么我问，没有拐杖他能到山里，到挣钱的地方上去吗？

学生齐说：

不能！

好。再问，没有墨斗、尺子，他去了能挣上钱吗？

学生齐说：

不能！

好。那么我告诉大家：这个拐杖就是语文，这个墨斗、尺子就是数学。假如这个人还是个哑巴，去了还需要人用手比画打哑语，告诉他桌子的形状、大小、尺寸、颜色，那么，这个哑语就是外语。

任青直了身子瞪圆了眼睛，跨到讲台另一边，点着食指强调：

同、学、们，之于瘸子，为了活命，三者缺一不可；之于我们，中考在即，为了明天，三者也是缺一不可！

任青站到了讲台前沿：

主人不会因为你是瘸子你拄的拐杖漂亮，就施舍你银子。同样，上面不会因为你语文学得好，就免考你的数理化和外语！

掌声骤起。任青双手压住掌声，走下讲台，说：

一家招女婿，甲乙二人去应聘。不料，小姐说，本小姐以题选夫。先出一题：鸡兔四十九，一百个爪爪满地走，多少鸡多少兔？结果，乙算对了，甲干瞪眼。小姐再出一题：三十六页砖，三十六人搬，一个大人抱三块，三个娃娃抬一块，大人娃娃怎样算？结果又是乙算对了，甲干瞪眼。甲吟道：抖擞、精神、聘、女婿，鸡兔、乱走、来、淘气，大人娃娃、齐捣乱，伤心、落选、把、家、还。

任学生自由地大笑。任青将两道题书于黑板，学生们一看他的脸，又爆起了一层笑。任青也禁不住笑了，等学生们收住笑。他指着黑板说：

同学们做做试试，看谁能聘到女婿的位子。不会者，请向何老师请教。

笑声中，学生们纷纷动笔。任青向身边的何老师伸伸手，轻声说：

我的任务完成了。闪了。

景绿叶把这些归为狮子寓言、瘸子木匠、秀才聘女婿，学说给了父亲。她父亲笑后叹道：

千里马，拴在磨房里了！

下棋时，景文山忍不住，又学说给了棋友。

那一届，是润中有史以来中考成绩最好的一届，尤其是语文，全县的状元出在了润中！均分呢，紧紧咬住县城中学，将全县的农村中学远远甩在后面。陈校长是着实风光了一阵子。风光的间隙，他更觉出自己的心，是多么爱那个不拘一格的任青——自己曾经的学生啊。但他始终没有放松对任青及其“弟子”的长期“关注”。铁文武继那首“图诗”之后又创作了一篇“图文”：

昨晚🌧小🌩大，半夜惊醒在🛏上。今早上学迟了，原因是🕛没响，大☹没叫醒我。我马上起🛏，顾不上洗脸，骑车往学校飞。路上被一个超☹拦住，教训我骑车太快，没文化。说他是有名的“有文化”，看的📖多。我才记起昨天我做✖了好几道数学题，昨晚没✍，今天老师肯定会☞我……

陈校长当然又知道了，把铁文武叫去重重敲了敲：

文章里的名词,这些名词都画图的话,国家早不用名词了,全像你铁文武一样去画图了!你见过吗听过?啊?考试的时候,考你这样的带图作文?啊?

铁文武嘴皮动:

不光是名词,还有动词的。

陈校长朝前抢了两步,食指距离刚才活动着,竟敢反抗一校之长的嘴皮半厘米:

说啥!还有理了你!能得要上天啦!

几句唬得学生,像范进的表弟一样垂首肃立了。陈校长点了支烟,顺过气后,软了话开始教育:

铁文武!长期以图,学将不学!是不是?不是不让你图,不让你创作,是时候未到,是不是?你以后考上大学了,像你们任老师一样有工作了,有一肚子学问了,你再图不迟,再去创作不迟,是不是?现在!

陈校长咽了一口,把自己的头俯到学生脸前,父亲一样双眼捉住学生躲闪的眼珠子,说:

你要老老实实、扎扎实实给我学习呢,记下了吗?啊!

陈校长朝自己膝盖扇了一巴掌。膝盖骨辣起来,疼。巴掌麻得过电。提了巴掌在学生面前戳着:

你是个聪明的学生!你知道吗,你们任老师是我教出来的,你要听我的话呢!听我的话没问题!你瓜着呢,再不敢耍了,听下了吗?啊?学习好了,将来要谋工作,谋饭碗呢,是不是?啊?你说是不是?

铁文武好不容易挨到了教育的结束,出了校长室,知道身后或玻璃后还盯有教育者的眼睛,故意蔫垂了脑袋塌着腰往前走,憋得不行,便拧转身子拐过山墙,飞到教室里去了:只一个奔跑,便将校长注满脑袋的教育丢弃了一路;屁股一挨板凳,甚至忘了刚才发生在自己身上的“教育事件”。

此刻,陈校长躺在床上,全身的骨骼散了架,下岗一样,瘫在床铺上。

他想动一动，朝里面挪挪，但他的身体以无言的沉重拒绝了他。他叹一下，作了罢，又一次想到了这个字——“老”。人常说，臊的臭的嗅不得，老了了不得。围绕“老”字感伤了一圈，他离开了“老”。世上的人都要从这座桥上过呢，想还不是白想，往前走就是了。陈校长抛开脑子里泛起的一大堆泡沫，专盯住了任青想，思绪比嘴里吐出的烟圈还雾：

任青和记者同学晚上会说些什么呢？有一点，秃子头上的虱子明摆着，任青还是羡慕城里工作的同学啊。这城里同学一来，不只任青的宿舍，大家似乎都蓬荜生辉了。

其实，晚上二人一躺下，都倍觉孤寂。屋外，大夜漫漫，屋里，似乎只有那只四十瓦的灯泡还是活着的，活在一片虚白的孤苦里。二人看着屋顶，恍如回到以前的寒窗求学，心绪索然寡淡。

记者说：

城里，压力山大啊，没房子，对象难找得很。

任青“嗯”了一声。

景绿叶如果有工作，该多好啊。

记者翻过身来：

咹，禹红在大学校园里呢，没变心吧？

不可能！

咹，我说的好话，你觉着正常着吗，我听说跟一个男的常去跳舞？

不可能！

反正你注意着。真的，时位之移人啊！

不可能！

早自习时，老师们去办公室拿教案。每月，教导主任查一回教案，签字，统计篇数。一篇不写罚五元。尽管如此，有些老师还是“马后炮”：课上着，月底时突击一两个夜晚，把教案赶上来，篇篇都是全国特级教师教案。谁是赶的工，谁是边写边上，一翻，一目了然。笔迹上放着呢。谁经常赶谁经常写，校长、主任心里明镜一样，但这个虚套套还得走。走一下，起码逼得那些人一月一赶，否则，会一学期一赶的。就当逼着他们学习学习特级教师的教法吧。月检后，结果便会公布在经常用来通知开会、听课，及偶尔放假的小黑板上：某月教案检查情况，谁谁缺写几篇；谁谁写得优。合格者不公布。

就是罗主任在场，看见自己要扣工资了，也会嘴角一扯：

哎哟，这个月轮到我捐款了。

罗主任白一眼。说话的人又说：

还是捐得有些少。

小张教英语，教案全是外文，存有欺负老教师们不懂外语的嫌疑。主任要求小张将课题、教学目标、教学方法、重点难点，即教案的开头部分用中文写，说：

张玉，不要忘了你还是个中国人，不要从头到尾蝌蚪一样，字母全是！

小张肩头一耸，双手一摊，老外一样一脸为难：

NO，NO，我尊敬的主任哟，这个要求可能做不到的。外语教学最最重要的一个理念，就是要营造外文氛围。在氛围中学习，事半功倍。全是字母，就是为了营造这个氛围。

罗主任直眼看小张。小张说：

哎呀真的，主任。我不哄你。一会儿汉语，一会儿英语，就是一会儿辣酒，一会儿啤酒，不醉死才怪呢。

罗主任继续直眼看小张。

小张一瞄墙上的钟：

信不信由你。我还有课，走了。

主任一直看，跟出办公室门看。小张走了百米，终是回了下头；再走几米，又回头，主任的目光还粘在他屁股后。他只好右转九十度，拐进教室后了。

在外地工作的儿子刚好回家来，罗主任半仰椅上，像个富国的外长，叫儿子给他翻译小张的教案。才知道牛头上安着马嘴："教学方法"栏写的是教学目标；"教学目标"栏，有一处竟然是一个女性的名字。"教学过程"

中,写得工整漂亮的几处引起了主任的注意,翻译过来,竟是:生命诚可贵爱情价更高。还有普希金给全世界年轻人的叮嘱:假如生活欺骗了你,不要悲伤,不要心急!忧郁的日子里需要镇静;相信吧,快乐的日子将会来临。

主任的儿子笑得眼泪淌。儿子问:

这下我成了侦探。他要挨揍了吧?

主任严肃地说:

今天这事,你管住你的嘴,不能给任何人说,包括你妈!你给我用英语写一句话:保存好这张纸条,不要叫第三个,不,是第四个人知道了。

主任把教案还给它的主人。主任记得这教案的主人经常给人说,我上课时,经常把我自己当作剑桥人,或者纽约人,讲台下呢,坐着 English 学生,所以,我的教学成绩会这般突出,OK,好!

小张拿了教案要走,掉出一张纸条:生命诚可贵,爱情价更高。若为自由故,二者皆可抛。假如生活欺骗了你,不要悲伤,不要心急!忧郁的日子里需要镇静;相信吧,快乐的日子将会来临。还有一句是字母——小张不由外国人一样皱皱眉——保存好这张纸条,不要叫第四个人知道了。

小张喊声:"哎?哎!"

主任早走了,他赶紧追了出去。

小辫子被人攥住了。这个传出去就成一辈子的笑柄了。小张追进主任办,关了门,瞅瞅窗外,回头给主任极力检讨、讨好,问知道这个的第三人是谁(自己第一个,罗主任第二个)?主任被烦得不行,便在纸上写道:

luoliqun

又写道:

woyiminglingtashoukourupingle!

这是汉语拼音,冲着他这个弄字母者来的,翻成汉字——"我已命令他守口如瓶了!"——小张万分高兴,赶紧跟在后面写道:

wanfenganxiezhurenbushazhien!

——万分感谢主任不杀之恩!

小张看主任不可能给他说一个中国字的,分明是学自己的——教案不写一个汉字,此乃中国人的以子之矛攻子之盾。小张恭立、顿首,连说,谢谢,谢谢,还是主任您涵养好,风格高啊!乖乖溜了。罗主任的慎言是出名的,小张想,也许正是他嘴紧,惜字如金,才被校长看中做了"宰相"?小张花了一下午时间,不引人注意地打问 luoliqun 是谁,都不知道。问到闫老师,闫说,大概是岳不群的啥亲戚,你问一下金庸不就知道了?

小张瞪眼。最后,他想到了校长,硬着头皮去试探。校长说:

这个名字念一下熟熟儿地,好像是——,对了,你问一下罗主任,好像是他儿子的大名。

小张快速朝自己头上击了一掌。下课时,去校门外罗主任家小卖部多买了些日用品,乘罗主任家的掌柜的(妻子)高兴,一问,果然是——罗立群!

以后,主任说啥小张听啥。教案就是写短些,也不敢在上面日记一样抒情泄愤了。

心情最糟的一月,小张连最短的教案都没写,跑去麻将桌上消烦,赢了,他说:

这不,我的捐款回来了。

任青僵着脸,似乎又没洗,干毛巾擦了擦眼窝。他走进办公室时,几位老师正围着炉子吃馍馍喝茶。今早没电,电炉子下岗。老宋老师找来木柴生了火,大家拿出自家的馍馍摆在一起用早点。吃货各类各样,饼子、油饼、花卷、荞面倒锅、糜面碗巴,还有洋芋等,如同坐在一起的各自的主人,带着各自的思想,或世界观。轮到谁倒茶谁就操心茶罐,以免因为说话而被溢。但往往会溢得满办公室的烟和灰,这种时刻,肯定是谁发布了令人喷茶的小道消息。早餐会,经常是昨日的地方新闻发布会。祁光明老师是新闻发布会的热心参与者。他跑校,骑一辆野马牌摩托,离校时喜欢拧得摩托嘟儿嘟儿吼几声,然后一道烟而去,被小张嗤为骑着他家的驴。

祁老师笑了下自己的脸,邀任青喝茶,大声说:

任老师,昨晚,我家隔壁的"有文化"又发疯了。

任青抓了颗洋芋,也不问洋芋是谁拿来的,边吃边改作业,任祁老师的话在耳朵里进出。

祁老师家的一边是村里的小学教学点，另一边是“有文化”家。他家开小卖部，门口摆着冰柜。所以，他家的小卖部，还有小卖部门前的大场，就是他们村的活动中心兼闲话中心。小学教师来聊天，带来全学区的消息；村里的更鸡零狗碎。第二天，他全带到了润中，给大家，尤其是任青、小张、闫老师、老宋等一些经常住校的老师佐早餐。“有文化”，人名刘文化，因为常骂别人没文化，得了这个雅号。据祁老师说，“有文化”家孩子多，都上学，大女儿叫燕子，已在县上读职高。孩子一要钱，妻子就骂着撵“有文化”去找钱，一脚将看闲书的“有文化”蹬下炕沿，摔破了鼻子。“有文化”爬起洗了鼻血，出门转一圈，空着双手进了自家的烂大门：还是借不来钱，又不去打工。有一年县上的体育场里抓奖，人山人海，屡屡有人抓上电视、自行车，领奖台上就鞭炮炸响。“有文化”也上县去，老婆和村里人都认为他这样的人或许会抓上大奖的。结果，抓光了老婆借来的几十元钱后，炮一响，满场子狂跑起来，眼放凶光，像在追寻仇人。被人拽住，刚喘顺了气，炮再响，他再跑。奖越大，跑得越狂。

钱和“有文化”有仇，妻子就上县找钱去了：妻子的花儿唱得好，经常被县上文工团的领导叫去唱花儿，名为凑场子。市上、省上都去，经常获奖。领导虽然带着个“副”字，能量似乎很大，给“有文化”的妻子弄了个“民间花儿歌手”的头衔，让她当半个工作顶在头上。妻子一走，十天半月不回家。“有文化”的情绪急剧恶化，更加玩不转家庭生活，做饭时拿碗取面，才发现面早光了，一气摔碎了碗，喝令孩子们去祁老师家小卖部赊方便面吃去：

只管去赊只管去吃，你妈回来各兜里都是钱！都是钱这个狗日的东西把人害死了！我都不怕你们怕啥？吃去，只管去吃！

“有文化”便操起一根铁棍，铁棍上绑满经幡一样的五色布条，扬言要到县上去吆回老婆，去折了这个狗日的钱领导的腿子。到处整，白天胡言乱骂、编顺口溜，晚上喊花儿。逐天扩大范围，进而逢集到乡政府去整，直到得到乡政府的一点补助，直到村主任上县办事时，告诉职高读书的燕子，两人一齐将他的妻子招呼回来，他的精神病才渐渐安静下来。

三、性别：女

杏黄前后，大考开始。景绿叶看见陈校长浑身长满了烦躁，一张脸苦得厉害。宋老师也被感染了。陈校长、宋老师都觉得不是考孩子，而是考自己。陈校长跑到县上去嘱咐儿子写好作文，考好语文来个开门红，他又是三段式，凤头、猪肚、豹尾地讲个不停，讲得儿子两眼里全是烦。烦是儿子的组成部分之一，陈校长以父亲的身份耐心注视着。他的妻子多年不生养，这逼得他几乎成了半个赤脚医生，或四成中医。长期问医，宿舍的窗台上倒满了药渣，中药的气味几乎浸透了他的壮年时期。同事们也很是着急，帮着弄了好多偏方及胎盘。终于，以抗战的时间迎来了眼前这个宝贝的出生。长到上学时，在爱里像中药一样加入几钱几克的严，然后，辩证法一样地施教，被知识滋养、浸泡到现在。现在，到了儿子人生的十字路口，他当然得帮儿子一把的。操完了儿子的心，陈校长又赶回来抓学校的中考备考。

宋老师陪考。领孩子大吃了几顿，千叮万嘱，孩子顾左右而哼哈。送孩子进考场后，他频频如厕，“三尿”(尿频、尿急、尿不尽)不止。一紧张就这熊样，一紧张就这熊样，宋老师暗骂自己。考毕归校，逢人即骂高科技作弊现象：豆粒大的微型耳机、考试笔，等等。最后叹道：高科技是把双刃剑啊，国家用它造福人类，坏人用它危害社会。

“离中考还有×天”的倒计时大牌子立在校园中心，看一眼就觉得时间真宝贵，比金子还贵。景绿叶在案板上切得菜刀直响，给校园更添一份紧张。陈校长召开了润中中考备考会，决定取消初三所有师生的双休日，加班补课。加班的报酬是老师每天每顿上灶，肉、蛋伺候。毕业班的师生拼搏，全校鼓劲。景绿叶精心于炊务，菜有九分香，她向菜要十分香。多一分香多一分贡献于学校。陈校长餐前进来转转，真希望这丰富的营养一下子就变成学生的好分数。景绿叶笑着让他尝尝，他暗咽了一下口水，说：

香得很，一看都做得香得很。我不馋，让初三老师吃了好好给娃娃补课。你记着吃上些，别谦虚了哦！

陈校长说完就空着肚子去找妻子。妻子在街上开一间缝纫铺，现在只是在卖布，颈椎和关节的疼痛使她停止了缝纫。润水乡双日逢集，逢集的一天，午饭还得陈校长在铺子里做。自儿子上县读书，夫妻二人吃饭经常凑合。妻子说：

学校灶上吃好的，我不信你一个校长都吃不上？

不信了我给你写一封信，校长就是吃不上。

任青不是初三老师，但被备考会特定为初三作文辅导老师，每天积极吃饭，匆忙押题，备战于每天分配给他的一个半小时，手上满是粉尘。他先摸底，给毕业班学生四十分钟时间，来写话题作文，他认为语文考场上写作文的最大利用时间是四十分钟。然后分优、中、差三类，分类施教：作文优等生，“跳一跳，摘果子”，向优秀作文或满分作文冲刺；中等生，查漏补缺，赶上来，进入一类作文；差学生，系统复习，力求达到二类作文水平及以上。每类，分作文类型梳理、往年作文真题、今年作文猜想三大块；每块，分学生试写、满分优秀作文借鉴、强化提升三步，步步推进。而后，每位学生自我“储备”满分作文十篇。最后，他闭门谢客，静坐陋室，在茫茫大夜的中心神撵魂驰，纵横时空，追觅命题者遗漏于宇宙间的信息。他审时度势，高瞻远瞩，明察秋毫，上穷碧落下黄泉，一次次靠近，且试图进入命题者拟定作文题目的那个“瞬间”的心理状态和思维谱图。终于，他押定了六个题目。学生跟着他，冲出他布的这个作文八卦阵后，都带着一身伤疤的勇士一样冲入阵地。另外，作文差等生，若在作文上实在没潜力可挖，嘱多致力于阅读、多背基础知识，通过这个互补提高自己的语文总成绩。

陈校长嘱景绿叶把女生宿舍注意观察着，因为毕业之际，一些自知考不上高中的差生，和一些早恋者会有出格之举。去年就有住校的一男一女，向家里要了报考费，双双离校外出。陈校长第一时间火速通知家长，终在一个车站拦截了回来。毕业班学生很辛苦,晚上十点学校关灯后,还有大部分学生点着用墨水瓶自制的煤油灯开夜车。一豆油灯映一张脸,几十盏灯亮在静夜的教室里,把一个个夜晚都温暖成橘黄色的了。景绿叶在凝视中看见了一豆油灯后的自己,这样的初三生活她当然是经历过的。景绿叶稳住自己的思绪往回走,经过女生宿舍时,她听见里面的声音叽叽喳喳鸟儿般很快乐:吃的、吵的、洗衣服的……应有尽有。景绿叶微笑着走过去了。

景绿叶往自己宿舍走,耳朵里隐隐传来些蚊子腿一样细的声音,她循着声音走近一间男生宿舍。这里面住着一个调皮鬼,就是那个写带图文章的铁文武,他父母外出打工,他只好住校了。一次,陈校长查夜刚到门前,他一泡尿射了出来,弄了校长一身。还有一次,他背着门口模仿校长讲话,演讲了好久,才发现他的听众奴才一样不正常了。转头,一个大汉立在身后,抬头,是校长!吓呆了。

景绿叶舒开耳朵,听见这小家伙正在说她:

咹咹,大家注意,提个问题。景老师为什么要留辫子,而且长又粗呀?你说,你说。(模仿的是任老师的讲腔)我知道你们都不知道。你们呀,刚知道学习。还是我来自问自答,哦,这叫啥修辞,设问对吗?注意,问:景老师为什么要留长辫子?答:为了拴住任老师。哈哈。

哈哈哈。

嘎嘎,嘎嘎嘎。宿舍里像笑爆了一堆麻雀。

哦,大家讨论讨论,能拴住吗?咹,都不要吃不要吵不要走动,讨论问题!

玄!

能!

看谁的命大。

景绿叶敲了下门。那个演讲者拉开门。一瞅,一托下巴,歪了嘴,苦着脸说:

噫——噫——噫,牙疼死了!

边说边爬在床上。

景绿叶忍不住笑了。她将这家伙从耳朵上提起来，像提她的调皮的小弟弟一样。这家伙一对小眼睛，上下眼皮只拉开五毫米，但目光黑漆漆的，似能看到人心里去。一笑，眼睛细成两条线，脸皮皱成小老头一样滑稽。这个调皮鬼有个绰号叫“五毛钱”，他喜欢班里的一个大眼睛女生，晚自习总抢着坐在“大眼睛”的前面。润中的住校生不多，聚在一间教室里上晚自习。铁文武灯盏里的煤油燃尽了，向谁借都不借，都让他向大眼睛借去，他无奈，鼓足勇气细声说：

别人都不借，你给我借些！

大眼睛说：

别人都不借，我凭啥给你借？

就凭别人不借。哎哟，你借些嘛！

小男生的脸红了，猴崽一样搔头，又摸脖子。

不借！

借些嘛，又不白借，我给你五毛钱。

大眼睛脸红：

不借！你走开！

学生起哄：

五毛钱，一二，五毛钱，一二，五毛钱。

其时，陈校长站在教室外。外面黑，里面亮。里面看不见外面，外面看里面一清二楚。陈校长常常悄立门外，里面的娃娃若都静心于学，他看着就觉得满足，继而在满足里渗出一大片的感动来，一教室的学生好像都是他家的孩子了。他伫立在黑暗里，静静地吸起烟来。有学生出来时，他赶紧躲在旁边。躲不及了，轻轻咳嗽一声，装作正往来走，怕吓着了学生。有时调皮鬼捣乱，他会忽然闯进去无声地吓他一下。今晚他目睹了小眼睛向大眼睛上演的五毛钱小剧，好像看见了他儿子在女孩面前的窘样。他想象正在县城高中上晚自习的儿子，会不会也禁不住青春的躁动呢？

教室里吵，容不得他再想儿子。他故意沉了脸，踏出很响的脚步声进了教室。

时间像水在流，中考倒计时牌上的数字是七时，润中的复习大战不得不结束了。毕业典礼上，学生们觉得自己润中三年就学成这样了，思绪纷纷如柳絮在脑子里飘。毕业班老师暂时松了一口气。陈校长觉得这一茬学生蛮可以的，至少不算歉收。他们都是在润中这棵树上长了三年的果子，长得不错，基础都打得不错，今后蛮可以长得更硕健的。有些要进入社会的，他觉得作为校长，他为社会输送了一批合格品，没有次品（智育不合格）、废品（体育不合格）、危险品（德育不合格），他为国家跑好了九年义务教育的后三棒。这样想着，他的讲话慷慨激昂了起来。

校长的讲话激动了学生们本已浮起来的情绪。学生们在发言中或感谢老师的培养，或感慨三年求学的难忘，或批评自己的松懈。不少女生哭了。不久，一位女生的抽泣声渐次大了起来，疼痛了起来。陈校长居然能叫出她的名字，赶在班主任前面说：

赵兰，不要哭不要太伤心，有话说出来，哦，说出来？

在座的师生都停止了吃葵花与低声交谈，静看着这名扎马尾辫、穿蓝上衣的女生。她上身全部趴伏在课桌上，肩膀剧烈地抖动着。班主任、班干部，还有女生们都劝她，结果越劝哭声越响，劝的人不禁脸上有了烦：

说嘛！有啥你说嘛，光哭有啥用？

陈校长沉着脸走过去，看一眼班主任，然后俯身去扶泪人儿，说：

别怕，有我在别怕。你说，有啥事我陈维民给你担着，说，赵兰你说。

赵兰忽然站起，抹了一把泪脸，说：

我知道我今天又出丑了，又惹大家烦了。陈校长要我说，我豁出去说了。陈校长您坐下。

我不坐，我听你说。

您坐下我说。

你说，你说完我再坐。

那行，谢谢您！今天为什么化学课闫老师没来？我的话就是要给他说的。

他有事，真的有事，向我请假了。你给我说一样的。

闫老师的化学，我这一年没学！我没听他的课！我没做他的化学作业！

女孩的气愤骇住了全班的同学：

初三刚开始学化学，我分子原子辨不来，和一位女同学去问题，我的一道题闫老师大讲了一遍；我同学的那道题，闫老师翻来覆去讲了五六遍，连我都听懂了我同学还没懂。闫老师又打比方又举例子地讲，为啥？因为我那同学长得好看。结果，我同学还是不懂，闫老师一烦，却骂开了我，说我——说我长得，蠢愣愣地，站着干啥！赶快回教室去！我伤脸着差点从他的房子里出不来了。后来一上化学课，那句话就在我耳朵里响，我就听不下去课。我的化学成绩一落千丈，没有考及格过。闫老师就在课堂上不点名地骂，骂我是个祸害，拖了全班的后腿。说他教了十几年化学，没见过这样的女生；说他教了十几年化学，年年得奖励，今年他倒霉碰上了我。我绝望了！化学我不学了，我豁住今年考不上，我就要拖他的化学成绩！就是要叫他今年不要得奖励！我做好了复读的准备，我去别的学校一辈子不要看见他！我、我……

赵兰扑在桌面上，号啕大哭。

陈校长铁青着脸，拍着赵兰的肩膀。

教室里静极，赵兰的哭声撞击着每一个人。陈校长心里狠狠地喊了一声：

闫、建、三！

他才知道，师生们私下叫闫建三为“盐碱酸”——对漂亮女生，酸；对富学生、干部孩子，盐；对穷学生、丑学生，碱。但没想到他“盐碱酸”得这样厉害！陈校长咽了口唾液，忽然面向全教室说：

各位老师！各位同学！今天，我陈维民当了十几年校长，加上当教师，我在这个学校工作了几十年了，是不是？今天，我第一次，我听到一个女生这样的痛哭！我不该准闫建三的假，是不是？我应该让他今天来听一听，听一听这个女生的控诉！

大家都看见陈校长极力控制着自己，大吸了几口空气，他朝自己腿上狠狠拍了一下：

今天，我要给赵兰同学说，是她给我们当老师的，上了一课！一碗水都端不平，我们羞着当啥老师！是不是？现在，我以校长的身份，向赵兰同学，道歉！

学生都使劲鼓掌，站了起来。罗主任、任青、小张站了起来，跟着鼓掌。

陈校长跨了两步，梗着脖子环视大家，眼光像剑：

大道理我羞着不讲了，现只说耽搁了赵兰的前途咋办？啊？一年啊，三百六十五个日日夜夜呢！现在说这个顶屁用！——既然赵兰要复读，赵兰，学校由你选；路，我来跑；复读费，我来交。还有……

赵兰忽地坐起来：

校长，您快别这样说了。是我不好。我妈有病，我爸出去打工，在工地上伤了腿回来了。我心烦，和闫老师较劲。是我不对，您别说闫老师了。我今天又闯祸了。

赵兰捂了脸，跑出了教室。

罗主任赶紧追了出去。

任青一拍桌子，撤身走了。

陈校长走了。

班主任看着校长的背影，摊开双手，一句话没说出来。

其他老师，互相看看，先后走了。只有老宋老师坐着不动，连连叹气。

景绿叶双眼噙泪，回到宿舍，看着毕业班学生送给她的大影集，上面写着——赠给最可亲可敬、大姐姐般的景老师留念。景绿叶伫身窗前，天高山远，山峦模糊成了雾团。她的鼻内陡起一股酸涩，那样浓烈，狼烟般迅速弥漫了她胸内的悲伤。

太阳晒红了夏天，初三教室前那棵大树的叶子纷纷卷起来。初三的学生走了，只留下一教室的回忆，与教室门框右上方的“初三(1)班”“初三(2)班”的牌子。铁打的营盘流水的兵。景绿叶常看见陈校长在初三教室门前徘徊。初三毕业后，校园里一下子空出了一大块。初二学生脸上，添上了秋霜般的沉重。

还有一小段时间就要放学了。星期一早上，景绿叶被一阵急雨追到了学校，她前脚进宿舍门，后脚撵进来一个女生。这时，屋外大雨如注。女生慌张着两片嘴皮说：

景老师我是苏芳芳一个村子的，我俩都是初二(1)班的，坐同桌。苏芳芳被她爸给人(定亲)了，明早出嫁，苏芳芳哭得一死一活，叫你赶紧今天去救她！

这话，激得景绿叶浑身透凉。苏芳芳是十岁上学的，到了初二接近十八岁，身材像一株拔节的玉米，亭亭玉立在同学当中。她姐弟九个，父母为生一个男孩，一气生出八个丫头，唤为香香(嗅到初为人父母之香)、臭臭(又来一个女娃！)、缠缠(又是女的，烦缠！)、变变(女！下来变个儿子吧！)、招弟、引弟、转子、来子。村里人说，这家子的女子垒了大门。她们像草芥一样长到七岁，乡上来了人，说：

要叫女子上学，不上学是违法的。

家长站在当院一展胳膊说：

我家里，只有这几堵墙，拿啥供给？

直到十岁，才被乡上扶贫进了校门。家长请老师给孩子安个大名。老师说：

安个大名得二十元钱。

家长摸一把自己的圈脸胡，说：

我没钱。

老师说：

没钱你看哪儿有字你给安上一个。

圈脸胡是个犟人，就指着自家院墙上的字说：

别的字我认不得，这几个字我晓得念"计划生育，优生优育"，一个丫头一个字！

安了——苏计、苏划、苏生、苏育、苏优，三个重字，小点的孩子便安为苏小生、苏小优、苏小育。苏计读完小学一年级，十一岁的她为妹妹们改名雪耻，大名小名都改。自己小名改为芳芳，大名——苏芳芳。

雨声哗哗，景绿叶回过神来，浑身打一个颤。急忙去找人，校长不在，任青不在！罗主任、苏芳芳的班主任一听气炸了肺，大出粗口。景绿叶跺脚：

现在骂有啥用，快想救人的办法。我去乡上找王司法员，你们叫上校长快来。

说完，跑进了雨中。幸亏雨小了点。

王司法员叫上派出所小李，与景绿叶三人坐着警车，碾着泥水赶到了目的地。警车的出现引来了众人。圈脸胡大汉，抱膀、叉腿，像个立体臃肿的“人”字堵在门口，问：

我没犯法吧？

你犯了教育法。我是乡上的司法员，这是我证件！

我是苏芳芳的老师，我代表学校来接苏芳芳，去学校上课！

我！我！圈脸胡一把抓掉头上的帽子，抄起铁锹吼：

我的女子明天出嫁，今天填箱（招待亲戚）。我的女子由我，我叫念书就念书，我想给人就给人！今天谁搅我的事，我就拿铁锹问谁！

小李拨开众人，往圈脸胡跟前走，直往跟前走，目光撞向圈脸胡的目光，两对目光扑在一起打架，瞬间进行了七八个回合。这时，小李肩章、胸号上的几束反光跳上来助战，只一个回合，圈脸胡的目光败了回去，缩在眼睑里向外瞅。这时，小李说：

我是派出所警察，我有权请你到派出所走一趟。

这时，苏芳芳哭号着从一间箍窑跑出来，一群小妹妹跟着她也在哭，一位头发稀少的老妇人也抹着眼趔趄着脚步跟出来。圈脸胡转身吼：

号！号！再号老子揍死你们！

又转过身来吼：

你们说，我把女子嫁的是阿訇家，我还亏了她吗？别人想嫁还嫁不上呢！

嫁穷嫁富，关键要看女娃愿意不愿意。

又不是跳火坑,为啥不愿意?

婚姻自由,家长不能包办,这是法律规定的。

我们兴早婚,别人嫁女自由,偏偏我不能自由?

关键是苏芳芳,一是还在读书,是个学生;二是她不同意这门婚事!

我养的女子,还是女子养的我?由她了!

苏芳芳的人身由法律保护,任何人不能干涉!

……

景绿叶没有陷入争吵,她打算去本村的清真寺请阿訇。景绿叶返回时,任青摩托上捎着陈校长赶来了。景绿叶身上一下有了劲儿,说了自己的主意。陈校长说:

找阿訇是个好办法。

三人又去寺里请阿訇。阿訇一到,场面安静下来。阿訇说:

这是陈校长,这是任老师、景老师,这是乡上的干部小王,这是派出所小李。哦,都进,进到家里面,都辛苦了,泥是泥,水是水地跑来了快进!

阿訇坚持让大家进去了,自己才进门。

阿訇嘱人把村支书、主任叫来后,开口就是引经据典:

"女子对于自己的婚姻问题,她自己是最有优先决定取舍的权力,所以她的父亲或监护人不可以疏忽她的反对意见,或者无视她的心愿。"《古兰经》上规定:"当她们与人依礼而互相同意的时候,你们不要阻止她们嫁给她们的丈夫。这是用来规劝你们中确信真主和后世的人的。这对于你们是更有益的,是更纯洁的。"穆罕默德说:"未获姑娘同意,不能婚娶她";"没其许可,别人不得做主缔结婚约。"大家都好好议一议,这件事咋办的好。

七嘴八舌,议论纷纷,越吵越乱,最后,都说"麻烦的,干脆让本人决定"。阿訇叫来苏芳芳,说:

娃娃,你,也不小了,咱们村和你同岁的有几个都出门了。你爸,也是一片好心,让你嫁个好人家。但是,主意,还得你拿。婚姻是一辈子的大事。你好好想想,当着这么多领导、老师的面,同意,点个头;不同意,摇个头。啊？

大家的目光全聚在苏芳芳身上。她站在门口，低着头，双手捏着衣角，不摇头也不点头，似乎进入了“好好想想”的深处。

圈脸胡急了，跺了一下脚，说：

胡大哟，我的个瓜女子哟，我难道还害你吗？

大(父亲)，我知道你是为我好。苏芳芳哭着说。

那你咋不快点头？

还是不摇头，也不点头。

这时，大门口吵起一团声音。圈脸胡的亲家、女婿父子俩得到了消息，高声大嗓地从邻村赶来了。亲家是大胡子；女婿的唇上、下巴上刮得青光光的。父子二人一身气愤，跨着兴师问罪的步子进了亲家大门。撞进房门，看见了众多的有头有脸的人，立马客客气气了起来。

大胡子阿訇一弄明白“病”在女娃身上，便将一张笑脸俯在苏芳芳身边，拿出十二分的慈爱，问：

娃娃，你到底在嫌啥？嫌我儿子长得不好配不上你？

苏芳芳摇头。

嫌我给你家彩礼少？

摇头。

那么，是嫌我儿子没上初中，文化没你高？

继续摇头。

那嫌啥呢？

苏芳芳还是不摇头也不点头。

院子里站满了村里的人。

景绿叶看得急，隔着人把话扔了过去：

苏芳芳，你想说啥你快说，今天不说就没机会了。你心里想的啥你说出来嘛，你怕啥呢？说错了也不要紧。

苏芳芳哇一声哭着跑出去，又跑进来，说：

大叔，我真的啥都不嫌，我没有嫌主麻哥。我、我、我就是现在还不想结婚，我想念书！我把初中念出来了，我想学个手艺挣钱。我挣钱供给我的七个妹妹上学，都上学！不走我爸的老路！

苏芳芳对着一院子人痛诉，把她的声音喊进了全村人的心里。她哭诉父亲没念过书给她们起的“计划生育”名字，老师、学生、村里人讥笑和嘲讽，她一辈子都忘不了；哭诉自己因为穷，她十岁才被乡上扶贫上了一年级。从此，经常坐教室最后排，而且是靠右或靠左，坐中间就高出半截，像树桩一样会让老师的目光堵得不舒服。可是，她的眼睛近视，天阴看不清黑板上的字，听不懂，下课经常跑去向人低三下四地问题。到了初中，才遇到了景老师；哭诉同龄女孩讥笑她们姐妹是“八仙女”，穿的破旧衣服是随风飘飘的仙衣。还有高年级男生，经常欺负她们“八仙女”……

一院子雨声。

第二章　日子被拉长了

四、祁光明

日子被拉长了。一个暑假，被任青过成了万水千山，过成了慵懒不堪及凄凄惨惨戚戚。幸亏任青被安排了扫盲，才将日子推得快了些。一跨上扫盲点的讲台，进入教师角色，任青觉得自身绿了起来，像一棵树，立刻活了。他板书一个大大的“人”，一片声音嚷，是人。

任青说，一撇一捺，很简单。写起来很简单，活起来很艰难，这就是人。大家看。——任青面向黑板，双臂贴身，双腿跨开。

这一笨拙的夸张，惹笑了男人和妇女。一声咔嚓就将这些笑摄走了。一位老者拿开嘴里的长烟杆，骂：你个会计，咋像个贼，照相不说一句，偷偷吓人。

哎哟张家爸，偷偷照的相才像呢。哪天报纸上一登，你老人家就全县出名了。现在任务完成了，您老人家想扫盲了就扫，不想扫了就回家。

大家叫会计走开：要听老师的讲呢，听你呱唧？这时，任青板书了：⊙☽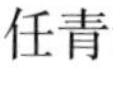。

任青说：

这个，汉字中的不少字，就是古代的劳动人民，依照着事物的样子造的。大家看天上的⊙，这是太阳，我们方言叫日头，这就是个“日”字，现在这样写——竖、横折、横、横。还有月亮☽，现在写成“月”；还有，这是“牛”字，你看这牛角牛耳朵；还有，这是羊，现在写成——“羊”。

这时,坐在前排的一位大汉说:

任老师,你讲一下“马”字我们听听。

任青问:

你姓马?

那人说:

就是,姓马。

任青问:

在座的姓马的请举手。

约一半人举了手。

任青说:

看来,“马”字讲不出来,我今天是走不脱了。

任青平视着众多的笑脸,说:

这个姓是很好的,马是龙种,是高贵的动物。马字的繁体字谁会写?

那个大汉嘴角上笑抿抿地,上来写了个“馬”。

任青说:

别的字不会写能说过去,自己的姓不会写说不过去。你看你,不但会写自己的姓,还很有研究,连繁体都写得这样好。

任青知道自己在说废话,会讲课的老师都知道,这种废话有时就得说说,一说,气氛就来了,距离就拉近了。任青在笑声中写了个,大家一看,又笑了,都说,简直是一匹马。任青说:

最早的字写得最像,人越来越忙了,就越写越快了,越写越简单了。到了“馬”,弯的笔画变直了,但是,这儿的鬃毛、这儿的马蹄都在。到了“马”,人一急,鬃毛省掉了,四蹄一连带,一笔就结束了。

前排右边有一个人,脸上一直笨笨地,不笑。任青问:

你贵姓?

那人搔头,说:

我,姓甘。

任青说:

甘，很好啊，甘，就是甜的意思，人常说，甘甜甘甜。你看，“”，这是舌头，现在，舌头上放了一点糖，加一点，甜不甜？对了，甜，这就是“甘”字。你姓甘，你的生活一定会越过越甜的。

唉，甜啥呢，我是个收纸箱子收破烂的。

任青严肃地说：

现在你收破烂，将来你可以办个废品收购站，当老板，真的。只要你多识些字，看准时机了就可以大胆去闯。

那人又搔头：

哦，托任老师的口福。

任青接着讲识字课本上的字，讲得很顺很出彩，下面听得很过瘾，觉得这些字像庄稼上长出的饱满的穗实一样，叫人打心眼里高兴。教室后面站满了人，他们不是文盲，任老师讲的字他们都会写，但今天才算“认识”它们了，就像一些才被理解了的熟人。有一个人边往前挤边说：

我问个字。

几个人说：

不要吵不要吵了，马阿訇要问字了。

任青说：

哎呀马阿訇，我但知道你是阿訇，就不敢往讲台上站了。我给大家说一下，阿訇两个字这样写。阿訇是伊斯兰教主持教仪、讲授经典的人，是学者。

那人说：

唉，我早不是阿訇了，我是跑车的司机。有钱的“有”字，去掉两横是个啥字？

任青板书：

有→冇。

说：

这个字，如果我没记错的话，应该读 mǎo，是广东人的方言。意思是，大家看，把“有”里的两横去了，这儿空了，没有什么了。所以这个字的意思是没有,完了,光了。

哈哈,任老师,你才是大学者呢,我服了你了。就这个字,我跑车遇上有些二杆子,识几个字咋咋呼呼的,我一考一个哑巴,一考一个哑巴。

那人抢过来攥住任青的手不放，完了硬拉到他家去坐。他家就在旁边,端了苹果,沏了八宝茶。阿訇叫给他的小孙子出个题考考。孙子已上二年级,眼睛滴溜溜转,浑身上下都是聪明。任青笑笑:

那我给你出个脑筋急转弯。你看,盘子里三个苹果,分给三个人,一人一个,盘子里还有一个,咋分呢?

终是考得孙子直搔头,阿訇的全家人也暗吸气,恨不得一下子长个双脑子来破了它。任青看差不多了,就启发那孙子,让他端了盘子里的一个苹果走——哎,哈哈哈,好好好！先是阿訇,接着是孙子,都反应过来了。

景绿叶在另一个村给一班女文盲上课。她借鉴任青的方法,讲讲字的老样子、真面目,大家学得很高兴,下课拉着她的手大妹子大妹子地说东问西。景绿叶在交谈中知道她们都有或轻或重的妇科疾患,便在课间给她们讲些卫生常识,托人为她们买些药。学员们很感激,见了领导使劲儿夸景老师。景绿叶发动各家的学生给自己的妈妈当小老师,终于将一班文盲全部扫除。其间,听见大家骂,说哪个村哪个村的扫盲点,上了几天课就叫大家回去"自学",上面检查来时又把场面拉开,最后弄得叫不去人了,便答应每识多少字奖励多少钱。考试时,找识字的人装作文盲,满手掌攥住铅笔无笔画顺序地往纸上划字,但还是被上面来的监考领导抓住了不少。抓住了就骂:哎呀,现在啥都敢假,连文盲都假的一堆堆。

任青还是六点半起床,七点去跑操。暑假的早上,操场上满蓄着泉水般的静。他在跑道上绕圈奔跑,如鱼穿水。清新的空气,任他大口大口吸入肺腑的深处,像清水灌溉沃野。旭阳初升,跑动中的身躯镀上了一层金光,地面上的影子像纯正的梦想,随任青的双脚跃动,紧紧追拽着年轻的生命。

而后活动着手腕,边走边梳理心绪。心绪恬然,全部朝向宁静致远,朝向淡泊明志。

而后，面东背西，立于教室山墙前，两脚叉开与肩宽，双目微闭，挺胸颔首，松肩塌背，神仙般享受日光浴。逆腹式深呼吸。让阳光煦煦熨入皮肤，渗入肌理，潜入五脏六腑、七经八络。一丝鸟鸣也没有。一些渺茫之音如在天边，被他的一缕意念信号弹一样驱离了。朝阳万丈，他看见无数的光芒在穿越自己，他听见光芒在指指点点讨论着他胸内久置的几行诗句。

被阳光焙熟了，他才贪婪地深吸一大口气，气沉丹田，一脸暖笑，吹着口哨踱向宿舍。

任青忽而悄声紧走，进了宿舍一把抓住祁老师的后领：

咹咹，光天化日之下——你又窃书，窃书不能算偷来了？

祁老师挣脱了，撇着嘴角说：

我又不是孔乙已，一辈子窃书，看把你吓的！

任青说：哦，我说的不准确。你不是孔乙已，你是孔乙已的表弟。书拿来，这本书我正看，还没看完！

祁老师说：咋啦，一大早来看你，来看看你这一向活得旺着吗，难道错了吗？看你的个姿势！

任青低头查看了一下自己的姿势：

看我？哈哈。看我咋连一封礼品都没拿？

祁老师朝桌下踢踢：

这是啥？够你烧着吃几顿吧？

任青拉开袋口一看，全是鲜绿饱硕的豆角。他眼里亮了一下，却一跺脚，在地下转圈，摊开双手：

哎呀祁老师，你这不是难为我吗？你不是不知道，在书这方面，我是个啬皮（吝啬的人）。

祁老师凑近，目光麦芒一样看任青的眼，想要在那眼仁里逮住啬皮飘忽的影子。祁老师说他不向啬皮借书，他是拿半袋子豆角来看任诗人任老师。绕了几句还是强调书非借不能读也。任青叹气，只好取了一本书店里还能买到的书"借"给他。"借"字上带引号，等于"给"。知道是肉包子打狗，再妄想把书还了来，不笑掉狗的门牙还怪。又不是一次，早都超过三次了。哪次都发誓看毕速还的。但只还了几句话："实在对不起，都怪你的书太好看了。我正看着，放在小卖部的柜台上，不知被我们村小学里的哪个臭老九顺手牵羊弄走了，我找死了，还没找来，找来了我立即完璧归赵。万一找不到，你有机会上县时再买一本，钱我出。"

那些豆角如果卖了，是能买一本被"借"走的藏书的。但是读过的那本书几经阅读、摩挲、勾画标记，早已成了一位密友。新买来的生疏，是密友的克隆者。可有什么办法呢？润水中学有这么个人，似是老天塞给任青的唯一的读友。别人你求着看，人家都不看呢。都说家里学校里忙的，哪有时间？或说，我学生时念书念够了，还念？或说，懒得翻了，床上一躺，刮几眼电视有多轻松？

其实，祁老师早算过了任青算的账。拿来半袋豆角，就是来换你的一本旧书，还等着还，哼哼，好好等去吧，我的豆角又不是野地里自生自长的。既如此，何不卖了豆角买一本新的来读，有多气畅？

偏偏不。就要看这个脸势。自己管不了自己。

有时，任青购书时，掂掂书的分量，属于绝不能出"借"者，便买上两本，回去了将一本跟祁老师换吃的。吃的东西，祁老师大方得很。但要叫他往出掏钱，这不是抽他的筋吗？

拿上了书，用书抽两下手掌，祁老师说：

这个假期不怕心慌了。我这人就反感电视，全是卿卿我我搂搂抱抱的，我老婆看得比饭香，还涕泪交流眼泪涟涟的。我恶心的，不说了不说了。我给你说一下"有文化"，失笑（有趣）得很，"有文化"编了一首扫盲的顺口溜，我念给你，说不定你写东西能引用上呢。

任青听了，也觉得有文化，记在了纸上——

扫帚扫院光净净，
干部扫盲一群群。
人不是入，入不是八，

士不是土，井不是开。

一背篼洋芋数几个，
四十岁识字识几个？
太像个大，口是个嘴；
叁像个参，陆是个六；
提手别打架，大写捌捌发。

祁老师跨上摩托，头盔一扣，手柄两拧，摩托嘟嘟两叫走了，丢给任青一疙瘩浓烟。任青踢一下烟，嘴角扯起一个嘲笑：是一位骑士，中国式堂吉诃德！

这祁老师，瘦得全是骨头，戴着酒瓶底厚的近视眼镜。给人介绍他是体育老师，人都会满眼疑惑。但只要看一眼球场上的他，就服了。一场乒乓球，他一站定，很少挪步，怎样飞来的球都能接住。对方一打日鬼球，他就左右开弓，几记扣杀，对方就像中弹的鬼子东倒西歪。尤其是他的旋转球，一碰对方球拍就反方向弹开，弄得对手狼狈不堪。篮球场上，一群人追着篮球跑，他没怎么跑，却见他一直在投球，他神出鬼没地站位，让他屡屡投出一片掌声。原来这祁老师，念书时是个乖学生。老师说：好好念书。你把经念下了将来才有油香吃呢。他就不去玩耍，使劲念，在光线不好的宿舍高床上，经常像一架念书的机器开动着，但终是伤了眼睛，视力急剧下降。老师还说：时间像河里的水一样淌着呢，淌一天少一天，再回不来的。老师指着打篮球的学生给他说：玩！叫他们好好玩去！他们几个如果能考上，我把王字倒着写下。老师的话让他很害怕，就是现在，一想这话，还是很有紧迫感，像脑后扬起着鞭子，在赶他。后来，玩耍的同学也考上了。这位王姓老师早忘了自己的断言，就是记着，王字倒写还是个王字。大学里，他被喊为男林黛玉。他经常感冒，经常打针，经常卧床。玩笑时，班里最瘦小的女同学都敢向他伸拳头。暗恋了一位女同学，跟着走，女同学突然回头，朝教学楼楼道里的整容镜指指。镜子里是一个芦柴棒，满脸满身的自卑。女同学一扬长发，丢给他一个纯正的嘲笑，走了。他发了狠，再不看书了，及格就行，功夫全下在了球场上。

参加工作后，祁老师向陈校长充分展示自己的体育特长和知识漏洞。陈校长叹，中文系培养出来了体育大学生，也算怪事一桩。只好让他当全校唯一的体育老师。几届运动会下来，他奠定了润中体育教师的牢固地位。后来分来的一位大块头体育系毕业生，因为有他在，只好去带历史、地理。虽然初三有不少大个子男生，但这些愣头青没有不怕他的。一块儿打球时，他一个四两拨千斤，大个子男生就像树桩倒在地上。他的宿舍临近操场，上课铃一响，他一脚拨出桌下的篮球，踩住一挑，篮球就上了手，在一根手指上匀速旋转，像个地球仪一样顶在右肩上方走向操场。他对学生大讲“体育不及格是废品”的简单而残酷的哲理，尤其是不爱体育的学生，他更现身说法，谆谆训导，千万别步他的后尘，弄得输掉整个人生。这类学生一想，不爱体育存有以后别人不爱自己的巨大危险，没有不积极上体育课的，全校只有一个篮球，照样把体育玩得更快更高更强，当然，也更欢。三男两女或四男一女，五人一组循环上场，三个球一场，三比二赛出输赢，淘汰很快，一节课几乎全班学生都能上场。球场一侧，其余同学进行立定跳远、引体向上、俯卧撑等。总之，学生个个不得闲，个个欢笑，个个玩得汗流浃背。祁老师更是像个返青的小伙子，伙入青春，腾挪跌越，完全忘却了活着的诸多人生烦恼。女生体育课上溜回宿舍吃馍馍、跑到教室里做作业的现象没有了，上课打瞌睡的也没有了。一看教案，全是术语，图文并茂，字迹工整如姑娘的针脚。哎呀，逼得陈校长在会上屡屡以“热火朝天”赞誉他的功业，甚至上升到了“体育促进了智育德育的发展”的高度。会后，进了祁老师一月只打扫一至两次的陋室，严肃警告他不能再给学生现身说法宣传身体炼不棒将来女朋友处不上、腰身炼不苗条将来帅男瞧不上的负面思想，更不能再在学生面前声讨自己当年的王老师，斯人已作古，其当年那样教育他的动机也是好的。祁老师满脸是笑，连连点头，抓过手套擦一下椅子上的土，请陈校长坐下再讲。陈校长瞪一眼满是脚印的宿舍地，拂袖而去。出门又折进来，指指祁老师桌前的墙上，指指宿舍门后背，再次拂袖，走了。

陈校长边走边想，怎么自己费心管理的这些人民教师，没有一个没臭毛病的，本质上都不错，都是朝上长的好树，但都长有几个坚硬的疙瘩。当一想到自己也是有疙瘩的，他站住了，瞅瞅自己全身上下，看见疙瘩被衣服遮着，便拍拍后脑勺，继续拂袖而去。

祁老师宿舍门后，是前任住宿者的留言，用钉尖不朽式的狠劲刻上去的，甲骨文笔画一样：阳世三间人弄人，阴曹地府鬼捣鬼。他入住后，用彩色粉笔添上一副对联：曲率半径处处相等，摩擦系数点点为零。

桌前墙上的课程表、作息时间表，每学期发一份，祁老师拿来后，在每页纸的左上角、右上角各涂一刷胶水，压在上学期的上面，每学期往上贴，积了两厚沓，下面均张开着。开闭宿舍门，全呼啦啦经幡一样飘卷起来。"经幡"旁贴着一篇剪报，标题是《他为什么一生都在抱怨恩师？》。报道中的主人公像是他的表弟，比他的境遇惨一倍不止，而"表弟"的恩师完全是他的王老师的大师兄。大师兄教育出来的学生，学习特好，体质特差，常年服药。毕业了不能胜任工作，只好做后勤管杂务，婚姻上更是千疮百孔，满眼窟窿。祁老师庆幸自己在大二时就"改邪归正"了。毕业了，一穷二白三瘦，找的对象上过小学，会写自己名字，会算账，有几亩水地陪嫁。他穷钱穷光阴，她穷知识穷干部女婿，双方都希望这互补式婚姻相得益彰，婚后证明，他俩的最大公约数是1，他俩像一对互质数一样，生两个孩子，然后挣钱供孩子上学，别的不想也懒得去想，就这么个活法。妻子守小卖部，他骑着摩托上下班，心情如风，亦如茫茫远山。体育课上，指导初三的大女生做仰卧起坐，心里不时蹿起火蛇，他均在火蛇探头吐火星的一秒之末就开了枪，击毙了火蛇。他几乎不敢相信，自己的体内，某个骨头缝里还藏有一星半点男性的火种。被睡眠抛弃之夜，他辗转许久，起身洗了裤头，裸着骇人的骨身，枯坐于茫茫大夜的中心。他看着墙上的芦柴棒投影，摩挲自己的两肋、胸背。床上一身是病的妻子睡得死沉。她比他还瘦，像一把柴！孩子、家务、庄稼，全是她的，把她一身的肉榨干了，只剩下硬笔书法里的"妻"这个字，笔画瘦硬，几欲散架，靠丈夫是老师，或自己是干部家属的心劲铆接搭牵在一起。

大夜漫漫，如涛的情绪覆压在他身上。

一些看不见却实实在在的东西，像麻叶一样牢牢缠束着他的心脏。

他携带上自己的身躯，去另一个房间看他的两个孩子。两个孩子像两枚果实一样，在酣眠中暗自生长着。

因为这两枚果实的成长，他和妻子这两棵树上满是沧桑。

忽然，腿肚子抽筋。他一把抓住，像一把攥住了一只鸟。

腿往死里疼，他往死里攥。

压了好久才过去了，但那儿还有一小疙瘩疼，像一个死结，解不开了。

一片钙他都舍不得买。妻子早上给他打两个鸡蛋，他全夹到了孩子碗里。

一排上房，一松到底，四门八窗，就是他们节约或说挖光阴的证据。

全村最气派的院落，似是他活着的目的。

父亲、爷爷，都住了一辈子箍窑，他把一院房子拉债欠账盖起，父母只住了半年，就带着满意走了。

五、禹　红

任青完成扫盲任务后，下决心上县去找禹红。依往年惯例，放假后禹红是会来找他的。今年她大专毕业了，应该找他商量：是到润中教学，还是往县上跑。她是指甲大一点儿事都要问任青的。放假十天后，禹红还没来，任青替她找了 N 个理由，紧接着 2N 次地否定了。又憋了几天，他忍不住向人打问了一下，人说看见禹红在教育局走动，往县上一中跑。他听了觉得一定是那人把人认错了，肯定不是禹红。任青在心里肯定着，竭力把一疙瘩疑惑与底气不足压下去。这时，小张打电话命令任青速来县上。

小张放假后，一天一包劣质香烟抽着，坐在教育局局长家的单元楼前与一群教师堵局长。这群人中大龄未婚者与夫妻分居者占百分之九十。像小张一样的离异者也有四五个,都是因为调不到县上被老婆离了,而后找了城里人调到县上去了。反正都有工作,离了各找方便,又不是做陈世美。这群人是发誓要找见局长的,找见了要痛诉自己的难怅的,痛诉完了要局长大人开恩把自己调了的。这个群体是人数持续递增绝不会递减的群体,哪个局长不怕?不怕的局长也许会有,只是到现在还没出现。堵了几天才发现局长一家夜间金蝉脱壳了。

小张见了任青,大骂:老婆被人拐跑了还蹲在乡下奉献着呢,你难道觉不出禹红有问题了吗?

小张扔了烟,又踩了两脚,朝大街上狠狠唾了一口。说他们一群人在四面出击寻找局长的新居所时,看见禹红和一个办公室秘书式的青年往县宾馆走,他跟踪去后抓到了两个答案:一是局长蜗居宾馆用电话办公;二是那个秘书式的青年是给禹红跑一中的。小张又跟回来,跟到教育局办公室,待那个秘书式的青年坐在了办公桌前,小张上前问:

局长在吗,我找他办个事。

那人一边找文件一边说:

局长不在,你找局长办啥事?

办个事。

办啥事?

办个事。

呵,办个事,好,那你办个事!

秘书要走,小张说:

听说局长住在宾馆三零三,我给我朋友的女朋友禹红跑一下工作。

那人电击了一样,直看小张。小张看一眼对方,扬长而去。

因为跟了秘书,没跟住禹红。小张给低着头的任青说:

盯住这个小白脸秘书,很快会找到禹红的窝!

小张说他见"盐碱酸"了,把在润中上初三的儿子往县二中转。小张问:

儿子上初三,你化学教得那么好,咋不教?

闫建三说：

自己的儿子自己教不好。犟得很，不听我的话。

小张说：

你不会弄个父子中和反应，中和中和，就不犟了嘛。

小张朝街上骂道：

"盐碱酸"经常以为别人是傻子瓜子，谁不知道他把孩子转上去是为了升高中容易些。下贱的，先哈哈哈地找了个张三同学，张三又找李四主任，李四又找王五副校长，王五说他一个人办不了，要找个机会给正校长说说。找了一学期机会了，到现在还没把话递到正校长的耳朵里。几个工资油了张三李四王五的嘴了，来回搭车润了车轮子了。他还——

小张住口，他看见任青在静静地看他。哑了半晌，小张朝自己头上一巴掌：

我他妈这是，我不贱，天天孙子一样，在干啥！我走了，三零三的局长大人午睡该醒了！

说着，瞪了眼过马路。一辆卡车驰来了，他不停步，双眼直瞪着车头，卡车只好减速，让着他像个仇人一样横过去了。

任青坐着不动，他静着脸认真地看街对面教育局的大楼，看楼门口出出进进的每一个人。看街上走过的人，看眼前驰过的车，看脚下的街道，看自己的双手。他身后的超市里走出来一位老者，说：

年轻人，你坐了一下午了。我知道你心里有事。啥事你都要想开！照我说，只要是人，谁都有几个大小坎儿呢。

任青点头，抽出一张纸币：

老爸，给我来盒烟。

点了烟他不吸，夹在食指与中指之间，看那缕烟气上升的姿势，领导一样弹一下烟灰，继续看烟气上升的姿势。意识到久坐于此会增加这位老者的不安，便起身去了小西湖。他昂首挺胸，双脚一丢一丢地散着步，脸上浮着自嘲般的闲适与悠然。

太阳正要跌入西边的高楼背后了，湖里的热气渐渐沉入了水底。下班后的人在湖边匆匆走过，忙自己的家庭生活去了。结伴而来的青年男女带着五颜六色的感情，独自一人来的带着各式各样的表情。任青只管走，不看他们，偶尔朝左觑了一眼，又连着看了一眼，然后站住了继续盯。一分钟后，他的视线右转了八十度，他的视线足足跟了禹红一分钟：禹红与一个男的嘻嘻哈哈推推搡搡地漫走着。一袭贞洁的白裙包装了她，如同她读了三年取得的大专文凭包装了一个乡下村姑一样，但任青还是第一眼就认出了她。

任青跟上去，跟得禹红回了下头，又回了下头，站住，"哦"了一声，往前急走了几下，停住，慢慢转身，说：

哦，哦，任老师，你咋在这里？

任青没回答，不认识没听见似的走过去了。小白脸看一下任青，说：

小禹，你认错人了。

任青走到前边停住了。小白脸往前走，禹红彳亍着步子，接着被高跟鞋生气地拐了一下，她蹲下去勾鞋帮，小白脸转身去扶她，她偷眼盯着任青。任青折了回来，若无其事地从她身边走过去。她赶紧起身往前走，一瘸一拐地。任青又折了回来，跟着禹红，似跟非跟，似盯非盯，前面停他停，前面走他走。禹红终于大喊了一声：

出租车！

一辆车"嘎"地刹在旁边，禹红跳上去，关了车门；小白脸赶上去，拉开另一个车门。

任青快到车跟前时，车上的喇叭像动物一样号叫着奔走了。

任青哈哈大笑了起来。停了会，他又哈哈大笑了起来。

任青一直转到小西湖边再碰不上一个人时，他到县宾馆的三一三破费住宿了一晚上。十二点前，他把门开着，对门是三零三，门一直像个秘密一样紧关着。

次日回校，他删除了同禹红有关的一切东西，然后把双手浸泡许久，用香皂洗了数次。他唯一接触过禹红的是这双手，禹红唯一被他接触过的也是一双手十个指头。

而后，下馆子美美地吃了一顿。才觉得饿了，羊羔肉就是香！

张长弓这个虫！明明知道姓禹的已经把她自己，趁着青春价高时卖了，但还给他以推测的口气提醒。他还一死认定禹红是永远忠贞于他的！在张长弓眼里，他该是多么迂腐啊！任青狠狠嚼着嘴里的肉，像在嚼着一个人的尸体，嚼着一块腱子肉一样的仇恨。

张长弓不是个人，那个女人——任青发誓再不提“禹红”这两个字了——更不是人了。

他用自己一贯的冷静与矜持控制着自己。他的泪爬在眼睑上观望主人的悲伤，不注意掉了下去。

禹红确定自己被分到县一中的同时，那个秘书确定了她不是处女。秘书是个患有严重贞操癖的人，故而屡找屡弃，多年了仍是独身。

禹红去县一中报到，一位负责人站起来，热情地要握手，握住手的同时，大拇指扣了禹红的手心两下，禹红疑惑，又被扣了两下，禹红脸红，瞬间将脸红转变为害羞。害羞而今是稀罕品，负责人连连称赞人如其名，给安排了一间向阳的宿舍。出了这位带“副”字的领导的办公室，禹红心说：又碰上了一个。手心里痒，像狼崽子用带刺的舌头舔过。自她决定不嫁任青的那个时刻起，她看男人时都成了假洋鬼子，所以，只要有必要，她会去做这类生意的。是生意，没什么大不了的。大学里进去时，都是一枚枚青果；毕业走向社会时，都是用保鲜水养起来的非原生态果子了。况且，任青总是用“为人师表”“正人君子”之类的绳子捆绑着自身，也捆绑着屡次走向他的禹红。这使禹红长期地痛苦不堪。禹红帮任青用一些更加牢实的绳子将自己捆住，但一个意念或袭过来的一个眼神，便将这些绳子纷纷熔断，这时，人就成了老虎，就想冲过去，将猎物一口咬住。禹红是知道自己的，她认定，一旦自己嫁了任青，必会给他带来更大的伤害。而这，将是一辈子的。“任青”两个字，应该是很对仗或对偶“禹红”两字的，但实际上前者一直高在“师”的位置上，后者被禁在“生”上。屡屡，后者站在“妹妹”的位置上，撒娇式逼请，或暗示前者来到“哥哥”的氛围中，但是都没有成功。不是任青不懂，而是他太珍爱她了，要等她大专毕业了，等她长大了，再同她严肃地讨论这件大事。当前，你是学生，大学生也是学生，大学生是应该继续认真学习的，不能把宝贵时间浪费在谈情说爱上，更不能出轨；况且我们都是讲台上站的人啊。他总认为她还是个学生，虽然个头长高了，但毕竟是比自己小六七岁的。任青是师范实习时遇见禹红的，讲台下坐着的禹红屡屡盯着他出神，而一旦发现他的目光捉住了自己，禹红就一下子红了脸，勾了头，直到下课是不会再抬头的了。上了高中到了县城就给任老师经常来信。回信成了任青两周必备的一课，要措辞，把学生意欲放大的朦胧情感收缩、归位；还要书法式的书写。任青进修的时候，这丫头就屡屡吵着要跑到省城来看他。终于熬到考上了大专，送禹红进了大学的校门，走时，一下子扑进任青的怀里，双手往任青的腰里摸索，死死抱住不肯放手。任青费尽九牛二虎之力才将自己腾开来，喘着气说：

你的心思我明白。你现在好好读书，我会经常来看你的。

他要等自己的另一半工作了，会严肃思考人生的一系列问题了，那时，他也许成了知名诗人了，那么，诗人会向女神献上一首爱情诗篇的。

而不是趁火打劫，不待成熟就一口吞了青果。那不是爱情，爱情是圣洁的。

高中进入大学，全身上下由里到外，每一个细胞都进行了大解放。大学是激情的熔炉，一切束缚人的东西都会被彻底粉碎。禹红自然承受着一次又一次的爱情攻击，独出独进是不可能了。再“独”，别人会以为有问题的。况且，谁甘心让自己的大学没有色彩，让自己的青春孤单寂寞呢？身边没有优秀人才陪伴，对这个时代的女大学生而言，就是耻辱，是没有能力或魅力的，会让人瞧不起的。禹红躲在假山后默祷，将一枚硬币数次抛向空中。落地，反面，她会心疼；正面，心安。然而，正面被反面以五比三胜杀。只好接纳了一位气质很像“老师”的诗歌爱好者（默认为任青的表弟吧），给自己做保镖，真的很有作用，众多高年级、同届、同班的男生停止了对她的强烈骚扰，而将矛头转向别的淑女或剩女。剩女，有的是自己把自己剩下的。

禹红又看见了几年前大学里的自己，看见自己和诗人表弟并肩走着，走过高校的月光操场，走过一对对像他们一样走着的男生女生身边，走向校外。禹红看见两个很磁性的男人名字，被自己柔弱的手写在两片纸上，揉成两个纸团。而后，向屋顶之上幽蓝的深空里的主宰者祈祷。但是，任青还是没有被抓上。女人在无助的时刻求救于这两个字，然而这两个字却如此懦弱，连被打开的机会都赢不到。任青不站出来，倒像是悄声抛弃了她，躲开了她。禹红心里十分，不，是万分地谴责着任青，她被泡沫般的失落感淘洗着，她开始与诗人表弟喝酒，酒量大得惊人，吓着了对面的表弟。表弟先于她醉过去，又先于她醒来。望着软人，惊叹是仙女再现。禹红被撕剥醒来，同对手搏斗，终是再次失败。她知道自己丢失了什么，一种一生只允许一次的丢失。她裸站在千里之外乜斜着任青，心里狠狠地说：

这是你自找的！你自找的！你后悔去吧！哈哈！

表弟也哭了：

我不知道你还处着！我不知道你还处着啊！

表弟发誓：

我要知道，我打死也不会这样的！我追求的是爆发，而不是……

禹红一巴掌扇断了他的后半截话。

表弟跳远了说，因为我不是处的，所以这样了我也会痛苦的。表弟抹了一把自己嘴角上渗出来的红色液体，说，我不是下贱的。我知道，人应该将自己的处身给予自己初恋的人。诗人表弟把“给予”说成 gěi 予。诗人表弟开始哭诉，说他的第一次是被自己的高中老师掠去的，说他被骑在身下，被一堆白花花的肉身颠在身下的那个场面，他终生难忘。这使得他提前数年告别了青涩，提前进入了对未来的思索。他总感觉对不起未来的妻子，这个感觉，已经将他压住了、箍住了。他和孙悟空一样，头上戴了一道紧箍，且，无咒能打开。

禹红被这些话收降，她伸长胳膊为表弟擦泪，进而扑了上去，发疯地将对方擒在身下。

遵守数千年传统美德的任青呢？他被封在一枚小核桃般的纸团中，被供在大学校园旁的出租屋的桌面上。一尺之距的床上，禹红如一枚罂粟花将自己绽放。当洪涛过去，世界又出现在面前时，禹红的两只眼睛同时看见了桌上的那个纸团。于是，她用一张口，两排牙齿，将仰躺身边的男性的裸胸狠咬了一口。她其实是在咬任青，随之，泪如泉涌。

禹红替任青将自己放脱了，解了这师生之恋的累人绳索，而祈祷他遇到一位中国式的淑女贤妻吧。禹红是不能说出真相的，知道说出来会气死老师的。她只好躲起来了，只好让老师恶心自己，从而唾弃自己。而后，报复式地将这个世界，及这个世界上的男人看破。她没有无条件地使用自己，似是给自己从事的职业留了一张脸面。现在，她站在教育的讲台上，与其说是奉献教育，不如说是献给教育，或是嵌入教育的一个立体的、变形的问号或感叹号。

六、李子儒

午后，清风穿过村庄，一股儿一绺儿，撵开了院子里焦灼的暑气。

景绿叶与父亲坐在树下吃杏子，吃豆角。杏子何其黄，豆角何其嫩，喂得人的心情何其惬意。景文山旁边有一个座位，那是妻子白梨花的。白梨花不在，似是刚去厨房了；景绿叶旁边也空着一个座位，当然是景梅的。似乎景梅马上会跑进大门，一屁股坐上去的。景梅放假后打来电话，贪婪地听了一会儿父亲与姐姐的声音，止住了噬人的思念，然后说这个假期她不回去了，孝敬老爸和享受亲情的权力，全部委托给姐姐景绿叶同志。她景梅要自力更生，艰苦奋斗，和同学们搞家教，挣学费去了。

父亲当然同意，叫她好好去闯。说，有一个女儿陪在身边就很幸福了。说，整整陪一个假期呢。说，教师一年两个假期真是神仙安排的，带薪休假，乡长都羡慕呢。

景文山总结景绿叶本学期的工作，先给了两个字：满意。说：

人就活着个名声。只要你用心，啥都能干好，大家也就尊重你。那个，世界上第一个当老师的人——

景绿叶接口说：

不是老师。

景绿叶满嘴嚼着豆角，小丫头一样不时逗老爸笑一下，再笑一下。景文山一高兴又上课似的回忆起了他的当年：校墙年久倒塌了，他和妻子、学生植了一圈树。“树墙”长起后，绿荫覆地，书声琅琅。外面来的人瞪圆了眼睛，大声说这“树墙”是个发明。还有，利用周末，他们夫妻每年在学校旁的一个沟洼种洋芋、养鸡，收入绰绰有余地解决了学校的开支，不但从没向家长、向村上要过一分钱，还为每位学生买书、买作业本、买书包、买文具。谁家的孩子长到六岁，一律免费就读。

这些，景绿叶当然是熟悉的，但她还是备课似的认真听、用心记，晚上就抓紧时间把父亲的声音，连同高兴，落在纸面上。

这个暑假，景文山父女还惦记着村里的牛子。牛子今年高考，出了考场他步行回家，百余里路程，还是没有扔掉浑身上下的麻木。每天失语似的同父亲耕地、吃饭、睡觉。话少的父亲更是被感染得脸黑、木讷，吐一个字比掏一百元人民币还难。村里的景文山父女来看他们父子，他们站起来等客人坐下，之后就忘记了自己坐下。来客看见满屋满院都是荒寂，景绿叶酸着心去厨房看看，收拾收拾。任青给她说过，牛子是他带过的最好的初中生，屡试不中，他次次不相信，几乎要怀疑自己是否教过他。牛子一岁丧母，父亲抱着他吃百家饭，穿百家衣长大。送入学校，成绩年年是优、优$^+$，小学、初中、高中，十几年没有孬过一次，三好学生奖状贴满了一面房墙。可高考时，一上考场似被魔鬼缠附，浑身紧张，虚汗淋漓，大脑一片混沌；出了考场，立马周身清爽，头脑明晰。每年高考都缺几分，每年都这样死一回，今年是第四回，算是“高六”。待像植物人一样慢慢苏醒过来时，就到了分数揭晓的时候，这是普天下学子被五毒噬心的时候：分数线之上，是天堂；之下，是地狱。

忽然的一天，牛子笑了，整张脸皮红红润润喜悦起来。他的父亲也舒了眉，展了脸，话出来了。牛子是给父亲减压：自己高考，让父亲这样吃力，是罪，是不孝。他的笑容之下是放弃，是认命，是考上考不上都无所谓了。父亲暗骂自己老糊涂了：你这样木着不管，不怕儿子被压垮了？一紧张，拿出了数倍的乐观放大在家里，每旮旯都是。有一天，竟然买了白酒，煮了肉，要与儿子干几杯。儿子狠狠咬肉，美美地嚼着，灌了一大口酒，借入厕出了房门，走进了一院子的夜色。他仰望星空，嘴里大嚼着，两股泪水在脸庞流淌，像缩小了奔流在脸上的长江与黄河……他听见父亲吼起了秦腔，他不敢放纵自己的伤悲，赶紧揩干了泪，删尽哭的痕迹，脸上堆匀了微笑，迈着两腿的从容，掀开门口的一层酒气走进了房门。家里的这个人，是他唯一的亲人了，而且是父亲。父亲，一生有且只有一个！

牛子上县看分数，父亲执意陪他去。

到了县上，找个小店住下。当天返回的车半小时以后发，赶不上的。

牛子说：

爹，你先歇着，我走了。

父亲答：

路上看车啊。

牛子走到门口又说：爹，你躺下，躺下歇着，我走了。

父亲坐在床边，他的背驼得厉害，他双手撑着床沿，双眼一直注视着他。牛子低头，躲开父亲的目光，轻轻拉上了店房门。他走了十分钟路；然后站定思考——去学校还是去班主任谢老师家，还是去教育局——用了九分钟；往教育局走用了八分钟；快到教育局时，他站定下来，看到教育局门口熙熙攘攘的学生、家长，围着一长排高高大大的展牌，那展牌就是古时的皇榜，上面写的都是中举者；十三分钟后，他才记起把手里攥着的纸条忘了留下，他马上折回去。他不停地看腕上的电子表，边走边对着电子表上的数字发呆，数字似乎不是时间，而是高考分数。一抬头，到了店门口。他悄悄走进店主房间，说：

把这个纸条先放你这，一小时后，我如果不回来，你就给三号房住的我爹交给。

这时，店主的妻子从门外进来了，直看牛子：

噫，你是三号房那个人的儿子吧？你前脚出门，你爸后脚也走了，让我看你回来了，给你说一声，让你明天先回家去，把剩下的几亩地耕了。他打工走了。

牛子把还没递到店主手里的纸条收回来，无言地回到了三号房间，他仰躺在被垛上，朝门口说：

老爹抢到了我前面。

三分钟后，牛子将攥在手里的纸条捋展，把上面的字阅读了一遍：

爹，我走了，我出去打工。打工也能活人！

半小时后，牛子才反应过来，跑到汽车站。一个青年，把一个"找"字在熙熙攘攘的车站里，撕、扯、拧、扭，折腾了几十遍。"找"，是个滋味，人生第一次吞咽了，苦涩了他。

那个人已经逃了，将自己的儿子成功地留了下来。

牛子在北山顶上坐了一下午。老地方，往年补习期间坐着排遣郁闷，思父想家的地方。向后再翻一个土埂，长眠着一位"高五"落榜生。每次上山，牛子都对他默视几分钟。他的故事已将一个县的教育戳了个大窟窿，至今，窟窿里还往进刮寒风：那年分数出来后，几位考上的高中生彻夜狂欢，扰得隔壁出租房里，第三次独饮落榜之痛的他烦躁不堪，打了数次招呼，均被置若罔闻，他便袖筒里携了菜刀进去交涉。四位狂欢者，跟他顶几句，就砍几刀，被追到大门口的一位，跪地求饶。他说：

我是学理的，我讲理。你只顶了我一句，我只给你一刀，我保证你不死，因为你下了跪。

第二天，一条消息将全县城几十万双耳朵震惊：一个落榜的砍死了三个考上的，在北山上自杀了。自杀的地方挖了个坑，坑旁写着"我不回家！我考到死！"

使牛子和十几位牛子们发誓不再复读的，是同班的一位女生。她是"高四"生，去年的这个时候，她看了一眼自己的分数就笑了，说：

我考了390分。刚好达到分数线了！

旁边人都说：

是360，不是390。

她说：

你们看眼花了，是390，9转了一下，成了6。

她走了，逢人就说，9转了一下，成了6。这叫什么，这叫生不如死。据说，一位主管教育的领导，给她在一家企业安排了一个工作，她的病慢慢康复了。又传说，那领导让长得好看的她，给自己的智力有点问题的儿子做媳妇，一提此事，她就犯病，不提不犯。

今年，牛子一心关注庄稼，面朝大地，春播夏收。可是，高考前一个月，他的班主任谢老师打问着找到他家来了。说是班里的一位尖子生，被别的学校高价挖走了，校长气得几近绝望：今年学校指望该生考个全市理科状元，给学校进一步打造品牌呢。免了学费，还给予三补：补食、补宿、补资料费，不想宝贝还是没看好，被人从执教廿载，德教双馨的他的手里弄走了。给多少钱都回不来了，那个学校把该生的身份证押下了，等着办准考证。现在，他只好跑来找已经考伤了心的学生帮忙，把考试人数凑够。否则，他一年的奖励工资要泡汤。

谢老师拽下似乎永远擦不净的眼镜擦着，说：

李子儒，我知道你的实力，你也不要看书了。心情好了，翻翻我带来的这些资料。然后，吃好点，把身体好好补补，这三百元给你。

牛子不要。

李子儒，你为啥不要我的钱，你不认老师了？

"李子儒"这个名字，好久没人叫了，被老师一叫，陌生得像是叫别人。

他原来叫李子牛，高一时谢老师是班主任，说：

俯首甘为孺子牛，鲁迅的名诗，谐音一下，你用"儒"好，儒家的儒。

那时候，他多么年少，谢老师也多么年轻，课堂上，谢老师不时领着他们挥斥方遒，粪土当年万户侯。

牛子看见，他面前的谢老师老多了。他只好无奈地跟着老师，回到了伤心之地，加入了备考大战。课间，高考队伍围住他“查户口”，再三确定了他不是“高考移民”，是老师叫来帮忙顶数的，才默许了他的存在。“高考移民”考上重点或一本，成绩是记在老师、学校名下的，但挤占的是本地学子的成功机会。每年，高三学生都要组织打击“敌人”的革命斗争，但总有一些漏网之鱼侥幸得逞。有一年，一名山东籍补习生冒死潜入，他不敢开口，一开口，方言就是罪证。报名的时候请了长假，去乡下的街上摆地摊。高考时每次迟进考场，早出考场。终于考上，考入了山东大学。不幸，领录取通知书时还是被发现了，遭到群殴，差点致残。一名甘肃会宁补习生，装了个差生，平时测试，同学们“问题”都说不会，根本没有中举的一点点迹象，还被讥为，这状元大县还是有软蛋的。进了考场，却是过关斩将，科科夺魁，成了全县高考状元。落榜学子无处撒气，写了几十篇大字报贴到教育局、县政府的楼门口。许多人看了摇头，说，还不是白写白贴，领导们都忙，根本无暇顾及这些气冲斗牛的檄文。

牛子坐到天黑才回到住处。第二天，他又去北山，俯视县城，把心敞开，让山风疗着。

快下班时，他逼住自己往教育局方向走。那一排展板前没人了，他把自己挟持过去，刚一靠近，“李子儒”！再看，还是“李子儒”！闭眼、睁眼，真的是“李子儒”！牛子把手抚在“李子儒”上，像母亲抚摸她年久失散的三个孩子。

次日，景文山和景绿叶把李子儒从城郊派出所带了回来。

牛子昨晚在车站，问遍了所有的司机和售票员，都记不起他描述的父亲是坐上开往哪儿的车打工走了。而后，他买了一瓶白酒坐在北山上喝……巡山员半夜看见一具“尸体”后报了警。警察说：

幸亏，酒只喝了半瓶，他就被醉倒了。

派出所准备通过各种渠道寻找这位父亲，让他早日享受到儿子的喜悦。牛子说：

谢谢你们救了我，我昨晚发混，我不能死，我死了我爹咋活？我爹不找了，他不久会回来的，他放心不下我的。

待景绿叶发现时，牛子已经犁完了她家的几亩地。那天，派出所打电话，让家长来领李子儒，别的没多说。村里人都愣了，不知道牛子究竟咋了。景文山说我去。景绿叶陪父亲上县，一路用手暗压着左胸。出了派出所门，她一把抱住牛子的头，然后拽到商场给他买了一身西装，不穿不行。牛子回家，次日去犁地，先犁景老师家的，后犁自家的。赤脚入土，他像一截树干栽进大地，浑雍的地气沿脚心进入，像遥远的母爱亲爱着他。他来回耕耘在故乡半透明的晨曦里。

他浮想联翩，他记起第一次独自出山的那个早晨，五点多，父亲叫醒他，帮他套好牛，把鞭子往他手里一戳，就回屋了。接着，屋里的灯黑了，整个世界都黑了，他一下子被黑暗吞噬。立了好久，才看清了周围的轮廓。东方未动，冷风嗖嗖，他赶着牛，准确地说是他跟着牛，一路与铁一样沉的黑色的恐惧搏斗着，才走到了地里。到了地头，父亲走过来了。父亲是打捷路来的。父亲没说一句话，只拍了拍他的肩膀，将他全身的紧张怯懦都拍掉了。父亲、他，乳牛、牛娃，他们四口子的日子是难过的：两个已老，两个不会耕地。牛犊起初不让往自己脖子上架套，一架就甩头、惊跳、跪地、踢人。累得父亲够呛，抽了牛犊一鞭子，老乳牛就老虎一般扑过来牴父亲，把父亲追了几十步远。父亲等老牛消了气，和老牛一起拉套，牛子扶犁。牛子要拉套，父亲不让。谁都疼自己养下的。

牛犊终于调好了，每个牛犊都要经历的：脖子上肿了，肿了又好了，好了后起了一层厚茧，像垫了一层厚手帕。与牛犊同步，他也被调好了，调入了农门。他的心上也磨起了手帕似的厚茧。

假期里，教师一撤退，校园像个空壳：孵好的鸡子啄破的蛋壳，而鸡子们早叽叽喳喳跑掉了。夜风碰到国旗，掀起一些声音，像正在传来的书声，或者渐渐远去的海涛。一不注意就沉在了记忆中，记忆是一面泥塘，陷进去如同自杀。这是人上了年龄干的活儿，现在抢个啥？任青骂着自己，卷了被褥，锁了门，朝老家走去。回到老家，家门口的杏树，挂满了杏子迎接着他。他站定了看杏树，杏树站着的姿势，还是上次送他离开的那个姿势。

他的目光，几乎与树上的每颗杏子都问了个好。

家里是哥嫂侄子一家，愈是热情他，愈使他不适。他像富翁一样翻晒了自己的书，像教授一样批评教育了几个侄子，用的是古人的话：莫等闲，白了少年头，空悲切。等等。他细细看墙上相框里的照片，照片上的父母，继续年轻着，也持续微笑着。有几张标准照，父亲一贯地严肃着，母亲一贯地慈祥着。他去二老的坟地坐了坐。两个坟堆，像被岁月压得缩小了的两座山，盛长着齐膝盖的冰草。几朵野花，晃着身子在笑，像跑来听老人讲故事的顽童。任青坐着，道家一样无为地坐着，坐得心里绿起来，红起来，蓝起来……一曲山歌甩了过来，他双眼在一个又一个山崾岘找，在一座又一座山头找，在一层又一层梯田找，没有找见歌者。但歌声就在周围，像一条飘带在风里绵延着。山歌无词，只一个“啊”字，却九曲回环，如龙游潜于雾山云海；只一个“啊”字，却似歌尽了歌者的一生一世，悲欢离合。任青闭了眼，任歌声在心里浮、沉、跌、宕，他的心胸渐次开阔起来，开阔起来，似乎能装下眼前的每座山了。

吃浆水面，睡火炕。次日醒时，阳光满窗而入。这些倾斜了四十五度，从通风、窗子里进来的阳光，使得经历了一个夜晚的房子豁亮而又豁达。一房子洁净的空气任他自由地呼吸着。他伸出一个巴掌，伸进阳光。掌上的皮肉瞬间鲜亮了多倍。之前，这些光还在太阳上，近一亿五千万公里的距离，他从一数到六十，连数八遍，即八分钟时间，它们就到来了，源源不断地到来了。从一数到六十，且连数八遍是有些“漫长”，但还是感觉光不是从太阳上走来的，而是已经呈直线状，平行、密集地填满了天地之间的所有空间。他叉动五指，许多阳光从指缝滑跌下去了。他朝地上看，那些跌下去的阳光，全亮在巴掌的影子的边缘。他将巴掌纹丝不动，伸了一刻钟，就十二分清晰地看到了太阳行走的速度。他是一个喜欢验证自己的看法的人，他将巴掌移出阳光，靠在通风上射入的那方阳光的边缘，稳放在炕沿上。

马上就看见了太阳的脚步。

阳光立刻像队伍登陆一样攀上了巴掌的边沿，接着，向前推进，须臾占领了小拇指的二分之一面积，明暗交界线像木工的墨斗弹出的，顺着小拇指切在它一半的位置上。

战线推进，马上侵吞了整个小拇指。

太快了，又侵入了无名指。接着，中指。

这个速度，让他和他的手掌吃惊，震怯。

第一次，才理解了“时间”。小时候，垂着鼻涕扭头唱念“一寸光阴一寸金”，哪晓得念的是什么，只是为了念，念得这个句子像一绺透明胶带一样贴在脑膜里了：粗看一眼没有，一揭，那些句子仍贴在那里的。

一巴掌阳光，任青看着。

任青想，以后，有机会给学生讲“时间”时，可让他们也盛一巴掌阳光试试。任青把这个想法往大脑里使劲贴了贴——他的记忆力明显下降了。以前，是百分百的万能胶，一贴即粘，一粘即牢，绝对撕不下来的。而今，多年的风雨剥蚀，胶性大大减弱了。

任青起身返校，他把心里的几疙瘩事情，挂在了老家门前的杏枝上，慢慢风干去吧。

任青的早晨从中午开始。开窗换空气，旷静的校园里的空气百分之九十呈鲜态，是别人未用过的，一呼一吸，洗肺；听贝多芬，洗耳；还有，洗衣，偶尔洗洗锅，多时以方便面为主。晚上，读书吟诗，算是洗脑。诗的本性似酒，看起来是柔的，是液体，似水；饮起来却是烈的，是火。品诗而至饮诗、嗜诗，几近于吸毒者了。

诗的夜晚就无法平静了。

大夜苍茫

一屋子多少立方米的黑夜

将我壅住

屋里的灯，持续亮着

似乎下一秒要灭

如同胸内的心，持续动着
似乎下一秒要停
黑夜持续地涌进来
它们要将我箍住
以防倒下

无言的诗

——给z

散开长发，如散开
黑色的寂寞和怅然
数不清有多少颗无奈
渐次生长在生活的枝上——
窗外的阳光执着地敲打着窗棂
一些打着褶皱的信息
被窗玻璃堵截在咫尺的外面

远处还给某个人剩有一些风景
谁的心房里还存有
半个落花的季节
落去的已是花瓣上的第三层颜色
一缕遗失的暗香
无情地洇湿了我背面的世界
黑的长发
黑的暗香
黑颜色的夜

今夜（胸膛状）的炉子里

一点(心脏形的)火㊂

快要燃尽了

红色越来越弱

等着

另一块炭的到来

被诗点燃,燃尽。再写诗陪葬。往往一个夜晚,只有几行或几个字没被涂掉,在纸上活到天亮。

景绿叶知道任青在学校里孤独着。她借口取书,赶到学校,告诉了李子儒的喜讯。

任青两眼放光,说:

天,嗷,天爷啊!这该叫——天无绝人之路吧,天若有情天亦——不老!用我妈的话,就是——把天叫喘了!哎呀,我的学生啊!好!好!走,我要看他去!

手舞得,像是他中举了,范进的表弟一样。

忽而顿住,在几个抽屉里找,拿出一绺儿请假条,背面写着:

小考脱一层皮,

大考脱三层皮。

月考脱手上的皮,

期中脱脸上的皮,

终期脱头上的皮。

中考脱肝上的皮,

高考脱心上的皮。

任青默读一遍,连声叹气,告诉景绿叶,这是祁老师写的。有一天在街上,祁老师逮住他说,"有文化"的大女儿燕子在县上职高读书,一考试就头疼。每逢考试,"有文化"就陪着头疼。今年高考,职高一名学生发挥失常，绝望至极，在考场上昏死过去。这一发生在同学身上的事件加重了燕子的考试头疼病。“有文化”很是郁闷，编了这个顺口溜念给祁老师听。祁老师听了，心里存不住，赶集时去找任老师，不在，便从口袋摸出一张请假条，正书于上，塞进了任青的门缝。

一路上，几乎没骑车，走山路，打捷路。“有文化”的“脱皮词”带来的苦伤心绪散入了山野，山野开阔了行人的胸怀。

景绿叶推着自行车，让自行车媒婆一样隔在她和任青中间。他们的情绪归到了李子儒的“中举”上，任青的高兴随抛物线大幅上扬，对着景绿叶讲东讲西，经过兴奋感染了的这些语言，如同蜂蜜拌过的食物，可口、可心、可乐。任青回头，看见土路上两行脚印跟着他们。他说：

我曾经写过一首诗，算是“口水诗”，你听一下——

行走

我的右脚，总是
等左脚走出一步后
它才走
它一生都是这样

我的左脚，总是
走出一步后等着右脚跟上来
它才走
它一生都是这样

这两只脚，把我
这样走了一生

任青自嘲地吟着，走到这边来，与景绿叶一肩之距地平行起来，目光像白马王子的一样,晃在前面的山野里。景绿叶高兴着任老师的高兴,欣赏着诗人的诗。而她女性的一面,躲出这高兴之外,暗品着这一肩之距的平行:景绿叶便觉出自己的“小”来,渐而“小”上生出了湿淋淋的苦涩。人是平行着,却不平行,或者是《几何》课本里讲的“平行是无限延长而永不相交”,就是说,平行的两条线是走多远也走不到一起的。

有眼睛看过来时,景绿叶又走得让自行车像孩子一样夹在中间了。她是为任青的名声计,她走得像任老师的学生,把任青逼到家访老师的身份上去了。

学生李子儒家出来,任青心里颇具了鲜亮的成功感,全身上下似乎镀上了耀眼的光环。村里人恭敬着他,恭敬是全质量的,百分之百的。为师者这一刻是不容轻慢的,轻慢是罪。

被迎到景文山家。

首次谋面,但两个男人融如教友,谈笑谐和。他敬他的勇气,从教终身需要勇气;他赏他的才气。景绿叶被晾在旁边,似乎成了多余的。景绿叶感谢任青的登门造访,也感谢他给父亲带来的快乐,她忙茶忙饭,心情,连同心思都是标准的待客之礼,她没让其他的心思浮起来。

任青阅读了一个老教师的全部。景文山的两箱子荣誉证,让他吃惊;为妻子看病的一厚沓缴费单,让他吃惊。他电视上看过一个家庭申请吉尼斯世界纪录的故事:把看病的缴费单粘连起来,长度达到了多少多少。任青肃着脸,没把这故事说出来——打扰这份悲伤,明显是愚蠢的。最后,他看到了一对老民办的几乎所有的教案,夫妻俩一学期每人写两本:语文、数学。它们档案一样规整地压在一段时间上。没有尘霉,说明没有被忘弃。能力勿论,单是这份坚持与认真,足以将一种职业,将一种精神铸而为碑。

教案本又是剪贴本,背页上剪贴着与教育有关的文章,分门别类,精彩纷呈。任青征得同意后翻开一本,见多是《参考消息》《人民日报》等上面的,他的脊背上凉下去了一行。

有一篇文章强烈地吸引了任青,标题是《教育质量可以投诉吗?》。景绿叶看他一目十行,贪婪地浏览,说:

没想到我爸剪的这豆腐块,把大诗人都迷住了。

任青忙说：

有价值，很有价值，都是宝！嗯，这个作者有观点。

那你拿去慢慢看去吧，不是不借你。对吗爸，书非借不能读也？

都笑了。

与进门时相比，出景绿叶家大门时，任青的脚步上、言辞里满是恭敬，这在学校里是不多见的，景绿叶盈盈笑着，把想说的几句话都压在舌面下。

任青走出了景绿叶父女的视线，一屁股坐在土埂上。他长出了几口气，让山风把自己一绺儿一绺儿梳理着。

任青想：

见了一个真人。

第三章　九月有花朵

七、教师节

九月有花朵。花朵们排成两行，将每一位师生夹道欢迎了进去。润水中学的每个秋季开学都是这样的。从校门到花园，马路两边所植的灯盏花、七叶花、牡丹花，一个暑假都长出了风姿卓越，还有亭亭玉立。分别了一学期，一进校门，人看花，全是唐朝走来的女子，且是江南来的；花觑人，学生的脸庞大了一圈，老师的颜面憔悴了几许。

陈校长除外。他常年以校为家，假期自然是义务护校员。每天出进于花香之中，但身心并不怡然。每个假期，他身体的几个零件都要闹情绪，只好交给医生来教育。风和日丽时，他脸上搭张《教师报》，进行日光浴。儿子坐在旁边看书作陪——如此巨大的幸福，但贴不到他心上去。他心上压的是“陈维学”三个字，这三个字的痛，胜过肌体内每一处的疼：弟弟陈维学，当年三次中考落榜（那些年，中专是铁饭碗），神志恍惚，作为长子的他担心出意外，便做主不让其再考，弟弟怒而出走，直至父母去世，至今，至眼前的此刻，都无生死音信。“找”已经失效了，只抱着一个雾写的“等”字。多少年来，每提此事，尤其每逢佳节，每遇父母忌日，他无以释怀，必痛伤醉酒。辣酒流过他悔青了的肠子。他期望弟弟能原谅他，而在下一个时刻突然出现在他面前，他可以养活他，为他娶妻安家。但活不见人，死不见尸。有的只是这三个字，每个字毒过了蛇蝎。

揭过报纸，面如死灰。妻、子不时地打扰他，像夏天撵赶苍蝇一样，找些话题驱逐那三个字，躲开这个时候的一个又一个学生考上大学的消息。同时，希望假期快点结束，只要一忙起来，他这个校长才会轻松些的。

收心，是陈校长开学的重要工作之一。逐一观察、交谈，似是轻描淡写，实乃洞察秋毫。任青，蔫在学校一段时间了。景绿叶，这鬼精丫头，目光里满是询问——他一看镜子，一暑假都没照过一次——吓了自己一下，面色不华，形容枯槁。闫建三，准时来了。一假期收割打碾，苦得脸上没肉了。老宋老师，来了，肯定耕了一假期地，土着脸，土着衣裳。小王两口子，假期的三分之一在学校，哄孩子看电视，声音相闻，不相往来，看来心还在这里。老罗、教务主任，又是两个不要命挖光阴的，没苦倒就好。还有，小张！这个小张，这家伙没来。下午开收心会时，仍没来；次日，没来，没一点消息。

一个留着板寸的小伙子来找陈校长，刚握了个手，小张的电话打了进来。给陈校长说他在兰州看病，来的小伙子，是他亲戚，大学生，也是英语系的，毕业证什么的都有，先顶他上几天课，他出院了就来。说完就挂了。来电显示，是甘肃的区号。打过去没人接；再打，一个大夫样的声音说了几个“不知道”就特忙地挂了。问小伙子，未见小张，是小张的朋友拿着宿舍门上的钥匙托他来的。

陈校长气得不行，骂出了口。思考一番后，对外宣布说张玉老师母亲重病，张玉在兰州给老人看病，学校特地聘请大学英语系毕业生蒋玉玺执教。没给外界实情，也没给教育局打招呼。因为方方面面的原因，今年的教师调动文件，直到开学后两周才下发。这急坏了全县众多的小张们，也导致其他老师有了心理波动。开会时，文件发到各位校长手里的一刻，就是全县一个教学年度，人事集中变动消息公布的第一时间。几位副局长讲话，都是“熟悉的陌生人”，与去年同调。正局长未出席，按惯例，他要等到下文半个月后各方面稳定了，主要是等那些未调成的不稳定分子死了心，或寄希望于下一年后，才显面的。陈校长阅尽五页名单，八十几个上调姓名中没有张玉两个字。他心里钻进了一缕失望。散会后，陈校长看见张玉鲁莽地往教育局门口公告牌前的人群里挤，焦急得像一个赌博客。陈校长想冲过去一把牵住这家伙的耳朵：

还哄我！走，我把你给局长交给，我不操你的心了。开学到现在不见人，出了啥问题都向我要人呢。

陈校长在心里唬着小张，看见局里的一个股长走过去拍了拍小张的肩，俩人一齐往前走，走了几步，股长拉开夹在腋下的文件包，将类似于黑板擦的东西往小张手里一塞，折身回来进了楼门。小张立在原地，又蹲了下去，用手捶自己的头。是捶，不是拍。

陈校长摸一下自己的头，把目光移到东又移到西，移到南又移到北。

哎，陈校长，看啥呢，找谁？

哟，就找你个张校长，来，蹲这边，打问个情况。

我不信这么长时间了你还不知道他家的事？张玉的老家正是我们那儿的一个张家岔村子，很远，与甘肃搭交界。家里一个老娘，病在炕上；一个老哥几年前出去打工，在炭山上伤了腿，找不上媳妇，拄一根拐做饭，伺候老娘。小张是个英语高材生，如果在城里教上书，办个周末英语辅导班，肯定大发。大学里就被女同学喜欢上了。后来又嫌小张没出息，调不到县城去，要离，现在的人离婚像上厕所。小张说：不离呢？那女的说：不离也行。我给你不生孩子，咱俩熬一辈子，共同毁灭。小张说：我相信你说到做到，离。那女的离婚后一个月内就嫁了个官员，一个月之后就进了城。小张这娃娃就铁了心要上调进城，经常找局长，找来找去，没调到县上，反被调到你们润水，离家更远了。小张更不服了，年年找关系年年找人，听说今年找的是程股长，据说程股长只要答应了，会办成功的。不想，唉，还是出岔子了。都说：上调就是上吊。把个年轻人折磨的，表面上，还嘻嘻哈哈装乐观。

张校长点支烟，深吸一口，鼻孔里全喷了出来。拍拍陈校长的肩，走了。

陈校长出了口气，他才明白，这个周一下午才到校，周五上午上完课就走的“候鸟老师”——逼得学校周一上午、周五下午不敢给他安排课——并不是闫建三等人说的，每周带上三个夜晚回去过城市生活。他是奔他可怜的娘和哥去了。

“候鸟”普遍到了人们习以为常，有的候鸟买个车（以二手居多）拉载一起的众候鸟，客气收费，小车级享受。车主不但自己不出油费，有的还能小赚一笔呢。

张玉走过来了，说：

陈校长，真对不起了，我不该那样做。我早看见你了，你也看见了我刚才的事情。

陈校长说：

小张，这个你放心，我没看见什么。我只问你一句，究竟咋回事？

说是文件昨天印好了，忽然一个上面的领导，说有一个乡下女老师答应嫁给自己的做生意的儿子。这不，我是排在最后的一名，挤下来了。

看那文件，果然有被拆过的订书机针孔。

小张，刚才我知道了你家的情况。你应该早告诉我这个当校长的，隐瞒我干啥？我有个远房亲戚，男人打工被车撞坏了，带两个女娃，我介绍给你哥，先把你家里撑好，把你解放出来。

那——

小张直看老校长：

叫我，我们都咋感谢你呢。我们都看定我哥这辈子成不了家了。走，我跟你返校，回润水中学。我兜里的这个，作礼钱。

学校稳定运转开了，九月，教师节走来勉力慰问大家。

放假一天。以假庆节，中国式惯常思维。

而后，视学校财力，发些东西。润中一人五十元，然后在街上的饭馆聚了聚，每人一碗烩肉而已。男坐两桌，女坐一桌，几位男教师家的半边天也被请来了。闫建三来得迟，一进门，教务主任喊：

闫老师，这边满了，你坐到女桌上。

大家都笑了，大家都知道闫建三聚餐时喜欢往女的堆里钻，说是女的吃得少，坐在一起能吃饱吃美。说他上中专时就知道这个窍的，就嘻嘻哈哈损人自损地往女同学一起坐。他从开学到现在还蔫着，因为没把儿子跑到县上。按以往，他会说，听主任的安排，然后笑着走过去。可今天一进餐

馆门被这话一讥,被笑声一嘻,他的肚子陡地饱了。他摸一下兜,说:

哦,我把宿舍门忘了没关。

就凉着脸,转身走了。

大家互相看,说:

训(生气)了? 训了,没含糊训了。

正吵着,陈校长进来问:

闫老师咋了,脸上难看得很。我叫吃饭走,他说你先走,他就来了。是咋了?

陈校长让小张去请,小张去了,生着气回来了,说是叫不开宿舍门。陈校长说:

闫老师现在请不来了,咱们吃,吃了我给他端一碗端着去。

气氛又活跃起来。待大家吃好了,都油着嘴皮说话喝茶的当儿,陈校长说:

大家都不知道,闫老师的婚姻——

陈校长猛吸了一大口面汤,把碗蹲在餐桌上,说:

他家赤贫,他拼命学习,考上了中专,是方圆百里唯一端上了铁饭碗的。那年,父亲得重病,很危急。本村借遍了都没钱,他向邻村唯一有钱的一家富户借。富户说,行,借了也不用还,但要娶他家的胖丫为妻——确实胖,丑,据说腋下有狐臭,有人时她不敢抬胳膊,还一字不识。他说他还小,富户说胖丫等你。他说俩人大相(生辰八字)可能不合,富户说他托人算过了,很合。他说,他毕业后可以双倍还钱。富户说,娃娃,你到别处去借吧。

保住了父命,他娶了胖丫。不娶胖丫父亲要上吊,说自己没脸活。

结婚那天,胖丫的盖头他不揭,父亲抡了他一拐棍,他才别过脸扯了下来。盖头扯下来,胖丫的眼泪冲毁了粉脸。他的眼里泪花打着转。

闫老师躲在学校不回家,他把三分之二的心思放在初中化学教学上,年年学生的化学考得很好。几年下来,哪个化学方程式在课本哪页都记住了。胖丫忙完山上忙家里,丫环一样,又牛马一般,胖丫成了瘦丫。以孝、贤二字感动了全村人,最后一个被感动的就是他。据说,胖丫给他说,我只要个名分，你给我个娃娃陪我，你给你再找个相好的。

闫建三说：那样，我能上讲台吗？

小餐馆里，开会一样，一张张脸都沉默着。

陈校长最后说：

闫老师，我把他看透了，他就是嘴上损，图个乐子，有些小心眼，但本质上还是老实人，和咱们一样，都是臭老儿。他的老婆——

陈校长赶紧闭了口，用舌头死死压住嗓眼里跳上来的话。这件事，他可不能往出说，他答应过胖丫的！闫老师的儿子上小学了，闫老师带来，到中心小学上学。一个周末，趁闫老师上县培训的机会，胖丫让儿子领着自己来中学，趴在窗台外看闫老师的宿舍。恰被陈校长看见了，问这个像回族女人一样头戴盖头，一双小眼睛，鼻子稍有点大的瘦女人找谁。瘦女人唯唯诺诺。陈校长一看她身边的闫栋梁就明白了八九成。陈校长请她到校长室去坐，发誓说闫老师为人正派，你放心。她连说，不是不是，她就是想看看掌柜的咋住的，看看掌柜的教书的学校。胖丫求陈校长把她偷着来学校的事，千万千万不要给人说，叫闫老师知道了她就活不成了。陈校长连打保证，几近发誓，一直把这个像三国时代诸葛亮的贤妻一样的女人送出了校门口。

这几天，景绿叶和其他老师一样收到了若干贺卡。她躲在一房子的静谧里，反复翻看，眼前现出一张一张花样的面庞。她记得自己的第一张贺卡，是小学时送给父母的，亲手画的，偷偷放在父母的桌子上，上面写着：亲爱的爸爸老师收，亲爱的妈妈老师收。至今还收藏在父亲的抽屉，稚嫩得像永不枯黄的绿叶子。有一份市上寄来的音乐卡，往开一打，迸出一句调皮的“节日快乐”。没有落寄信人的姓名，只写道：景绿叶同志亲启。景绿叶看着妹妹的笔迹，眼前满是妹妹的音容。景绿叶开合着那“节日快乐”，在记忆里与妹妹交流着，脸上婉约地敷着一些笑意。

任青惯常地走过门口，那“节日快乐”触了一下他的耳朵，走了两步，“节日快乐”又追到耳边痒弄。他返回景绿叶门口，敲门的同时暗笑自己身上还有几缕儿好奇黏附着。

景绿叶拉开门,任青的手指敲在虚空处,顺而收到嘴边拦了一下他嘴里说出的话:

谁?谁在说节日快乐。好听的。

景绿叶和她的一页宿舍门并排恭立,迎进任青。一个暑假孤寂着,忽被一尊敬,反而露出了一身的不自然。二人都觉对方身上满是亲和,又融溶着均匀的陌生。其实开学以来,天天见面,但一进这个门,都觉得对方像水果一样新鲜了,是远路上来的,长久没见的友人。任青脑中闪过假期看李子儒后去她家的情景时,景绿叶的脑幕上,他正被迎进她家的大门。

景绿叶忙而不慌地把抽屉里的葵花、花生等端了出来,谁进这个门,都会与她的干果见面的。

问你父亲好着吗?问家里忙吗?问课上得顺利着吗?这学期开学小张没来,生物就叫景绿叶带。只是问,并不关心回答。然后逮住"节日快乐"及所有的贺卡,演说,进而宣泄了一大堆话,够盛景绿叶几干果碟子的。

任青离开后,景绿叶反而慌乱起来。把任青进门到出门这段时间上的一切图像、声音,全部放在摄像带上放映,脑子里过了几遍,愈过愈使自己纷乱。她看见小镜子里,自己的一张脸润红了起来。经过努力整理,她抓住了几个中心句,这些句子,似乎还搁在任青坐过的椅子上。他的中心句说:

一纸贺卡是死的,在填写的时刻就活了,因为附着了真诚祝愿的意念。

他说:

教一辈子书,如果连一张学生贺卡都收不到,也许是糟得比糠还糟的事。

他说:

站在讲台上,骂东骂西,脏学生的耳朵,说别的老师的坏话,拿一堆烂事影响学生,是罪。应该列入教师法的。

他说:

教和学,本质上来讲,是快乐的。如果老师教得痛苦,肯定有错;如果学生学得痛苦，也肯定有错。

……

任青回到自己宿舍，拍自己的头，骂：

酸！跑到人家宿舍，像个教授一样，酸！

他有些疑惑，自己一潭死水，吃了景绿叶碟子里的两颗瓜子，就像吃了两丸兴奋剂，胡诌出的一些话，连自己都觉得陌生。有几句本来是书报上别人说过的，自己不加引号就讲了出去，无视别人著作权，窃言算不算偷？酸！任青孔乙己一样在宿舍地上踱着。夕阳把窗格明媚地投在宿舍的东墙上，映得他临的《兰亭序》像古人一样抒情起来。

进入夜晚，任青的情绪黑暗了下来。看了几次手表，一年一次的教师节只剩几个小时了，他忽而颓丧了起来，一把拉上窗帘，躺在床上满腔烦乱。谁来敲门，他未理，生气地叮嘱自己：是在敲隔壁的门！又记起作文没改完，就用"教师"二字将自己绑架过去，坐在那摞作文前。提起了红蘸笔，却像课堂上思想抛锚的学生。他掀开日记本，写道：

教师二字在四大文明古国之一的中国，真的是苍老得很，从"师者，传道授业解惑"算起，该有多少年了，长得像孔子的胡须。而教师节三个字，年轻得，怎么说呢，嘴上连一点汗毛都没有。不是九月十日，谁记起你呢？

十二点整，教师节不得不出了任青的门，走了。送走教师节后所阅的最后三篇作文，阅号便是"九.一一"了。任青斜靠在床上，眺望了几眼踽踽行远了的教师节，背影已不见了。桌上的几张贺卡，像其忘记带走的名片，只说明其到这个房间来过。

任青把被子拉了拉，身子往倒放了放，算是进入了准睡眠状态。

任青这具躯体，被自己厌恶地扔在床上了，只留下思绪还在雪片样飘扬着：

我过的这个名叫教师的生活啊！

把日子重复上 28 到 31 天，就是一个月。"月"是个什么概念，就是记着将学生作业上的 28/2，在次日写成 1/3 而已。不少人甚至要写到 31/2 后才改为 1/3，或才发现 31/2 在人类的公历上不存在。"月"，就是校园围墙外田里的庄稼，菜市场上新出现的几样菜而已。再把这月份重复上五遍，一个学期，就完结了。将以上乘以二，一学年就结束了。下一年开始，学生都似乎不同程度地脸庞扩大了几圈，身高也似乎不同程度地增加了N厘米。老师呢，觉得自己也似乎不同程度地老去了几点点。

周而复始，循环往复。

隔几年就会喊一个口号，引进一种新理念新教法。大家还是不急不缓地交钱买书，参加培训，并付诸实践。弄上一阵，才品出和"传统"在骨子里一个味道，只是穿了身新西装，像个打工回来的青年一样……

次日，课间操后，祁老师笑笑地朝任青走来，问：

任老师，忙吗闲？给你提供点创作素材。昨晚，算是昨天下午五点左右，"有文化"去我们村小学厕所压粪。出来了，有一位刘老师问压好了吗"有文化"？"有文化"说压好了。刘老师说，要压好，粪全是你的啊。"有文化"站住了，说：哎，刘老师，你说这话，我咋听着味儿不对？刘老师绷着脸说：说的是粪，味儿能对吗？"有文化"突地把肩上的铁锹甩下来，说：刘老师，你是个有文化的人，我也不是个文盲，整本整本的书看了半背篼，人都叫我"有文化"。既然咱俩都有文化，就不要说没文化的粪一样的话！

祁老师边笑边说。任青想，你祁光明是成不了相声口才的。讲笑话，应该是只讲不笑，等别人笑了才笑一笑。你这，叫人听笑话呢，还是听你的笑呢，把你笑得拱腰拍腿地说不下去！

祁老师终于勒住了笑，说：

"有文化"气得到我小卖部里倾诉，说，这些没文化的，不知道咋考上的，国(guí)家真是瞎了眼了，让这些人站在讲台上教娃娃。怪不得老先人都骂过，说学堂里的先生，是撑衣的架子，囊饭的皮胎，造粪的机器！

其实，刘老师说的话没歪，粪就是你"有文化"给自家地里压的，听的人听歪了。哈哈。好不容易被我劝回去了，晚上又来了，说他想了，老先人骂的有点没文化，好老师还是占大多数的。说他给老师编了个有些文化的顺口溜——

穿西装的

蹬皮鞋的

戴眼镜的

梳分头的

背搭手的

挎皮包的

骑摩托的

坐凉房的

吃油饼的

写粉笔的

训学生的

改作业的

找学生的(指娶女学生)

做生意的

……

八、官　司

子在川上曰,逝者如斯夫。每位老师、学生都在润水中学这架机器上运转着,转一圈不叫一圈,叫一周。

窗外的夜,已酿得酽酽的了,似将世界染了个漆黑。景绿叶的笔挑开记忆,跟着父母在那段时光里行进着。一缕不宁蠕行过来,一点一点啃咬景绿叶陷在亲情里的身心,甩摆着拒绝了好几次,反被咬得更牢紧。景绿叶终是站了起来,检查一样活动全身的关节,指关节的响声一粒粒掉到地上。

景绿叶拉开宿舍门,夜色夺门而入,掀得她后退了两步。她立即摁亮手电,光束剑一样刺出去,又上下左右挥砍了几下。一团混乱的声音在很远处撕咬着，她迅即判定是任青房间的。景绿叶甩掉恐惧，几步拐过厨房墙角，看见任青房间的灯还亮着。窗户、通风亮得像两片补丁。喝酒，是在喝酒。景绿叶立即返回，往自己宿舍最近的宋老师宿舍门前跑，她的脚步追着她，噔噔噔噔！宋老师上了年纪，瞌睡轻，马上起来，和景绿叶赶到任青门前。酒气打人。听见任青的舌头在东倒西歪中骂着什么，另一条舌头在帮着骂，趔趔趄趄的。录音机里一群女声为骂声伴唱。宋老师紧了脸皮，他嘱景绿叶先回去等着。看着景绿叶在一道手电光里回去了，进了她的门，才撤回手电，敲门，攥着手电像攥着一把凶器撞进去了。

景绿叶在宿舍里挨到二十一分钟，才等到缠着一身酒气的宋老师，像个不辱使命，伺机从敌营里逃出来的使者一样回来了。宋老师进门就被连敬了三大杯，然后问话寻根，终是知道了个大概。说是任青在骂县城的老师，给他侄子没阅作文，只在文后批了阅号，顶多来个“中心明确，语言通顺”，或“继续努力”，或打个分数，错别字一个都未画出来（该用“得”而用“的”或“地”的不算，电视上都不分了）。另一位就是他的同学，上次来的那记者，也在骂东骂西，骂领导骂社会，骂得最多的是城里的女的，宋老师学了两句：

嫁的是房不是人，宁嫁房子不嫁人，先嫁房子后嫁人。

宋老师嘱景绿叶不要担心了，说他仔细搜了，全房子就两瓶好酒，第二瓶刚打开。他哄二人以浓茶代酒，把酒让给他，说他卖了个贱，喊自己这把年纪了，还没喝过这么贵的酒，你俩年轻人要是看得起我，就送给我吧。宋老师笑着从袖筒里顺出酒瓶，景绿叶忍不住笑了。宋老师一个指头指着那多半瓶酒，像一位贫下中农指着贪官的脸：

记者说这还是县一级的宴会上中等的酒，稍好的两三瓶就咱一月的工资。

宋老师说：

男人心里装着事，没处扔，越憋会心里越胀，拿酒烧烧，事情就烧小了，心里就宽敞些了。

宋老师说他给每人连灌了两大杯浓茶，估计酒被解了大半。他又给俩人都撑了骂架子(充当被骂者挨骂),都发泄得差不多了。还问他咋知道他俩在喝酒的,他说是景绿叶老师发现了告诉他的。俩年轻人都不言语了。景绿叶忙说:

宋老师您不要提我了嘛。

宋老师说:

要提,不提他们永远不知道。现在社会,别人都蹬鼻子上脸往眼睛里钻呢,你做了好事再不能不留名。

宋老师终是看出了景绿叶的又一丝心思,便陪景绿叶又过去看了看。灯关了,一些残余的酒气游散在门口。可以想象房子里面已像打了败仗的战场一样喘息下来了。

景绿叶放了心后失了眠:不喝难道就不行吗!她只怨了这一句就闭了口,像母亲当年疼父亲一样。只好转而恨酒,恨造酒的厂子,怨一起喝酒的人了。

两周后,陈校长从县上回来,将一张报纸,准确说是一张报纸的复印件,拍在任青面前,说:

你们这下算是闯大了!

任青一看,那是一张在西北有影响的生活类报纸,在十二版刊发了一篇长文:《教育质量可以投诉吗?》。作者三人,任青排第二,任青同学张长弓排第三,排第一的,肯定是张长弓把稿子递给把关的那个人——张长弓的领导。文章上勾出了不少地方,这些地方指名道姓地点了名:是××县第一中学高一(16)班。陈校长努力平静着自己,说:

局长说,只要县名不是咱县的名字,还能赖过去。现在,来了,区上问县上了,分管教育的副县长、副书记问局长了,局长就问我了,我只好问你了。

任青一听这些“问”,胸内蹿起了一股气,脊背往稳靠了靠说:

情况属实。

陈校长忽一下站起:

任青,你呀你,亏你还是写文章的,难道真不知道保护自己吗?你知道局长咋骂你,说,说。

任青说：

你说陈老师，我愿意听。

陈校长喊出了那句话：

年轻人你想出名你好好学学叶圣陶，能写能教，往出教往出写。你靠骂出名，你光彩吗？你把咱县的脸摸黑了你能逃脱吗？

任青说：

哈，局长还知道叶老叶圣陶呢。我也不是骂，是真实地摆出了记叙文的六要素：时间、地点、人物、起因、经过、结果。

校长一拍桌子走了。

又回来，说：

任青！你难道还掂不出这件事的轻重吗？

事实上，六要素确实在那文章里列得很齐顺，让敌人读了都不会怀疑是假的，带着强烈责问的真实感。

晚饭时候，陈校长妻子找了来：

小任，吃了吗？你陈老师愁得吃不下饭。我问的问不喘，究竟是咋回事吗，上了那么大的报纸？

任青马上去看老师。景绿叶也在，低着头立在桌前，像是她犯的错。那篇文章奸臣一样悄声伏在桌面上。任青视别人为自己担心为一种耻辱，便又把这件事的六要素及相关的细节补叙了出来。

上周，一同学打电话，去县医院看切除了半个胃的同学，邻县的同学都来了，算是个特别的同学聚会。十几年了，自然感慨时间之无情人生之无常。“俯仰之间，已为陈迹”。让他心惊的是，一位女同学得了脑瘤，称自己活的是天天子人。她还像当年那样笑，但现在人人怕看见她的笑。而后，群批了他的独身，说是把儿子耽了，把孙子也耽了。同学们的孩子大都上了初中，或再过一两年就要上初中。聚后分散，如一把豆撒入攘攘众生。任青无聊中去看县一中上高二的侄子。侄子在一中后面的民房租住。拥挤的出租屋给房主们提供了财富，也给城市提供了脏乱差。不安全因素看一眼能逮住一箩筐，比如电，电线、插头、插板、电褥子全是有问题的，还有煤、门、窗，等等。

高中是没办法，非在县城读不可，可憎的是大量的初中家庭上县加塞，母做饭，父打工，致使县城班级每班超编累累，七八十近百人一教室，不要说水，连城里的氧都吸光了。任青翻了翻侄子作文，惊讶得——这也算改作文？一篇都未改！一问，属于熟视无睹式的正常情况，要来上学期的作文本，也是这样。这也罢了，再一问，教侄子语文的正是赵耀。谐的是照耀，总得给学生些常量的光和热吧，不要说超过常量的奉献了。任青径直去一中的语文教研组，去问这位和禹红出入成双的支教研究生。该研究生忙得很，只看了一眼“家长”，说：

都忙得很，都这样子看作文。要想逐字逐句，得掏钱进作文辅导班去。

而后，不待任青发难，便夹了教本出去了。任青看别的语文教学工作者，都给了他同一个字：凉。任青下楼时看见“副校长室”门开着，便进去聊聊。副校长说情况他知道了，过后他调查了再说。这会儿他得去开会。任青往出走，副校长说：

作文本你带走。

任青站在一中门口时，脑子里忽地闪过一句流行语：要个说法！

国家九年义务教育，是国家出钱，人民接受教育；到了高中，是人民出钱，人民接受教育。我出了钱，买的东西总该是像个东西的；你收了钱，你得给我卖个像个东西的东西。现在我买的是教学质量，把教学质量域定为1.0–1.9，1.0是最低值，是合格线，小于1.0便是非教学质量。我买的是教学质量而不是非教学质量，如同我买的是苹果而不是烂苹果。由：(一)本学年只写了十篇作文；(二)十篇作文，篇篇的错别字未改(由每篇出现的常见错别字下面无标勾，篇末批语里无“错别字”字眼，证明“错别字未改”)两点推出“作文未改”。由作为承载培养一个人表达能力的作文未改，证明作文教学质量小于1.0。小于1.0便是非作文教学质量。“非”的不是我买的，而我的钱你已收了。合而推出，你骗了我！而你骗了我，根据世界法律，我可以投诉你。

一捎车队驰过街道，他和行人只好立住脚步让路。最后一辆车停住，他的同学张长弓跳下来，将他拽了上去。

任青跟着检查团去宾馆。他死也不吃饭，要回，逼得张长弓要陪他去润中，反正他也吃腻了。

政府办公室副主任劝不住任青，留不下张长弓，便笑着嘱司机取上两瓶酒两盒烟，将二人送到润中去。说：

饭过后补上，反正你大记者我们要经常麻烦呢。

任青坚持着在距离润中二里的地方下了车，把那小车，连同它的耀武扬威拦回去了。它开进润中，他怎样从上面下来呢！

一对心灵伙伴步行着，又坐在田埂上，互骂了对方的方方面面，齐骂了社会的方方面面，自骂了各自的方方面面。乘夜色掩护，钻进宿舍。下来，就是酒，被酒燃起来的骂声，景绿叶宋老师可以作证的。

就是那晚，酒壮人胆，二人重申要个说法，要不来说法不是儿子娃。大记者把酒拜读了景文山剪贴本上的那篇《教育质量可以投诉吗？》，连呼：

此天助我也！天助我也！

两周后，任青几乎忘了酒中之言，张长弓的酒话兑现了，诞生了这篇墨宝！

类似于陈校长，一中的校长与赵耀谈了话：

下了苦连好都落不下，还把学校自建校以来的牌子砸了个污点。

赵耀同任青侄子谈了话：

你摊了个不懂学习的脑袋，却摊了个懂法的老叔。

一周后，同一报纸的后继报道上，指出了当事人当事单位采取“冷处理”该事的不负责任态度，引用了赵耀同任青侄子的谈话。报道的末尾称：

本报将继续关注事态的发展，若得不到说法，将考虑通过司法程序解决，让司法为教育给个说法，这也许会为中国教育改革提供一些思考。

接着，教育局副局长来润中检查工作，听了任青的课，肯定了任青的工作，笑着拍了陈校长和任青的肩，走了。

接着，同一报纸（据调查，该报的阅读量和关注率较上月大幅提高）推出了后续报道之三:《迟迟不给说法,偏偏要个说法》,内容很短:已经向法院提出投诉。

十五天后,几家报纸详细报道了庭内调解过程。任青被侄子的父亲授予全权后,当庭表态:拒绝和解。副局长小心请他陈述理由,任青说:

拒绝陈述。

任青的惜言如金及保持沉默,很好地配合了大记者和数家报纸。任青心里说:

能去掉我的工作吗?去不了,我怕什么?去了,我就去省上,在私立中学干,还是一辈子的教师。孔圣人不是吃了一辈子私塾的饭,没端国家的饭碗吗?

景绿叶紧跟着事态的发展,紧张着,并和大记者保密式通上了话。她也一遍一遍问:

会去掉任老师的工作吗?

耳朵里收进大记者的一堆"放心"后,还是不放心,就一遍一遍与父亲研究讨论。

景绿叶后悔:

那天,真不该给他看那剪贴本!

父亲说:

凡事有个说不清道不明的缘引啊。没有事不惹事,出了事不怕事,一家大报舆论监督着,别怕!

一中的肖副校长携赵耀来润中。副局长下了命令:事情是你们学校出的,你们出面去解决。教育局不好出面,只能背后大力支持。任青是性情中人,你们考虑从感情方面突破。

肖副校长说:

陈校长你不帮忙啊,你若帮忙,任青是你的学生,听你的。

陈校长说:

我说了好几回了,不信你问去,随便润中的哪个老师你问去。再说,事情的性质与我校无关,他在这件事中的身份是他侄子的全权代理,而不是润中的老师。

肖副校长说：

你个奸，和我们常校长一样的奸，说事情开始是我一手处理的，让我坚持到底，画上个句号，其他人不熟悉情况。咋画？阿Q一样画圈呢，能圆吗？

肖副校长带着十二分随和进了任青宿舍。任青马上让座，然后默坐。

任老师，我首先声明，我今天来，是和你聊天的，要做个朋友。这一向，我发现你是个好同志，有志气有才华。我也是穷出身，混到现在，走了很多艰辛路，说实在的，这一向我的名气大多了，压得我这个副校长睡觉都吃力。我真想不干这个带个“长”字的活儿了，有名无实。可是这人，虚伪得很，你不干了干啥去呢。没干的，只能混着。再说你不知道，你这里前脚一下台，后面，人就踢开你了。这一点我信到骨髓里去了。要干这个活，你看又干的这啥事嘛！报社今早通知，要采访我和小赵呢，这是把我骑到老虎背子上了，叫我说个啥字表个啥态呢！不说一个字不表一个态也是一种态度，都会白纸黑字大报上发出来的。好了好，不好全是我一个人的，得吃不了兜着走。这里头，现在我怀疑，他们在弄我呢。现在是，报纸、法院越弄越出名，只有我一个盛倒霉呢，耗脑子掉头发呢。唉，不说这些了，我这烂嘴！唉，小任，你今天给老哥我说个实心话，你若想到一中，话由我给教育局说，你也听说过吧，没有人，进县一中得舍一根指头（指花一万元）呢。

任青用正襟危坐表示着对肖副校长的尊重。说：

谢谢肖校长，这个与那事无关，尤其无手段到目的的关系。

那是为啥？你不是不知道，一中，县城哪所高中，恐怕哪个县的高中的教学，都那个样，像补习班，连作业都不布置呢。

就为个说法嘛。就这么简单。

一中不好出面给说法的。现在，各报都炒着呢，一中一说，一中的牌子不彻底砸了？还有，上面领导的面子、政绩？

没这么严重吧。

有这么严重。要不，小赵，赵耀也来了，和你谈谈吧。

不必了。

肖副校长马上出了门，赵耀进来了：

哎呀，任老师，老哥啊，那天我真是有眼不识你啊。我一个支教的，离家几百里远，我家里泼烦多，学校里又任务重。不过我敢发誓，我在支教者中是干得最好的。那天你也看见了，我忙得孙子一样。就是，我麻木了，对你不够尊重啊……

任青抬手连连制止，小赵还是抢着说了一堆话。从兜里掏出一封信：

这是小禹托我带给你的，她对你从内心尊重着。

任青赶紧抓一本书往回挡那信。小伙子一急，丢下信，逃了。

任青用那本书将信铲上端到门口，他注意着不让信触上自己的手，然后扯了片纸，将信躺过的一坨桌面擦了，再把那书的封底撕了。刚才用书挡信时，封底触上了信。任青以火葬的方式将这三者点燃了，职业杀手一样，没留下一丝痕迹或一个指纹。

那信也是肖校长谈话的成果之一。任青监督着烈焰将它燃尽，就像主治大夫消灭了一个非典病毒一样。

任青闭目躺在床上。他看见一男一女，男的师范实习时遇见女的上初中，男的工作了等女的上高中，男的进修了等女的考大学，男的进修毕业了等女的上大学，男的专心工作着等女的大学毕业……全是等，母亲也跟着等，终是没有等住他的婚礼。

应该一工作就结婚的！为了母亲！

一滴液珠从眼皮下挤出，滚过旱塬一般的面颊。

这种时刻牵忆到母亲，是罪。他像个孝子似的默默诵经祷母，他默诵的“经”是他写的：

此生，贫为我母的那个人（组诗）

衣　服

每次在梦中看见

母亲还是那身旧衣服

那身旧衣服
被袖套罩过的袖口
总是比肩头新
被围巾护过的前襟
总是比后襟新

耳饰

许多东西将锈蚀
它不锈蚀
许多东西将贬值
它不贬值

它在母亲的右耳垂上
穿了一生
一生像一粒米那样
泛着素洁的光

名字

母亲活了七十九岁
名字枯萎了一生
母亲的名是一个字——花

只有一个人
把母亲的名字叫活了
这个人就是——春天

春天,母亲的坟头
一朵又一朵的花
正在绽放

任青的沉默是周围人发现的,他没觉得,依然每天教室、宿舍,两点一线地运转着。景绿叶当然是沉默的最早发现者。她将这个悄声告诉了陈校长,陈校长传染似的也沉默起来,而后一拍桌子上的文件说:

知识越多越反动!

开会时,大家照例在笑谈,景绿叶晴着脸,和身边的女教师低声交谈。她看见任青脸上的五官在端正中也都带着微笑。不知怎么一拐,话题触到了这件事:

弄得美!那些家伙,一字不改地阅作文,咱乡下老师谁这样昧过良心……

这些话一字不落,被景绿叶的耳朵吸了进去。忽然,闫建三唱了一句:

这一下,咱润中出大名了。哟,任老师,这下你出大名了!

大家都噤住口时,才发现任青在沉默,像一块铁一样地默着。任青没有看闫建三,但一房子人都觉得他像个侠客一样,一股寒气直刺闫建三。闫建三终是咳了一声,手捂着嘴,借吐痰出去了。

景绿叶忍不住了,给张长弓打了电话。记者来了,却忘了来的目的,也忽视了老同学的变化,兴奋着一张脸说:

因为报道这件事,大大提高了报纸的影响力及关注度。在中国教育界,常年有人往里面扔炸弹,都希望弄出一个大响声来。咱们的这个也算一个。现在,记者部副主任一职空着,领导拟考虑我呢。狗日的这个“拟”字,含义深得很,煎熬人得很啊!

任青定了睛看张长弓，慢镜头一样，从头看到了脚。

景绿叶和任青并排站着。

当然一个是很淑女的站姿，双脚并拢，双胞胎一样；双手插兜。她规矩着又自然着，从头到脚，全身标准地左右对称着。

另一个，男人式的稍息着。

忙吗？

不忙，我天天就那些活儿。你们上课才忙呢。

也，一般化。任青说。他惯常地晴着自己的一张脸。

抬起头，晴空朗朗，阳光浩荡。阳光到达他脸上的时候也到达她的脸，送上一样的热情，也送上一样的尊重，没有厚此薄彼，也没有重男轻女。但一张脸上一粘阳光就润，泛出红融融的精彩来。一尺之距，被俩肩膀抬着的另一张脸，依然玻璃纸似的寡静着，阳光贴上去，滑掉了，贴上去，滑掉了。

景绿叶说：

天气还暖和，太阳还红。

嗯。暖和。红。

任青的心只有三分之一留在这里，上课似的与她交流着。这怪不得他的，他心的三分之二早已病灶一样地纤维化了，它似乎已经枯皱成一团，又连缀着精血盈旺的三分之一部分，让其牵引着跳动，那三分之一的疲累，可想而知了。

真的连话都不想说。

任青说：

那，我进去备备课，你晒着。

他朝她一笑，是约等于歉意的一笑。

哦，你忙去，我也——景绿叶扭头，任青已进了门，她只看见他的一只脚在宿舍门口一闪。她咽了一下，把后面的几个字咽下肚子，有些噎，像咽下了几疙瘩干食。

九、教　授

景绿叶给父亲慢慢地洗着脚，景文山让自己的脚慢慢地被洗着。洗脚盆里捞起的一些水声，凌乱地散落在静夜里。父女俩寡静着脸，思绪向很远的地方行进着，到了省城，到处是楼，是人，是车；到了省医院，到处是人，看不见任青的身影。

任青请假去省上，看望临终的老教授。陈校长告诉大家，任青接完电话，眼眶里飘满了泪花。一个大学，似乎把他一生的激情释放殆尽。他把自己的名字，几乎写遍了图书馆里文学书籍的借阅卡，从而导致两年的进修时间里，连省城的飞机场都没去过，更不用说一些景点了。老教授毫不掩饰对好学之徒的喜爱，他被同学呼为老教授的干儿子。每个早晨，他都在大学操场的跑道上向老教授问好：老教授是倒退着慢跑，说要倒着往回活，跑进年轻中去；说要倒着跑，把体内的肿瘤细胞一个一个消灭掉。说：

不能让人生早早歇业，匆匆结业，争取顺利毕业（愿望一百分，完成六十分就及格；力所能及之事一百分，完成八十五分算优秀。不遗憾不遗恨，能瞑目能安心，是为人生毕业）。第一圈是大声问好，第二圈开始是愈跑愈能看清教授的脸，到了跟前，互相点头，往往是点到一起。有几圈，他故意推迟，教授也似乎故意推迟；有几圈，他提前一点，教授也提前到一起，都在对方的视线内啊！最后，他陪教授走上几圈。零星的交流，碎金一样闪烁着思想的光芒。

教授：还坚持你的观点吗？

任青：教授，我给您说实话，真的还在坚持。

往往是这样的对话方式。直到后来，任青才悟到，教授看重的是一个做学问的态度，而他着眼点是一个个具体的问题。问题是星星，态度是天空，星星只能点缀在天空上；问题是树木，态度是大地，树木，只能长在大地上。

一位专家来校讲周易，引经据典，说到最后，观点是：—是男根，--是女阴。阴阳相交，如同 —和-- 排列组合，以之对应世间万事万物。任青过后找到教授，说，还可以这样理解：—，就是一；-- 就是零。一和零，二进制，电脑、电报，一和零，也能进行一切运算，对应世间万事万物。教授点头，顿顿，又点头。盯着他的眼睛问：

可是你怎样说服这位周易学者 —就是一，-- 就是零？

任青笑笑，看看周围，走近一步小声说：

我说了教授别笑啊，古人崇拜生殖，这男人站立着，不就是 —，不就是一吗？--，不就是女人的零吗？这不是和他的观点合到一起了吗？

教授笑了，哈哈大笑，又刹住笑，说：

你说得对，其实应该就是这样的。越接近真理越简单。这个观点，你一定要坚持。好，我把你的发现尽快反馈给那位专家。

次日，任青被叫到中文系办公室，教授在座，那位专家也在座。专家站起来握任青的手，连说，你的观点很好。我想引用进我的论文，特来征求你的意见。任青说，我是胡思乱想，您要是看上了，我高兴得很。专家要记任青的名字、年龄，等等。任青说，您就说一位某某大学的学生就行了。专家说，你是不想出名还是怕人笑话？不过，我会尊重你的意见的。给了任青一个名片，走了。然后，系主任走过来同任青握手，另一只手连拍任青的肩头。——任何时候，这些记忆都如同花朵，散发着芬芳。当然也有百无聊赖的时候，任青就深味"绝望之为虚妄，正与希望相同"。他将图书馆所有关于《野草》的著作找出来，将所有的观点摘到一本《野草》上，密密麻麻，勾画笺注，如同古人研读红楼。他终是被这"汗牛充栋"的研究观点吓住了，是教授给了他力量，让他"逢李白杀李白，逢莎士比亚杀莎士比亚"，最后，他完成的那篇关于《野草》的毕业论文，教授说，就是"野草"上的一滴露珠。"野草上的一滴露珠"，这是教授奖给他的一句话，教授是多么会鼓励啊！

任青走后，陈校长顶课。他抖擞精神走上讲台，觉得年轻了好多，恍若回到了以前的青春年华，而下面的黑眼睛里有一双是任青的。

同学们以为教过任老师的老师是更厉害的。一进入课文，纷纷举手提问，且全是一些与分数无关的不务正业式的问题，陈校长耐着性子回答了两三个，觉得是在浪费时间，便拒绝交流式地大声喧讲起来。学生们嘴里噙着各自的问题，耐心听着等着，等到了少年们等的极限值 N 分钟之后，看见校长仍没有让他们发言的一点迹象。大家看见校长很卖力，辛勤地讲个不停，板书个不停，好像田地里的父亲。只有校长一人投入在课文中，大家都似乎被抛弃在课文外。渐渐地，都咽下嘴里含软了的问题，把乏味和瞌睡全写在了一张张嫩脸上。陈校长努力激活了几次，但除了自己及前排几位礼貌式呼应着自己的女生外，其他同学好似都不在服务区，没有一点信号。陈老师便进入校长角色，讲说任青当年和你们一样大时，如何如何，你们要向任老师学习如何如何。两天下来，校长的教与学生的学，成了互相制造的痛苦，于是逃课，不听课，做其他作业等教学慢性病全都复发。

景绿叶帮着校长改作业，作业里全是活跃，尤其是一些发散性题的回答，全是任青的影子，逼得景绿叶在教学用书上数次搜索，这等于又备了一次课。好在她以商讨姿态和全力以赴对待，学生对她能力的不足就亲近了起来，不少女学生又像她妹妹一样黏住了她，还免费告诉了她任青在课堂上的不少故事。有了这些东西的滋补，景绿叶觉得日子才好过了一些。

任青走后第四天清晨打电话告诉陈校长，刚从火葬场出来，希望能再陪师母几天。陈校长满口答应，说：

行，行。学校里你放心，课我尽力上着呢，作业小景改着呢，你放心。

陈校长听见，任青在他耳边悄悄话一样地说：

你也别太累了陈老师。

陈校长心头一热，双手把住话筒说：

哎。

他听见任青像个孤儿一样：

课我回来了上。你看着叫写作文，复习就行了。

陈校长听见自己赶紧说：

哎。

挂了电话，陈校长耳边还蓄着小任的话，嘱他别太累了的话。许久了，他才记起忘了嘱小任节哀顺变，注意身体，便拍自己的脑袋，一直拍。而后，长吐了一口气：

过去了，他的这一坎过去了。

陈校长闭目仰躺在床上，躺得展展的，像一具合拢的圆规。一面头像浮出来，向他眼前逼近，再逼近，头像忽而开口，唤一声：陈维民。他霍地翻起来，前额撞没了浮像：是他的老师，与他感情纠结了一辈子的一位老师。老师去世数年了，坟头上的草长成了一派沧桑。陈校长双手干抹了几把脸面，净着五官端坐在烟雾般的回忆里。他的老师是他的家门里的堂哥。是堂哥给他树立了一生勤恳的榜样，他难忘堂哥每天早起，上山在庄稼地埂上走过来走过去背成语词典的情景，那与地埂下来来回回耕地的堂哥的父亲的形象，一起刻进了全村人的脑海里了。父亲耕田，儿子耕书，耕的功夫折服了村里人，说，你家的耕田应该叫耕书才对。父亲说，都一样，都一样，都是耕，不耕不熟。全村人教育自家的孩子说，你下上耕田一半的苦，如果考不上大学，那日头得从西天出来呢！耕田就是陈校长老师的小名。老师的持续勤奋连连改变着老师的命运，一直将老师送上某个大衙门的头把交椅上。陈校长每年是要去给老师拜年的，但在老师将退的几年，陈校长每次拜年成了负担。这就是，他要每年劝老师清廉一些了。他怕下一年就给老师拜不上年了。他每次要逮住被车水马龙般来往的人包围，或不时被电话打断的堂哥，恳求式的说上几句，老师每次是官场式的点头，说知道了。“知道了”三个字里包含着不动声色的烦厌和不屑。这就逼得学生陈维民禁了口，干坐数秒后起身告辞。陈校长出了堂哥家的富贵的楼门，堂哥站在阔大的阳台上，俯视他喜欢的，和他一样勤学，考上工作光耀了陈氏门楣的堂弟。堂弟在下面行走，严格说不是人在走，是一身宽大的蓝西装在走，一条长袖筒提一只黑提包，一条长袖筒甩摆，两条裤筒甩摆，两裤清风。堂哥忽而有些苦涩，想要落泪前的那种苦涩。倘若连堂弟这种人也像自己一样腐了，对社会失去了信心，那教育，那全社会？堂哥的心里呼地爆了一下，如同一个闷炮。

当哥的叹了口气，朝楼下的堂弟低语：兄弟哦，你到现在还以为你的那个校长，是凭你的苦干当上的呢！你还叫哥把官做得清一些呢！水至清则无鱼，难道你不知道“水至清则无鱼”这几个字吗？那年，教育局长请他吃饭，饭桌上，他只说了句教育上的陈维民是我弟。教育局长立即说，呵，陈维民，陈老师这个名字，熟悉很，哦好像是先进，是……哪个中学的，你看我这记性。旁边的办公室主任递上一句：润水中学教导主任，教学好，几乎年年是先进。教育局长灌了一杯酒：陈局，我自罚一杯，早应该知道这么优秀的教师是你的弟弟的。陈局笑笑，没再说一个字。教育局长抹嘴：我们这些负责全局工作的，具体的方面总是顾不上啊。哈哈。

陈校长走出了堂哥的视域，堂哥摸摸头发，让这个秘密烂在心里吧。弟是教师，就让他认为他也是凭成绩干上去的吧。是啊，一个教师是不应该知道官越大他的窟窿就越大的，哪一个佛你不拜呢？拜佛你得有些香表钱吧？光磕头不烧香，佛能高兴吗？正是因为一次没上好香，他差点栽了下来。

任青在大学操场旁的草坪上躺着。天，一层层高上去，又一圈圈空开去。大学的空气洗涤着他的肺腑，连同他的哀伤。

教授见到任青的第一句话是：

你为什么不结婚，难道没有好女孩喜欢你吗？

任青跪地，双手捧住教授枯柴一般的手，哽着说：

老师，您都这样了，您还说这个。

教授说：

要说这个，这个是我最后要说的一件事了。

教授感谢任青来陪他，给了他三天两夜的愉快，而后让学生诵念《岳阳楼记》。范氏早走了，留此一记，疗救历代文士的心：谁的人生他先验了，谁的苦乐进退、悲欢离合他安慰了，谁的胸襟、思想他嗟叹了……

一手抓着先天下之忧而忧，一手抓着后天下之乐而乐，教授走了，含笑走了。教授说过，他的老师是吟着"先忧后乐"走的，他吟不成，他已被病魔封了喉，但他会听着走的。在朔方的子夜里，任青听见自己像一台录音机，一直循环范读着"岳阳"，"嗟夫！予尝求古仁人之心，或异二者之为，何哉？不以物喜，不以己悲；居庙堂之高则忧其民；处江湖之远则忧其君。是进亦忧，退亦忧。然则何时而乐也……"

直到师母和众人将他扯住，任青才喘息着倒在了地板上。

任青回来的第一件事是撤了诉，把粘在身上的，伤湿膏一样的这件事撤掉。而后，打扫房间，洗刷自身。他欢迎着景绿叶的帮忙洗熨。完了，像个刚毕业分来的青年一样勤于教学，按时作息了起来。

逝师之痛灼醒了他，要好好地活："不能让人生早早歇业，匆匆结业。"

张长弓追了来，责问任青的自作主张：

为啥要撤，不通个气？

任青笑笑说：

烦了，结束了算了。

记者揪住同学拽了几下，真想给那张臭老九脸甩上几巴掌：

你还没调上去呢，你傻啊？错过这个机会，你做一辈子润中人吧，死了做个润中鬼！

你说对了，我还曾有过这个思想准备，反正你已经当上副主任了。

记者气歪了脸，嘴皮抖动着，笑了。

哈哈大笑，哈哈大笑了两声。

任青拍拍记者的肩，说：

生气伤身。

接着，像外国人一样，双手一摊，肩一耸，笑了。

而后，事件"教学质量可以投诉吗"的结局，严格按中国成语"不了了之"做了交代。不就几本作文吗，把上面的错别字全部变成导弹，还是把天炸不上一个窟窿的！

第四章　秋气漫溢

十、诗邂逅

秋气漫溢，秋凉了。对秋天的提醒，景绿叶和大家都加上了毛衫。任青的反应是，脑子里走过“自古逢秋悲寂寥，我言秋日胜春朝”，走过“老来识得愁滋味，却道天凉好个秋”……

寒气侵入，寒气只认得血肉之躯，不认得任青。任青讲课时，不时蹦出一系列咳嗽。他临时决定，讲课本最后一单元里的《水调歌头·明月几时有》。他和数学老师调了课，两个班合到一个教室里讲。学生对他的此类举动已经有了免疫力。况且他认为，也在讲台上讲过——语文，说到底无非两个字：读、写。读是输入，读是突破时空及自我的限制，最大限度地吸收、体验古今中外积淀下来的文明；写是输出，将内心的思想情感表达出去。他先要让学生喜欢上，继而会使用“读、写”这两个工具，而后，才能让语文为人生服务。因了这样的思想，他常常在语文时娱文，常常将自己放在“平等中的首席”，常常忘了分数、上课，而呈自由状态。给学生十分钟的预习，扫除字词拦路虎，粗通文意后，他说：

在农历丙辰年的中秋月明之夜，苏轼，他远离故乡，非常想念自己的弟弟，无法入眠，他一边把酒一边起舞……

学生们全被他带到苏轼的时代，在苏轼的舞台下，看苏轼的满腔思绪。一通简单地串讲(字—词—句)后，读，就一个字，读。明月何时有？把酒问青天。他范读、指名读、分组读、分男女读：

何事长向别时圆，同学们，我们谁人没有愁烦之事？月有阴晴圆缺，人有旦夕祸福。我们，想想我们的亲戚，想想我们的朋友，想想我们的村庄，谁家没有伤怀之事？

这无疑是火上浇油，凡血肉之躯，全被点燃。而他也泪在眶中，那是献给他的父母、他的教授的，献给普天下所有人的不幸的……但愿人长久，千里共婵娟。读！一个字，读！

情郁于中，湿寒呈恶。肢体酸痛，头重脑涨，任青身上滚过去一层热浪，又掀过来一股寒流，几次翻腾，涕泪交流，高烧卧倒。感冒通不通，快克不克，只好请先锋，自嘲着一张脸，把自己交给乡卫生院的几瓶子药液来修理。

当了病人，孤寂填满了胸膛，将一颗心漂起来，漂得老老苍苍、瑟瑟缩缩、虚虚晃晃。

祁老师找到卫生院，寒暄之后，他蹲在病房门口的一坨阳光里，看着任青，舔了下嘴皮，说，他昨天请假没上课，是吃"有文化"大女儿的宴席去了。任青仰靠在被垛上，局长一样沉默着脸颜，双目微闭，留给说话人一只耳朵。祁老师见病房里还有几个人也竖好了耳朵，便站起来讲演，亮着眼睛，主持人一样。

祁老师说：

"有文化"的大女儿燕子，终于嫁给了我们村小学的阮老师。

任青掉过头，眼光搭在了祁老师身上。祁老师讲课似的说起来，阳光披身，很有些镜头感。

说是这个阮老师，是外乡人，他的父亲是村主任，一方富户，有些名望。阮老师先在本乡的中心小学教书，恋追本校的一位女教师，但女教师做了新娘，新郎不是他。他竟离校出走，一年时间，杳无音信。阮老虽骂犬子辱没了门风，但还是差人四处找寻，终在邻省的省会，找到了放浪形骸的不孝之子：阮老师与一歌女厮守，歌女长得极像他的女同事。他一口一声地，用女同事的姓名称呼歌女。阮老一通家法，又撵走了歌女，逼阮老师回来继续为人师表。本乡名声太大了，便调到润水来。来了不久，就惊喜地遇见了“有文化”的女儿燕子。燕子回家来，一身白色连衣裙，走在山路上，风吹裙飘，那个白，直晃山里人的眼。阮老师见了燕子，觉得心里哧哧哧溢起来，一漾一漾的，立马骑了自行车蹬到“有文化”家门口，下车拔松车轮的气门芯，放瘪轮胎后，彬彬有礼地拍“有文化”家的大门。“有文化”不在，燕子与母亲叙话。阮老师借了打气筒，一边慌乱打气一边自我介绍。像《聊斋》中的王生一样“目灼灼，贼腔未改”。燕子母女以礼相待，目光看进该小学教师的心房去了。阮老师走了，一会儿又来了，说是把钥匙丢了，果然就在“有文化”家的大门后找见了钥匙。正是吃饭时间，“有文化”回来了，奴才一样留老师吃饭。他常去村小压粪，早听见其他老师说过阮家的富有了。一富遮百丑，对阮老师别的德行从不过问也不在意。

“有文化”老婆稍一打听，姓阮的名声，臭得八九里路上都熏人呢。但她是个见过世面的民间花儿歌手，凡事往前看，烦于追根挖底，过去的事装个不知道落得心闲，叫这类人还是处男，不是天大的笑话吗？况且，自家的闺女早不是处的了。燕子自然不陌生阮老师式的目光。她这个女子，咋说呢——待母亲知道时，她已经离开职高的课堂两月有余，做了县城一家宾馆老板的秘书。一次拽了老板的胳膊去豪爵大饭店赴宴，碰见民间花儿歌手携一领导在座。母女相见，分外眼红。同时扑向对方身边的秃顶男人，一通暴风雨般的乱抓、狂抠、嚎叫。在饭店保安的帮助下，两位男士得以捂了血迹累累的伤脸钻进小车，逃离现场。民间花儿歌手终究索得了一笔女儿的处女费。这笔钱连同这次相遇，“有文化”是到死也不可能知道的。他只知道女儿头疼，职高念不下去了，在老婆的关照下，在一家大宾馆做服务员。

阮老师经常去“有文化”家“家访”，次数过三，燕子便红了脸去回访，让小阮沾沾自喜得到了她的同时，她也得到了小阮。这是她几年县城生活学到的唯一本领，且能达到优秀成绩，她记得自从到了县城，她的学习成绩从未及格过。“有文化”的妻子看一对年轻人越缠越紧，急得彻夜失眠。终在半夜里，朝燕子的屁股上扎了一针，燕子跳起来。母亲骂，把你个碎嫁汉，我今晚扎死你，叫你再往野男人怀里钻。燕子喊，你不配说我！你！你！我恨你一辈子！对骂过后，母女抱头痛哭，将这个混蛋男人苍蝇一样到处都是的世界，以泪控诉了个够。母亲说，燕子，你屁股上有颗痣，不吉利，妈给你挑了啊。为了吉利，姑娘家竟忍受住了钻心的疼。次日晚，燕子去了小阮宿舍，老婆急催"有文化"去找燕子。老婆说，赶紧，这么晚了，赶紧！"有文化"慌忙出了门，又折回来拿上他的绑满彩带的铁棒。

次日，一条消息递到了阮家大院：不肖子祸害人家女娃，女娃的爹堵在了宿舍里，逼不肖子娶了他女儿，不然上告，先端了狗日的饭碗，再砸断狗日的腿子。逼得阮老再次出面。一见女娃，惊为仙女下凡。当着"有文化"和全小学老师及村人的面，喝令犬子三日成亲。"有文化"放下心来，回家与老婆给亲家准备吃喝去了。

阮老闭了门说，儿子，我看燕子能配住你的。而今，你也见了红。男人嘛，还图个啥呢。不然，"有文化"胡整开了，啥事都出呢，人命都出呢。能行，儿子，我看能行，你就认了吧，真心娶了燕子吧。不然，再糊弄，要遭天谴呢！

小阮一拳砸在床垫上——床单已被"有文化"拿走了。床单上染着的浅淡的秘密，已经大白于天下了。小阮说，爸，我半辈子没听您的话，这一回我听了。说心里话，燕子我喜欢。她说，我如果不娶她，她就去死。口气不像假话。

其实，燕子只是按母亲教的，并不慌乱地将屁股上被母亲扎破的那坨肉皮，再抠两指甲而已。为了男人100%的爱，再疼一下算个什么。母亲告诉她，屁股上没有痣的，不说有个痣，你是忍不住那个疼的。

母亲一刀斩了自家的老母鸡招待阮老，顺便将鸡血往床单上涂了涂，以便加深小阮的罪证。

祁老师、村主任被请去作陪，几杯酒下肚，"有文化"与阮老成了好亲家。

祁老师、村主任被请为尊客，作为村里人的代表，和燕子的舅舅、姨夫等人去送燕子，去吃宴席。面包车接去，面包车送回。去时，嘴皮都干绷绷的，来时都油润润。

女儿走了，老婆哭了，"有文化"的病又犯了。他拿着铁棒，上面缠着燕子的纱巾，边走，边抹泪，边唱花儿——

哎——老天爷吆——我有文化吆——

哎——我的燕子吆——我的女儿吆——

哎——找了个老师吆——找了个有文化的吆——

哎——他谁看不起我吆——看不起着为啥吆——

不少人朝"有文化"点头，竖大拇指。在他们看来，超人不超，这件事做得，像个阴谋一样。

祁老师走后，任青胸内热躁起来。病房里人进人出，任青暗自调息，呼出一个悠长的"嘘"字。而后，眼帘下拉至平常的三分之一处，看了会儿病房门口出出进进的脚步，觉得这些形形色色的脚，还比自己的主人忙。任青终而关闭了视觉，耳朵里全是声音，声音纷乱，如山洪一股一股冲进头脑。在声音弱下去的间隙，病房恍惚空旷起来，现出远山，现出朦胧的身影，一个行者边走边唱花儿：哎——老天爷吆——，哎——老天爷吆——

陈校长和大伙、学生来看任青，任青强迫自己将一切掩在平静的背面。

只有两个人，走了还把各自的目光留在病房：陈校长的，如父；景绿叶的，似妹。

吃饭时，陈校长走进伙房，当着大伙的面，对景绿叶说：

哦，小景，那个，把任青的一份菜叫他班的女生，给送到卫生院去。你有空了你去最好，你给添个小灶。年轻人，就要着个年轻，要着个傲气，这一下给扔到医院里了，你不照顾谁照顾，是不是？哦，照顾好任青，是你当前工作中的，那个叫，重中之重，是不是？

一片附和声、强调声及挤眉弄眼和心照不宣。景绿叶大声而强烈地制止，但这种制止硬是懒在心里，使劲推也推不出去。最终，景绿叶的羞涩原生态地展现在大家面前。她心里亮得镜子一样，老校长这是故意要挑破这层纸的，它类似窗户纸，但更是玻璃纸，比窗户纸更透明，也更牢固。她累得，在厨师、教师、女同事、类似妹妹，这几个身份中变换角色，还要做到适时、适度、适可。几本作文、一位教授，景绿叶觉得自己也被时间焙熟了几分，丢失了姑娘的心态几分。她看见，任青身上的棱角，被时间之轮飞旋着不停地打磨，他已经由青春逼人向她不愿看到的成熟滑去，他已经成她心目中的"准老哥"形象了，景绿叶觉得自己的心抽搐了一下，疼。

这时，前排一个房间里吵起来，像一锅浑浊的开水喧腾着。景绿叶跑过去，是小王老师两口子在上吵架课。一对大伙眼中的双职工，应该是不上这一课的，但还是，不上则已，一上更甚，两人像一组对顶角，死牴在一起。景绿叶怎么也扯不开，孩子的哭喊使针尖和锋芒逼得更紧，使景绿叶更手忙脚乱。这时，上课铃声大作，涵盖了全校园。小王老师吻一下儿子的泪脸，抓上教案走了；小何老师摸一下儿子的头，也抓上教案走了。景绿叶抱着孩子喊：

哎！哎！你们都走？

小何返回，扔下教案：

我是下一节课！

他一巴掌拍在自己前额上。

任青闭上眼帘，将卫生院纷乱的药味儿挡在眼帘外。盲生静，静生诗，他在感悟生命真的像一根空秸秆一样脆弱。一缕肉蛋的气味儿钻进他的鼻孔，他一睁眼，景绿叶和一名女生正在床头摆放碗筷。景绿叶笑着问：

好些了吗？

他赶紧往起翻，连说了几个"好"。这时，苏芳芳进来了，提着几样水果。几个月没见，苏芳芳长成了标准的穆斯林姑娘，像她提的水果一样水嫩，绿色无污染。景绿叶拉了苏芳芳问她的近况。她这学期决定不读书了，跟着街上的一位师傅学裁缝，说要下三年苦，师傅才给她传手艺。任青边吃，边劝苏芳芳：

考虑一下,去省上的裁缝学校去学,用不上三年的。既然下决心要吃这碗饭,就得对自己狠一点。

三位女的笑了,景绿叶点头,思考着这一建议。

等任青吃完了,景绿叶才把一封信呈到他面前。

啊呀,是市上文联的,稀罕稀罕。你咋不早给我!

早给了,你一高兴就不吃饭了。

任青看一眼景绿叶,假装了一个认真,说:

有道理,你想得还周到。

果然是好消息:市文联邀请他参加金秋笔会。景绿叶像自己也被邀请了似的高兴着,她的高兴全盛开在脸上,且在胸内泉水一样源源不断翻涌着。那位女生回去后,任青的学生们都知道了:他们的诗人老师要到市上开会领奖去呢。——多了"领奖"两个字,符合消息的传播规律。

任青挨到这一瓶子吊完。好了,他发誓般的给大夫说,他好了,要退了未吊的一瓶药液。大夫看一眼他的倔强,退了。景绿叶连说:

要治就彻底治好,不然好不利索,蔓蔓子长得很。

景绿叶知道说也是白说,但还是笑着再劝:

急啥,开会在后天呢!

任青回到宿舍,将憋在胸内,快要焙熟的高兴全部释放出来,六月天割麦子一样处理完教学上的事后,关了门拉了窗帘写诗。他要写几组诗到笔会上好好交流呢。大夫开的感冒通失宠般的被丢在桌角。

陈校长似乎有些待不住了,没等任青来请假,就去敲自己学生的门:为诗人准假。陈校长心里想的是:

学校里快拴疯了,赶紧放脱出去遛遛。

任青去放牧心灵。和他一样逃出来的教师占参会人员的三分之二,都在市文联主办的文学杂志,或市报副刊上或多或少发表过作品,算是神交已久了。畅所欲言,各抒己见。任青慎独着自己,直到大家都说了,非他说些不可时,他才说:

我说几句个人的感觉,各位老师都别笑啊,我觉得呢,我觉得有人写的作品是苹果,有人写的作品是葡萄,有的是橘子,有的是桃子。形、色、味各异,但都是好东西。读者的口味有所不同,有的爱好苹果,有的喜欢橘子。

大家鼓掌。有人问他的作品是什么。任青说:

我啊,我能写出个小樱桃,就不错了。

都笑。文联主席说:

不想当将军的士兵不是好士兵。同样,不想写红富士大苹果诗篇的诗人成不了大诗人。做人可谦虚,写诗毫不谦虚!任老师,你要努力,你要写红富士!

作品交流中,任青在诗歌组读了新作《毕业的教授》,很受欢迎。任青说:

我知道我的诗不是最好的,但我的感情是最真的。

市报副刊的编辑连连点头,把诗品读了两遍,喜爱得像自己生的宝贝。又与任青一遍遍推敲几个字眼,决定发表它,这算是一种现场办公,让任青和众诗人很感激。自由活动时,一位安娜·卡列尼娜式,穿一身黑色衣服的女诗人含笑走来。她是先看见了任诗人诗里的忧郁,而后看见了任老师棱角分明的脸。她说:

我还知道,任老师还是个勇敢的人,你们的官司进行得咋样了?

交谈中得知,她和他竟然在同一个县,她教学的学校比润中还偏僻。笔会结束返回,一起上了班车,恰剩两个相邻的座位了,逼得俩人夫妻一样坐在了一起。待到"风乍起,吹皱一池春水"般的情绪平静下来后,两人聊起了各自的学校、教学、教案、作文、学生等。据说,大多数人对待工作都是一年热,两年温,三年结成冰。但是,食王俸禄,当勤于王事。况且,她被女性的慈爱规范着,他被男人的尊严维持着,都无愧于心、无愧于学生地工作着,所以三年之后都没有结冰,都对得起"教师"二字。尤其像任青这样视名誉如生命的男人,凡自己干过的活,绝不允许留下被人低视或言说的尾巴。但是,把一种改作业如洗衣服一样的活儿,重复上 N 的 N 次方后,就是洗衣机也会厌烦。好老师全凭"奉献"二字稀释着厌烦,不然天长日久，厌烦会钙化如石，会生教育病的。现在，此刻，正被汽车载上一秒一秒向厌烦的源头回归，二人心里渐已染上了烦的颜色。环视全车，全是冷漠的脸。一首歌词从远处漂来：

多少面孔，依然随波逐流，它们在追寻着什么……一年过了一年，啊，一生只为这一天……留下我们的根。

惘然在车厢里回荡着。

沉默了一会儿，他侧了下脸，看见她抿了下嘴角。她是想问个话，努力了几次，她的嘴唇只是忸怩地做出个问话的姿势。不想姿势被他捉住了，她只好命令嘴唇特随意特礼貌地，完成问话的任务：

你的妻子，也是同行吧，肯定的。

他自嘲地还了一个笑，说：

失败得很呢，还是中国光棍协会的会员。

我不信。

不信啊，不信你可以写信给那个协会去问。

这么优秀，你？

呃，优秀，总没有艾青、顾城优秀。你的另一半，肯定优秀吧？

她翻了他一眼，说：

优秀是优秀，只是还没嫁给我呢。

他笑了，说：

我还真的不信呢！

不信了你也可以写信去问啊。

他笑了，她也笑了。而后，在笑声的末梢都沉默了下来。而后，都觉得浑身不自然起来，二人都竭力把自身膨胀起来的不自然隐藏起来，却全暴露在欲盖弥彰之下。

她刮了他一眼，失声笑了，他便赶紧陪着笑笑。

她热着脸，问起他的诗生活来。他一下子逮住诗，得救似的大谈特谈起来。诗一来，全都是融洽、默契，还有，心有灵犀一"诗"通。

一双眼睛明亮着，它的瞳仁里，另一双眼睛也明亮着。反之，亦然。

几乎是一节课时间，汽车到站了，时间似乎被谁偷去了一半。下了车，她说：

我有一个请求，希望你这个诗友能答应。

行。你说。

到我家坐坐，帮我看一下我写的诗。就在城郊，家里就我爸妈，随和着呢。

任青把眼睛躲向纷攘的人群，嘴张开，准备三思后说个什么。

你刚答应了的！

那，行。

“行”字的前头还有个“那”字。

行！

女诗友书房的桌上摆着两本手抄的诗集，它的厚度和工整一下子镇住了任青。任青掀开封面时又缩回食指，确定自己刚才是履行了城里人进门洗手的程序，才又把食指伸出去。

看了十几页，愁绪、纯情、诗意，三者按 7:2:1 混合而成的意境，渐次压住了任青。女诗友跑出去买菜去了。任青顿住阅读，抬头顶了顶脑袋上方厚厚的诗压。这时，一位像诗的母亲一样的老人，慈祥着一脸的笑蹒跚进书房来了。任青起身扶住老人，像在扶一具似乎要倾倒的高龄的树桩。老人坐在椅子上，看着任青，喘匀气后，说：

你是个好小伙子，我一眼就看出来了。不好的小伙我女儿从不往家里领。

任青填表一样回答了自己的姓名、家庭详细住址、民族、职业、爱好、年龄、婚姻状况。后一项的回答使老人颇有些不安，她借给任青取水果的机会告诉了老伴，而后强迫任青吃苹果，强迫任青听她讲了个故事：

是一个必须报恩的故事。

男方是施恩者。

男方的父亲当年下乡，住在了女方家。很快喜欢上了与自己儿子同龄的小女孩。小女孩扎两个冲天羊角辫，“叔叔，叔叔”叫得甜蜜、醉人。下乡干部的妻子难产，生下儿子后，被大夫告知不能再生了，再生会要命的。没有女儿的下乡干部待小女孩如己出，有一点好吃的，儿子、小女孩各一半。还将小女孩转入县城学校儿子的班里，住自己家，与儿子青梅竹马两小无猜式地，共出门上学，同放学回家。共欢笑，同打闹。真正快乐了下乡干部夫妻俩的后半生。后，干部重病，竟挣扎着将女方一家的户口迁入城郊。临终，不瞑目，直视已长成大姑娘的女方，女方的父亲赶紧说：

放心啊大恩人！丫丫是你的儿媳妇，谁也抢不走的。两个孩子书念结束，一工作，就结婚。

回头喊：

丫丫，赶紧叫爸爸。

姑娘哭喊了一声“爸爸”。老干部含笑而去。

工作后，面对“结婚”二字的逼迫，姑娘日益产生了煎熬：对方不是哥哥，已胜似哥哥。与哥哥怎么结婚呢?

姑娘努力寻找，或辛勤生产一种东西，以之去掉哥哥之感。

寻找的结果是渐渐成为了诗人。

诗人知道，自己所寻的东西叫爱情。

哥哥，恰恰给不了她这个。

哥哥被失父之痛沉默化了。哥哥不碰诗，喜啤酒，爱抽烟。哥哥勤于工作，业余帮母亲经商赚钱。

哥哥见诗人，如迎嘉宾；看诗人，如仰视女王。

哥哥在女诗人面前，总是小、小、小，把自己小成了奴才。而爱情总是蔑视奴才的。

哪怕对她吼一声，对她吵一句。没有。女诗人希望被爱情征服，但哥哥没有力量，没有男子汉气概，没有艺术情趣。

但自己得嫁他，为了报恩，为了地下长眠的叔叔。

被折磨的结果是——人，日渐林黛玉；诗，日渐李清照。

女诗人其实是多么希望能遇见另一个他啊！这个他，一来就跳上跷跷板的另一头，将她高高翘起，使她又惊又喜，唉哟大叫，又哗哗大笑。

但是跷跷板上有一根暗竖的长钉子，虽无形，但锋利，直戳这个他的屁股。

这个他肯定会逃走的。

跷跷板只好僵硬地将她丢了下来……

苹果早已吃完，任青早已听得明白，他几次张口，都被老人抬手挡住，只好攥着苹果核，强迫自己站着原地不动。

老人讲完故事就跪了下去，说：

我养的女儿我知道她心里在想啥。但是她，就这个命了，她不能嫁给别人。你这么攒劲、出息，不愁找不到好姑娘的。我求你别和我女儿在一起了，别惹我女儿动心了！

任青说：

大娘，你快起来！我，我答应你！

这时，卧室里一声脆响。二人赶进去，床上躺着一位头发白过葱根的老头，他把床头上的玻璃杯砸在了地板上。他满目凶光地盯着任青，嘴里嘟嘟囔囔。老伴赶过去，耳朵放在他嘴上听了听，才对任青说：

小伙子，老头子说女儿快要回来了，叫你……

任青触电似的一摆头，连说：

明白，明白！

任青退了两步，碰在衣架上。转身迈向门口。大娘说：

那个门，是那个门。这是卫生间。

任青出了楼门，向一条陌生的巷道撤去。遇见的人躲开他，像看逃犯一样，惧疑地仇视着他的远去。

待任青发现时，自己已经逃到了北山上。北山上长满了树木，间以一块块墓碑。几乎各种故事都被长眠于此的人演绎了，为爱殉殁者占了不少的比例。任青回头，背靠树，把一座县城狠狠地俯视着，被追赶的带伤英雄一般。已经确定不了他半小时前，被爱情牵引进去的那栋楼的具体位置了。被他的目光看住的那几栋楼，都似是而非地矗在山下，丢了灵魂地空虚着，似乎把一位姑娘的哭声和悲伤，像古代的宫女一样禁锢在里面。

十一、诗爱情

景绿叶又给任青的学生改作文，课当然是陈校长上的。她改得很认真，几近于谨慎。夜深人静，还翻看着学生作业本上任青批下的只言片语。看了只言片语的语意，还看只言片语的笔迹，用目光在笔迹上描红，像一位书法家在虔心揣悟大师的书作，从而推测大师创作时刻的笔意、神情。景绿叶遥想远在市上的任青，第一次感到了迷惘：她没参加过笔会，想象不出笔会的情景，还有笔会上任青的表现，如同地理学家推测不了猜想中的行星的运行环境与轨道。

三十六个小时后，景绿叶终于见到了任青。她没能在任青的脸上洞察出异样来，任青仍惯常地漠着那张教师脸。按说回来了是应该有一些高兴漾在脸上的。

一周后，陈校长将一封信封上字体很女性的信，放到任青的桌子上，然后坐下一言不发。任青明白，这是在问他怎么回事。他扯开信，是一首诗，没有书信格式的一点影子，也没有诗人的姓名。

任青把诗放在校长面前。校长研读了一遍，把诗推到任青面前。

任青抓过一张纸，写上字，放在校长面前。校长一低头，把纸上的“她有男朋友”五个字全吸进眼里，起身，走了。

你一言不发，我不发一言。任青想。

又两天，那首诗出现在市报的副刊上，诗人叫“辛琴”，任青看见了，又读了一遍。

又两天，辛琴找到润中来，先碰见的是景绿叶。景绿叶礼貌地领到任青宿舍门口。

陈校长第一时间随意地走进任青半开着的宿舍门。两人都正常地站起来。任青介绍：

陈校长，我的老师；辛老师，诗写得很好。

陈校长忽然记起式地“哟”了一声，说：

任老师前两天说过，咱市的报纸上发表过你的诗呢，写得好写得好。啊呀，诗好，名字也好，辛——琴，辛亥革命的辛，爱琴海的琴。我带地理，有个爱琴海。哎呀，你这个名字，是谐音辛勤劳动的辛勤，是不是？好，好，人就是要辛勤劳动，才能创造幸福。好，好好。你们聊，我走了。

陈校长进了景绿叶的宿舍，说：

小景，她正叫辛琴，她有男朋友的。

三小时后，辛琴走了，像个悲剧。任青送到校门口：他尊重悲剧，也尊重悲剧带着笑的自尊。在校门口又碰见景绿叶，景绿叶真心留她，羡慕地请女诗人给她教教诗歌。

辛琴笑了，指一下任青：

你们的任老师，才是大诗人呢。

半小时后，一辆摩托车停在任青宿舍门口，一个大块头男子摘下头盔，抹一把自己的娃娃脸，进了任老师宿舍，拉紧了门。十分钟后，他出来跨上摩托，一道烟走了。

两位男人的中国式对话很简单，十分钟的会见，三分之二用于了相互注视和沉默。女诗人辛琴的娃娃脸男朋友，亲耳听到了疑似情敌的几个肯定句和双重否定句后，立马尊敬起了任老师，哈哈着自己的娃娃脸，牢牢记住了任老师赠给他的一句叮嘱：

给女诗人做个好读者吧。

许多诗人的诗只有两个读者，一个是自己，一个是编辑。娃娃脸走时，强行丢下一袋水果。任青喊来一个男生，说：

你把这袋水果提到——

任青想了一下，他想到了他治感冒时躺过的那个地方，他说：

提到卫生院的一号病房，进门靠窗子那个病床上的病人，就说是一个人给你送的。不要说是我，然后放下水果就走，记住了吗？

男生执行任务去了。任青心里说：

这应该是送给病人的，我是个病人吗？

又一个小时后，天虽然快要黑了，景绿叶毅然向校长请了假，回家去了。

第二天，任青没等来景绿叶。上灶的老师们先吃了闭门糕，然后纷纷抓大头下馆子。

第三天中午，还没等来景绿叶。上灶的老师们继续吃了闭门糕，继续抓大头下馆子。任青心里的乱，草一样疯长：学生作业还锁在景绿叶的宿舍里呢。

陈校长说：

你不会去找一回她吗？

任青忽然笑了，左手击右手掌。自行车车把上挂了一大袋水果，准女婿一样颠着出了校门。陈校长瞪一眼校门口：

还诗人，木头！还心高得很！

陈校长蹲在了椅子上。陈校长总是不自觉就蹲在了椅子上，往往，待自己意识到时，他已在椅子上蹲了一会儿了。陈校长忽而笑了，他在笑自己，笑自己脑子里刚才闪过的一个想法，这个想法是：

辛琴年龄大了还不结婚，任青年龄大了还不结婚，由二者推出，诗不是个好东西！它会让写它的人年龄大了还不想结婚。

脑袋上拍了一巴掌，吩咐自己：

回家！瞎想！耗脑油！

景绿叶正常着自己，微笑、奉茶、致歉，逼得任青成了标准的客人。景文山老师不在家，赶集去了。任青拿上钥匙返校。景绿叶也不挽留，说：

我爸快回来了，来了我就返校。

走出这女人的视线，又一茬乱草在任青心里疯长起来。他猛蹬了几脚车子，又跳下来推上走，一脚一脚踏着陌生人的脚印。山路上浮土厚，这串脚印很清晰，左脚跟外侧有一坨钉掌痕，像补丁，又像伤疤，又像个逃犯留下的慌张或证据。

任青登上一个高台，坐在土埂上。天气像几天前的下午一样虚诞着，空气到处都是。三个字，景、绿、叶。姓景，名绿叶；两个字，辛、琴。姓辛，名琴。

任青大脑里连连切换视频：从辛琴家到北山，从北山到清水湖，从清水湖到一中门口，从一中门口到县宾馆。跟踪禹红的疑犯、上诉错别字的原告、邂逅女诗人的诗人……

滚开，全部滚开！

怎么办？婚姻！现在就说婚姻！爱情是个骗子，是小说里的，是诗行上的，是电视里的，是安慰人生的迷药，是鸦片！滚开！现在就说婚姻！我的婚姻怎么办？他想起同学说的话：想清楚，你是找个过安稳日子的老婆呢，还是找个天天见面天天折腾的情人呢。把这一点想清楚了再找。想到最后，他逮住了三个字：景、绿、叶。对，就是景绿叶，景绿叶！他还把辛琴与景绿叶作了对比，前者是将高雅穗子一样顶在头上的小麦，有麦壳裹着，有麦芒护着，后者，是将朴实埋在地下的山芋，浑身与土地亲和；前者朦胧，后者婉约；前者复杂，后者简单。

那天，那个邂逅之后落荒而逃的下午，他载着一脑袋思绪在大街上踱步，极想遇见一个熟人，偏偏遇不见。才记起今天还是上课的日子，他想遇见的几位同学正在县城的讲台上呢，而他，是陈校长批准出来散心的。

他去买烟，问低价烟，老板娘蔑视得很，问高价烟，老板娘的脸就笑。他递出一张百元币，在老板娘快要接住时松开了手。老板娘低头捡钱，后腰的肉丑陋地露了出来。叫你拿势利眼看我，你拜金，先拜一下我吧，给我鞠个躬吧。他心里如是说，迅即，又嘲自己的无聊。

他不想见人时，一个人站在街对面热情地喊“任老师”，是扫盲时讲过的那个姓甘的人，姓甘的人按任青的指导真的做了废品收购老板。任青被拽到城边的一个旮旯，一个小规模的收购点里，一家人知足地生活着，甘老板的妻子符合想象中的中国村妇的贤惠。当年，他的一句鼓励，如此强有力地支持了一个人，而今，这个人回报他一次热情与尊敬。甘老板款待任青后，固执地送任老师到车站。上车后，任青回眸县城，一转身，把一个昙花一现式的邂逅弃在了身后。

看别人清楚，看自己糊涂。任青问眼前的大山：

任青啊，你该怎么办？

山风吹着任青，把他的回忆全部吹成了风的形状。现在想来，辛琴，就像一个梦游者在夜间朝拜过的女王一样。任青起身，拍屁股上的土。景绿叶慢蹬着车子出现了。远看，景绿叶果然携带着刘巧珍的所有美丽与可爱。任青像男主角高加林一样，喊：

景——绿叶。

其时的景绿叶满心的凄凄惨惨戚戚，如云如雾更如梦，看见任青，又用微笑把自己掩护了起来。任青把一切与辛琴有关的，全部说与景绿叶和她的自行车听，辛琴的诗、父、母、娃娃脸男朋友等，时、地、人、因、过、果，六要素全在，是一篇成功的口头下水文。平生第一次听到爱情性质的自白，景绿叶非常感激任青，并力劝：辛琴很优秀，放弃很可惜。说着，折回来，说要回去取个啥。任青陪景绿叶往回走。两辆自行车被推着，各陪着各的主人。

任青从氛围里往出挣了挣，说：

命！都是命！

抬头看远山，叹气，说：

折腾不起了！

景绿叶又折回，说，算了，不取了。任青陪着折回。

走了几步，任青停住脚，低头、闭目。他在暗下决心，积攒力量，积攒将一句话从口里输送出去的力量。他表白：

小景，其实你知道，现在，我在想，有一个人，也许她更适合我。她叫——

任青丢下这一句半话，也丢下景绿叶往前走，又停住，心里发着狠：

说出去！先说出去！

他朝前、后、左、右四面方向看，全是山，似乎在堵着他的口。他丢下车子，奔过去，一把抓起人家姑娘的手，梁山伯一样在祝英台手掌上写：

叶、绿、景。

颁奖一样，第一名最后出现。

而后，他把女性的手猛地拍在自己唇上。半晌，抬头，脸上全是泪。

他看着小景的眼，喘着气说：

你，也给我一句话吧！

姑娘慢慢抽回自己的手，半晌，说：

明天行吗，我想静一静。

两人都沉默在自行车上，车轮无规则转动着。快到学校时，景绿叶请任青先走，任青"哟"一声，明白过来：

你先走，你先走。

直到次日这个"明天"的天黑，没有答案；好在次日也有个"明天"，但也不见答案的到来；到了明天的明天，任青笑着走进景绿叶宿舍门，坐下，等待式地沉默着，直到沸点，没有等到一个字。他的耳朵有些羞，继而换作生气式地沉默，直到汽化。

他站起来，领导一样在地上踱步，立住，问：

难道，你不同意？

景绿叶一直低着头，缩在自己的沉默里，这一下被逼到了悬崖边，她心一狠，跳崖似的喝了一句：

我不同意！

任青愣了，忽然觉得这个女子有些丑。他慢慢将自己的身躯坐到坚硬的椅子上，平静着自己，问：

愿闻其详！

零点一秒后，景绿叶大放哭声，小姑娘一样边抹泪边嚷：

我没工作！我不会写诗！我不配你！我真的希望你能找个像辛琴一样的。

任青低吼了一句：

可是我无法去找！

景绿叶不理他的低吼，继续小姑娘一样边抹泪边哭恨：

我没工作！我不会写诗！我不配！

任青又低吼：

我不嫌！我不嫌你没工作！我不嫌你不会写诗！

景绿叶继续不理他的低吼，继续小姑娘一样边抹泪边哭吟：

我嫌我自己我，没工作我，不会写诗我，不配我……

任青消下去大半的气，忽而又想，自己这是求婚吗？这一想，他才清醒了过来。自己是在审问，在逼供。他生着自己的气，再看像个丫环一样眼泪抹得满脸都是的景绿叶，忽而，一团爱意像鸟嘴一样飞来啄了一下他的心。他脸上闪过一个笑意，立在旁边欣赏起大姑娘的哭声、哭态来。奇怪，这哭声怎么越听越像笑声，这哭态怎么越看越像笑姿。两分钟后，他终于品出来了、尝出来了：幸福，她是幸福得在哭啊，蠢货！

他无声地笑了，搓着双手，越搓越痒，他一下子逮住景绿叶的钢笔，毛笔一样攥着，用标准的柳体竖着写道：

你的哭也是美丽的。

八个字，布为三行，第三行下部用行书写上“任青”二字及年月。伴奏着景绿叶的哭声，创作出这幅书法精品后，他悄声走了。校园里，暮色苍茫，任青的心里跟着一位歌唱家激扬起来：

美丽的夜色多沉静，草原上只留下我的琴声，想给远方的姑娘写封信，可惜没有邮递员来传情……啦啦啦啦啦，啦啦啦啦啦，啦啦啦——

任青回到宿舍，提起毛笔，像草圣一样悬腕挥毫：

君问归期未有期，巴山夜雨涨秋池。何当共剪西窗烛，却话巴山夜雨时……

不爱有一万个理由，爱只有一个理由：爱。

景绿叶哭够了后，才发现房中早已没了任青。想找镜子时才看见了那幅书法作品。她又泪水奔流，拍打一个人一样拍打着作品；而后，电视上的格格一样，将作品贴在左胸；而后，淘气地笑了，又哭了，哭笑不得，又哭又笑。

总之，又把自己折腾了一夜。她宿舍屋顶的一盏四十瓦的电灯，明亮地照看着她的爱情，工作了整整一宿。

寒气清冽。寒气覆在大地上，阳光，明亮地打在寒气上。阳光愈红愈暖，寒气愈薄愈淡。

鞭炮声把一串串喜庆，炸响在润水乡的街道上：张玉帮哥哥盘了个小卖部，今天开业了，润中的老师都来祝贺。陈校长的第 N 个媒人又当成了——这 N 个媒，全与教师有关——张玉的哥带着母亲，与陈校长的远方亲戚带着两个女孩组成了家庭，并在街上开了小卖部。小张的哥在柜台后买一送二：每卖出一件商品，赠送诚信、热情，生意日趋兴隆。街上有个老中医，用针灸使他和母亲的健康恢复到了八成以上。两个女孩在乡中心小学接受“乡级”教育（县上是“县级”，村上是“村级”），每晚还能免费得到小张本科级“二爸”的辅导。小张身上解除了两座大山般的重压，把对陈校长的感激全部放在教学上。他辅导的三名学生，在全市英语竞赛中分别获得了二三等奖，润中的名声大振。陈校长朝嘴里扔了杯酒，给大家说：

现在，咱润中的英语我不愁了，就愁咱润中的英语教师了。狗日的，县上的几个校长，贼一样打听咱张玉的情况了。

小张站起来，敬礼：

请校长放心，我老娘在润水，我的家就在润水。

任青说：

这叫父母在，不远行。

小张说：

对，父母在，不远行！

陈校长用空酒杯指着小张，说：

英语！任青是语文老师，你是英语老师，拿英语说！

小张说完，校长直摇头：

大家听听，“父母在，不远行”，就六个中国字，这英国人鸟一样，啾啾啾，叫了一串串。

一位女生央请景绿叶问一下张玉老师：她哥上高二，因病休学在家。现在病好了，想下学期上学，英语跟不上，请张老师周末补补，看咋收费。

景绿叶告诉了小张，小张说：

收啥费，不会就来问。英国话装在肚子里又不生金子。

景绿叶说：

呦，没看出，咱校的小张老师真成宝贝了，看这风格高的。

小张说：

有你和任老师的风格高吗？特别是你，景绿叶同志，你偷偷给润中女生做的好人好事，学生都满周记本写着，你当我们不知道啊？

景绿叶说：

没有，你别信。

小张说：

没有？刚才这不是一件？都好人好事做到我头上来了，还不认账。你逼得我，我不做一件好事行吗？

小张的好心情，终被景绿叶发现了根源所在，用一句话来说，就是：

恋爱中的人多可爱。

苏芳芳学裁缝的店，和小张哥哥的小卖部是邻居。苏芳芳买东西爱去隔壁；小张接连给母亲、两个侄女、哥嫂在隔壁定做了衣服，还每次都给苏芳芳的师傅说：

考一下你的徒弟苏芳芳，看你这个老师把手艺给教得咋样了——给我妈做一身衣服。

师傅的"口红嘴"一笑：

我好好教，你好好考。尽早让她给你做一身教师服穿上。

苏芳芳赶紧把头勾在缝纫机后。

小张说：

好得很，我等着。

苏芳芳的头再勾低一度。

师傅朝后面喊：

听下了吗，苏芳芳？

头再勾下一度，嘭！——额头碰在缝纫机面板上了。

一次，苏芳芳的爹半夜拉痢疾，软瘫在炕上起不来，小张跑东跑西，找大夫找车，连夜赶到苏芳芳家把药吊上。圈脸胡拉住小张的手：

张老师，你救了我的命啊！你们迟来一会儿我就挺不住了！

这个倔强的回族大伯，娃娃一样哭起来。

景绿叶心里有些沉重，回家说与父亲。景文山笑着说：

哟，我女儿也想当媒婆了。

思考了一会儿，说：

你说得有道理，回汉都在城里工作的，结婚的多得很。这乡下，其实双方，双方家里的人都愿意，就是怕别人说闲话，尤其回族，这方面不知道阿訇是怎么讲的。不过，真正是好姻缘了，挫折满了，还是能，叫作，有情人终成眷属的。

景绿叶把父亲讲的注意事项概括为三点，装在信封里，放在小张桌子上。

小张看一眼，一把收进兜里。去找马老师，马老师是本校唯一的一名回族中年教师。马老师展开：

张玉同志恋爱成功秘籍

（一）了解伊斯兰宗教、文化，尊重回族习俗。谈话禁“猪”字及与之相关话题。禁吃大肉。

（二）可接近其村阿訇及乡上清真寺阿訇，让这些权威人物了解你的为人、学识。

（三）帮助苏芳芳学到真手艺，赖以生存。

马老师不说话，在秘籍右上方，领导一样批了一行阿文。

小张说：

难不住我！

回去后，翻抽屉里的几本书，是从阿语学校弄来的。那行阿文翻译过来是：

高！是高人指点，成事有余。

小张的嫂子，把小卖部里的花生、瓜子等，装了几食品袋，笑着催小张去谢谢景老师。小张约上任青一起去了，进门，小张说：

Thank you!

景绿叶笑着接了干果，说：

这还差不多。

任青说：

看来，你以后，还得学一门外语了。

小张说：

是的，刚才进门，不该说英语，应该说阿语。

小张舔舔嘴皮，笨拙地说了一句阿语。

景绿叶吃了一惊：

啊，你早已学开了？

任青说：

没想到苏芳芳的魅力，这么大啊！

景绿叶说：

张老师，这秘籍的第三条，你还是越早越好。

任青说：

就是，我还给苏芳芳当面强调过这一点的。

最后，三人商量好，凑钱帮苏芳芳去省上技校学艺，家人工作由景绿叶做。就说，刚好张老师要去省上学习，顺便领着去省上，安排好学习、食宿事宜。

十二、诗出嫁

雪是夜晚来的，静谧，不扰天地。次日，家家户户，山塬河川，全都是大片大片的祥和。校园的书声被瑞雪衬起，洁净如一种经声。景绿叶欣赏着窗玻璃上的冰花，冰花似是水底的神话世界，山河森林，无所不有。任青以指甲为笔，在自己的每块窗玻璃上草书横幅“山舞银蛇”“银装素裹”，斗方“忽如一夜春风来，千树万树梨花开”。这是他雪冬之晨的一项功课，现在又加上三个字：景绿叶。

景绿叶在分类整理各班语文老师交来的征文。这是参加全市校园征文大赛的作文，完了由任青组织全校语文老师统一评选，择优参赛。陈校长进来看景绿叶的工作，帮一下忙。几堆作文确实够忙的，忙并快乐着。陈校长希望最少获个组织奖。任青在忙教学，他胸有成竹：等大家评出佳作后，他将对前十篇最优作文，进行一次以独特和创新为主导的润色，确保其中有四五篇能达到二等及一等奖水平，再排除其他因素，至少能拿一个或两个三等奖。这种思维是社会教给他的。

任青走过阅报栏时瞥了一眼报纸，看见又来了一期市报，便走近了细看，总觉得有些梗。一看日期，是三号和五号的，四号的却没贴。报纸原先是老王张贴，后来是景绿叶贴，她经常被安排张贴学校的卫生、纪律评比结果，还有简报、文件等，经常开、锁阅报栏上面的玻璃框。景绿叶是不会故意把四号的报纸忘掉的。去问老王，说陈校长全拿走了。每次都是陈校长翻阅后才张贴的。任青觉得自己无端地有些落寞。黄昏的校园里寒气渐浓。景绿叶、陈校长早回家了。他双手插入衣兜，踱出校门。街道空冷，对面的乡供电站还没关门，有人走出走进。

任青走进去，桌子上扔着几张市报。任青边搭话边翻，四号的三版果然是文艺副刊！任青的心脏向旁边甩了一下，觉得脊背上被谁抚了一把，转身，没人。

终于看见了辛琴的诗：

被　娶

一位姑娘被一场婚礼娶走
娶走了一具血肉之躯
没娶走她的心

任凭怎样呼唤
那颗心还搁在十二月
十二月之后
它还同春天一起醒来吗

笔会之后，辛琴在市报上发表了大量的诗。严格来讲，这些诗是信，定向于一位能读懂它的读者。任青一眼看见了诗里自己的姓名：任凭、十二月。十二月，合起来，就是“青”字。任青有种被剥光了衣服抛在大街上的感觉。碰撞着一路的寒冷，任青赶回了宿舍。一房间十二平方米的冰凉，火炉像个临终在咽气的光棍一样，快要熄灭了。他胡乱喂了炉子几疙瘩炭，随着室温的上升，他的情绪骚乱起来。继而如一群狗头蜂，嗡嗡嗡围着“被娶”飞，围着“辛琴”飞，围着那次邂逅飞，围着娃娃脸男朋友飞。他觉得一缕疼痛在血管里流淌，在五脏六腑流淌。进而，狗头蜂群无理由地团住了景绿叶，不走了，围着景绿叶狂蜇疯咬起来：

你为什么压下四号的报？你为什么怕让我知道？你为什么你的心原来是这样小？你为什么我不知道辛琴的消息你就可以得到我了吗？

他血管里的疼痛沸腾成了怨怒，在全身奔突。

一朵花玉碎了，她压在心底的诗一般的哀鸣，通过他，击向了另一朵花。

这时，老王推门进来，问这位爱读报的年轻人，找到四号的报了吗？任青关大号水龙头一样强关住自己的表情，说：

不找了，在供电所看了。

老王瞅一眼年轻人脸上的不正常，连连叹气，像给不争气的儿子说一样：

小任，要抓紧啊，你把大家都急死了！你看古代的大文豪，也找双职工去？像李清照、苏小妹一样的毕竟是一两个儿。你笑，你笑屁呢！年龄大了真的就不好找了。年龄不饶人，你有天大的本事，年龄大了人家嫌弃呢，明白吗？我给你说，我都听见别人都议论开你了，说你，说你有问题！

老王说完，一跺脚走了。

任青坐着，火炉里的火发出海涛似的怒吼。他忽地记起，有一个村教学点的年轻老师，他的漂亮对象不跟他了，对象的爹逢人就说他有问题。传开来，他连丑女都找不上了。没办法，提了菜刀去跟岳父要死。说，你说我有问题，你咋知道的？你不是女的你没和我睡过觉你咋知道的？你说我有问题你今天检验一下我看有问题吗！你一把年纪了你反悔把女子不给我了你不要毁我的名声，现在我找不上媳妇了你给我找，不然我不去上课！我就死在你家里！只一天，不待村教学点的校长去问，二十几位没人上课的学生及其家长就找到岳父家门口，唾沫差点把岳父淹了。岳父立马奉出祖上的封建家长制，喝住女子明日送礼，三日完婚。

被这个故事一点，任青像一个爆竹被燃炸了。他拉开门追到老王的宿舍门前。

一片黑寂，老王睡了。

闫建三出来上厕所，任青一身火药味地冲进闫老师的宿舍，对着闫老师的脸把老王及捣闲话的人扫射了一梭子。闫老师忽地变了脸，说：

不找老王了，你找我，这话是我传给老王的。

任青说：

你，你！

要扯闫老师的衣领。闫老师等他扯住了，一抡胳膊，任青的两手，连同自己的几枚纽扣一齐飞了。闫老师黑着脸，屠夫一样抓住任青，一把拽到椅子上，指着诗人的鼻尖，说：

像个欲成大器不修边幅的卧龙先生一样！咋，润中放不下你了？依我，我要是景绿叶，我不稀罕你！你是啥，一月的两个活不旺死不了的工资，隔几天挤牙膏一样挤出的几行诗！再是个啥？你说，再是个啥？

气愤者的唾沫，溅满了诗人的鼻头：

不孝有三，无后为大。我是娶了个标准的丑老婆，但我起码没让老人熬孙子！

对方嘴皮直扇，没扇出一个字来。对方往起一挣，被肩上的手压下去，一挣，压下去。终而，景阳冈的老虎一样，气泄了，蔫了，安静了。

闫建三坐在另一边，点了支烟，说：

那天逢集去买东西，你在前头像个长（带"长"字的领导）一样走着。我在后面，我看见几个人指着你的脊背活动嘴，我靠过去装作买东西听了一耳朵，就是这原话，我一句没稀释。我回来心里堵得，胃里全是酸碱盐，跑去给老王叨了。你看这老王，都憋了多长时间了！

任青左右开弓，给了自己两个嘴巴，走了。

任青回到自己宿舍，又退出来，走到操场，跑起来。在寒夜，像一台机器人，匀加速开动起来了。

闫建三站在操场边，等机器里的油耗得差不多了，过来将他拽回宿舍，走了。又来了，将半板感冒药拍在任青桌上，封住炉子，捣开通风，走了。化学老师满肚子分子，没说一个语文上的汉字。

几个小时后，闫建三干脆翻身坐起来。失眠很久没有光顾他的宿舍了，今晚，是从任青那儿惹过来的。都那样给人家上了一课的。夜寒，一些冷光虚泊在他的窗帘上，没有转朱阁，低绮户，只有这假假的照无眠。拉开窗帘，看见任青的灯还亮着，一片黄晕的光浮在校院里，像死不认错的一片思想。其实，人家有错吗？闫建三捏着鬓角退回床边，对着空空的陋床发呆，叹了口气坐上去，半躺着吸起了烟。哪个男子不多情？人家任青是没有错的。他要折腾，他有折腾的权利。你闫建三折腾过吗？这样一问，他嘴唇黑暗着笑了。还想这！都老成这样子了还想这！是非成败转头空！好歹把儿子拉扯大了，学习呢，一直保持在前三名。被"儿子"两个字一激，闫老师嘴里来了一些味道，他噗地吐了烟，长出了一口气。好歹儿子长大了啊。儿子是他的精神，更是老婆的救星。闫建三后来是深刻责备过自己的，责备自己刚结婚时带给老婆的恐惧：他说，咱俩啥都不说了，现在就说养娃娃。我给你说响，养不下儿子，咱俩谁都不要活了。声音是热被窝里说的，但寒得瘆人。他闭了眼，驱动机器似的驱动身体进行作业，老婆积极配合，不敢有一毫米的怠慢。他忽地跌到炕面上了，她忽地翻起来给他洗。不是一次，是次次。而后，宝贝一样给他盖好被子，看他呼呼睡去了，才忙忙收拾自己。儿子出生，他换了一个人似的高兴。之后的宠幸，他胯上一暗示，老婆赶紧提气，赶紧夹紧他，才没让他跌进过空的洞里去。不是一次，是次次。他觉出一毫米的感动从自己心上滑了过去。下来是一个字，盼。盼儿子快快长大。上学了，他宝贝一样捎在自行车前梁上来回接送。望子成龙，要求过高，这至少剥夺了儿子一半以上的童年快乐。儿子能背唐诗，能背成语，能背世界国名，等等，而且每天须背多少是有规定的。一旦完不成任务，老子就气得不行，好似儿子高考失利一样又训又喝。一次，小人儿也甩了气，趴在桌上不吃饭。陈校长进去，看见闫栋梁眼前碗里的饭，都僵上了一层壳，问，这又是啥反应？化学老师朝床上砸了一拳：

死反应！唉，我想把这碎松一下子阴致死，我一绳子甩了结束了。

想上吊，没那么容易。陈校长自然又给父与子提供了一次“义务教育”。教育，似乎就是一些话从教育者的口里说出来，但收效，似乎又与教育无关。陈校长的声音在这间宿舍回环了几圈，扫除了宿舍里的别扭气氛，才得以让室外有氧的空气流淌了进来。

次日第一节课，景绿叶、陈校长、语文科代表到处找没去上课的任老师，正找着，任青从校门口进来了，抬着左腕，右手高举着没吊完的药瓶子。任青在大家疑惑的注视下走近校长，说：

迟了八分钟，按学校的制度办。我感冒了。

对，制度不执行是空纸一张。你回宿舍，课我上。

不待任青开口，老校长小跑着赶进了教室，像是他自己迟到了似的。

润中的老师都知道陈校长的死规定之一是：上课坚决不能迟到。他说，老师迟到，（一）有悖师德；（二）失威信于学生；（三）迟到超过两分钟，学生的等待心理将消失，教室里会变成马蜂窝，其他同学无法学习，邻班无法上课。

景绿叶把药瓶子挂在墙上，看见任青的沉默里百分之八十是拒绝，利手利脚走了。

任青数吊针输液管里的滴数，觉得自己像一杯水空下去，空下去又往上涨，涨上来。连这瓶药液似乎都在欺笑他，好不容易滴完后，他拔了针头卧床睡去了，李白一样梦游天姥吟留别。惊醒，曾经沧海难为水！天若有情天亦老！

任青软瘫着，收拢不起自己的躯干四肢，一阵阵虚弱袭来，眼皮铅一样往下沉。他忽地怕，怕自己再睡着就醒不过来了。一瞬间，他强烈希望宿舍里进来一个人！在那股希望的末端，景绿叶悄然推门进来，把手上的一沓征文撂下。赶到床前，刘巧珍一样，从兜里掏出两个煮鸡蛋，剥皮、撒盐（盐包在纸里）、喂食。

任青的嘴像个器官几开几合，嚼咽了鸡蛋。喉结像个暗处的机关，失效似的上下滑动了几下。景绿叶销毁证据般的把鸡蛋皮全部收拾净，倒了半杯水放在床头，取下墙上的空瓶子放进桌底。家庭主妇一样干完这些后，景绿叶走近床边，她刚张口，任青一拽被子，蒙住了头。只有害羞或哭泣的姑娘，或调皮的孩子才有这样的动作。景绿叶愣了一秒，扔下一个微笑，走了。进自己宿舍时她回了下头，看见任青甩着两条胳膊快步走向厕所。景绿叶一把捂住嘴角上跳出来的一个笑，进了门。

午饭时，任青来灶房，端上自己的一碗饭回宿舍吃去了。其他教师将觉出的不正常置若罔闻。景绿叶背着大家，在案板上一直忙碌着。所有碗洗了，就任青的一直缺席。景绿叶擦了手去收碗，进门看见诗人平躺在床，双眼敷衍地履行着视觉功能。双耳似是瞬间失聪，装饰般地粘贴在脑袋两侧：对她的进来没一点反应。景绿叶端起空碗要走，又放下碗，在纸上写上一句话，挡在诗人的视线上，离眼一尺远：

你感觉好点了吗？

任青翻身，抓笔在纸上两绕，画了一个大大的草体字：烦。然后，像扔“烦”字一样将纸扔在桌上，又仰躺下去了。

古人造字，往往一字多意，类似古代的一夫多妻制。烦，可以是我很烦,可以是我烦你,还可以是你烦我!后世的语法学家用了形容词、意动用法等弄得学生头大的术语,竭力析辨它们。还有,过后追究,后者问,你说你烦我,前者会诡为我是说我很烦。

但是,人和人处着个感觉。景绿叶的心被"烦"字一撞,滋地生出了一股气。她抓起碗就走,又猛地扑了一下,双手捧住了差点掉下去的碗,被烦撵出了门。

一连几日,景绿叶被"烦"字雾一样罩着,她几次想甩掉这层裹挟在周身的"烦"气,呼吸几口带氧的鲜空气。她索性倒在床上,闭目或被子蒙头,但脑幕上满是人影:辛琴、禹红,还有一些穿得花哨的女人。闪的最忙的还是这个任青,他忽而朝她微笑,忽而朝她怒目、恫吓。景绿叶觉得自己掉进了柏拉图那古老的洞穴。任青曾教授般给她讲过这个洞穴比喻,她也要来任青的哲学书研读,越看越皱眉,越觉得自己的脑子不够用。她只是觉得那个从洞穴往出走的囚徒像个谁,每次想起这个比喻就觉得像个谁。像个谁呢?这下才知道,就像个景绿叶。景绿叶周身不宁,如同被一团无名火在内里焙烤着。她深吸一口气,徐徐吐出。这时就觉出牙齿上,准确说是一颗大牙后的牙龈上灼热异常,似乎那里放上了一粒火炭。景绿叶终于用舌头弄清楚了,自己要添牙了。

从肉里往出钻的牙,更像那个洞穴里的囚徒,要出去,要拼命地出去!它像矛尖顶在一层韧肉下面。一个尖,非要出去;一个韧,似是韧不可破。双方的僵持,丢给了主人景绿叶大量的疼痛和烦苦。真不知幼儿出一嘴的牙是怎么熬过来的。景绿叶像幼儿一样吹牙,提一口丹田气徐徐"噗"出,一些气流拂过牙床像一股风钻过树林,有了一点凉意。凉意一过,灼痛还像一坛圣火燃在那里。噙了些醋,似乎将疼火淹没了,但只是一会儿,醋也被点燃了。半个脸肿起来,赶紧买了消炎药吃。任青竟看见了景绿叶的疼痛,问过了,积极地翻出一本针灸按摩书,抄了个方子给景绿叶教,一个穴位一个穴位地在自己脸上按、揉,逼着景绿叶重复了几遍,景绿叶说:

哎,真的疼得不太紧了,轻松了许多哦。

第五章　雪，今年到来依然洁白

十三、爱

雪，今年到来依然洁白。是真正的鹅毛大雪，一直下到傍晚。景绿叶站在窗前看雪，一宿舍的旋律将她的心掀起，又抛远：

我爱你，塞北的雪，飘飘洒洒，漫天遍野……你是春天的亲姐妹……

任青在窗玻璃上书道：

昔我往矣，杨柳依依；今我来思，雨雪霏霏。

一位长得影星般的青年找了来，跺尽鞋底的雪后，这位帅男进了任青的宿舍，摸出中华烟递上，任青说没吸，又装进兜里。帅男上下瞅任青，问，景绿叶住哪儿，我问个事。

帅男出了门。任青不时看腕上的表，终于也出了门，蹲在花园台子上，看着雪，似在构思一组雪诗。偶尔将头左转九十度，目光就会沿直线到达景绿叶宿舍门。不偶尔转头时，左耳朵摄影头一样对着景绿叶宿舍门。

终于，帅男出了门，连声道别。景绿叶无声地站在自己门口。

任青跳下台子，活动一下蹲麻了的双膝，又蹲上去。帅男兴奋着一张脸过来，说，任老师好。任青说：

你咋知道我姓任？

帅男友好地回答：

景老师告诉我的。

任青嗓子眼里“嗯”了一声。

第二天，一辆摩托一直骑到景绿叶门口，取下头盔，是昨天来过的那位帅男。

第三天，帅男又来，进门急促地说：

小景，你给我当媳妇吧！

景绿叶将靠在桌前的身子直起来，瞪大了眼。一身西装，打着红领带的帅男满脸痛苦地说：

张长弓记者你知道吧，他和我哥是好友，几天前来我家，聊起你和任青时，忽然请我来追你，目的，是帮一把任青，让他彻彻底底爱上你。他怕任青再犹豫下去，你飞了他怎么办。我哥有求于他，答应让我帮忙。谁知我一见你，就忘了我来的目的，就，就喜欢上了你！

景绿叶朝表弟一样的帅男喊：

你！你！你这是，说的啥事吗！

帅男一屁股塌在椅子上，整个上身俯到膝盖，双手抓着头抽泣起来。

你说的是真的？

真的，我若对你有虚情，老天惩罚啊！

不是。我是说张长弓的事，是真的？啊？

真的，真的啊！不然我能梦到你吗？

他混蛋！

景绿叶气得，出门，又进门，轻声说：

你出去，哦，对不起，你回去。我的头像背篼一样大。你赶快回去，再不要来了！

你走不走！我要忙去了，你走，我要锁门！

好，你不走，我走了！

景绿叶快步走进陈校长房间，校长不在。她站在窗玻璃后看，那辆摩托还在。她不敢出去，出去怕那小伙子追上来，她不敢往下想。

她关上校长室的门，把手按在胸上。

终于，她看见陈校长从校门进来，一直往来走。侧一下头，看见了那摩托，转身走过去。

景绿叶在窗后跺脚、搓手。

陈校长进了景绿叶宿舍，不到两分钟，帅男出门，朝四处看着，骑上摩托出了校门。

景绿叶赶紧跑回去。

陈校长听景绿叶生气地陈述完后，坐着坐着吭吭吭地笑起来。景绿叶说：

校长你还笑！

好事，好事！你别怕，也别管，这说明你魅力大啊，傻丫头。这家伙，长得帅，穿得帅，你看这一沓信，哟，这叫情书吧，人家放在你桌子上的，字写得还帅。

陈校长有意让这件事快速传进了全校教师的耳朵。陈校长想起了一个中国俗语：四两拨千斤。

小张听见后很着急，找任青想办法。任青写了一纸的"张长弓"，小张一把抽了毛笔，扔在一边。

次日，帅男又来。景绿叶一听摩托响，奔出来锁了宿舍门，走了。帅男喊：

小景老师，我有信心！你不理我，我不生气！

然后将昨晚写的几纸相思从宿舍门底捣进去。——他每晚写一封长信，次日带来——抬起头，看见几位老师无言地站在他周围。小伙子毫不畏惧，径直奔到校长室，跪在陈校长脚下，恳求校长帮忙，把小景介绍给他。说追他的姑娘很多，他都不喜欢，他就找个人，工作不工作无所谓。说他一见景绿叶就撇不下了，回去什么也干不成，满脑子全是景绿叶的影子……不知内情的人以为这里在拍爱情片。校长室门口的教师们脸上的生硬柔软起来。其实，校长早被帅男的那沓情书所打动(他嘲笑自己竟然也会偷看别人的这个)，他给这位乡政府秘书真诚地说：

小景另有所爱啊，她早已是人常说的——啥啥吃秤砣，铁了心。

陈校长知道他这话会有人马上传给任青的，也让他小子知道我是在给他说话——这叫落个空头人情。帅男咤道：

您是说任老师？小景喜欢了他好久，他不接受，说明他对小景不是

100%的，说明他对小景是有条件的。而真正的爱情是无条件的。各位老师，你们都是教书育人的，你们肯定读过，语文老师还讲过古今中外的爱情名篇，你们说，我说得对吗？陈校长，您是个有名望的校长，所以今天我求您。除了爹娘，我没跪过别人，今天我跪您。那些追我的女孩，有的虚荣，看重外表、工作；有的嗲声嗲气，让人肉麻；有的自以为有个工作，高傲得像个公主，我一概不喜欢她们！没办法喜欢啊！就像我喜欢上了景老师，也没办法啊！我了解了景绿叶的经历，我佩服她的坚强，我喜欢她的清纯，她是那个，莲出淤泥而不染……

是一篇能感动安娜·卡列尼娜的爱情表白。可惜任青不在场，景绿叶不在场，她把帅男的信一页都没看。而这，反而更让帅男喜欢。闫老师一把拽起帅男，说：

你先起来，大男人家，说就说，跪啥呀！

陈校长说：

起来，男儿膝下有黄金，起来！

陈校长眼里有些潮，他知道自己已经喜欢上这个小伙子了，几乎一天一个来回，五十几里寒冷的雪路。还说要想办法调到润水乡政府来，离景绿叶近些。有勇、有礼，敢爱敢恨，要工作有工作，要人才有人才。他若有个女儿，他会命令嫁给这小伙子的。

相比之下，他把自己那个又老又酸的臭老九学生，恨得那个咬牙切齿……但是一想自己每天早上起床时关节、腰背，到处的酸痛，一想这润水中学，他的眼前又是任青的一张臭脸。

陈校长拍拍帅男的肩，说：

年轻人，我理解你、欣赏你，我答应你，给小景老师去说，叫她亲口给你个答复，行了吧？

帅男搓着双手，连声称谢，才记起敬烟，口袋里摸出来一盒中华。

好不容易打发走了痴情汉。

在一个拐弯避风处，小张拦住了帅男的摩托。任老师上前拉小张，被小张甩开。帅男下车后，从容地从兜里拿出中华，抽出两根，任青摆手，小张不接也不说话，瞪着对方。帅男问话，也不说。帅男推上摩托走，小张挡在前面。朝左，挡左；朝右，挡右。帅男说：

这位老师，我知道你是为任老师仗义，咱们都是男人，都没结婚，谁不想找个自己喜欢的？谁不想天天往自己喜欢的姑娘跟前跑？如果挨你的打是我走近小景老师的必经之路，我甘愿挨打。只请你快些动手，我回去还要赶材料呢。

任青一把拽开小张，小张再没挣扎，眼光看向山头的雪。帅男朝二位为人师表者少侠一样拱拱手，跨上摩托，扔下一行青烟走了。

你家伙，这不，又被人上了一课。今天不是我追来，你逗上人家一指头，传开了，你我的脸往哪儿放？你若真为我好，就少给我添麻烦，求你了，我已经够乱了！张长弓！你！你们都！

任青跨上自行车，伏着上身，脖子像鹅一样，一伸一伸，走了。

校长室"跪求"一幕、雪路上"拦截"一幕，先后被小何、小张逼真地放映给了景绿叶。景绿叶听着，唯有无言，唯有泪流。

子夜。任青关了灯黑坐在炉旁的矮凳上。一门之隔，校园里寂静着，又似无数的生命气息在雪上弥漫着。"小景老师喜欢了他好久，他不接受，说明他对小景老师不是100%，说明他对小景老师是有条件的，而真正的爱情是无条件的。"这句话击中了他，他顺着这句话，似乎看见了当时校长室内帅男的一切动作、表情，以及愤怒和痛伤。白天，小何给他演述完后，说，任老师，我真是理解不透你们文人的内心。那个辛琴我不说了，你看我也找了个双职工吧，你们都认为我们有共同语言，很幸福吧？但还是甩脸吵嘴鸡狗鸭（像鸡狗鸭一样吵、咬）。因为，这就是日子啊！漂亮上，我相信任何人都会对景绿叶打满分的。我是教数学的，你不妨这样想一下，假若小景老师与别人结婚了，你将会怎样？这是数学上的反证法，你沿着这个反方向想想看，也许能帮你做出选择。

此刻，他就是把自己置于万籁俱寂，置于大夜的中心，做着反证。反证刚一开始，他内心就大叫一声，像个霸王一样，决不允许！他捂着自己的口，害怕吼声像个疯子一样将夜吵醒，他看见，决、不、允、许，"许"的后面箭一样飞来一支又一支感叹号，齐排排扎在那里。

次日，他赶到景绿叶跟前，问她把四号的市报为啥没有张贴。景绿叶说：

我当时问了，陈校长说四号的没啥好看的，他包东西了，不贴了。

任青被电击了似的跳出去，拦住正在快走着去履行校长职务的陈老师：

你说，你把四号的市报为啥不给景绿叶张贴？啊？你说？

陈校长吃了程咬金似的一吓，指着任青的鼻子，喊：

滚，滚开！四号的市报上辛啥的那个女诗人出嫁了，你快去追吧，赶紧把她从别人的婚礼上扯回来！

校长彻底生气了，向前两步走，又忽地向后转，说：

我想了个好心，人家都决定出嫁了，你就没必要知道没必要徒生烦恼了，好好和这个处吧。没想到，你，你藕，藕断丝连。我告诉你，我要是小景，我发誓不跟你，不跟你这个诗人了！

这里的方言，sh、s 不分，“诗人”常念 sī 人，因为十二分的气愤，听起来骂的是“死人”，“不跟你这个死人了”！

任青僵着，看陈老师快要出校门了，双掌一击，说：

好！嘻，好！

范进中举般跑向景绿叶的宿舍，把站在门口的景绿叶一把抱起，抱进了宿舍。陈校长出了校门又返回，是第六感觉把他拽回的，他一脸疑惑地走向景绿叶宿舍，到了门口，听见里面一团的激烈与紧张，他慌了，“哐”一下撞开门闯进去。

任青抱着景绿叶在转圈。景绿叶朝他肩头上狠打：

放下！放下！你这人！你这人！

任青才松开景绿叶。

陈校长双手叉腰堵住门口：

打！给我好好打！光天化日之下敢耍流氓，打！

任青哈哈大笑，说：

我错了！我冤枉了人家，我错了！

你不错谁错？人家小景是顺着“好”字端端儿长大的，人家能错吗？

陈校长的脸黑红着，像关公。

任青继续笑着：

对，我才知道了，小景是不可能错的，我很喜欢她！我爱她！

呸，呸，说啥呢！陈校长喝止，景绿叶捂着脸夺门而逃。

是夜，任青奋笔疾书，须臾千言。他的绿叶儿是翠绿的，阳光的，跟他期望中的一样美丽。是他以小人之心度绿叶之腹，他应该早问一句的，早问一句，问一句，不就完了吗？偏见、自负，把社会教给他的世俗，竟然推测到小景身上去了。一顿砸骨敲髓般的认错与自我批评后，开始了对景绿叶海枯石烂、山盟海誓的赞美、仰慕、追忆……

文字像发情的洪水，他的笔简直在发疯。

爱情病许多人都患过，但此类人明显更甚。

可怜的姑娘，被这些胜过毒药的疯言疯语毒倒。

陈校长和老王可笑地加强了门卫制度的执行力度。上课期间，闲杂人员一律不得入校。

景绿叶含泪给帅男写了一行字：

谢谢你！！我祈求老天爷给你一位和你一样人好心好的姑娘！！

连同帅男的情书一同装进信封。

她不知道，帅男看了后的绝望，更如霸王一样，在雪谷里大吼一声，在一层层回声中，一节一节倒了下去。

景绿叶小病一场，终于承受住了这巨大的爱情袭击。

世界和生活依旧庸常着，然而爱情眼中的一切，都雾中花、水中月地美好起来。认真工作之余，任青写诗，景绿叶写父母，质量、效率都大大提高。任青制订了下一步的爱情计划：

（一）年轻自己。打球、唱歌，使自己朝气蓬勃起来，每天至少笑十次，不要老沉。

(二)帮助对方。提高教学、写作等方面的水平,关心对方。

(三)交流思想。多交流,多倾听,心灵的碰撞。

日子过得飞快,都从冰面上滑过去了。校园里学习气氛陡增,即将进行最后一个单元的测试。完了讲评,而后总复习、期末考试。每门主课每个单元上完都有小考,每月有月考,再加上期中、期末两大考,学生几乎常被考着。“考,考,考,老师的法宝;分,分,分,学生的命根。”初三的双差生解平每次考试总把这句对联写在黑板上,陈校长巡视时揪出他骂了无数个“一无是处”。校长一走,他扮个鬼脸,学着校长的口音来一句:一无是处。让闫老师和陈校长生气的是,他本次化学测试考了一百分,比化学学得最好的科代表都高,化学科代表考了九十分。闫老师一眼看出他与科代表的答案高度一致,可考试时两人的座位离得特远,不可能抄上的。还有,闫老师常在卷末出一道十分的难题,一般是无人能做出的,目的是为了防止学生答满分而产生自满情绪,毕竟一个单元的知识点不太多。

科代表考九十分,在他的预料中,而这个最多能考五十分的解平,却把最后那道题的正确答案也写在试卷上了。闫老师先审他,后审科代表,都没吐一个字。又抓来一个这次考得特好的嫌疑学生李辉,是坐在解平前桌的,一口咬定自己的高分是自己做的,别的啥都不知道。闫老师骂:

好,放在战争年代,你三位都是好党员!

将三人上交给学校。陈校长先后过了几遍堂,还是吊着脑袋不给一个字。景绿叶中午等不来闫老师吃饭,找到校长室,一看,明白了。这道难题正是解平找她问过的。当时她讲解,就发现这个调皮鬼的化学基础差得厉害,便把解答过程一步一步写在纸上,叫他带回去再思考。没想到——景绿叶和闫建三互看了一眼:

题漏了。

校长白了闫老师一眼。

题怎么漏的呢?闫老师想不起来哪儿出的漏洞。一通暴风骤雨,还是没唬出一个字的口供。闫老师几乎气疯了。景绿叶赶紧拽了他去吃饭。

景绿叶说:

闫老师，叫这三个学生先好好想想，你赶紧吃饭走，饭凉了。

闫老师骂：

好，我回来再不说，我就用棍撬开你们的嘴！不信治不了你几个！

出门时，抓起窗台上的铁将军，将仨学生囚在里面。

闫老师气呼呼吃了饭，要走。景绿叶说：

等等，我把锅洗了也去呢。

你去做啥？

帮你破案子啊。

闫老师笑笑。返回，开锁子时，闫老师又换上了一副凶脸，进门就喝：

不好好反省，嬉皮笑脸地说啥？啊？

景绿叶说：

闫老师，叫这三个学生出去一下，我问个事，完了你再审。

闫老师有点烦，说：

出去，到前面墙跟前反省去。

三个学生面壁时，景绿叶拿过桌子上的一台小录音机，倒磁带，完了一按播放键，三个学生在里面骂开了：

科代表：

你个瘦猴，我叫你少答些少答些，不能超过七十分，你不听，这下你把人害死了。

解平：

看把你吓的，又不是你弄出来的卷子，看把你吓的。

李辉：

你俩再不说，我就说了。我跟上你俩背黑锅，没谝的了！

解平劝：

再坚守一下。咱三个再坚守一下，闫老师再问一次可能就不问了，他问烦了就不问了。完了我请客，我儿子娃娃说话算数！

科代表：

你个瘦猴，你癞蛤蟆想吃天鹅肉，我看你是叫班花要了。

解平：

反正她红口白牙跟我说的，只要我考一百分，她就跟我去看电影。就是不去，我也要证明给她看，我儿子娃娃说到做到……

两位老师边听边笑。闫老师说：

你真是个鬼丫头，我咋没看见，你就把校长的这个录音机打开了？

待你看见，学生也看见了。我担心这三个小鬼会听见磁带转的。

陈校长进来了，拿眼睛问他们笑什么。

闫老师按了键倒磁带，把三个学生喊进来，扣上门，按下播放键。刚播了两句半，解平一下子扑过来压了暂停键，哭泪泪地说：

老师，不要听了，不要听了啊！是我的错！我说！我说行吗?!

闫老师说：

好，我尊重你的人格。就咱俩，咱俩到我房里说走。

之后，闫老师给陈校长汇报，这家伙是用一片铁皮拨开办公室门的暗锁子，把我印试卷时扔在废纸篓里的过版纸拿走了。

陈校长惊了：

我的天，这都有了入室盗窃的苗头。着实会毁了他个碎子子的！你咋教育的？

我说，你是个学间谍的好料。

陈校长瞪闫建三。闫建三笑笑，走了。陈校长赶紧满校园找解平，急风暴雨后，又下了很久的和风细雨，看解平很是感动了，还说，我相信你以后会变成一个好学生的。然后，才释放了教育犯，要求回去给他写一份深刻的检查。

盗卷案侦破后，全校师生都知道了，议论纷纷，不一而足。陈校长及时开会，要求各班主任马上结合该典型案例教育全班学生，统一思想，防微杜渐。陈校长要求，每位学生都要写篇体会，以备学校抽查。

任青建议班里的学生写篇周记，并做了如下苏格拉底式的启发：

做一件事要看三：动机、行为、结果。有时动机端，事情做歪了；有时动机歪，事情做端了。现在我知道你是善良的，是一只羊。狗求羊帮忙，善良的羊答应了。于是羊给狗搭了肩架。羊的动机，帮忙，但是在助纣为虐；行为，搭了肩架；结果，帮助狗偷得了房梁下挂的篮子里的馍馍。最后的结局是，主人回来后，找棍子打狗，却不惩罚羊。其实……

张玉知道了任青疑似变相的教育，说：

你把校长的讲话精神又没贯彻落实好，而且是故意的！

景绿叶有些紧张：

要不自习时你照校长的原话，再给学生讲一下吧。直接说，不敢学偷！

任青说：

我不但是贯彻落实，而且深入分析，做了科学地发挥。

景绿叶撇嘴角，放下饭勺出了灶房。

任青只好自己舀饭，朝门口问：

怎么？你没生气吧？

景绿叶的笑脸在门口一探：

不敢。

又说：

你把饭落实完，再科学发挥一下，把锅碗洗了哦。

祁老师叫住景绿叶：

走这么急？去任老师房间吧？肯定的！

景绿叶不说话，只微笑。祁老师拿目光在景绿叶脸上找，一圈一圈找。说：

我终于有些明白了，并不是你的漂亮把任老师收了，是微笑，绝对是微笑，你的微笑是个宝。任老师肯定发现了这个宝，所以才动心了。

我又不是蒙娜丽莎，笑有那么复杂。

不说那洋女人，还是咱东方丽人好。哈哈，把这个带给你的大诗人，就说是，“有文化”这两天的口头创作，经祁光明老师整理而成的，算是当代中国教师，不，是当代中国，农村，基层教师的，官场，不，教育场，或者教场现形诗，教场现形打油诗。请他那个，斧正一下。

景绿叶绽开纸，工整的笔迹让她吃了一惊——

穿着西装赞（精干），
蹬着皮鞋转；
坐在石头后面看（指戴眼镜）
心疼（漂亮）女娃脸上剜；
课一上完摩托转，
作业改了街上转；
饭馆里进去解个馋，
指头上夹的是纸烟；
学生见了躲一边，
家长见了问上前。
一月一黄，吃着皇粮；
灾年不慌，心宽体胖。
干的是，哪朝哪代少不了的教书活，
看你上学不上学；
端的是，一辈子打不烂的铁饭碗，
看你稀罕不稀罕；
……

阳光红暖，校园马路两旁松枝上的积雪簌簌往下掉。

陈校长腋下夹着黑皮包从县上回来了。有好事，高兴全写在脸上。校长宣布：

这次全市征文竞赛，我们润水中学，获了一个三等奖，一个优秀奖，一个组织奖！

陈校长环视着大家的一大片高兴，说：

好得很，全市的竞赛呢！多少学校参加了，推了光头啥都没有的学校一堆堆，咱一个山里的小学校一下子弄来三个奖，我没办法谦虚啊，是不是？当场在教育局就，就高兴坏了，把几个城里的校长气得，翻白眼，咽唾沫。

爆出一团团的笑，烟花一样。

陈校长又朝城里的那些校长遥瞪了一眼，撇了嘴角，说：

气了个美，经常牛皮哄哄的，以为是城里的人，咋啦，城里的人长双脑子啦？

陈校长年轻态地畅笑着，说：

这次三等奖、优秀奖，主要归功于任老师，组织奖归功于全校语文老师，特别是景绿叶老师的辛勤工作。下来，下来咱们乘胜追击，把这个奖也摘一个。

说着把一份文件递给大家传阅。是省、市、县各级文联关于各行各业征歌评奖的通知，陈校长已经把其中与校歌有关的内容全部划出来了。陈校长将大家的意见归纳了一下：

校歌还是放大胆参与，只要有创造性，不怕得不上奖。首先是歌词，由任青担任主创，全校老师尤其是语文老师都动笔，只要把词儿写美写成功了，曲谱就会像好媳妇一样跟着跑来的。

张玉吹着口哨，吹的是《爱的奉献》，但眼前全是苏芳芳的音容。他在宿舍收拾行李，他又要去省上“学习”几天——去接学成的苏芳芳回来创业。两个多月，苏芳芳几乎没出过校门，昼夜勤学苦练。裁缝学校的女校长感其精神，将她的学费减了一半。女校长也是五个妹妹的姐，她以一把剪刀创业，又创办了这所学校，五个妹妹在各地都有自己的裁缝大店。一般学员三个月后才能持剪，苏芳芳有先前打工的坚实基础，打工时师傅虽然不指出其中的奥妙，但她留心思悟，回家以张玉老师送的报纸为布，反复裁试，已经粗得一些技巧。别的学员一月学二十天，双休日结伴去逛城，她周末都没休息过，每晚像古人一样再得半日之时，她的一月是四十五天。女校长出身贫苦，对可造之材偏心点拨，这样，苏芳芳一月多时间就饱学了许多赖以谋生的技艺。

追景绿叶的那个帅男给小张的印象太深了，几乎让人替天下女孩害怕，就是在几年大学里，他也没见过这样的上下求索精神。也就是景绿叶，换了别人，早被俘虏了。到了省城，小张大胆表白，穆斯林姑娘激情相爱，公园、步行街、电梯、小吃街、火车站、飞机场，城里城郊的景点，他们都以旅游结婚的方式走过。小张间或看见七八年前他与女同学留在这些地方的足迹，他都像看一个与他重名、长相酷似的男人一样一笑而过。他告诉自己：不忆伤，不感叹，只笑看眼前！苏芳芳用女校长退她的学费，为他俩留了好多影，还拍了几张标准的结婚照。苏芳芳捧着结婚照泪水哗哗，心想她要好好爱小张，好好创业，让小张像以前双职工一样过好日子，甚至超过。

53 35 | 32 5 | 5 3 | 3 – | 只要 一串 铃声 响——起——……任青记得，他进修时，教授讲什么时学过一句话，就是：爱情的力量比大炮还大。他觉得恰当得很。在《长大后我就成了你》的旋律启发下，仅一天一夜，他连写带改，一首《只要一串铃声响起》的歌词就呈于景绿叶面前。景绿叶连读几遍，说：

能把我强拉到上学时的那个情景里去！

又说：

唯一让人疑惑的是——

任青急了：

快说！

景绿叶凑近他耳朵：

出来得——太快了！

任青“哈哈”着，说：

我也觉得出来得太快了，先不要让陈老师知道，咱要精益求精。

任青噘嘴吹起了口哨。

词出来的时候，曲其实已在词的背面奔跑着，在词人的胸内奔流着。任青坐在景绿叶宿舍里的一台风琴前谱曲。那台风琴老旧得音不准了，没处放，弃在灶房里，景绿叶擦净后抬到自己宿舍，高兴时关了门轻轻弹着陶冶情操。任青是四年制师范生，音乐、美术都学过。一艺通百艺通，他击打高龄且残疾的琴键，像醉酒的歌王用音乐找寻着旋律的起、承、转、合。终于，他逮住了一个转瞬欲逝的音节，沿着它掘下去，那奔流于暗处的旋律，喷泉一样激射而出，裹挟着词句，将他和景绿叶的歌喉带向了遥远，抵达了天堂般的课堂，又九曲黄河一样转折盘旋，激荡、克制、深情。为青春，为渴求的目光；为铃声，为奉献的脚步，铺开了一条绿色之径，让岁月在上面齐步走过——

5 34 | 5 3 | 3.2 34 | 35 6 | 每一寸黑板，知识的金花绣满；33 234 | 5 3 | 3.2 34 | 35 6 | 35 6 | 6 – | 每一次呼唤，都是我金色的少年，少年——

校园，我的校园，蓄着绿梦的校园；摇篮，我的摇篮，盛开理想的摇篮。只要一串铃声响起，无数风筝的信念，放飞思想的蓝天。每一朵笑脸，绽放在美丽的校园；每一个起跑点，更快更高更远；每一位老师，时刻捧出了奉献；每一位学子，今天超越了昨天。校园，我的校园，只要一串铃声响起，我将永远将您记忆。

……

景绿叶的宿舍是个音乐盒，二人搅拌音乐，又被音乐泡着，音符彩蝶般飞满门窗。

闫老师走过来说：

啊呀，你们听，这爱情了不得啊！

小张说：

不爱则已，一爱惊人。

小何说：

你是在说别人，还是在夸自己？你的罗曼史，你以为我们不知道？

音乐持续着爱情，校园持续着书声，太阳、大地持续着红妆素裹。任青的长诗《雪色》发表了，市文联寄来了样刊，是头条，那是一期封面被瑞雪覆盖的合刊，厚重如一方水土，似乎承载着一域生灵。这期合刊的封面摄影、封底国画、内页配图均是雪景，所发的诗、文全是写雪的，是一期精心编辑设计的“雪之刊”。任青接到杂志是在周五下午的课外活动，他差点等不到放学，等不到景绿叶将晚饭做好，等不到教师灶上教师们马拉松式的细嚼慢咽的结束。他揣着一团急速发酵着的喜悦，等得空旷的校园里又悠然地飘起雪花来。他将杂志启封，小心翻过封面、扉页，“任青”果然坐在目录里。任青立即合上封面，将杂志立即封进大信封，像间谍一样封得完好无损。杂志藏在信封里，候在桌面上。任青瞄窗外越下越乱的雪花，他对景绿叶的感激飘洒起来，他是很早就下决心要写一组雪诗的，数年冬天，都望雪兴叹。今年，就是他彻底爱上景绿叶，长夜诉写情书之后，一气草就了长诗。那天，准备请小景读后谈一下感觉再加工，小景带着一刘海两肩头的雪花进来说：

雪下得多好啊！不知道别的地方下着吗？

就是这一句，开启了他的哲思，他将全诗蓬松的激情炼丹一样结晶下去，然后给其一对哲思的翅膀，他的雪诗终于飞翔起来，飞上了一个高度。果然，发表了。他要让景绿叶先兜起这份惊喜！但他不知道，编辑老师收到他的诗后，当即放在已定之稿的头条，又做了一系列的补充工作，才使他的雪诗生于雪，刊于雪，行世于雪。

雪片满窗。实在等不住了，一种蜜意的情绪满胸膛膨胀着，哎呀实在装不住了，憋得厉害。任青揣上杂志去找景绿叶。雪已染白大地，他不忍将雪踏踩，顺着几排房檐下无雪的地方绕到景绿叶门口。门给他留着，没扣。他进去后，景绿叶正坐在桌前，木兰的表妹一样对镜润脸庞。她是刚收拾完灶房后回来洗了一下手脸。任青竭力平静住自己，将杂志双手呈给她。景绿叶一把抢过，翻过来覆过去地看，连声问，是不是诗歌发表了？任青僵住脸说，不知道。景绿叶小心启封，一股惊喜决堤而来：

> 但是，雪
> 你真正的雪啊
> 你还没有来还没有来
> 是我离你太远

还是你绕开我苦瘠的脸颜去了天山
你去年就答应带给我的爱情呢?

下场雪吧!
雪是下着的
只是没下在我的故乡
雪下在没人知道的地方
就说:没下雪
雪从世上有雪时一直下在没人知道的地方
永远地认不得雪
知道有感情纷纷扬扬下得很紧
还没找到那下雪的地方
……

啊——,景绿叶张开双臂,任青将她抱起,旋转。

雪花弥漫。

长时间地无言,长时间地相视。

一下,噙住火。

而后,水;而后,蜜;而后,酒。

温、绿、火花、山峰的旋、泣、崩塌、嗅觉、毒。

,,,;;　。。{}} ? ? !! ♬ ♁

馨——润——蓝——7——氵~~ 66 ㊋huo 火 √ # 了>>>——

任青看对方,终于认清了她是景绿叶。

景绿叶也吃力地死盯着对方,认出了他是任青。

任青看着对方眼里的自己,说:

终于写好了这个字。

景绿叶瞋他,目光像个问号。

他抓住景绿叶的双肩,像擒住一头可爱的雌性猎物。

进而,将她小心地掬住,捧起,再次旋转。

啥字呀？啥字？

一张口,苟富贵勿相忘的勿。

啥呀？说！说！

匆匆忙忙的匆,去掉一点,用口来写。

你你你！

一圈。又一圈。

笑声甩了一宿舍。

丰年好大雪。

回到宿舍,任青仰面直直地倒下去,被床盛住。双眼空瞅着屋顶的檩、椽,N分钟后,心里说：

命！这就是我的命！

再N分钟后,心里说：

我认命！我高兴得很！

走了多长的路啊！

迟吗？不迟！

景绿叶呢,类似于任青地瘫在自己床上,泪水长流。她把自己也交给了命,交出去了,收不回来了。全部交出去了,只剩下了哭。

只有哭还姓景,其余,全姓任了。

十四、借　调

清晨，任青在结冰的窗玻璃上写“景绿叶”三字。指甲划出的笔画瘦挺，字仍是这三个字，玻璃仍是玻璃，冬天仍是冬天，但书写时的感觉似乎不一样了。一周前是写在润中的玻璃上，现在是写在城郊废品收购点甘有福小老板家的玻璃上。人生或说感情等，像一股水在河床里流淌着，或徐或急，时清时浊，亦直亦曲，起承转合，起伏跌宕。他竟然被命运朝左拨了一下，这就是，他突然被借调到城里了。任青嘲笑刚调到县城的高加林一样地嘲笑着“进了城”的自己。自己不算进城，但润中的老师们都目他以青眼，认为他一步登天了：一周前，陈校长和他被叫到县教研室，教研室主任崔志看着他俩，抹着自己秃得稀少但根根粗硬倔强的头发，说：

那个，陈校长，咱们都老了啊！

陈校长松了下脸皮，也抹一下鬓角，说：

下一次见面还老呢。难道你还怕老吗，咱局有名的“钙人”，全县教育上谁不知道。

任青趁机微笑了一下，主任便目光炯炯地看住了他。任青有些不相信，这主任的目光还硬得很，刀一样，像一位坐镇大城的公安局长。目光倏忽疲顿了，没有了光泽。主任说：

我也知道你骨头硬得很。我要是求你帮个忙，你肯定不答应。给，这个拿上。这是经过研究，有关领导同意后决定的。

陈校长接过来一看，是教育局的便函。盖着惹人生气的大红公章。便函要抽调任青到县教研室工作一段时间。陈校长和任青抬头，崔主任抬手，挡住了二人的发问，犟老头说：

我告诉你们真相，教研室的顶梁柱梁老师，唉，他的老婆害了大病，到省上看去了，估计一月两月折腾不结束，结束了他老梁也得一年半载的缓。当然，也许会有奇迹出现。老梁和我在这“室”里下了一辈子苦，当官的近视，看不见，他老天爷总没戴眼镜吧？总不能把老梁一下子打到十八层地狱吧？唉，唉，说这废话干啥。这样，难道还要我再下苦吗？不可能的！我说过，我不到退休，我不离开这个室，但我只要把这室的心操好就不错了，我操的心，下的苦，当官的再活一辈子都赶不上的！还要我下苦？哼……

陈校长不无烦躁地截住他：

大主任，所以你就拿我开刀，要我的人？你苦下够了不再下苦了，难道要我继续为党的教育事业下苦？难道我下的苦还少吗？你嫌烦你为啥不撇，我是想撇，撇不下。咋的？你拿我开刀，要我的人？

陈校长将便函戳在对方手里，拉住任青的手腕要走。大主任"哎"了一声，又"哎"一声，喊：

陈校长！陈校长啊，你误解了，不是我。怎么都是抱怨我的！是，你看，是"经过研究，有关领导同意"了的，不然，会产生这便函吗？

陈校长继续走，崔主任跑过去拽定了他。

最后，终是软缠硬磨，请陈校长和任青吃饭，在雅间里谈好：让任青先帮帮忙，他们还在继续抽调人员，不可能只抽一个人的，老梁一请假，其他的几个人，婆娘占了百分之四十九；男的，一个是司机，一个是有背景的，想来就来，来了只看不干。还有两个，也人到中年，实在忙不过来的。

陈校长见狼在山头上就瞄准了山下的一只羊，又冲下山咬住了这只羊，现在要叫狼松口放了羊，那不是逼着狼破坏真理吗？狼吃羊是放之四海而皆准的真理之一啊！你要再不依，找到局长面上去，他敢百分之百肯定，局长肯定会如此说：这多大事嘛，陈校长，你和崔主任好好商量商量，不信找不到解决的方案，就看你们找不找的。商量的结局还不是下级服从上级，局部服从全局的调遣！陈校长只好垂了头回去，损兵折将的将军一样。他这一生，被上级甚至下级先斩后奏的次数，比他的年岁还多。

犟老头扣住任青下午就工作，说，年轻人，先干工作，先干，过几天有空了再回娘家去。任青只好送陈校长到车站，陈校长说：

既然我答应人家了——不答应你看行吗？——你就给帮上一段忙。学校里我去安排。

陈校长明显还想说个什么，但闭了嘴咽了一下，看了自己的学生一眼，拧过头走了。

三天后，教研室开始一学期的听课大行动，任青和教研室的一位张老师一组，润中恰好分在任青这组。

小车意气风发般地往润中驰去，张老师闭着眼假寐，任青被杂样的情绪泡沫一样充斥着。他觉出自己似乎有些拿不住自己，屁股在座位上踏不实。他的眼睛朝车窗外亮晶晶地扫视着，他和幽默的司机搭着话架子。到了润中，任青抢先跟各位娘家人握手，朝躲在后面的景绿叶和小王笑笑。听完课在会议室讨论时，他跑过去坐在自己原先的座位上，感觉屁股一下子搁在了稳妥处。尽管任青一再贴近娘家人，总有一层透明的隔膜横在中间，一些生分，还有一堆可憎的客气围着他，这让他心里有些毛，进而有些生气：你们这是怎么了，我又不是真调上去了。

教研室张老师被丢在正上边，局长一样正着脸子讲官话说套话，完了叫任青"讲几句"时，任青慌忙摇头，说我没啥说的，好着呢，这里的情况我熟悉，好着呢！任青讨好式地看娘家人，依然是一圈带着某种气味的笑脸。陈校长救了他一驾，笑着说：

任老师，你今天是代表局里，应该讲几句的，这也是职责所在，对吗，张老师？

张老师笑着点头。任青挺起胸，板了脸说：

那我说两句。我说的两句话是：润水中学的教学情况我熟悉，一切很好！完了。

这一次，大家都笑了，任青从这笑里看见了昔日教友的真面目，心里清澈起来。他看见，景绿叶也在笑，但一直没抬头。从开会开始，一直没抬头，似是故意给他没抬头。会后，润中教师灶招待"上级领导"，张老师与讲话前判若两人，平易近人式地坐在陈校长身旁，说笑不止，和大伙一起猛夸景绿叶的羊羔肉做得太好了。并且，不时问任青吃香了没有，吃美了没有。任青说，吃香了吃美了，还是小景老师的手艺好。张老师说，小景就小景，咋称小景老师？景绿叶将红起来的脸庞，隐在锅灶旁的蒸汽里，她大方地接受着大家的称赞。她十二分清晰地看见了任青对她的爱意，她一时消化不了地囫囵吞咽了下去。

都来敬酒。小张碰了任青的杯子，说，多余的话不说了，只说两个字：祝贺！祁老师、小何，甚至小王都跟着“多余的话不说了，只说两个字：祝贺！”砰砰地碰杯，碰得脆响。逼景绿叶过来碰杯时，任青积极迎过去，他是要帮景绿叶减少些尴尬，景绿叶心里明白得很。碰了，大家都叫好。

众目睽睽之下，他们钻进黑色小车，去了邻乡中学。

没有单独说上话，哪怕一句。

车轮飞驰，副驾驶座上的张老师扭头问任青：

任老师，你人气旺得很啊。唉，说呢，那个小景老师确实不错嘛！

任青心里的一掬遗憾迅速膨胀着，占满了胸腔。他支吾了几句，不愿搅入张老师的逗引中去，堵住嘴打个呵欠，低头假寐起来。

屁股下的车轮在飞，胸腔满起来，又空下去，又满起来，又空下去。

类似于衣锦还乡。任青的思绪絮絮索索，他闭目观住“衣锦还乡”四个字，四个字消失了，又浮起蓝色的一行字：富贵不还乡，如衣锦夜行。又浮出一张版画般的面孔，似是说这句话的得志者。又浮出金色的“衣锦还乡”，任青抖了下头颅，想抖掉这些字。抖不掉，又浮出注释来，教案上红蘸笔写的一样：穿着锦绣衣服回到故乡，比喻成功后在人前显示荣华富贵。衣，动词，穿。锦，锦绣。

任青霍一下拉开眼帘，后脑勺懵起来了，像流过一片黄浊的洪水。

冬日的早晨，任青总是窗玻璃上做完书写“景绿叶”的功课后才出门，沿城郊一条小路跑步，跑向城里去上班。县教育局的大楼早已成了危楼，正在拆除。教育局借了城中心新华书店大楼的四楼办公。教研室挤不进去，便搬到体委的一间会议室办公。体委及其门前的体育场位于小城南边的河滩里。绕城而过的河水早已萎缩，只留下几十年或上百年前开拓出的宽阔的河道。体育场只有一条够标准尺寸的跑道和一个水泥篮球场。有一些热爱锻炼的年轻人，和强烈地想挽回健康的老年人在活动。冬日的寒气顺河道而下，南山上的几棵树还没有睡醒，体育场里大片的寂静就被脚步声踩破了。这一点，任青还是喜欢的，他便拍打着肩膀四肢，加入跑道上的人群，嘴前吹着一团白气，类似在学校又不似在学校地健完身，提上两个饼子进入了工作地点。任青对教研室的氛围说不上好感与否。他已经习惯了忙的人经常忙着，有些忙得抬不起头，忙得有些生气。可一些人总是闲着，坐在椅子上活动嘴（说话、吃零食）或活动手（织毛衣）。老主任独处一个小间办公，不时逮住进来请示的任青发表即兴演讲：人都叫我“钙人”，我一辈子就朝这个“钙”字上活。我一辈子缺钱就不缺钙，我正是由于不缺钙才导致提不了，一辈子卧在这个教研室里教研着。我当不上局长我也不尿带长字的，他谁，谁碰在我的枪上，我一样地毙呢。任青响应式地说出：富贵不能淫，威武不能屈，贫贱不能移。有钙者马上一拍巴掌，唱了一句：就是，这话有人在古代都说了，为啥这话还不死，还流传下来呢？就是因为这句话有钙！崔主任站起来绕任青一圈，说：

哎呀，我真没看错，我一口要了你，对味得很。

任青走近一步，逮住这话问下去，主任终于吐了真言——他是无事不登局长室的。老局长退了，回他的老家安度晚年去了。新局长比于他，是后起之秀，上任伊始便去局里各室检查，教研室是教育局的中枢神经，检查时，果然对主任的目光留下了深刻印象，回了局长室，一回味老主任的目光，便拿起笔在纸上写“钙”字。当然有人早已告诉了他“钙人”这一雅号。名如其人，老主任的汇报咄咄逼人，也处处是实，没有一个成绩是编出来的，全是在他的带领下苦干出来的。新局长检查后大着嗓门说了些诸如“我们县的教育水平之所以比邻县高，教研室的工作起到了具有重大意义的推动与督促作用”之类的话。新局长想：教育，说到底是个教字、育字。而教字，说到底就是教案、作业、试卷，最终归于一个词：成绩。这不光是给县长书记要汇报的数字，而是广大学生、广大家长要得到的东西。因为有了这个东西，或者说，因为这个词——成绩，广大学生得以上大学，得以以后有工作，得以学而优则仕。新局长当然是不会把这些说出口的。新局长知道，想的与说的，永远是两回事。

一个县的教育啊！“教”字在前，“育”字跟在后，作个发音时凑足音节的陪衬而已。

新局长想以重用老主任为切入点，树立他在全县教育系统的良好形象。但老主任的年龄不饶他，加之他不配合，自己一人之力想提提老主任也很是无奈。到某个学校做个校长也是个肥职，比教研室肥多了，但那会使他身心聚于一校，况且实在一下子找不到一个有能力的老同志来接他的班。于是，只好让他暂时待着，只好以充分的尊重来表达对老主任的肯定。因此，凡老主任开口，他是有求必应。这次教研室的梁副主任跌了大祸，老主任三思后去敲年轻局长的门，一进门，局长便离开太师椅咋呼着过来给他倒茶，尊得老主任几乎忘了来的目的。聊了两句，便说了情况。年轻局长稍一考虑，便嘱主任抽空代表局里去慰问梁副主任，该买什么该拿什么直接给办公室安排就是，至于抽调个人，局长说：

你现在说个名字我马上批准。

逼得主任脑子一愣，为了显示自己的人选工作也已经做好了，他说了两个字：任青。新局长马上说：好的。

回到教研室，半小时后，老主任才明白过来，也许别人以为任青是他研究（“烟酒”）后的人选。现在，往县城学校调一个人，行价涨了不少，况且是一步登天进教育局呢。

虽是“抽调”，只要一黏住，时间一长，往回退就是个话了。好多优秀人才、特殊人才都是这样逮住机会，开辟出了人生的新道路的。

老主任朝自己头上捶了一下。但一分钟后，他充分发挥自己的有钙风格，给室里的大伙进行了一番声讨，捍卫了自己的人格与清白。弄来任青后，他又在记起的一个下午，叫来任青，激昂地训斥了一番新局长存有对他人格玷污的嫌疑。

训得任青也懵了，他有些疑惑老主任给他透漏这个的用意。忙了大半天的任青有些累，他斟酌着想说个什么。老主任忽地一根中指点定了他，凶煞地说：

年轻人，我说这些，可不是暗示你行贿我。你可不要胡想胡来。不然，我立马把你毙了，退回去！

看任青一脸诚恳，连连点头，才说：

我当时脑子里一下子跳出了你的名字。说了你的名字，我很奇怪自己，见都没见过你，咋对你这个名字这么熟。一想，你名气大，和一中打官司的事，谁不知道啊。咹，我到现在还有些疙瘩，你打官司给县上有关领导脸上抹了黑，有关领导肯定知道的，为啥一口就允诺呢？难道，有关领导忙，已经忘了那个官司？

任青心里烦得冒火，但仍用一片灿烂的笑盖住了自己的脸，说：

还不是你大主任面子大，有骨气，你要谁，就得给谁。再说，对有关领导而言，我算个啥吗？

主任摸头发：

这累的！越简单越好，动机越纯越好。

任青见还走不脱，便说：

主任，你应该为全县人民，为党的教育事业考虑，应该早些年牺牲点自己的钙，好当上局长，那将是全县人民的福音啊。

主任瞪任青，噗地笑起来，咳嗽起来，说：

去，去，你小子还想得美。不过，这话我爱听。去，干活去。

一些寒气缠住下班的行人，往脖领、袖口里钻。任青缩了脖子，筒了双手走在街上。一辆小车鸣号，他回了下头继续前行。有人喊“老同学，老同学”，声音里有几缕笑意，他偏偏头，左右没人。这时，小车忽地停在了他的左侧，车窗摇下，一颗白胖的头伸出来，说：

啊呀，老同学啊，调上来认不得人了。跟着喊了一路儿，就喊不住你。

任青疑惑着面孔瞅那张面盆似的脸：

你是？

车门打开，面盆脸被一具局长一样的身躯挺着：

啊呀，任大诗人，我有那么老吗，认不出了。我家虎啊，程家虎，初中咱俩跘过几跤呢，你忘了？

任青赶紧嗷嗷着,双手被家虎紧紧攥住了。

死拽了去吃饭,不去不行。说他早听见老同学调上来了,就是忙得顾不上。

任青问:

这些年没见你的面,原来在小车里钻着。哎,咋称呼呢?在哪里高就?

司机及时报告了一声:

程主任。咱们县政协。

哎,胡混着呢。

这还叫胡混?你都小我两岁呢。还谦虚的。

去了,是一家以高消费闻名的饭店。上来的菜奇形怪状,任青几乎全叫不上名字,其实一碟子不够任青美美吃几口的。厨师的功夫全下在出奇或说创新上了,对胃对健康似乎没有考虑。吃的不是饭,吃的是文化。渐渐地任青发现,吃的不是中国的食文化,而是一种方式的贿赂。账是划在一个被称为乡长的副乡长名下的。他口口声声说,主任忙,能请到大主任是我们乡的荣幸啊。赤裸裸的浪费让任青有些痛心,听见其他房间也是人声鼎沸、热火朝天,任青觉得全世界的公款吃喝在同时上演。当主任得知另一房间有一位重要人物时,他连忙拽展西装,叫大家先吃着,自己提了酒瓶端了酒杯去敬酒。这时,副乡长满了一大杯酒,站起来,说:

各位领导,女士们,先生们,我敬大家一杯,希望大家能在主任耳边美言一句。你们不知道,我们在乡下的,跑腿的,日子过得难怅得很。哎,不说了,不说了,不能扫了大家的兴。一切全在不言中,一切全在此酒中。

然后,皱眉苦脸,一仰脖子硬咽了。大家叫好。任青开始坐立不安,嘴里一下子寡淡起来,桌上的美味令他反感起来。任青觉得自己的面目可憎起来。

过了一会儿,主任满面红笑地回来了,高声叫大家开始打关喝酒,开怀畅饮,一醉方休。任青心里叫苦,他以为快要结束了呢,没想到这才是个开端。副乡长抢先打关,其实他已经喝得差不多了。为了什么,他竟然像爷一样巴结主任呢?任青想着,礼貌式地看着场面,大家笑,他也笑;大家吵,他也丢进去几句。几只色子在塑料碗里摇得光朗朗响，间以酒气、起哄、笑闹……

任青注意到和主任同学同车来的几位女的。坐在主任身旁的一位，一身矜持，穿戴时尚又过分简洁，想叫别人看见的都露着。坐姿规范，挺胸颔首，双手扣于腹部。偶尔笑一下。似乎是南方人。她的沉静似乎是一种淑慧。吃饭时从包里取出一双微型银筷，钢笔一般长，转几圈螺丝，变成了标准长度，高傲地夹了菜，不沾红唇地送入嘴里，蒙住了细细嚼动。一圈酒后，脸上终是显出了不胜酒力的红晕。酒气蚀掉了脸上的矜持，剩下的矜持全穿在身上了。待到说了一段话，任青判定她是山里出身，属于已经忘记老家，断了老家的路的那类城里人。

另一女，声称是本县人，普通话说得出奇的好。因为普通话好，更爱说话，见缝插话，说话量是一桌人的二倍以上，雅间里不时回旋她的余音。最喜欢在普通话的末尾带个“呗”，且延长为“呗——”，逼得人不时觉得其声带像醋熘过的一样。听，她劝主任，您再吃一点呗——，您再喝一点呗——

再一女，别人猛夸她的眼睛大，睫毛长。也许因为她年龄比前两位女性小，无论怎样都吸引男性目光。任青几次想看清她的大眼睛长睫毛是否是先天的，但目光一看上去，她眼一眨就抖掉了。像一个小偷想爬火车，一上去甩下来，一上去甩下来。没有对视却能发现男性目光来袭，似乎是她眼睛的特异功能之一。

主任打关时，赢了别人喝，输了几位女的争着代酒。任青几次发现，主任同学敢与任何一女直视，超过正常时限的对视，又让旁边人觉得其目光不秽，真是好功夫，不知得多长时间才能修成。

次日中午，任青下班后去一家汆面馆，进去后，看见程家虎凉着脸坐在桌前，任青紧走过去，说：

好，今天我请你。

喊来服务员要提前付钱，被同学挡住，说：

先坐下，急啥，吃了再说。

同学告诉任青，今天中午好不容易推了饭局。天天喝酒，把人就拆了，胃里难受的，就想吃碗醋汤面。

主任抹一把嘴说：

我们这种人其实惹人憎恶得很。但是，人在江湖，身不由己啊老同学。说实话，我真的羡慕你，三尺讲台，心静神宁，还有文学做伴，你们是精神富翁。我这类人，是精神乞丐。

吃了面，任青走到柜台付钱。同学拉了他走，给老板唱了一句：

划上哦。

任青执意要付，同学使了劲把他拽出了门，说：

有的是机会，不要急了。

过了几天，机会来了。中午快下班时，主任同学电话打到教研室，要请老同学帮个忙。叫任青下班了在单位门口等着，他就过来了。任青放下电话，又接了一个电话，门口有车打喇叭。其实约任青的电话就是在车上边走边打的。司机把两人送到一个砂锅居的门口就走了。两人进了一个雅间，两个砂锅就端上来了。订雅间订饭的电话是半小时前就打了的。任青从来没有这样办过事，他暗生惊佩，同学的安排，有如水到渠成，步步生莲，这样无缝地服务，哪个领导不喜欢？任青似乎窥见了一点同学平步青云的秘诀。

任青问帮啥忙？同学说，你看你，好好的同学相聚吃饭氛围，叫你又搅了一下，先吃先聊，完了再说。任青说，我是担心帮不了大主任的忙，这饭吃了恐怕难消化。

看把你吓的。帮不了逼你帮，哪是同学干的事吗？

把肉全夹给任青。主任知道老同学的肚子里荤腥少。主任并没把饭吃完，像任青一样吃个底朝天。任青记起，上次吃余面，他也是捞了三分之一的面，喝了二分之一的酸汤而已。

主任掏出一张纸，上面写着：

翻译《岳阳楼记》中“嗟夫，予尝求古仁人之心”一段，并分析其中的艺术手法（十二分）。

任青笑了，直视同学。同学也直视他，说：

没为难你吧？

这么简单，你随便找个高中生，就几笔做了。

老同学，关键是做题的人要嘴上带把锁才行。

怕人知道，你到书店找本书抄一下不就得了？

麻烦，译文好找，艺术手法一两下找不着。

任青知道不该再多问，便埋头做起来。同学点了烟，看他笔如行云，很是感慨。半碗饭功夫做毕。主任细心折好，装入内兜，说：

回去了我得往卷子上抄啊。

又说：

你咋不问我是给谁做呢？

你不是认为我嘴上带把锁吗？

主任笑了，开心地笑。笑着告诉任青：

主任做题，还能为谁？唉，领导的研究生文凭，这下终于熬到手了。

主任仰了仰上身，眼瞪着屋顶，说：

老同学，有一单生意，你接不接？

任青停下要咽的一口水，等同学的后半截话。

主任坐直身子，目光全放在任青脸上，说：

我一个朋友，是个二把手，想发一篇论文，手下的人全是软蛋。他问我发现千里马了给他告一声，答应给五百元，写三千字。

任青说：

好是好，但是，教研室忙死了。再一个，写论文不是写诗写作文，得有论点，得找论据，我哪儿找去。

好，我知道了。这个以后再说。今天借你的知识一用，帮了我啊。闲了咱俩再聚，还是老同学好啊，坐在一起多放松啊，没有一点儿压力。

一连几天，任青晚上躺在床上时，主任同学像皮影一样在眼前飘绕。他疑惑主任同学这类人的人生观、世界观，究竟是不是这世界上最上等或最优秀的。主任同学的言行似乎很有品头，视频一样在循环放映。疑惑到最后，他就反复推敲：自己没答应写论文，是否得罪了主任？如果得罪了，这得罪是否有价值?结论没有得出。一天,一张稿费单寄到了教研室,五百元,教研室的教育工作者都很是赞叹了一番,大家追问大作发于何处,要拜读拜读,任青只好说是熟人约写一篇论文,怕他不答应,先寄来辛苦费捆绑他。老师们撇嘴,说,人有钱财了贼打主意呢,看来,人有文才了,贼也打主意呢。

教研室主任背手踱着,说:

你任青的知名度还是不低啊。不算坏事,起码不算坏事。

任青借机请教研室的老师们撮了一顿。

稿费单上写的是“任清”,加了三滴水,任青得救似的安下心来忙教研,他知道,稿费如果两个月不领,是会退回去的。之前,他想着找到政协办探一下主任同学的口风,感觉一下他是否生了气。现在,收到稿费单的瞬间,就知道自己不会去了,睡觉时,也没有莫名的思绪烦扰了。

甘老板笑笑地从窗玻璃往里瞧。任青拉开门,甘老板问,打扰你了吗任老师,闲吗忙,娃他娘做了点吃的,请你尝尝。任青哈哈着去了,全是好吃的。问他们贿赂他干啥,他又不是当官的。

甘老板说,任老师,你帮了我们大忙了啊。说,他家的甘霖,老师说了,以后一直坐前排了。任青听了高兴起来,可以说,这是他上县到教研室后第一次利用权力,或说是试验了一下权力的威力。任青刚上来的几个晚上,住在教研室主任的办公室里。那里有一张折叠床,老主任有时会躺在上面假寐一会儿,让意识偏离教研一会儿。老主任说,你先住着,待租到房子了,室里给你报销房租。任青下班后就去附近各巷子里找房子,逐天扩大范围,一天比一天远,几天下来,他等于调研了城市的巷道社会图景,真是金玉其外败絮其里啊,街上一看,是一座城。进入逼仄的巷道,危房、垃圾、污水到处都是,挤满了学生、商贩以及无业游民。不少农妇放弃了庄稼,进城租房,给孩子做饭,照看孩子上学。有的房间远不如乡村人家的牲口棚坚固。其时,碰上了甘老板,苦着脸拉着儿子的手在街上走。儿子个头小,坐在后面看不见黑板上的字,学习跟不上,家长会上被老师指头点住往死里骂。经人指点，请老师吃饭，儿子被调到前排，算是看清了黑板上人民教师板书的宝贵知识。但过了两周，又被调回，估计是老师又馋了，及时再请，被骂了回去，你以为我们站讲台的是贪官啊？向别的家长请教，提了重礼去老师家，又被调到前排。过了一周，又回后排。甘老板拿不准是请吃还是送礼，心里直犯嘀咕。相较，他的大儿子被代课老师叫去补课，晚晚放学后从六点半补到八点半。老师说，不上他的补习班，学不到真东西。甘老板对孩子的期望值也是很高的。他下贱了一辈子，决不让儿子走他的老路了。他知道这补课是变相收费，变相就变相吧，还图个省事。可这小儿子，花钱还买不上个省心。真是提着羊头摸不着庙门。碰见了任老师，请到自己家里去讨教，任青说，我试试看，我做个试验。得知任青找住的，甘老板站起来，恳求任青，只要不嫌弃他家门口的垃圾味，就住到他家来，他把二楼收拾好，让任青住。房租不要，他的儿子家庭作业不会做时给讲讲。任青高兴地答应了，他想自己也在县上待不长，天天找房子把他找烦了。

刚解决了住宿问题，那个小学的校长就来教研室拿材料，一经介绍，握住任青的双手极尽溢美之词。过后，任青就逮个没人的空子打电话，校长在那头一口就答应了，还说，这是我们教育工作上的不周到，我们一定及时改正。弄得任青几乎放不下电话，连说谢谢江校长，谢谢了。说了一话筒的谢谢。

人啊，还是活着个势。有钱，没势也不行。甘老板敬了任青，才给自己嘴里丢了一杯酒。他连连朝自己嘴里扔酒，一会儿烧得脸庞黑里泛红。甘老板感慨地说，他命里能遇上贵人，肯定是上辈子修来的。甘老板声音里有一丝苦音，或哭音。

任青笑笑。甘老板说：

你记着吗任老师，你扫盲时说，说我姓甘，以后日子一定会过甜的。我托了你的口福啊。

任青笑笑。甘老板喝多了，躺在炕上喊儿子给任老师敬酒。

任青回到房间，阳光照进屋子，铺在床上。甘老板为他封了阳台，玻璃外面朔风嗖嗖，里面，暖阳融融，不时让他忘记了冬季。

任青躺下去，让阳光盖在身上，阳光被，恐怕是地球上最享受的被子了。甘老板说有钱，没势也不行。其实有钱到了一定程度，也可以转化为势。大家不是常说，有钱有势嘛，有钱在先，紧跟着有势。任青的思绪纷飞着，忽而，主任同学飞了过来，被他一把攥住，攥得小狗一样嗷嗷叫，而后钻入甲虫般的小车逃了。

没人过问，他也没去问。有次看见街上擦身而过的小车，似乎主任同学坐在里面，似乎在看他。但他没减步子，陌生人一样走了。

十五、儿　童

真正的朋友似乎就是甘霖和吕丽。两位小朋友，每天下午放学，就坐在任青门前写家庭作业，让任青收获了不少教育乐趣，也窥见了县城小学教育的一些真面目。教研室天天与“教研”二字打交道，但远离着课堂，远离着学生，总觉得有些虚。偶尔的指点，以及忘年交式的对话，使任青很是开颜，他将走近童心视为机关工作之累的减压剂。甘老板在阳台上放了张小课桌，两个小家伙对坐了写作业，气氛氤氲，整个封闭的小阳台是一间袖珍教室。阳台内，浓郁着书香味；下面的农家小院，散溢着烟火味。

吕丽的母亲在国税部门上班，吕丽一放学就被母亲送到一家辅导班去。辅导班有几十名学生，两名女教师忙得嘴皮像个风箱，她们直接给学生说答案都说不过来，还哪有时间启发孩子思考。所以作业全完成了，一考试照样得八十分。八十分是低分，班里的一百分有十几名呢。八十分的家长照样被老师骂个狗血喷头，甭管你是哪个单位的。甘霖已经考了两个一百分了，老师猛夸了他，也警告了甘老板：绝不能骄傲。和甘霖同班的吕丽告诉母亲秘密后，吕丽母亲站在自家单元楼的阳台上，望着离小区不远的废品收购点发了会呆，便忍受着垃圾气味找来了，甘老板再次受宠若惊，告诉了任青。任青说，他考虑一下再说。富贵矜持的妇人连续跑了三个晚上，任青还没考虑好。第四晚，与女儿吕丽一同来了。吕丽像一朵花，对着任青问好。任青笑了，让吕丽坐到甘霖对面写作业去，说，先看看再说。

那妇人趁任青没下班的空子，送过去一堆鲜嫩水果，甘老板赶紧叫她拿回去了。说，你真心为女儿的话，就不要惹任老师生气。任老师不是简单人，他还没答应你呢。也不吐核儿，我也不知道在哪里梗着呢。我这几天心里一直毛着呢。

就在这晚，任青告诉甘老板：

吕丽我带了。

任青没说多的，他知道"吕丽我带了"这五个字足矣。这五个字经甘老板送到那妇人耳朵时，足能给甘老板长很大的脸。跑了几晚上，那妇人已经习惯了甘老板家门口的垃圾味儿了。任青下班回来，看见了那妇人送孩子离去时的背影，没有了第一次来时的不时皱眉、不时环视、不时捏鼻子、不时高傲等现象了。她代表一个阶级，现在基本上平等对待，或说平视另一个阶级中的一分子——甘老板了。孩子当然是无辜的，遇见即是有缘，他第一眼看见时便在心里答应了。当然，任青是不会给甘老板说透这个的，那样的话，可能会使他更加感激自己，或更加感叹这个世界的。

令任青生气的是，县城正规小学布置的家庭作业，不是多而是太多了。语文：好词好段、生字从第一课到新课（新上到哪课就写到哪课）、日记《课程全解》《学习之友》等；数学：《课程全解》《学习之友》《一课一练》等。放学后开始写，顾不上吃饭，晚晚写到八点半后。有几天，晚晚还要写一篇作文，这就超过了九点。其实，很多知识学生已经掌握了，不需要重复了，比如生字，没必要晚晚从第一课开始，《课程全解》与《学习之友》重复的内容超过百分之六十。学生只是埋头写，不过脑子；丧失了教育界千呼万唤的主动性。一问学校里的学习，说老师讲啥他们听啥，只是"记"，没有"想"，总之，没有"自己"了，不想也不去想，也想不上了。甘霖、吕丽每次写完作业，才抬起头，嘴皮干干的，都叫唤手腕子疼。吕丽说她回家去端不住饭碗，握不住筷子。任青叹气，学习本来是快乐的事情，可这，学生不是成了听课、写作业的机器了吗？任青担心，天长日久，学生的大脑会弄坏的。

作业多得记不住，每人带有一个巴掌大的小本子，专门记每晚的家庭作业。任青稍一打听，几所县城小学比拼，今年你校考第一，教育局奖几万；明年我校誓夺第一，校长和各班主任、各位老师签订责任书，且大幅提高奖金，谁年级第一，奖几千；全县第一，奖一万。反之，狠罚。重奖重罚之下，都疯狂抓分数。老师们、家长们都患了分数恐惧症。任青在电视上数次看见，东南沿海地区都疯狂抓艺术，音体美辅导班遍地开花，有的不用分数了，用ABC。

任青痛心两个小孩子，比大人上班辛苦多了。每天早晨六点半往学校走，晚上十点后才能忙完一天的学习任务与吃饭程序。家长成天监视着孩子，甘老板一看见孩子玩，就呵斥写作业去。被任青批评了一通。吕丽告诉他，她的几位女同学告诉她，每次月考后爸妈总是骂个不休，还打。再骂再打，她们就去死。她很担心她们死去。吕丽说，她上一年级时，她们学校里的一个六年级大姐姐，没写完作业趴在桌子上睡着了。爸妈狠狠打了一顿，她晚上就吃安眠药自杀了。任青听得心里发冷，便蹲下去让吕丽鼓励同学们要跟老师、家长顽强地作斗争，决不能死，死了是傻瓜。宁愿挨骂挨打也不愿去死。说，把老师的骂看成是老天刮寒风，把爸妈的打看成是老天下冰雹，他老天总不能一年四季刮寒风，一年四季下冰雹吧？连这点苦都受不了，长大还能实现自己的理想吗？任青让吕丽提醒她们，要为自己的理想而奋斗。任青站起来，挥舞手臂，总统一样演讲，让大家记住，我们迟早会长大！可憎的老师总会老去的，离开学校的，爸妈也迟早会老去的，怕什么？没什么可怕的！连整个世界将来都是我们的，怕什么！俩孩子跳起来，大笑着喊，任老师是世界上最好最好的老师！任青不时会帮一对童男童女投机取巧，少做些无用功，又防止那些帮老师检查家庭作业的走狗组长发现。这样，作业完成得早，两个孩子就围着任青玩耍，会蹲在阳台上做游戏，都不愿回去。一步之遥，甘霖觉得任老师这儿和楼下是两个世界，一个是乐园一个是监狱。吕丽说，她回去早了，她妈看见她没作业写就会布置的，她装过肚子疼，但她妈还是发现了。有几天，她一直丢家庭作业本，丢在路上、厕所、垃圾桶，扔到别人家的屋顶上去。老师问，她说忘在家了；家长问，她说交了，没发。但她妈还是很快发现了，打了她，又抱着她哭。

假如孩子回来时满脸带笑，肯定是作业布置得不多。俩人有说有笑地写作业，还要讨论，让任老师当裁判。任青也就故作公正地走过去看，是讨论写周记，今天周会课上，班主任竟然让大家每人说一句最想说的话，只一句。说一句，班主任往黑板上写一句。说得最多的是：希望不布置家庭作业；希望痛快地玩一天；希望爸爸妈妈不要吵架。还有希望妈妈不给自己报周末特长班，还有希望到乡下看爷爷奶奶的。吕丽想把意思接近的算作一类，统计个数字写上。甘霖说，应该给一人写一句。吕丽说，全班那么多人，一人一句能写完吗？你能一句一句记起吗？甘霖说，我全记下了，抄下来了。任青说，你俩各有各的思路，那就按各自的思路写。吕丽想概括一下，很好，甘霖很细心，也很好，不过可以不必全写出来，可以多写一些有代表性的话，其他的用等等省略了，好不好？两个孩子都说，好。吕丽看任青的脸，说，任老师真好。甘霖说，那当然啦，我爸说，任老师还是大诗人呢。任青摸摸俩小脑瓜，说，好啦，咱们一起学习吧。任青躺在床上抓起一本书，一对童男女埋头写起来，似乎借了他的真气，他俩写得很愉快认真，看不见一点写作的痛苦影子。小阳台上，真是充满了童真，充满了和谐，学习的快乐溪流一样在悄然流淌。

假如有一晚死寂无声，作业肯定多，小阳台里的空气沉闷难耐，压得任青也心里躁起来了，心里骂，老师们今天心态又扭曲了，今天心态又扭曲了！吕丽的妈看孩子从作业里钻不出来了，就骂道，你们老师神经病犯了，整人开了。任青俯下身去帮忙，耳边响着鲁迅“救救孩子”的苍茫呼声。有一回，作业太多了，甘霖写着写着哭起来。任青气得把甘霖眼前的一堆作业摔在了地上，声言要找这些家伙算账去。甘老板跑来说，算了任老师，算了，老师不敢得罪，得罪了就再不管这个学生了。

这天，吕丽甘霖争着告诉任青，今天第一节课大喇叭喊，请全体老师到会议室开会。校长给老师们说教育局检查。我们老师把我们的学习资料全收去藏了。

任青问：

藏哪儿了？

藏到办公室了。

办公室哪儿了？

锁到办公桌抽屉里面了。现在资料统统放在家里，统统在家里做，不敢往学校里背，老师翻书包呢！

甘霖说：

如果翻着，那可就惨了，一个皮耳子就把你打到山上去了。今天我们语文老师，把我们班魏为一脚踏到门外面去了，站了两节课，厕所都没让上。

吕丽说：

我们老师给我们班说，教育局的人问，你们老师上课打电话吗？你们就说不打。问你们老师打你们吗？你们怎么说？我们班唐嘎说，打呢。老师眼一瞪，他赶紧说，打得轻得很。全班都笑翻了，下课我们都学说，打得轻得很。

俩孩子大笑，任青也笑起来，忽而他的笑僵住了，吓得两个小家伙一伸舌头，噤了声。

任青上班了大声向"钙主任"声讨。他列举一条又一条教育病，痛斥抓分数是魔鬼附身，将教育诱入邪道。作业多是教育之癌，已经到痛下手术刀的时候了啊崔主任！

主任微闭双目等任青泄完了火。耐心听完对方的话，这是崔主任作为领导，受人尊敬的最大的优点。之后，苦着男低音说：

据我所知，不光咱县，全市各城里的小学，都是这个现象。挂羊头卖狗肉啊。我敢肯定，全省也是这样，全国也是这样。

有钙者双掌一击，看了看任青，又说：

不光这样，有过之而无不及啊。唉，唉，我们的祖国，幅员辽阔，人口众多啊，唉，这就是教育部操的心了，咱教研室解决不了，也不徒生烦恼了。好了，干活去吧，年轻人。这个世界，让人痛心得很啊！

任青忍受不了钙主任的这种腔调，一抡胳膊走了。

得知本周末不加班，任青立马向崔主任打了招呼，回去转转。崔主任直了身子：好啊，回去转一转好啊。那个，代我问陈校长好。任青一笑。老崔硬一下目光，问笑啥，自己也笑了。

周六中午回到润中，一股亲切严严实实包裹了他。他开了门进宿舍，宿舍里全是盼主人归来的眼睛。他大开门窗，让阳光驱走满屋的落寞与霉尘。小何夹来了火。小王说，你应该早回来的，小景这一向很孤独的。小张直瞅任青的脸，说，变了，有变化了，但是啥变化我还一下子说不准。陈校长给景绿叶、祁老师带了话，次日上午又在教师灶上聚了聚。一见面，大家都嚷任老师瘦了，瘦多了。陈校长掏钱，小张跑腿，景绿叶做了大盘鸡，边吃边听任青讲县上的见闻。说到"钙人"时，陈校长告诉大家，老崔年轻时年年是教坛新秀，课讲得好，经常发表论文，还代表咱县去省上夺回过几次大奖呢。后来被调到教研室，一直干到主任。到现在恐怕主任了十来个年头了。有一段时间，都传要提为副局长了，可一直不见提。后来终于听见他和老局长吵了一架。人都私下叫他"钙人"，此后，他谁都敢"钙"，封谁"钙"谁，像个狗头蜂一样。钙是钙，对教研上的事绝不马虎。教研室，年年是先进。前些年，所有奖牌、先进单位匾牌一律上墙，四面墙上挂满了。这几年，全塞进了纸箱子。陈校长回忆，有一年全县表彰大会，他和我同时上台领奖，笑眯眯地从县长手里接过了奖牌，转身给台下举举，台下鼓掌，闪光灯哗哗地。回到座位，他把奖牌立于桌下。散会走时，却忘了拿牌，我提醒他，你们猜猜，他说了个啥？他说，这东西，对谁有用谁拿去。扯了我胳膊就走。到教研室还没坐稳，教育局办公室秘书把牌子送来了。说，牌子是管会议室的人发现的，报告了政府办，政府办问教育局长，局长说，我们局的老崔年龄大了，他肯定是一高兴给忘了，一高兴忘了啊。秘书走了，老崔拍额头，说，一高兴忘了啊。我忘了，这么多人就是忘不了。今年的总结，局里肯定还要大写特写一笔呢。老崔喊来一个年轻老师，让把这东西好好保存到纸箱子里去。回头给我说，这东西，把我就羞死了啊。

趁景绿叶出去的空子，陈校长说，后来，都说老崔热心于资助考上大学的穷学生。资助的还不少，市报上都整版整版地报道过，事迹很是感人。但老婆经常和他闹，一狠心，竟然一绳子甩了，这一下把他治倒了。他的头发，就是那个时候花白的。陈校长叹气，朝窗口看，看见景绿叶从校门进来了，就说，过了几年，有一个他资助过的女学生嫁了他，慢慢地，他的精神状态好些了。

景绿叶提着一大瓶饮料进来了。陈校长大声说，都倒上，是非成败转头空，都喝一杯。大家笑闹着，就是就是，青山依旧在，几度夕阳红。

一壶浊酒喜相逢。来来，景老师，碰杯，碰一杯。

趁大家高兴，陈校长悄悄走了。而后，一会儿走一个，一会儿走一个，小张、祁老师要走时，被任青扯住了，说：

你们都鬼鬼祟祟地，溜啥？

祁老师说：

家里来了丈母娘，我得买些肉送回去了。有小景呢，我走了啊。

挣脱走了。

任青朝他喊：

"有文化"这一向在干啥？

祁老师折回来，说：

感冒了，吃了睡，睡了吃。编了几句顺口溜，骂药价高，你听：

社会发展有钱了
药价高得上天了
严重感冒上千了
头疼脑热吊针了
片片丸丸不行了
人民卫生发财了
……

几个人都说好，祁老师笑笑，扣上头盔走了。

小张看看任青、小景、自己，说：

哎呀，我站着干吗，我糊脑子了。我再不走，就太没有自知之明了。

被任青和景绿叶一人一条胳膊架住，捶打起来。

挣脱跑了，又回头说：

任老师，下午我就不送你了，保重啊。

任青帮景绿叶收拾了锅灶，就去景绿叶房间坐坐。他进门就看见，他的爱情还囫囵囵地在景绿叶房间开放着，像那盆吊兰一样嫩绿着。任青有些着急地问：

是你买的？

不见回答，任青从吊兰前转过脸，看见景绿叶背了他朝门板站着。他走过去，景绿叶转身抱住了他。

像抱住一个差点丢失了的宝贝。

任青捧住她，像捧住一朵素洁的吊兰。

泪。温度。浪花。或者澎湃。

诗。苦涩。太阳。大约在冬季或冬天里的一把火。

下午，景绿叶叫了几名住校女生，一群人高高兴兴送任青搭车上县。

一被送离，如同抛弃，孤寂又咬住了任青。

一车的拥挤。一车的声音。

任青沉默着自己。窗外，阳光下是寂寥的旷野。落寞蓄满了年轻的胸腔，先前的欢聚似乎已经躲入了遥远的记忆。为什么那么想回来，回来了又那么的热闹，为什么离开时，却这样地杨柳岸晓风残月？君问归期未有期，巴山夜雨涨秋池……一些诗句在任青的胸内奔突着，如地火在地下运行。任青忽而打了个激灵：诗，我的诗啊。

自从上县，一个诗的影子都没光顾过自己，更别说灵感了。

大家都向往的县城生活，为什么不生长诗歌呢？诗意地栖居，诗意地栖居之地，在哪里呢？

任青闭目，景绿叶在他的脑幕上笑了，他一下子奔跑过去。景绿叶在前面跑，他在后面追。景绿叶边跑边丢下一路的笑，他一路捡拾起来，花朵一样捧起来。

到了甘老板家，甘霖跑过来说，任老师，吕丽来了两回，要找你，说有很重要的秘密要告诉你呢。她给我不说，给别人都不说。

任青说：

那你去告诉她，我回来了。

甘霖一转身，像一条狐狸冲出了大门。甘霖一连跑了两回，吕丽家没人。

星期一中午，吕丽跑来了，跑得喘气，捧住任青的耳朵说了几句，任青的眼睛直了。任青赶紧返回单位，查找那位帮过忙的江校长的电话。校长在电话那头呆了几秒，才记起给一位班主任打电话。班主任马上给一位学生家打电话。家长一听，丢了话筒，冲进女儿的卧室，从床垫下找出了一瓶安眠片。家长冲进饭厅，一把抱住正在吃饭的女儿，嚎了起来。

下午，江校长给任青打电话，一片苦声：

任老师啊，万万分感谢你啊，不是你这个电话，也许今天人命又出下了。我就死定了！

江校长上任还不到两年。前任校长，就是因为本校教育事件下台的：一名小学生，不堪作业重压，跳了楼。

任青把吕丽的秘密公布在了教研室：上周五，月考后，吕丽认识的一名五(1)班的女生告诉她，说这次月考没考好，老妈已经骂了她，她已经买了安眠片藏在床垫下，单等老爸骂她，老爸一骂，她就自杀。

教研室的老师惊愕之后把那位家长声讨了一遍，竟然没有一个人说一下那个“教学抓得很紧”的小学校长。老崔忽地站定了，指着任青说：

小任，你要注意，这可是自杀未遂的教育事件。千万防止卷入其中，你现在是一个县的教育局教研室工作人员，要注意身份啊！

江校长开展了一系列心理疏导活动，与每位班主任签订了学生心理监察责任书,要求各科老师定期听取家长的汇报,要形成书面材料上报校长办,等等——就是想不到减少作业量。

竟然有记者写稿,称此校长富于创新,关注学生身心健康,等等。这就让江校长及其学校,又大出风头——就是只字不提安眠药事件。

任青觉得吃了一只苍蝇,甩下了报纸。

江校长,竟然授意那位家长来示谢任青,被任青碰了回去。

隔几日，江校长打电话，要请任青去给他们学校做一次大型作文讲座。任青立马苦了脸,告饶道:

我的大校长,你放过我吧!

忽而,任青想,我为什么不救救孩子呢,光愤恨有什么用呢?任青思考着,目光从窗口看出去,向远山、绿树、白云无限延伸。半小时后,任青急急打电话给江校长,对话如下:

江校长,我知道你是一片好心。但是,除了大量布置家庭作业,难道再没有别的办法,提高教学质量吗?

任老师,一听这话,你肯定有好办法,快告诉我吧!

那好。让老师给学生宣布:哪道题会做,哪道题就不做了;全部会做,全部不做;谁能保证这些家庭作业都会做,谁就可以不写家庭作业。这样一来,会出现什么现象,江校长,你可以想象一下吧。

哎呀!哎呀任老师!你这是个金点子啊!这样,晚上我找你,好好研究研究。我一定要创新,要创个奇迹出来我!

那好,那你就等着出名吧!哈哈!

几个月后,果然江校长出名了,报纸上大版面报道他的教学改革,其经验也被上级肯定,拟向全省推广。一小的学生笑得像花朵,作业少了,成绩反而更好了。老师高兴,家长轻松,学生纷纷加入学校里的各类兴趣小组。一小活了,成了一座快乐的花园。

教研室开会,讨论一位张老师讲课时敷衍塞责的事。

教研室的刘老师与小赵去芋花乡中学听课,校长出差在外,他俩在教导主任的陪同下随意抽了一位张老师的语文课去听。结果张老师与教导主任有隙，故意把课上了个一塌糊涂。四十五分钟的课，讲了不到二十五分钟，剩下的时间做作业。听课的人尴尬得差点坐不到下课铃响。评课时，刘老师让张老师先谈谈。张老师说没谈的。弄得大家下不了台。接着，张老师借吐痰出了会议室，再没回来。叫了两次没叫来。刘老师就生了气，朝会议室丢了几句“什么态度，什么行为，什么思想”之类的话走了。汇报了崔主任，要求严惩此事。老崔认真地听大家或激愤或平静或厌烦地说了一圈后，表示：

此事应引起我室及有关领导的高度重视，一定要拿出一个措施来，进行强有力的惩戒教育，挽回我们教育的尊严。今天我听了大家的意见，很高兴大家对此事发表了多方面的看法。下来，我将责成芋花中学认真处理此事，给我室一个满意的答复。

任青次日去主任办送文件。电话铃响，老崔提起了话筒，听了几句大骂起来：

是个老油条，把他的工资扣了看他再油不油！他不是上课，是存心欺人！你听着，你把我的话告诉他，本周五交不来检查，下周一我向局长汇报，把他的二两油榨榨。啥东西，目中无人，误人子弟，我不信我治不了他，他不要那张老脸了叫他试试！

任青万万没有想到，方瑞会跟踪他。

方瑞是教育局的打字员，前几天来教研室送材料，老崔大声问有男朋友了没，弄得她脸上出颜色。今天下午，又来送材料，看任青写下乡听课总结，站在一边猛夸：

教师的字都写得好，没想到任老师的字还潇洒。我打了好几年字，还没见过这么好的一笔字。

伸手拽了一页，书法家一样欣赏起来。方瑞伸手的一瞬，一缕香气打在了任青的鼻孔上。任青趔开了一下，有礼貌地谦虚着，停了笔，追想刚才从笔尖逃走的句子。方瑞笑了，双手将纸朝任青面前一压，说：

不敢打扰任老师工作啦。走啦。再见。

又一缕女人的香水味打在了男性的鼻孔上。

大龄姑娘小女孩一样走了。老崔喊去任青，说：

年轻人，方大小姐可是局长千金啊。

任青瞪眼。

方瑞爸虽然是副的，但水利是富衙门，比咱局的头阔得多。唉，教育局，清水衙门。

任青依然沉默。

老崔剜了他一眼，心里乜斜道：

你光棍诗人，还深沉地，难道你找上仙女了？

任青拿目光问钙主任还有事吗。

钙主任一拍脑门：

哎，我要说个啥呢，咋一说方瑞又忘了。你先忙去，我记起了再喊你。

任青笑笑：

那谢谢您啊主任。

谢啥？我有啥谢？

谢谢您啊主任。

下班后，任青前脚进甘老板家大门，方瑞后脚一迈，笑笑地进来了，提着一堆水果。

给甘老板笑，给甘老板老婆笑，给两个孩子笑。

边笑边发水果。然后直朝任青房间去了。

不时有笑声传出。

甘老板两口子忽而意识到家里来了金凤凰，赶紧抓起扫帚，把大门口扫了扫，把几捆废纸箱子往整齐码了码。

任青有礼貌地陪坐、陪笑、陪说，超过常规做客或访问时间后，任青开始隐约失陪，但方瑞似乎一丝儿没觉知。任青兀自去看俩孩子的作业。方瑞也鸟儿样赶过去，使劲儿夸孩子，两个小家伙美得心花怒放，不时仰起小脸盘看她，高兴地同她说话。吕丽把嘴压在方瑞耳门上问：阿姨，你是任老师的女朋友吗?方瑞立马羞红了脸,扬起了巴掌,要打,落下时点住了吕丽的额头:这么大点小脑瓜,装的什么呀!方瑞希望任青问吕丽说的是什么。但任青却在认真地给甘霖讲题。她只好抑制住自己,把目光也移到甘霖的题上。而后逮住一个空隙,强行式嵌入,谈她哥的孩子。一谈起,脸又像盆花一样。说她侄子,一个二年级的小不点,期中考了九十八分,回家把茶几上的东西统统推远,把他的试卷供在茶几正中间。母亲装没看见,没理。孩子急得不行,抓两耳挠两腮,又不好意思说。父亲瞅儿子憋得厉害,走过去惊呼一声,哎呀,咱儿子考了九十八分!哎呀,咱儿子攒劲!攒劲攒劲!咋办呢,爸爸妈妈奖你九十八元!之后,月考完,小家伙回家把试卷扔在桌子上,母亲一看是九分,差点吓晕。看母亲吓得差不多了,小家伙把九后面的一片纸揭开,九十九分。母亲抱住儿子,问为啥要吓妈妈,你猜小家伙咋说,我就是要吓你,上次我考九十八分,你半天没看见,所以我要报仇。

任青笑了,说:

你嫂子看一眼卷面不就知道了,肯定上面只有一个打×。

方瑞仍然把食指竖着,“一”一样触在鼻头前:

我嫂子是个粗人,急性子,一看九分就吃了吓,一吓就天塌了,眼麻了,还顾得上细看?

任青说:

就是,就是细看,还是先吃了美美一吓了。哈哈。

任青忽而意识到自己又趋向热情了,马上塌了笑脸,心里按了制冷键,起身翻一个包,把这次上县时,景绿叶装好的书本往出拿,故意掉出张照片。方瑞惊叫着捡起:

哎呀,这么漂亮啊!任老师,是你的女朋友吧!

任青嘴角上扯,将自己的脸庞笑一笑。

肯定的,你这么优秀,没有女孩追是不可能的!

方瑞似乎没有一点儿醋意。任青没看见预料中的表情,想这个女人不简单,但毕竟给她传递了信息,她以后应该不再找他了。任青深知自己这类人，一旦接受了一个人，就是扎了根。叫他拔了根，再栽另一棵树，断然做不到。既然做不到，干脆不想，少生烦恼，匀出时间看几行书才是。

方瑞逼任青，介绍一下嘛，甚至摇了两下他的胳膊，像扯自己的亲哥哥一样。任青是从心底反感女性随便的，但也只好填表般报了姓名、籍贯、职业，特意强调了小景的身份。

吕丽和甘霖竖着耳朵听，吕丽没想到，这任老师咋也和有些叔叔一样，明明有了女朋友，却还和另一个女人并排坐在床沿边打笑，这让小小的她非常疑惑，乃至不满。

受严重干扰，今晚两个孩子的作业少见的潦草。他俩板了脸报告作业完成了，要回去了。任青立即站起：

哦，天黑尽了。刚好，我送吕丽回家，顺便送送你。

那好啊。

方瑞去抓吕丽的手，吕丽明显反抗地跑开了。

返回房间，任青再看景绿叶的照片，景绿叶仍惯常地微笑着，她的笑没有声音，却似乎馨香袭人。而方瑞，把一个笑绽开得花朵那样鲜艳，却无一缕芬芳。任青吹拂着景绿叶脸上、头发上不存在的尘埃，嘴角兀自笑了。任青把照片夹进日记本，他觉出日记本有些异样，有些厚，掀到后面，一封信插在塑料封套内。他赶紧抽出来，是润中的信封。上面写着：

县教育局教研室　任青　收

笔迹工秀，“收”字被一副小巧、对称的圆括号左右捧住，像一双少女的手，宝贝般地掬着一个图腾。

任青看一眼门口，似乎写信的姑娘正淘气地藏在门口偷看。他喜不自禁，关了门，拉上窗帘，启开信封。一页贞洁的纸，对折又对折成四分之一大，折痕均直，毫不含糊。四分之一的正中间写着：

吃好！心情放好！！

四分之一里，夹着三张崭新的百元人民币，红得像一张张热恋的脸。

任青像揽一个人一样，一下子把它们贴在胸上。

县职业中学的一位副校长来请任青，还带着一页邀请函，措辞恭敬，让被请的人不好意思地觉得自己似乎是个大专家。印戳红鲜，可以看见盖公章时的认真与力度，下面肯定垫了一厚沓报纸，不然公章上的每一个字是不会如此亮晰的，没有一个字是虚暗着的，全都一脸的实诚、喜悦。加之崔主任竟也乐着一张粗脸一个劲儿地撺掇，任青只好答应试试，去一趟职中。

是给职高学生讲作文。

任青一再叮嘱把范围缩小，最好是给校刊上发表过作文的一些学生，在校刊编辑部讲讲，探讨式地谈谈自己的一点写作体会即可。不料去了，被迎进学校阶梯教室，黑板上方拉起大横幅：县职业高级中学文学讲座。前面黑压压地坐满了学生。

骤雨般的掌声把任青逼到主席台正中，两边坐着那位主管教学的副校长、各年级主任、校刊编辑老师。

好在任青有过在润中操场上，给学生古今中外、大谈特谈过的经历，才很快在微笑的掩饰下镇定住了自己。

先是一番自我谦虚，谦虚中任青再次起立，向广大忠诚党的教育事业的教育同仁鞠躬致敬。之前，任青要了几本职中的校刊翻了翻，他声明，他不讲让亲爱的同学们头疼反感，如坠云山雾海的作文理论，说，写作要贴近生活、贴近人民、贴近时代。我今天也贴近大家、贴近作文，我没有高深的知识，只有一些写作的体验。任青讲自己上学写作文时的头疼与喜悦，一下子拉近了与学生的距离。接着，就从点评校刊切入，读一段讲一段，对几个病句读起来的让人难受，对几个句子造成的歧义、对几个别字造成的莫名其妙，任青有意加以夸张、放大，一通渲染，笑翻了所有同学。渲染的同时，任青跨到黑板前板书，形象的分析被一浪一浪笑声打断。陪坐的老师们抛弃了严肃与刻板，将一字横摆的桌子搬到两边，八字形拱在黑板前的任青两旁。这让任青的讲进入了自由状态。任青觉得，一旦有了黑板，教师就如同一苗庄稼站在了土地里，教师就活了，加之粉笔的无私帮助，讲也更趋简洁明了。任青插了一句：

看到同学们笑得很开心，开了心地笑，是开了心，而不是锁着心，装出张笑脸，露出牙齿的三分之一来，就这样(表演皮笑肉不笑或僵硬的笑)，不是哈哈哈，而是呵呵呵。同学们，这是应付的笑，压抑的笑。同学们，学习(大笔草书)二字，究其本质，是一件快乐(板书此词)的事。如果不快乐，那一定学得有问题，那一定学的人学得痛苦，教的人教得痛苦。这个时候，你要出学习成果，有成果吗?(学生齐答：没有。)没有！本质上真的没有，就是有，也少得很，就像将一把秕胡麻放进榨油机里榨，是榨不出几两油来的。

全场鼓掌。

现在，我发现了挡在大家写好作文，搞好学习的道路上的，一个很大很大的拦路虎。现在，今天，此刻，我要为大家去掉这个拦路虎。这个拦路虎在哪儿呢？在大家的脸上(全场嬉笑，面面相觑)！征于色，发于声，其实它藏在大家的心里。大家朝自己左胸上抓一抓。这个拦路虎就是——压抑(学生大笑)。

好，同学们，现在大家一齐发这个字：哈(板书)，连着发，高声发，把你心里的所有郁积之气全哈出来，跟着我啊。来，预备，一二——三！

哈哈哈哈哈哈哈哈——

任青立在台前，双手垂立，大声哈哈，弄得全教室爆出了放大数倍的哈哈。都哈出了不少的眼泪。

哎呀，现在大家的胸内，何等轻松，何等惬意。这下好了，这样，宝贵的知识，写作的灵感会往我们的胸内跑，源源不断地往胸内跑进去的。这时的学习，那是事倍而功半啊。(全场大笑。喊：事半功倍。)

哦，是事半功倍。看来我的胸内还有郁闷之气(又笑)。

好啦，现在言归正传。我给大家讲，写诗的，秘诀！

——这样，任青其实是回到了润中。呵，我们辛勤耕耘一生的，乡下的润中，发展了，有了这宽敞明亮的阶梯教室了。我们润中的学生的素质，综合素质，都多么高啊。任青看见了铁文武，看见了赵兰，看见了苏芳芳，进而看见了景绿叶，看见了陈校长、张玉、祁光明、闫建三、小何、小王……

任青把“组诗寓言”“瘸子木匠”“秀才招女婿”等，留在他美好记忆中的亮点“复习”了一遍。与其说是复习，不如说是温馨地回忆，或说是添加了更多人生经验与创作积累的修订，从而使那些“润中版”的闪光点更趋丰满，更臻完美。

……

讲座安排在下午最后一节课，下课铃响时，任青讲兴正酣，学生听得津津有味。阶梯教室的门被推开了，低年级的学生涌进来了，一些学生给几位闻笑而来的老师让座。副校长走到台前大声宣布：

现在，下课了，下来是课外活动时间，大家想自由活动的可以出去，想听的继续听。

下面齐喊：

听——

于是任青再次鞠躬谢过，他是个视学生的尊重如生命般宝贵的人。他尽量克制，在下来的讲述中不插科打诨，不加水添醋，紧张而全部地捧出自己仅有的经验。他严肃起来了，凡是自认为重要的，全一行行板书在众目睽睽之下。他举起两个空拳，说：这是两杯水，一杯白开水，一杯蜂蜜水，哪个让你喝了咂嘴嘬舌，沁人心脾？自然是蜂蜜水。任青用粉笔敲击着黑板强调，文字也要有味道！这个味道就是艺术，就是思想。他列举了几种给文字增加味道的方法后，更进一步严肃地，强调起了被大家遗忘、被校园冷淡了的阅读，强调了“阅读”之于“写作”，犹如土壤之于庄稼的重要性。他甚至激动地走下讲台，随便拉起几位学生，让他们要求他背诵中国小学至高中语文课本上，所有要求背诵的课文。学生说“岳阳楼记”，他接上背“范仲淹。庆历四年春，滕子京谪守巴陵郡……”；学生提一个“我想：希望是本无所谓有”，他说“无所谓无的。这正如地上的路……”；提“夫人之相与”，接“俯仰一世，或取诸怀抱，悟言一室之内……”；提《出师表》最后一段，他背“今当远离，临表涕泣，不知所云”。

全教室的佩服在掌声上爆发出来，如一朵朵花，绽开在广大学生的脸上。任青说：

这些都是写作的宝贝，是金子！这些东西里藏着文学的密码，它们携带着文学创作灵感的基因！携带着文学的所有美味！携带着比天下所有名酒佳酿都醉人的神仙味道！只要常诵常嚼，你写作时就会有神仙帮助的感觉。灵感之迸发，激情之澎湃，都会像喷泉一样喷溅出来的。到了这一步，就是到了神仙境界，大快乐境界，不要说写作文，就是文学创作，也会进入自由状态……

即日深夜，任青在日记上写了一句：

任青教育史上最高的规格，与陌生师生共度的愉快的一天。

他把“愉快”二字写得特大，像幅匾额一样虎踞一页日记的正中，并用红笔将其勾绕一圈，这样，“愉快”二字如两朵云彩，飘在这个日子的天空上了。

任青的“愉快”一直延续到次日，老崔告诉他，反响很不错。不过，忽而“钙”了任青一眼说：

以后，也许我再不会允许你出去演讲了。名声大了不好，别人会把你从我这儿挖走的。

任青一口答应：

是，严格执行主任命令。名声大了不好，别人会把你，不，把我从你这儿挖走的。

下班时，又正好遇见了方瑞。她很热情地迎到任青跟前，说：

大作家啊，你昨天讲得太好了！我表哥急着打电话告诉我了，说你讲得比美国总统竞选还成功。哎呀，我表哥把你欣赏死了。我表哥——

任青赶紧截住：

等等，你表哥是谁？

就是职中的副校长，请你去讲座的那位啊。

任青活动嘴，牙上突然像嚼了泥，舌头使劲刮着牙床。

哎呀，站着干嘛，走，我请客，祝贺一下吧大作家！

任青忽而过度热情地笑，又过度为难地皱眉、搓手：

实在对不起，今晚有个事，去不了。改天，改天吧，改天我请你和你表哥。谢谢啊，给你表哥说谢谢啊。

任青边走边挥手。方瑞只好抬一下手，拔起沉重的脚步，走了。

十六、找

任青继续找理由，找一个让崔主任不得不答应他周末回润中去的理由。见了一次面,他反而觉得好久没见景绿叶了。

理由还没找到,临下班时,崔主任叫住他,冻着脸说:

收拾一下,半小时后,去省城。

是去看梁老师妻子,兼培训。在省城大医院治疗了一段时间,梁副主任的妻子一死不治了,花钱如流水啊。她的病她明白,为多活半年几个月而把家里掏空,债台高筑,她死了也不瞑目。她得给男人、娃娃省一些。况且,活还是疼着一天天往过活,划不来得很。还说,她活够了,真的活够了!

夜色凝重,车灯如剑,刺破前方的黑幕疾驰着。任青枯坐着,听着车窗外的风声。风声呼啸,将听觉带入一种持续的紧张中,使人浑身不宁,似被虫子不停地噬咬着。闭目仰躺着的崔主任,晃动的身躯似乎正在迅速风干着,只有一缕呼吸还证明着他的生命的存在。

任青不时活动脖颈,大夜般黏稠的孤独塑住了他,他活动着把孤独往开挑挑,深吸几口气,徐徐呼出。

到了医院,老崔像穿越冬眠后活过来。梁副主任两口子的状态,比他们想象的要好得多。一连两天,他们带病人去几个景点转了转,吃了吃,照了几张相。而后回家,想家里的热炕,想家里的洋芋面,想孩子想猫狗,想得厉害!

任青被留下,参加为期一周的新课程培训。恭听了两天课,任青的乏味无可奈何地上来了,他也看见了其他学员脸上的乏味。主讲者孤芳自赏于自己的理论,过分注重于一个又一个的细节列举,由几个细节归束出一点技巧,再由一堆技巧支撑起一个理论的框架。但是,这些框架似乎与农村的教育现状颇有些距离。框架搭得好看,而又似乎并不牢固。看学员们麻木、烦躁,主讲者的热情大减,也应付式地站够几节课的时间,一天的培训任务就算完成。一下课，皆大欢喜。吃的是国家买单的自助餐，凡多吃肉者，是山区来的教研精英。反之，盘子里菜多，颜色多，汤多的，不是省上的就是市上的。肉块，在他们眼里，就是潜伏于脑血管的定时炸弹。

而后，“自由活动”。任青“另类”了出去，由着脚步走，边走边看，终是踏入了曾经留在省城的记忆，夜色渐浓，滤去噪音，他去他的大学的操场上跑步。当他热身时，他立马觉得自己年轻起来。他在记忆里慢跑着，和他的教授进行着心灵的通话。他在心里大声念诵着他写给教授的诗，如诵经一般虔诚，他把一首短诗尾首相接，回环往复地诵，他的胸内空起来，明月似乎照彻了心肺，淘洗了久积结痂的郁闷。他停下来，抹去两行清泪。

任青趁头脑清晰，整理着一些事情。明明诸多事与己无关，但为什么总惹自己郁闷呢？在别人看来，他是混得好得很了，但为什么心里没有愉快呢？这时，任青的耳道里，回旋出景绿叶的一串笑声，这笑声强力牵动了他僵硬的脸皮，他笑了一下。他想，此刻，假如小景在身边，该有多好啊！

小景，景绿叶，这会儿在干啥呢？

熬到培训结束，任青赶紧去车站。他伙入车站出口的人群，想和众多的打工者一样图个便宜上车。他边走边回头看驶来的一辆辆客车。这时，迎面过来的人碰了他一下，随即蹲下去，捂了一只耳朵嚎叫起来。旁边的一高一矮两个小青年紧张地说，他，刚才剜耳朵，你碰了一下，这下了不得了。这时，蹲着的小青年站起来，拿开捂耳朵的手，手掌上全是血。耳朵上，也全是血。任青呆了。

小青年喊：大哥，赶紧走医院呀！

只好都挤上一辆出租车。叫往前开。边走边找纸擦血。司机再问：去哪儿？

往前开！少啰唆！

越走越偏僻。任青前后左右看，问，这究竟去哪儿？

去哪儿？好，停车。就去这儿。实话告诉你，我们想借点零花钱。

说着，拿出一把匕首，若无其事地在手上玩起来。

我，我，你们看我像有钱人吗？

让我看看。

任青身上的兜全被翻了，连鞋都脱了，才翻出二百余元。下了车，角币扔在地上，边走边说：

我说这是一碟小菜，你俩丫不信。

看走眼了。就是，有钱人能在街上东张西望地走吗？

就是，一看也不是打工回家的。

操，找个地方洗手洗耳朵走。操，这点鸡血才弄了两张幺零零。

拦住另一辆的，一阵风不见了。

司机擦头上的汗，问一言不发的任青：

师傅，现咋办？

任青说：

他们是不是学生？

哎呀我不知道，要不你另打的吧，车费我不要了。

任青一言不发地下车，司机一拉车门，一道烟溜了。任青站着，铁青着脸，准备拦的时，看见一辆大客车过来了，车头上赫然标着任青所在县的名字。客车像朋友一样减速驶近，车门开了，一个人喊：

有座有座，走不走？

任青走了上去。

而后，他将提包系的一个部位撕开个口子，抽出一张百元币，卷得像火柴棍一样。售票员往开捋钱，嘴角上撇起个笑。邻座看了一眼，转过了脸。

任青一言不发。景绿叶送他的几张崭新的百元币，他如此藏在随身提包里，算是躲过了一劫。这几百元他是准备永作收藏，不随便花掉的。今天，不花一张就回不了家，景绿叶又实实在在地救了他一次。

直到市上，一言不发。直到润水中学。

这天半夜。任青端坐桌前，在日记本上写道：

培训结束返回。遭三青年搜身。他们是不是学生？进入社会了？双差生？

晴天霹雳！小景不干了！景绿叶离开润中了！不见人影子了！

就写了这两行。桌子的一端，放着他给景绿叶买的一条红纱巾，红得像火焰。

任青坐在夜晚的中央，想象着景绿叶的离开。他驱遣着自己的想象高速运转，企图知其然，再知其所以然。把景绿叶离开时的情境看作“1”，那么任青努力达到的想象只在零点五左右。景绿叶的宿舍里，桌前也贴着一张纸，上面临帖般的抄着《好的故事》。文字当然是鲁迅的，只有笔迹是景绿叶的。与任青之前贴在自己桌前的手抄版《好的故事》，如同一对恩爱的夫妻。任青把它拿了来，放在自己的桌面上。任青的目光数次在景绿叶的笔画上行走，结果走得越久，看见的景绿叶的孤寂越多：

灯火渐渐地缩小了，……昏沉的夜。……我仿佛记得曾坐小船经过山阴道，两岸边的乌桕，新禾，野花，鸡，狗，丛树和枯树，茅屋，塔，伽蓝，农夫和村妇，村女，晒着的衣裳，和尚，蓑笠，天，云，竹……都倒影在澄碧的小河中，随着每一打桨，各个夹带了闪烁的日光，并水里的萍藻游鱼，一同荡漾。诸影诸物，无不解散，而且摇动，扩大，互相融和；刚一融和，却又退缩……

夜晚竟然如此地漫长，任青觉得自己根本无法将夜晚坐穿。他用踱步在房间抗衡着大夜的压迫，他如同一个被忘记了关闭行走功能的机器人。任青终是走出了宿舍，夜晚和月亮，似乎也在沉默着，尊重着他的近乎麻木的悲苦。任青走到一棵白杨树旁，树干上刻着的“任青”二字，亮在月光里；与“任青”夫妻一样并排刻着的“景绿叶”三字，正躲在阴影里。他用中指沿着“景绿叶”的刻痕写着，想，景绿叶知道她的名字刻在这里吗？

其实，学生的这一恶作剧，大家都知道的，却都不说。连陈校长看见时，都没有强烈感觉到树木被刀子刻伤的疼痛：呵，看来不光大人，连学生娃娃都认为这是一对呢。

景绿叶离开时，把“任青”也书写了一遍。书写时，她很木然，其实，这些字，连同笔画上的凹挫感，都早已刻储在之前暗恋时的脑细胞里了。那时的暗恋，虽然如同隔着玻璃吮另一面的雨露，尝不到甘润，但甘润的感觉借了想象的传递，还是留在舌面上了。这次，她的指肚划过“任青”，借了想象，似乎已经面对着任青这个人了。这次，只是木木地告个别而已：

任青，但愿你能幸福！

任青次日上县，他向崔主任请假，其实是打招呼，准不准假都要走。崔主任要他说实话，他说出了景绿叶及景绿叶的出走。崔主任只好同意。任青前脚刚走，崔主任抓起电话告诉了方瑞。

方瑞追到车站时，去市上的客车启动了，任青装作没看见她，挤上了车。

任青现在只有一个意识，找到景绿叶！找到景绿叶！他似乎听见鲁迅说："趁碎影还在，我要追回他"。任青脑子里一直回旋着陈校长的话：

我给小景说了，你马上要回来了。但她说与此无关。那与啥有关呢？她说，与啥都无关，就是不想干了，忽然不想干了。说她也说不清什么，就是想出去，想到外面去。真的！从她的表情看，也是平平静静的，看不出啥问题。哎呀，这一段时间，真的没发现小景有啥变化呀，还是整天笑笑的，忙忙的。到底没啥事情呀！我还跑去问了老景老师，老景也说他问不明白，反正女儿大了，他管不住了，由她去吧……

陈校长的话满是焦急、无奈。任青总觉得有个啥，绝对有个啥碰到了景绿叶，或说碰伤了景绿叶，她才毅然出走。

任青看见前面站着一位姑娘，背影很像景绿叶，他知道不是景绿叶。但忍不住咳嗽两声，引得她转脸看他——才把一个确认，就着失望咽了下去。

任青直赴师范。

任青以"准姐夫"的身份找到了景梅。这丫头赶走了室友，咄咄而问：

任老师，你爱我姐吗？

见任青木愣，她生气了，瞪圆了眼睛逼近一步：

既然你不爱她，为什么来找她？

任青有些紧张地站起来：

哦，我，你，景梅，你听我说，如果我不爱她，我为啥来找她？

那我刚才问你爱我姐吗，你痴呆呆地没反应。如果爱一个人，会有这种反应吗？我知道你是个老师，知道你书教得好，知道你已经步步高升到县上了，知道你前程远大，但我告诉你，我姐不稀罕这些！一个女人，她只稀罕一个字：爱！其余的，金钱、地位、荣誉，统统滚蛋，滚蛋！

景梅的吼喊里杂进了哭音，任青试图扶她坐下，她抡了一胳膊，哭喊：

我姐是个命苦人，她学习好，不是为了家里，她早考上了，早参加工作了，早有优秀的男孩追她了！

等景梅发泄够了，任青才说了前后经过。他问景梅知道姐姐出走的原因吗？景梅摇头，说她问死了，她姐说没有的，就是不想待了。我想，我姐一定是一个人孤独得乡下待不住，跑出来了。她喜欢的人，不在身边啊。

任青反复强调了自己是借调，是要回去的，而且是马上要回去了，就是最近太忙了。说他其实是时刻在心里惦记着景绿叶的。

景梅听得有些烦，她不明白，这么大个男人，说个“爱”字咋这么吃力呢，绕过来绕过去费这么多唾沫。

最后，景梅只给了任青一句话：

我只知道她在这个城市。

景梅心里说，看在你没忘我姐的份上，就告诉你这一句吧，找不找，找着找不着，随你去吧。不信我姐离了你就活不成！

任青先是在师范周围找，一条街一条街，一个店一个店，重点注意饭馆、书店。

景梅换上风衣，戴了墨镜，拉了一位室友，跟踪观察。她给室友说，这个人特像她老家的一个老师，好像不正常。

任青住进小宾馆。他坚信他会找到景绿叶的。因为她就在这座山城。

他也知道自己需要一个真真实实的找，假如景梅一句告诉了她，他可能会有一种丢失感，缠绕自己一辈子的。

景绿叶只在景梅宿舍住了一晚，次日景梅请了假帮她找工作，跑各个广告牌，终是比较容易地到本市一所师范高等院校的学生灶上做帮工。

景绿叶打饭的窗口总是排着很多男生。灶上便把不容易打出去的饭菜让她去打。打完后,她多时看着一对又一对的青年男女,头对头坐在餐桌两面吃饭。假如自己不辍学,她肯定会考入一所大学的,那么,坐在自己对面,殷勤逗自己发笑,或者给她夹菜的男生是谁呢?她的目光跟上一位高个子男生,他走路的姿势很像任青,他匆忙地走出了餐厅门。这时,后勤主任走过来,用筷子敲一敲饭盒。大家都叫他“导师”,导师似乎对她热情过分,一位大姐私下告诉景绿叶,说,防着,这是个狼,害了几个大学生女娃娃了。景绿叶身上就寒过去一层。“导师”过来了,说:

景绿(景绿叶听景梅的话,用了个假名。说身份证丢了,补办来了就交)是个大学生的话,就把学院的人迷倒了,肯定是院花,名字也美。

景绿叶有意冷了他一下。忽而记起了似的问:

把您的大名告诉我吧。我昨晚去我表姐夫家,表姐夫问我在学院灶上干得好着吗?我说好着呢,导师对我关心得很。表姐夫问导师是谁,我答不上来,表姐夫批评我,让我不要跟上乱叫,这是对人起码的尊重。

就是,不能随便侵犯别人的姓名权。还是你表姐夫有修养。哦,借问一声,你表姐夫在哪高就?

哦,他在市委组织部,是副部长,说他和学院领导认识。

导师脸上肃了一下,继而像吃了味精似的,脸上有了酱色,端起空碗,说:

哦,那个,应该,自然认识认识。你忙,你先忙,我走了。

下了班,景绿叶约上同室的大姐去逛街。伙入熙攘的人流,大姐说:

你表姐夫是副部长,咋给你不安排个好工作?

景绿叶自嘲着,说:

你表姐夫是副部长,你咋到学生灶上干来了?

说着,笑着。自由着身心,放牧着心情。这是另一类的底层的生活,正是在底层,一切都简单了,一切都束缚不住她了。这里,她不必时时牢记为人师表,不必时时为全校老师的口福着想。这里,她只操指甲皮大的心,其余全是馒头式干活,洗菜、切菜、打饭涮锅,这远比备课、上课、改作业辛苦,但苦身,而不苦心。

景绿叶看见赵兰的同时,赵兰也看见了她。

景绿叶搂着赵兰，问她的情况。才知她在邻乡中学补习，那所中学本是再插不进一个人的，但过了两周，说是走了一位女生，空出了一个位子。她去了，渐渐才知道，走了的那位女生姓韩，上课看什么纸条，严肃的数学老师下去没收，她赶紧塞入裤兜，数学老师是个 1+1=2 一样的老教师，硬是把手插入女生裤兜，纸条没找着，裤兜烂了个脱底子。老教师顺口说：

这么大的女娃娃了，连个裤衩都不穿。

全班爆笑。女生捂了脸跑了，再也没来校，从此断了求学路，时间不长，家境贫寒的她早早嫁了人。

学校有规定，谁导致流失一名学生，罚三百元。赵兰去了，才免得那老数学老师被罚。赵兰的新班主任姓戴，是个青年英语教师，可惜他的妻子半年前病逝了，留下一个小女孩，过得很狼狈，精神状态很差。赵兰上了一段时间，母亲患重病，她只好请假回家，久不返校。戴老师焦急，找到赵兰家去，才知家中只母女二人。母亲年龄大了，重病，十天半月好不了，赵兰的化学估计又跟不上了。这时，市里一所中职学校招生，每生国家补助一千元学费，学习一门技术，一年毕业，推荐就业。班主任征求了赵兰的意见，为她争取了一个名额。这不，她到市里学微机技术来了，已经学了一段时间，感觉还不错。

景绿叶问：

家里母亲谁照顾？

赵兰说：

我每周末回家去，给母亲买些药，平时叫大姐抽空照看。

赵兰硬要景绿叶去她的宿舍住一晚，说要好好说些话呢。去了，赵兰的床头贴满了花花绿绿的剪纸，幅幅栩栩如生，惊得景绿叶一个劲儿称赞。

赵兰给景绿叶说了她对戴老师的暗恋。她先是觉得老师可怜，进而同情，现在总是经常想他，想得厉害。赵兰说，她觉得出，老师也对她有好感。她母亲也同意，说，人家是老师，只要能看上你，就是你前世修来的福啊！

赵兰问：

景老师，你说我现在该咋办？

景绿叶说：

写信呀，给他表白你的心意，看他啥反应。如果他真爱你，你可以嫁给他。一定要写信，说不定他还以为你嫌他呢。但是，你要想好了呀，如果你爱他，你就放大胆写信，成了好，不成了还是师生关系。

赵兰问：

别人不笑话我跟了个大我十二岁的，结过婚的男人吗，还带一个孩子？

不要管别人的说。你们过一辈子呢，只要你爱他，他也真心爱你，其他一切都是次要的。

景绿叶没想到自己一连说了几个“爱”，而且一再强调“爱”。在以前，她从没这样果断地说过。景绿叶觉得，在城里，人是很多，人是很近，但心很远，“爱”的氧气很稀薄。景绿叶越加认为，“爱”，是婚姻的氧，无氧的婚姻是迟早会窒息的。

任青找景绿叶的执着终于感动了景梅。景梅心里发着狠，想，看在你对我姐还真有点真心的份上，我再给你一次机会。她追到任青跟前说，明天中午你到商城等我，我有话告诉你。然后，她去学院给姐留了同样的话，明天中午你到商城等我，我有话告诉你。小丫头要测一下任青与景绿叶的缘分。她躲在一边看，看这二人能碰上吗。碰上有缘，否则，她决定不让这个男人再找到她姐了，她会把二人的爱情拨向另一个方向的。

与其说是测，不如说是撮合。次日，男女主角均急切、准时走来，走向商城门口，且在第一时间看见了对方，而后，电影上一样，拥在一起。

景梅热泪涌出，她捂住嘴巴跑远了。

在大学的校园里，他们像一对热恋中的研究生一样踱着。

景绿叶说了方瑞去润中“看”她的情景。景绿叶说：

这件事，天知地知，她知我知，现在加上一个你知，再不希望别人知道了。

事实上，好奇的方瑞就是跑到润中看了一眼景绿叶。她冒充一位学生的姐姐，找到景绿叶的宿舍里，和景绿叶说了几句话而已。她说，果然你很漂亮。她说，她叫方瑞，是教育局的打字员。她说，任青很优秀，她去过他住的地方。就这几句话，中心句是她“去过他住的地方”。有一千个女人，就有几千个想法。

景绿叶说，她再干干，干一段时间再说，反正出来了，急着回去，别人会说外面混不下去了，没地方去了，只好回来了。

任青回到教研室，看见几封信躺在他的办公桌上。一搭目光，从字迹上就认出是他的学生写的。信封字迹工整，书写格式正确，没有给他和润中的脸上抹黑。

任青久旱逢甘霖地贪婪阅读着学生来信。崔主任进来宣布，今晚全体出席，参加接待市上检查的晚宴。任青不去，要请假，崔主任说，吃这个饭也是工作的组成部分之一。去了，没想到平时严肃有加的局长，竟然和蔼平易，不时说笑，而平时话淌的崔主任却正襟危坐，陪着浅笑，偶尔回答一两句提问。局长带头打关，几圈酒过，市上的领导都面红舌翘，话大起来了。局长与市上领导摇色子，输了，喝得痛快；赢了，一定帮市上领导代一个，叫大家帮领导代一个，如此，市上领导喝得少之又少，而他喝得多而又多。局长去洗手间，中指一扣嗓门，吐了，而后，洗了嘴鼻，洗了手来了。

任青不时被喊上代酒，身在热闹中，又未融入热闹，他索性跟着上洗手间，躲到一边去。终是被崔主任去洗手时再提醒了一次：

吃这个饭，也是工作的组成部分之一。

只好进去，像鱼一样钻入一室浑浊不堪的气味中、声音中。

如此“工作”到十点，回去了竟然睡不着，看书，看不进去；写诗，没一点感觉。头昏、痛、沉，舌硬、胸热、身虚，似乎会飘起来，而又似乎比铁还沉，只好躺在床上，大睁着两眼，觉得头脑里、血管里在爆发着山洪。

甘老板给他熬了杯浓茶喝了，身体里的沸腾才慢慢平静了下来。

第三日，又是省上检查的来了，场面，含工作场、饭场、酒场、难受场，比市级扩大了一倍以上。

下来，总结、验收……

谁来都是这些材料，文件盒里装订着，摞了几摞。

谁来都是看这些材料，或到城郊某校转转，而后开会、吃饭、送走。

任青木然地干着，麻木着。他想，县一级到乡上去还不是也这个样，全国到处是不是都是这个样？

正这样想着，崔主任严肃地宣布分组下乡检查、验收。任青和上次的张老师一组，在润水的邻乡金泉中学走完程序后，任青去上厕所，厕所在一排教师宿舍的西端背后。他出来了匆匆往回走时，一个房间里泼出了半脸盆脏水，完全覆盖了他。

泼水者走出门口，提着脸盆惊叫：

哎呀，了不得了，泼到你身上了，泼到教育局领导身上了。我该死，我该死！

声音惊惊乍乍，但动作表情没有一丝慌乱。

任青没看发出声音的那张嘴脸，他张开两膊，抖身上的水，脸上抹了一把，甩到地下。

任青直接回到了润中。他请张老师先上县，说他有点事，要处理一下。

任青在景绿叶的帮助下收拾净衣服后，敲开了校长办的门，说：

陈校长，我回来了。明天我就上课。县上打死我也不去了。请你给崔主任打电话说一下，说脱说不脱是你的事，反正我是不去了。过几天，我托人把行李捎下来。

十七、婚　礼

临放学的一个周末，任青、景绿叶的婚礼在润水中学热闹举办。

这是一个城乡仪式结合的婚礼。证婚人兼总管陈校长似给儿子办喜事，三分之二的人生已经活过去了，他经历过一些高兴，而这次的高兴是别有意义的第一次，所以他挂了帅。

陈校长请了街上清真饭馆的马师，来教师灶主厨“十三花”（十三道主菜）。指定了茶官、酒官、司仪、上礼簿的、放鞭炮的、招待娘家人的，等等，事无巨细，全部责任到人。宴席设在教室。大红喜字贴得到处都是，小张、苏芳芳领着几位女生，将任青、景绿叶的宿舍布置得喜气盈盈。是日逢集，暖阳高照，喇叭与炮仗将欢闹传遍校内外，学生来了一拨又一拨，一些家长也来凑热闹。任青、景绿叶与陈校长商量了，学生一人只能搭五元，家长最多十元，多的拒收。来的人带着尊敬与祝福，这就是最贵重的礼，钱放在次位，让来的人吃好喝好，高兴快乐，而不能变相收钱。学生们请教了张玉，凑在一起，买了很高雅的茶具、插花等。同事及双方的朋友是人生的缘遇，人生已是不易，相遇相知更是缘分，他们的祝福是能生根、发芽、绽绿，生成友谊之常青树的。双方的亲人、老师是幸福之源，怎样感恩都不为过。新郎新娘一杯杯敬过去，将众人的祝福用感激盛住，佐以陶醉饮下。

张长弓的摄像机将欢声笑语、杯盘狼藉，将每一位来者的音容，每一次举杯每一句祝语，都尽可能多地摄进镜头。

景文山陈校长在大片的热闹中握手相视，带笑的泪花，也没逃脱张长弓的镜头。

欢乐持续到夜晚，被闹洞房推向高潮。一人一个“节目”将一对新人累得够呛，伴娘终于赶走了众人，叫大家去景绿叶宿舍饮酒、下棋、打牌。

暖床。将枣儿、核桃等带着美好祝愿的东西，用古老的方式藏在婚床上。伴娘走后，闹声被静夜徐徐吸收殆尽，而蜜意愈储愈浓，愈酿愈醇……

任青不存在了，成了他，“他”这个人成了一个字：夫。

与此同时，景绿叶不存在了，成了她，进而定为一个字：妻。

“夫”“妻”两个字像鸳和鸯，在水；像比翼鸟，在天；像连理枝，在地下。

夫，丈夫、相公、老公、男人、爱人。

妻，贤妻、娘子、老婆、女人、爱人。

夫 = 1/2 夫 + 1/2 妻，妻 = 1/2 妻 + 1/2 夫。

妻+夫= 1，夫+妻= ∝

撇、点、点、撇、点、横钩、横、撇、横撇、捺 = 爱

愛愛愛愛爱爱愛愛爱爱愛爱

上、下、左、右。

前、后、内、外。

天、地、时、空。

古、今、中、外。

梁祝、关关雎鸠、杨柳岸晓风残月、落霞与孤鹜齐飞、罗密欧与朱丽叶、黑夜给了我黑色的眼睛、蜡炬成灰泪始干、生存或毁灭这是个问题、简·爱、乞力马加罗的雪。

红盖头、囍、荞、荷包、窗花、口红、蘸笔、辍学、日记、诗、毛笔、味精、葱叶。

父、母、坟、“花儿”……

泪水。

绿叶、梅花、母、父、老师……

泪水。

蜜月里，景绿叶一有空就拉上任青看结婚录像。每看一次，幸福就浓浓地将二人甜蜜一次。录像是张长弓在省上精心制作的，又亲自送到了润中。任青彻底被感动了，一把抱住了同学。结婚时，任青没有请张长弓，主要的还是怕他忙，跑一趟很远的。结果，他连夜赶来了。婚礼结束又赶回去了。回去又以最快的速度设计制作了结婚录像，又尽早地送来了。说：

最好隔一天看一次，让你们两口子的爱情一直保持在婚礼的甜蜜状态。

一盘录像带，就是记者同学留给新人一生的纪念。也许友谊的发展，

也像辩证法眼中的任何事物一样，是波浪式前进，螺旋式上升的吧！张长弓来本县采访，周末抽空来看蜜月中的人。景绿叶做了许多菜，还请了陈校长、张玉等人作陪。周末天晴，心情也晴朗。大家共同愉悦着自己，也愉悦着在座的每一位。张长弓喝醉了，声言要和老同学任青睡，好好谈谈心。静夜，俩同学互吐心迹，任青谈了禹红、辛琴，谈了帅男，谈了借调上县后的经历，谈了方瑞，等等。总是纠结，只有景绿叶是舒展；总是苦涩，只有景绿叶是甜润。景绿叶一直微笑着，微笑在他的生活中。最后，我认了命，而且敢肯定且将来会证明，我的命是好的，我的景绿叶是最好的，是一块宝。仰面平躺的任青说到这里，泪水顺眼角溢出，滴在新婚的鲜红枕巾上。

记者激动得翻起来，盯看流泪的人说，我真的是羡慕你啊！我如果能找一位能让我这样流泪的，我这辈子，不算白来。记者说完，泄气地将自己丢在别人的婚床上。任青问他几时结婚，到底找了个怎样的？一句拽出了城里人一连串的唉声叹气。

张长弓说，不知道自己什么时候能结婚，因为不知道自己什么时候才能找对象。说完双手抹了一把自己的脸，蒙住了双眼。任青看时，就见指缝里一些泪水湿出来。任青惊愕地翻起了半个身子。

张长弓走后，景绿叶的心情像虫子噬了个孔，不时吹进些凉气。景绿叶建议去看一趟张记者，任青马上答应，说，咱俩也去省城旅游一回。

去省城的路上，任青告诉景绿叶，在他的印象中，张长弓一直是乐观、上进的城里人，工作中也很敬业、优秀。他们是进修时要好的同学。进修前张长弓做过很久的小学教师，进修毕业，同学们在报纸上看见他的报道时，才知道他已经做了无冕之王。这次，要不是他说出来，任青不可能想到他是个苦透了的人，他吞咽了那么多苦难之果：他上中专时，才十五岁。突然的一天，母亲失踪了。老实、患病的父亲抱着一岁的妹妹到处找。半年后，才知道母亲是跟上一位高大的包工头上新疆了。这年，父亲五十岁了。父亲比走了的母亲大十五岁。年轻时，父亲太过老实，太过家寒，找不上对象。三十二岁时，才将外村患癫痫没人要的十七岁的母亲娶了来。父亲到处求医，终于治好了母亲的病。为给妹妹挣奶粉钱和供给他上学，父亲将妹妹寄养在家门里的堂哥家，去煤矿下井。实在撑不下去了，他找到煤矿上去，才知道精神恍惚的父亲，半年前就被掉下来的煤块夺去了性命。煤矿上给的高额赔偿费，却被他家门里的堂哥家领去了。他拼命地打官司，官司赢了，母亲回来了，但被他赶了出去。母亲天天站在大门上哭。不来哭着求儿女原谅，就要挨新丈夫的棍棒。他用那笔赔偿费在城里买了小面积的单元楼，连夜搬走了。母亲和新丈夫找了许久，知道他手里没现钱了，才死了心不找了。毕业后，他一边工作一边供给妹妹上学。长兄如父，他操碎了心。把苦难搁在一边不说吧，说上十遍也减少不了苦难的十分之一。单说婚姻。那晚，当任青问，你这么好的条件，不成家，为啥呢？

为了我的小妹妹。

张长弓中专毕业时才十八岁，小妹才四岁。而今，十三年过去了，他成了三十一岁的大龄青年，上高二的小妹十七岁了，成了大姑娘。母亲离去后，小妹天天哭；父亲殁了，小妹一度不说话。他每天下班、周末背着小妹玩，做好吃的。不知道的人以为胡子黑茬茬的他，拉扯的是自己的女儿。自小，小妹恨母亲，恨所有女人，认为人不该结婚，不结婚就不会离婚了，就不会有孩子受伤害了。小妹长大了，每次来例假不告诉身边的女性，只告诉哥哥。肚子疼让哥哥揉，裤子弄糊了也是哥哥洗。还是不怎么和同学交流，从不与男生说话。声言要与哥哥过一辈子，因为只有哥哥，是这世界上唯一叫她放心、值得信赖的男人。一听见哥哥处对象，小妹特别害怕，害怕女人害哥哥，就几天与哥哥不说话，不上学，绝食。直到逼得哥哥答应不找女人了，或者把哥哥的女朋友气走了，才罢休。而作为哥哥的他呢，也是心情复杂，看着一天天长大的妹妹，竟然不时莫名地担心妹妹会被别的男人领走。就是明媒正娶、郎才女貌的美满婚嫁，他也觉得接受不了，一想都接受不了：妹妹这样的性格，别的男人能像他这样对妹妹好吗？妹妹一走，他将怎样活下去呢？他也意识到了小妹心理的畸形，意识到自己的畸形，及兄妹关系的畸形。一个追他的大家都公认的好女孩，就是被他们的畸形吓跑了。现在，靠畸形喂养着度日，又被畸形日日折磨，就是他兄妹俩的生活状态。

到了张长弓家，任青刚把屁股搁到沙发上，那个妹妹就回来了。果然漂亮、高傲、敌视。直看景绿叶。哥哥介绍说他是我同学，他们都是老师，她是他的妻子后，妹妹的目光才柔和了些，拉起景绿叶进了房间，仇恨地警告，不要给我哥哥介绍对象，否则我就去死。还说，我哥是天下最好最优秀的男人。

除了惊愕，景绿叶和任青不知道该给这个家里留下几句什么话语。离开时，任青抓住张长弓双手，说：

老同学，我真的不知道怎么帮你！

我的忙，谁都帮不上的！

张长弓看着任青肩头后的天空，说：

我妹妹总有长大的一天！

又说：

你们都不知道，我是多么的疼她啊！

寒假。蜜月之后是新年。任青住在景绿叶家。景梅放学，回家进门，提着包，盯着任青从头看到脚，从前看到后，说：

不错啊，很有气质啊，难怪我姐这个大家闺秀非你不嫁！

真是个疯丫头，每天要任青讲诗或讲用什么方法追到她姐的。

女婿系半子，景文山享到了半子之福，有景梅写的打油诗为证：

丈人(岳父)女婿如师生，
聊起教育皆书生，
家中四人三先生(老师)，
一个学生准先生。

景梅下学期实习。任青邀请她到润中来实习。景梅说：

看我姐的脸色吧，若脸色不重可以考虑；若脸色难看，还是躲远为好，免得碍我姐的脸。还有，教不好的话，又给你这个大语文组长脸上抹黑。

景绿叶追着打景梅，追不上，就喊：

爹，你管管你的女儿，一张嘴整天欺负人！

除夕大雪，景梅堆两个雪人，并排靠着，一个戴帽子，一个缠包巾。雪人胸前挂上了红纸条，一条上面写“新郎”，一条写“新娘”，然后喊大家出来看像不像。

景文山笑，任青笑，景梅笑，景绿叶笑，罚景梅点鞭炮。景梅说：

吆，还忘了，给你们没打炮呢。

紧紧张张点燃鞭炮，跑开时滑倒在雪地上，连鞭炮都惹笑了，噼噼啪啪在景梅脚旁大笑。

这个家，很久没这样的笑声了。

正月初二，任青携景绿叶去他家。景绿叶默默注视着墙上相框里婆婆公公的像，越看，眉眼越亲，像以前见过似的。婆婆公公看着她，都在向她笑。

任青的侄子，之前因为作文而引发任青打官司的高中生，满脸苦闷，说他不想上学了。任青问：

一中不想上了，给你换个学校？

侄子说，他想去西安学电脑装修技术，说将来吃电脑饭，肯定饿不死。任青的哥呵斥孩子不懂事，他希望孩子走任青苦学、考大学、当干部的路，光宗耀祖。但又担心现在大学毕业不包分配了，怕榨干他的血汗，供出来也找不上工作。景绿叶陪着忧愁，说他和任青帮衬些，还是坚持上完学再说。任青躺倒在老家的火炕上，他知道侄子已经长大了，侄子虽然是小声说话，但分明思虑已定。思虑已定的人，就是一块钢铁了。任青闭眼看向虚空，似乎听见加缪说：“我反抗，所以我存在”；听见萨特说：“你是自由的，因此，做选择吧！”

任青不知道该怎样对侄子说，他看见站在妻子旁边的侄子满眼含泪，他的心苦涩起来。他看哥的脸，满是褶皱，像他在山地里犁出的犁沟。

教育，把基础教育还给基础吧，还给这些非尖子生，还给这些家庭吧！

还给农村，还给土地！

——任青在心里呐喊着。

正月里，张玉和苏芳芳在县上办婚礼，任青景绿叶赶紧去祝贺、帮忙。

苏芳芳学成回来后，在邻乡开了裁缝店：她记着师傅带过她的恩，没有在润水街上开店抢师傅的生意，这让师傅很感动。师傅的婆婆病重，她还帮师傅照看了几周铺子。苏芳芳在邻乡的生意很好，款式新、做工细、价位低，很快打开了牌子，订的衣服排着队，十几天后才能拿到。她带着二妹，精心指导。二妹心灵手巧，吃苦好学，很快就能单独做裤子了。二妹长得和她一样俊，个头还高些。不久，一个跑出租的回族俊小伙就看上了她。小伙的家在城郊。二妹啥都不要，就要一块地皮，让婆家帮着在城郊给娘家建一座院落。公公婆婆见了二妹，高兴得像吃了蜜，看见儿子穿的一身西装是这女娃做的，婆婆一把抓住媳妇的手就不丢了：娘老子咋生的哟，看这一双手手巧嘛！公公满口答应，正月里，就动员亲戚朋友拉砖砌墙，国家挡住了，说那块地马上要征。亲家立马找着买了座好院落，一大群人一周时间就装修一新了。举家搬到县上后，苏芳芳的爸拉着张玉的手说：

我家的芳芳，是你们当老师的救出的，帮着学到好手艺的。就是二女儿找不上城里人，我也要租着到城里住去。到了城里，你和芳芳的事，就没人说拦挡的话了。其实，回民咋了，汉民咋了，都是人，我不嫌！我死后进不了天堂，我也不嫌！

张玉一把抱住圈脸胡，眼泪淌湿了回族岳丈的后肩头。至此，景绿叶的《张玉同志恋爱秘籍》自行作废，也功德圆满。

圈脸胡是个急性子，他在新居为两个女婿各留一间房，由两对新人按自己的心意布置去。并且决定，在县城为两个女儿同时完婚。按城里人的，男女双方都在宾馆办。订了一个大饭店，三家的人、亲友欢聚一堂，各搭各的情。县广电局的记者去摄像报道，新闻眼至少有两点：回汉亲、新婚礼。逼得县宗教局的领导都去搭情、祝贺、上电视。当晚的本县新闻，还播出了任青和景绿叶的镜头。记者问：

你对你同事的婚礼有何感想？

任青眨眼，说：

我这位同事，英语教学顶呱呱，找的对象也顶呱呱。他既找了个好媳妇，又找了个穆斯林，还找了个大财神。

都笑，任青把景绿叶往身边一拉，说：

我，和我爱人，祝他们新婚幸福！祝他们的妹妹两口子新婚幸福！同时，也希望他们，那个，苟富贵，勿相忘啊！

一片笑声，画面切向两对新人，切向领导讲话，自然是民族团结，新风尚，还有，值得提倡！

苏芳芳的师傅也来祝贺，同时告诉苏芳芳，她一家要搬到市里去了，她要把裁缝店转给徒弟。她伸手挡住徒弟不要说话：

你接也得接，不接也得接！

景绿叶说：

苏芳芳，小张，还不赶紧谢过师傅！

任青说：

我敬你！敬你这德艺双馨的大师傅一杯！你为润水中学稳定了一名骨干教师的心。我刚才还在想，这家伙结婚后跟着媳妇屁股转，会不会调到邻乡的中学去呢。

景绿叶说：

这下好了！苏芳芳在润水经营师傅的店，带上四妹学艺。邻乡的裁缝店由苏芳芳二妹经营，二妹带出了三妹，就交给三妹经营，然后二妹上县开店。

小张点头，他看着景绿叶，看着苏芳芳的师傅，她俩的身后全是晃动的笑脸，全是喧哗的喜庆。

苏芳芳含泪给师傅鞠躬，说：

行，师傅的店我先守着，师傅啥时要处理，我随时还给师傅。不管怎样，师傅永远是师傅，师傅的恩情，我要记一辈子！

师傅拍她的肩，一个莞尔被相机摄走。

第六章　春天没有迟到一丝一毫

十八、内　退

春天没有迟到一丝一毫，三月，春来了，回归了大地。北山上还卧着大片的雪，但已经成了山野的装饰，是山穿的一件马夹。过了个春节的太阳，像又长了一岁的学生脸，胖胖地，笑笑地照耀着校园。

带着春节、元宵的祥瑞之气，各就各位，润水之地，国歌奏起，国旗升起。一串铃声，润水中学运转了起来。

开学一见面，小张被各位老师一通批评：

能给任老师、小景老师通知到，为啥给我们不通知？说！

帮忙？能叫他俩帮忙，为啥不叫我们帮忙，说！

——小张顶不住了，终于，又在润水街上的饭馆里热闹了一番。

陈校长喝红了脸，他心里很高兴：这个婚姻，小景立头功，任青三等功，苏芳芳二等功。陈校长对张玉，现在才是一百个放心了。

虽然闹得很热烈，但陈校长知道，这才是释放了三四成，还有六七成都憋在这些人民教师，憋在这些年轻人的腔子里呢。陈校长便唱了一句：

啊呀，真是老了，几杯就不行了。我回去躺一会儿，你们继续。

还有几位上了年龄的也哈哈着走了。

脚步还没挪远，陈校长就听见餐馆里爆了，腾起了一团蘑菇云式的笑闹。

自然是逼着小张表演“西洋景”。祁老师担任闹婚总指挥：看我们把你个平日里油嘴滑舌，机灵得像个不倒翁一样的“校长”，不整死才怪呢。

西式的、中式的，传统的、时尚的，汉族的、回族的，统统端给这对年轻人吃。祁老师显示出了中国人在这方面的丰富想象力，喜鹊衔拆、貂蝉拜月、老汉推磨，等等，几套动作下来，一对新人瘫了，连连告饶，连连作揖，连连上酒肉。

都笑累了。祁老师的瘦硬身体里，似乎还有一墨水瓶的精力，不愧是搞体育的。苏芳芳找了个只有女人才能找的借口，逃脱了。大家便听祁老师的舌头满嘴里跑操。祁老师学说他们村小的一位小学老教师，最近迷上了气功，练了两周就到处给人治病。一放学就去家访，家访时就气功治病。村子里，谁家没个病人呢，只不过没病倒而已。让一位妇女闭目放松，再放松，他在前面扎了马步，双掌发功，嗯——，嗯——。问，有感觉吗？答，觉不来呀。放松，再发功。嗯——！嗯——！有感觉吗？还是觉不来呀。气功师火了，骂，驴人么，啥人！发了这么大的功都觉不来。咋办呢，要不这样，斩一只鸡，鸡肉是白肉，能把发功量从一放大到一百，然后看你能接收到吗。如果再接收不到，就怪你，不要说我的气功不好，坏我的名声了。病妇诺诺，赶紧跑到后院逮鸡去了。

不几天就碰到了“三八”。

“妇女”以一个主题的姿态屹立在世人面前。

第四节课全校的女生、女教师去会议室过节。这是景绿叶和王琴音几位女教师共同策划的。陈校长祝大家节日愉快后就闪了，每年过“三八”，他都要好好为妻子做几个菜：平时忙，一直累妻子，三八忙死也不能累。这是陈校长多年坚持下来的一个家庭原则。

陈校长一走，女儿国里一片欢声笑语。大家吃瓜子、吃水果，表演节目，有节目就演节目，没有节目说几句话，说什么都行，只要高兴。玩兴正酣，王琴音去把任青拽了来。其时，任青正给男生讲母爱的伟大，号召大家要感恩孝敬、要女士优先。王琴音对大家说：

同学们，我们热烈欢迎我校大诗人任主任给我们的三八节，作一首诗！

任青赶紧说：

呵呵，谢谢大家，那个，把掌声还给大家！因为今天是你们的节日，祝你们节日快乐！也祝我们的母亲，普天下的母亲，节日快乐！

任青看了一眼景绿叶，心里感谢景绿叶昨天就提醒了他。景绿叶说：

主任，说不定大家过节时要请你作诗呢，趁早构思好再背熟啊。

还是推不脱。任青便说：

同学们，说实话，我这几天想着为母亲写首诗，但还没有写好。虽然我的母亲不在了，但每年一到三八，我的眼前满是母亲的身影子。我们乡下的母亲不习惯，也没有过过三八节，她们一生默默操劳，为儿女熬尽了心血。我们就是穷尽人间所有的赞美，穷尽我们所有的努力，都不足以回报母爱的万分之一。我的诗肯定不是最好的诗，但我的感情是真的。诗，是很私密性的，但我个人认为，所有写给母爱的诗，都是最好的！

任青在掌声里站起来，诵道——

母亲的回眸

母亲，您有三个儿女——生命、爱、力量
母亲，您养育了生命，哺育了爱，培育了力量

母亲，您哺育一朵朵生命之花，为世间
植满灿烂，植满欢颜笑语
一声哭啼，母亲您转身跑来
把伤痛紧紧裹在怀里，为不幸揩去泪水
母亲啊，您把柔弱扶起，引出家门
引出村口，引上阳光大道
您把胆怯引离黑夜，送往黎明
您把贫寒引出大山，送往温暖，送往世界
……

诗句将大家引向了回家的路，回家扑向母爱怀抱的路。任青向王琴音示意，打开了录音机，阎维文用真情为天下母亲献上了歌声——

你入学的新书包，有人给你拿；
你雨中的花折伞，有人给你打；
你爱吃的（那）三鲜馅，有人(她)给你包；
你委屈的泪花，有人给你擦。
啊……

会场为每一位女生发了笔和精致的小笔记本，鼓励大家为自己的母亲，或女性亲人写上悄悄话。有几位女生握着笔一字未写，泪水扑簌簌打湿了纸页。她们有的是留守孩子，回家还要做饭，照顾爷奶和弟妹；有的是离异家庭的孩子，残缺的亲情，受伤的心灵；有的已经和景绿叶一样，母亲不在了。泪水之痕，胜于墨水之书。她们的心音，无疑是世间最柔软最真醇的亲情，穿越空间，到达打工之母，或另一个家庭中生母的心间，以一个思念之笑绽在母亲的容颜上；穿越时间，到达异界，看见了宛在的音容。母亲可逝，母爱永垂不朽！

景绿叶和几位女教师含泪搂住了她们，她们满脸是泪，手挽手，一起跟着母爱唱下去。

景绿叶回来，任青不在房间，桌子正中放着一张纸——

风景里的一片绿叶

——三八致爱妻

在枝，你绿了生命
在季节，你绿了春天

在校园里，你绿了希望

蓦然回首，你把眸子里的孤伤疗除
把残冬送出视野
把绿色的世界捧给飞鸟和人类
把溪流的叮咚声引向田野
把最后的一声哭泣和一滴泪，像露珠一样
捧在叶面，捧在阳光的明媚之下
黑夜下沉，岁月上升至灿烂
连同明眸，与歌声的抒怀
连同欢颜，与花朵的绽开

给生命书写一枚函笺，她胜过叶纹的精美
给春天一曲乐章，奏响在清风碧水之上
给希望一个微笑，连同一声叮咛
给幸福一句赞美，连同一朵朵蓓蕾
最深的感恩，绽放在红花的绿叶上面，连同无尽的鲜艳……

日子惬意地过着。任青感叹，果然，自己结婚了，才知道不结婚的人是飘着的，飘浮在半空中的。人们常说的这句话任青信服了，只有落到地面、接上地气，才能掂出这句话的分量。走进围城的任青，清晰地感觉到了小家庭蜜意生活里的责任、荷重。任青进一步理解了，并日益深刻地理解着家、丈夫、妻子等婚姻生活里的关键词。总之，任青的生活像水，有流水的洒脱，又有一弯泉水的澄清与静好，但终是有一颗石子被投入水面，激起了浪花：县二中的校长点名要任青，来教高一的语文。二中的一位女教师，丈夫调到省上某单位了，直接找主管教育的副县长给妻子请了长假，估计长假结束也就调到省上某学校了。二中校长也高兴，赶紧把这个中看不中用的女人打发了，全县随便抓一个老师都比她强。学生的课一节不能耽搁，二中校长第一时间得到了教研室老钙主任的强烈推荐，说，我在这里先给你敬个礼，我马上让任青星期一上课来，手续一月后就办。他们都愉快，以为任青也会高兴极了的。但此时，听到消息的任青躺在润水中学的床上一言不发，他觉得自己像个被命运嘲弄的高加林，之前，拼命地想去，想到县上找个双职工去，可就是调不上去；现在，我收心了，却请我来了。现在结婚了，调上去干吗呢？意识到自己的一言不发，给了一边沉默的景绿叶压力，他看着妻子呵呵地笑：

嘿，你看，我的名气看来大着呢。

学校的老师进来了，都劝他上去，机会难得。陈校长一脸高兴，说上去了还是要好好干。任青急了，说：

我不去！我去了小景咋办？

又不是出国，远得见不上面了？你先把你的去，小景先在这里干着，以后再说。就这样定了，星期一上去。别瞎想！

陈校长背起手走了，大家笑。小张说：

小景现在是你们家的掌柜的了，现在就看小景。小景咋说你就咋做。

任青终是听从了景绿叶的劝，景绿叶说，你先不要想别的，你还是先去上课，这样各方面都好些。过一段时间了，你再做决定不迟，你先不要一下子把这个难得的机会放弃了。

踏进县二中高一（7）班的教室时，任青的头大了，严重超编，学生都坐到了讲桌下，一不小心，老师嘴里的唾沫就会溅到前排学生的脸上。近一半学生是插进来的，低录取分数线 1—25 分，收 500 元；26—50 分，收 1000 元；51—75 分，收 1500 元，以此类推。像这样的创收班还有 8、9、10 三个班，他带 7、8 两个班语文，兼 7 班班主任。上了一周课，烦和累彻底包围了他。作业多，事情多，早上起得比鸡早，晚上睡得比蝙蝠迟。大家都被捆绑着高速运转，尤其是高三，老师苦着张黑脸整天待在教室里讲，待在办公室改模拟试卷。拼的是高考的成绩，考一个重点，录一个二本，奖励几万还是几千，还是评优评职称，学校都量化在册，人手一册，白纸黑字红公章地公开着呢。晚上去了几位教师家，都做着房奴，双职工稍宽展些，单职工一月的工资扣过房款，剩下的刚够应付城市生活。万万不敢有事，有事就得花钱。大家都这样抱怨，什么都贵。虽是城里人，并不快乐。周末忙点私事，少有闲情去转。任青被同事们的郁闷感染了，走进课堂时，总是找不到润中上课的那种“自由”状态，也是时间紧，授课内容密集，机关枪一样赶紧往出射，还不时有拖堂的现象，根本没有与学生交流的时间。上面苦讲，下面苦记。有一个座位一直空着，问学生，只笑不答。问别的科任老师，说，那是一个女死狗（无赖）。

周末回到润中，任青像个病人一样躺在床上不起来。景绿叶心疼地守在旁边，赶紧买来肉蛋给丈夫补补。陈校长、张玉都来问情况，任青才翻起来，轻笑着摇头。

周一上课，第一节课正在进行中，一位披肩发一脚踏开教室门进来了。口红、描眉、眼影。边朝那个空座位走，边看任青，低声说，果然魅力不错，只是早被人抢走了。听到的同学哄地笑了。

所幸任青没听到，问她：

请问你是谁？

我叫刘艳。听说你是诗人，语文讲得好？

不敢当。请问你上周为什么不来上课，也没请假？

有点事。

披肩发过分随意的口气让任青很生气。他准备继续讲课，耳朵里却掉进来蚊子腿一样细的几个字眼：他妈的，好男人……紧接着，披肩发身边的同学又哗地爆笑起来。

任青红了脸。抓起课本往披肩发跟前走，说：

你说什么，再说一遍！

女生没有一丝的紧张，甚至扭了扭肩，双手将长发往后掀了一下。然后，媚着脸看任青的眼睛，目光带“色”，直接撞向任青的目光。

任青站住了。香水气味熏人。

任青说：

你还像个学生吗！啊！

“啊”的同时,任青将课本朝女生的脸扇了一下,并没有扇过去,只是个扇的动作而已。披肩发躲了一下,然后,眼光凶着任青,咬住了嘴唇。

第二节课时,教室外的人声鼎沸弄得任青实在上不成课,出门一看,一大群人聚在教学楼下,四层高的楼顶上站着一个人。

任青眯眼一瞅,楼顶上是披肩发刘艳。任青赶紧冲了过去。

刘艳要跳楼,泼妇一样喊叫着:打人不打脸,任老师打了我的脸,我不活了！我没脸活了！

校长吓黄了脸,拿着喇叭央求:

刘艳,你不能做傻事,你还年轻!你下来,只要下来,你提啥条件都行!

任青仰着头喊:

刘艳,我错了。我向你道歉。你好好下来！下来我给你认错！你下来啊!

刘艳的母亲被找来了,吓得跪在地上直哭。

上课铃响,校长喝退了围观人群。楼下没人看了,刘艳终于冷静了许多,一屁股坐在了楼顶。校长、任青、刘艳母亲三人苦苦劝求了半小时,才终于将女生请了下来。校长盯着刘艳的脚,一踏上二中校院的地皮,扑过去抓住刘艳的手,将她直接拽到校门外,说:

现在我宣布,你被开除了。你回去吧。

任青直了眼,愣住了。

第二天,刘艳母女找了来。校长说,哪怕你把教育部长请来,我也不要你了。不是我心狠,是你彻底把我的魂吓掉了,我不敢要你了!

一连几天,任青的脸黑得厉害。周五的最后一节语文课上完,他把一张纸从校长办公室的门下塞了进去,然后赶到车站搭车,连夜回到了润中。

那纸上只有一行字:

给您添麻烦了！我走了。

黑夜里,任青朝脸上扇了一巴掌,任青感受着自己脸上,麻辣辣的热慢慢消失时，一个女生的影子也从他的眼前消失了。

至此，任青断了上县的路！

就像桌子上的文件，刚阅处完一个，下一个又摆在眼前了：罗主任说他想“内退”了，请校长考虑。

罗主任的儿子儿媳在闽宁村上班，刚生了小孩，两个年轻人拿不下哺育孩子这个新课题，被一个小宝贝弄得乱了套，请老妈过去帮忙。老婆这一走，他就没人做饭了，决定“内退”了，也五十三岁了，要享几年清闲呢，再不给老校长拾鞋带了。陈校长拍老搭档的肩，说：

是啊，干到啥时是个头呢，咱们都老了，润水这艘小船迟早得让年轻人来摆渡了。

“内退”就是在正式退休前不干工作，先缓上几年。这是一个单位对在本单位默默工作了一辈子的元老的一种礼待。罗主任的“退”显得早了几年，但罗主任说了，等孩子两三岁一上幼儿园，他领上老伴马上来报到，接替老宋。那时老宋就五十八岁了，该“内退”了。罗主任说：

我是提前支取，尝尝离开校园的苦味，不然，真到了退的时候，一下子恐怕接受不了。

陈校长笑了，心想：这老家伙还想得远。他自己是陀螺一样，全天旋转，没时间想第二天的事的。下棋都要看三步，陈校长很想每天把第二天，甚至第三天的事运筹好。老罗，还有老宋这些人，都像人身体的某个器官，几十年默默地工作，正常得引不起主人的注意，殊不知这种叫主人几乎忽视自己存在的，或主人认为应当这样正常得让主人几乎忘记的器官们，其伟大和奉献正在于此，坚守岗位一辈子不动摇，没有功劳也有苦劳。经常让人惦记的肯定是有毛病不舒服处，像任青、张玉之类。但是，经常没毛病的一有“病”，就是大“病”。

陈校长在会上严肃地说：

经按程序研究后，有关方面同意罗老师的请求，也同意任青接替罗老师，担任润水中学的教务主任。

大家都鼓掌。任青意外地说：

咋是这样陈老师，总得事先征求一下我的意见吧？

陈校长笑着说：

这算是征求。是老罗推荐的。既然你不愿意，那咱们民主选举一下。

于是投票，结果只有一个人不选任青，这个人就是任青。

陈校长说：

你看，这说明老罗的推荐代表了全校教师的意见，这样吧，你先顶一段时间，就当给老罗帮忙，完了再研究。好，就这样，散会。

陈校长撤身走了，像个阴谋家一样边走边窃笑：不信套不住你！陈校长不急，他耕过地，他和父亲调过牛犊，套绳刚往牛犊脖子上架的时候，牛犊连惊带哞，下踢上跳，左牴右蹿，得慢慢来。陈校长一高兴就蹲起来，蹲在椅子上。他像稳坐中军帐的诸葛亮，摇着想象中的羽扇，在心里早把你个孟获擒定了。

任青坐着未动，其他老师边走边冲他滑稽式的祝贺。张玉朝他一点头：

哼，还想选我！我就知道投了我一票的人，是你。

任青一把拨过张玉，他想去追陈校长，但陈老师说得好像与自己无关，是罗主任推荐的，且是请他帮忙。他想找罗主任，才记起罗主任已经两天不在学校了，而且把钥匙通过景绿叶转给他这个语文组长，说学校里谁用什么东西时，叫他开一下自己的宿舍兼教务主任的门。

任青躺在床上，给景绿叶说：

我怎么觉得像个圈套。

景绿叶笑了：

还没听过叫人当官是个圈套。

任青说：

啥官！反正我不干，给个校长都不干！我一天上两节课，一下课，所有的时间都姓任。作业改完出去转转，晚上看看书，写几行诗不美了，谁去干那吃力不讨好、里外得罪人的活儿去！

任青翻身坐起,继续给景绿叶分析:

名义上是个教务主任,其实是个家庭主妇,一会儿要扫院,一会儿要洗碗,全是琐屑,简直是在浪费生命!

景绿叶抓着任青的手,笑着说:

总得有个人做家庭主妇吧,不然这个家咋运转?

问得任青笑了。景绿叶说:

你看,老罗也老了,不是你就是小张,或者小何,大家一致认可你。反正陈校长说了,你就当帮忙,以前你当语文组长,也没影响你写诗什么的。现在你就当还是当语文组长,一个大一点点的语文组长不就行了吗?

任青跳下床,说:

我发现你还挺会做思想工作的,是不是陈老师,或者罗主任给你说的?帮忙当然行,单怕一黏上,就甩不脱了。

景绿叶说:

没有的。别想那么多了,说不定以后上面配个校长换了陈校长,你想当还当不上呢。吃饭吧,主任。

那刚好。吃饭,哈,主任!

罗主任走的那天早晨,一个学生跑来报告陈校长:罗主任让我悄悄给你一个人说,有个人在街口等你呢,要见个面。

陈校长丢下笔,赶到街口,抱住了罗老师,说:

你咋这样,大家都要送送你呢!

罗老师说:

大家的心意我领了,还是不惊动大家,悄悄走的好。

罗老师攥着陈校长的手,说:

校长,我只能这样帮你一把了。

陈校长说:

我知道,我心里明得镜子一样,你是为咱润中啊!大家都明白你,记着你!

罗老师说：

走到哪还是润水的人。

罗老师说完这句，赶紧把目光移开陈校长的脸，搁在远山上。

一天一次的班车来了，两人互看一眼对方两鬓上渐染秋霜的头发，互道保重。

班车把陈校长的目线愈扯愈长，终而细断。罗主任，罗主任。陈校长心里念叨着这三个字，双手插兜，低着头在路边走，像是散步，又像是找丢失的东西。——罗主任经常吃药，说他经常肚子疼，随着年龄的增加，他的罗圈腿括号得更明显了。那时，陈校长用妻子裁缝店的钱帮他盘下校门口的小卖部，上课时间他妻子照看，或者关门歇业。中午、晚上他换上，妻子去做饭。从没见他上班时间去守小卖部，即使学校里闲着。罗主任开铺子，挣多挣少都高兴，经常有人到年底打工回来时，才结自家的老婆孩子在他铺子里赊欠的账。他就给来人说：

给我发工资来了？

刚装上公话时，罗主任偶然发现这电话计费器的 1 分钟竟是 45 秒，暗查了街上别人的公话，也是这个秘密。罗主任心里犯上一缕儿特工的味道：他边走边回头，似乎满街的人都偷偷乜斜着他的背影，都知道了他是个小偷，或奸商。这样，他再次收话费，算着找钱时，1 分=45 秒，特别是$\underline{\begin{array}{r}60\\-45\end{array}}$就哗地列在脑幕上了。而且，马上在十位 6 上借一“点”，减 5，再减 4，哗地跳出 15。这侠客一样哗地跳出来的 15 秒弄得他这个数学系毕业的人很是难受。以往，都是他弄数字，弄得乖乖儿的，就是错了也是乖乖儿的，不敢给他胀气。现在，15，把他欺负得心里毛躁躁的。罗主任终是告诉了陈校长，陈校长来到话机前，抬着手表验证了数次才相信了这个商业秘密，他努力地调，总是调不够 60 秒。他一推话机：

这把人吃力的，少收些话费不就行了吗？不挣这 15 秒的昧良心钱！

话费少收，打电话的人骤增，排起了队。小卖部的窗玻璃和“公话”牌子，夜间被人用石块警告了好几次。一天中午，一个打工回来的女子，染着狮子毛一般的黄头发，在长途上嗲声嗲气，一口一个“亲爱的”，说得后面等着打电话的人脸上发红。罗主任用咳嗽、指鸡骂狗等方式提醒了她几次,那女子摸出一张“幺零零”,放在电话机边,继续给话筒撒娇,进而说:

亲爱的,给你个飞吻,吧！吧！再给你个飞吻,吧！吧！再——

罗主任一把抽回话筒,扣在话机上,把“幺零零”往女子手里一塞,说:

门口,门口一个人好像在找你,你快看去!

女子又气又急,舔了下红嘴皮,翻着妖怪似的长睫毛后的眼珠子。女子忽地把钱又戳过来。罗主任笑笑,说:

钱找不开哦娃娃,拿去给老人买点好吃的吧。

连人带钱半强迫地推出去了。

然后,停了电话业务。

陈校长说:

没想到,你在“钱”字的前面还放着一些东西,好多人是“钱”字排在最前面了。

罗主任说:

挣钱为了好日子呢,却把人的心弄得烦烦乱乱的,这个钱不挣也罢。

到了市上,罗主任换乘快客,上了高速,愈行愈陌生,一切都与润中背道而驰。多少年了,他是吸着润中的空气生活和工作过来的,润中空气里的书声与铃声,喧闹与宁静,已经融为一种气味,鸦片一样浸入了他全身的肌体。别处的空气,总是噎他的鼻子,使他不得安然,心烦、失眠。罗主任忽然觉得自己像个孤儿。润中的一些生活只能通过回忆去再现了。他想起了孤身一人住院的情景,到现在,陈校长都不知道,润中的任何人都不知道。润中的老师只知道他经常肚子疼,经常吃药。他是在一次验血时发现自己有乙肝携带,他内心吼喊道:我不能害病!我不能离开讲台!他下决心治疗。他找了很好的理由向陈校长请了假,然后在县医院一人住一个病室吊瓶子,吊了三天连夜赶回学校住了一宿,次日继续找理由上县吊瓶子。一周的空卧病室,他想的全是与生命、与人生相切的一些问题,这些思考改变了他四分之三的行为与做人。他的脾气好多了,以致到了同事们公认是个嘻嘻哈哈,没有脾气的人。他把学校的许多事都和了稀泥,大事化小,小事化了。

罗主任睁开眼，嘘出一口气，他想，他终于把一个秘密囫囵囵带走了，润中人都没识破。这样想时，他清癯的脸庞敷上了一层喜悦。

其实，陈校长看到了这个秘密。罗主任自认为很好的请假理由在陈校长眼里全是漏洞，罗主任第二次上县时，陈校长便跟踪了他。罗主任提着包进了县医院的卫生间，换上一身乡村服装，农民一样走过戴着帽子、墨镜，穿着风衣的陈校长面前，去了住院部。陈校长像个港商一样跟进去，发现他的老搭档已经更名换姓为胡军，身份是道班工人。陈校长出了医院，坐在街边上，像个泄了气的橡皮人。而后，他又戴上墨镜到那个主治大夫的值班室打探，说：

我有个亲戚，像胡军一样，这病好治不？

又去门诊挂号，找专家给胡军这样的病人问病。

回来后，陈校长给罗主任又配了个助手，不让他劳累。还故意漏话给他，说：

把你这肚子疼算个啥病，我有个亲戚，害的是肝硬化，比乙肝、肝炎啥的还严重，他不生气、不劳累，吃好睡好，坚持吃药，每天嘻嘻哈哈，把病没当回事。一年后去复查，病几乎好了一半，把医生都美美吃了一惊。又过了几年，走在路上，你说那是个病人，别人打死都不相信。

罗主任不上灶，老婆来给他做饭。也不去串门子，有空躺在床上听收音机。不喜欢别人动他的东西，进门就洗手，饭后半小时，准时拿起撕掉药名的药瓶吃药。学校聚餐，非去不可时，总带着饭盒、勺子，抢先给自己舀几勺子菜，再不把勺子往众人夹菜的盘子里伸了。大家劝，就发誓般的说自己吃好了，吃饱了。陈校长说，罗主任有洁癖，不吃你们筷子上的唾沫沾过的菜。有时，另取一双筷子给罗主任夹些菜。

罗主任的洁癖让陈校长很感动。其实陈校长的妻子也有乙肝携带，只不过肝功一直正常罢了。这就像化工厂里一直潜伏着特务，只知有，但确定不了，且无法清除掉。怎么办，只好严加防范而已。过了一年多，罗主任的肚子不疼了，药也不吃了，只是每隔三四个月就会请假上县，当然是复查肚子了。肚子好了，洁癖保留下来。陈校长也将一个秘密烂在了心里。

罗主任将自己的小卖部硬丢给陈校长，陈校长给了老宋。老宋往里一坐，俨然是个年龄大点的罗主任。

十九、安　全

太阳日盛一日，柳树泛绿，草色已可遥看。老宋邀请全校教师：周日他给母亲烧三年纸。陈校长一听，双手抓住大他五六岁的老宋的胳膊说：

哎呀老宋，你咋能这样啊，老人去世的时候咋不喘一声？大家应该去送送老人的。你看你，都烧三年纸了你才吱声。

老宋说：

那会儿，天塌地陷，没顾上请。现在请，白事烧成了红事（烧第三年纸为红事）。大家去了心里都欢畅些。

从老宋家出来，大家郁闷满心。没想到老宋家里这样困难，还住着几乎是全村最破烂的院落，但宴席丰盛得令人难以接受，而且请的是润水街上的回族厨师。老宋给没来的景绿叶、小王、回族马老师、校长妻子、小张母亲，每人捎一份熟羊肉。

山路上，陈校长畅了声，说：

这个老宋哎！这个老宋哎！不说了。大家都不知道，这老宋年轻时教学认真，认真得让学生害怕。他字写得好，当年拿铁笔刻蜡版那是一绝，硬功夫，横在横线上，竖在竖线上，撇、捺都在四十五度角的斜边上。

陈校长说：

真的，你们还笑。他上课板书，一手粉笔，一手板擦，一会儿擦一个字，不是写错了，而是写得不好。学生作业，题做对了如果写不工整，他就在课外活动时满校园把学生找去，在他的宿舍里当面重写，写不完，放学再写。学生课外活动想玩，放学急着回家，所以都惹不起他，把他布置的作业当奏折一样操心写好。其他的作业难免潦草，他逮住了也要把那个学生找去反复强调,还动员其他老师向他学习。

佩服佩服。

佩服的还在后头呢。他的课,时间掌握得很好。他上课边讲边写,从左到右,自上而下板书,板书到右下角时,画一个句号,粉笔按在句号上转圈,转着转着,下课铃就丁零零响了。铃声一停,他说:下课。每次,县上来听课的老师,都忍不住要给他鼓掌。

哎,这个佩服佩服。

陈校长白了大家一眼,说:

佩服的还在后头呢。

啊?

都不要啊了,说真的,下来要说的一个事,让我到现在还感动着呢。

校长快说!

回去说吧,我口干得很,回校。

我们等不及,这路还远着呢。

远?你们跑一个来回,骑的是摩托还叫唤远。老宋,当年啊,这段路把他的腿跑断了。晚上放学才回家,回去给半瘫在床的老母亲熬中药,擦洗身子,完了改带回去的作业,早上又按时到校。有两个月时间,几乎天天如此,我看不过眼,但学校没有闲老师,课都很重。不像现在,你们一有事就找小景。我只好叫他下课就回家去,但是,除了天气不好的几次,他一律按时上下班。

家里不是有师母吗?他太辛苦了。

他是孝子,每晚和妻子给老人擦身、按摩、端尿盆。你们能做到吗?

久病床前无孝子。这一点真佩服。

我要说的不是这一点,我口干,回去了再说。

啊呀!陈校长,你简直在说评书,一会儿一个且听下回分解,把我们吊死了。

大家围住了校长。小张从兜里摸出一颗水果糖,双手擎到校长眼前。

陈校长不理。要走,大家又挡住。陈校长瞪眼,说:

咋，要打劫？

小张赶紧将水果糖剥开，不让指肚触上水果糖，小心地递到校长唇边。陈校长张口噙了，小张又将摩托推过来，拉陈校长坐上。陈校长才笑了，说：

这还差不多。我像个说评书的吗？

哎呀，陈校长，快说嘛！

好。老宋一上课，任何人任何事都就不管了，进入忘我状态。一次，他老婆肚子疼，忍着疼叫人用自行车捎到学校。妻子站在教室外，他在教室里上课。互相都看清了，但离下课还有五分钟，他硬是坚持到下课，冲出教室背上妻子往卫生院跑。

因为多疼了五分钟，妻子对他很有成见，甚至怀疑自己嫁错了人。他反复解释无效，只好一咬牙买了块奢侈品戴在妻子手腕上，你们说，是啥？对，是手表。当时的几十元相当于现在的几百元。当时，我和老宋都没戴上手表呢。他妻子一下子高兴极了，忘了她多疼过的五分钟。出门故意把袖子撸高，别人问：看一下，几点了？她抬起胳膊瞄瞄，说：两点过了三个杠杠。

哄地笑散了。而后，都回首遥视老宋的小村庄，村庄像个孝子一样伏在山洼里。周围，群山莽莽；天上，白云朵朵。哎——陈校长跳下摩托，将一曲“花儿”甩向虚空：

哎——
走哩走哩远下了
眼里的泪花漂满了
褡裢里的锅盔轻下了
心里的惆怅重下了

唱腔如喊又如诉，无奈又无助，留恋、痛伤，像一缕柔软而红灼的钢丝，鞭打着群山。大家听呆了，停住了脚步。

大家推着摩托轻轻跟在校长身后。

校长告诉大家,他是跟老宋学的,老宋的“花儿”唱得极好,他的媳妇就是被他的“花儿”迷来的。他的“花儿”都是他父母家传的。父亲去世早,母亲以苦为乐,夜夜哼着“花儿”将他拉扯大,供给上学,最终走上了讲台。母亲病瘫后,他就哼着当年烙在心肺的“花儿”,为母亲凑乐子。

陈校长说:唱一首轻松点的——

正月里冻冰立春消,
二月里鱼儿水上漂,
三月里桃杏花满山红,
四月里杨柳罩路蓬,
五月里端阳绑花绳,
六月里麦子满川黄,
七月里葡萄搭起架,
八月里西瓜蔓月牙,
九月里荞麦绑起了笼,
十月里雪山封了门,
十一月柿子满街红,
十二月年货摆出门。
一个竹竿呀十二个节,
哥哥你出门十二个月,
高高的山头碰云彩,
有钱没钱呀你回来。

任青说:

哎呀,这些都太好了,这就是《诗经》里的国风嘛。

陈校长又唱了一首《世上的穷人多》:

养了一对牛，长下个盘盘角。
驾上耕地去，把我的铧打破。
家里取铧去，狼把个牛吃咧。
世上的穷人多，哪一个好像我？
种了一斗麦，打了五升多。
筛子筛来簸箕簸，剩下了两升多。
背着磨面去，磨了一升多。
阳世三间穷人多，哪一个好像我？
走了个穆家营，寻了个瞎老婆。
领到我的家里来，嘴上一个大豁豁。
走了个静宁县，买了个大铁锅。
拿到我的家里来，馓饭馓一锅。
馓饭嘛馓一锅，家里人口多。
你一勺他一勺，把我的锅打破。
阳世三间穷人多，哪一个好像我？

张玉笑得直抹泪，大家嚷：

好，太好了！

陈校长站住，转身对大家说：

不唱了，快下山了。我总结一句，咱们骑上摩托走。

陈校长环视群山，绿韵淡淡，烟岚在山沟悄然浮起。他说：

廉颇老矣，尚能饭否？英雄虽在，音容何觅？

任青鼓掌，大家都叫好。陈校长学着伟人振臂一挥：

出发！

又吹来一股风。

上面隔一段时间吹一股风，下面，看风使舵。

上面要求将开设的各门副科落到实处，如，音乐、美术、体育，特别强调了生理。生理因其内容的特殊性，各校都是让学生自己去看。生理课归班主任看班和机动使用，这一机动就变成了班主任的辅导课或作业课了。

学校没闲人，只好交给景绿叶。

景绿叶用一夜时间翻阅了《生理卫生》课本，才答应陈校长和任主任讲这门课，但关于"生殖"一章的内容建议男女分开讲，她给女生讲，学校再安排一位男老师给男生讲。陈校长说行，到时他或老宋去给男生上这一课。

任青说：

谢谢景老师支持我的工作。

景绿叶叫了几位女生到她原先的宿舍了解情况，这些女生都满脸通红，低下了头。景绿叶便让女生们在门口等着，一个一个进来单独提问，问她们自己最想问的问题。结果，每个女生进门都马上反扣了门，悄悄问她：

流血次数多了会不会死掉？流血了会不会生孩子？女的和男的亲嘴会不会怀上娃娃？

还有一个女生，恐惧地说她以后不跟人（出嫁），说她村里的一个小媳妇生孩子死去了……这些问题让景绿叶沉痛，问她们的母亲或姐姐给她们说过这方面的常识吗？全部摇头。问她们为什么不问母亲或姐姐，都说不敢问，羞得很，咋问呢？之于经期的一般知识，全不知道，全盲！

其实，她们的母亲或姐姐也是四分之三盲，四分之一的那点知识也是自己摸索得到的，没人告诉这个也不问人这个。

景绿叶下决心讲好这门与中考无关，但与健康，与一生紧密相关的课程。

果然，学生们听得很认真，站在讲台上的她严肃对待科学，科学便腾起了力量，如剑，一举击退了愚昧，科学之光普照且保护着豆蔻年华健康成长。不少女生勇敢地将所学告诉其母其姐，使之获益，而不再把默默忍痛视为女性的特权。

陈校长第一次去给一教室男生上生殖内容时，觉得总是开不了口，便说：

大家将课本翻到×页，现在默读前三段，都读，认真读，读完我提问。

一发现有男生在指着生殖器官图窃笑，就一个炸雷扔过去：

笑！笑啥！

到了非讲点什么不可的时候，陈校长说：

同学们，之所以我来给大家讲这一课，是由于这课内容的特殊性。我们都是男性。这世界上有男女二性，每个男人都可变成父亲，每个女人都可变成母亲。而父亲、母亲都会生儿育女，反过来，我们每个人都有父有母，都有兄弟姐妹。在这里，我希望大家今后长大成人了，在找对象、结婚等一系列问题上，要善待女性。

陈校长朝地上唾了一下，狠狠地说：

绝对不能打女人！打女人的男人是不理智的，是愚蠢的，是受唾弃的！

陈校长暗惊自己能一句一句接下去，如此，才得以挨到遥远的下课铃声的到来。虽然字正腔圆，言之切切，但毕竟是以教育偷替科学。陈校长感到自己有些虚，便把下一节的授课任务交给老宋，说他下一节正好上县开会。老宋强迫自己认真备了课，一上课还是浑身有蚂蚁在散步，总觉得自己裸身站在讲台上。他便像当年上课一样板书起来。板书了一节课的内容结构框架后，然后指着每一条，说：

这一点在课本第×段，大家看，看见了吗？好。看黑板，这一点，这一点在，看课本，在课本第×段第×行，好，从句号开始勾出来……

如此引路式上完了这节课。一看，还有大块时间，不觉有些尴尬，他历来是上课时间掌握得很好的，便说：

好，大家还有什么问题吗？如果不好说，可以写条子。现在大家做课后第二题、第三题。做完了不要吵，上自习。

话音刚落，一位嘴唇上毛茸茸的男生将一个条子，密信一样折着交给他。他笑着打开一看，说：

这个问题我不太懂，等课后彻底弄懂了再告诉你，行吗？

下课后，老宋将那个条子折成原状，交给陈校长，说：

我知道你今天的会又推迟了，对不？

陈校长一笑，说：

你说得端端的，会又推迟了。

你老了还撒谎呢。这封学生来信就不给你看了。

我认错，老宋。我门开着在听，你足足上了半个小时，我那天才上了十五分钟，严格讲，连十五分钟都不够。知道你上去能行，就交给你了。

好，既然认了错，信你看去，问题你看着处理去，我无能为力了。

笑着走了。

陈校长费劲打开，笑了。交给任主任处理，任青一看笑了，又笑了。这时老宋撵进来，说：

主任，一定要给学生答复，答案还要百分之百的正确。

任青把条子朝桌上一扔，又笑了，说：

是个问题。

景绿叶拿着教具进来，看看，问：

笑啥呢？

主任说：

好，这个问题交给你处理吧。

景绿叶一看条子笑了，说：

这本来是他们从课堂上带来的，要我咋处理？

又说：

一定要我处理了也行，支五十元处理费吧。

钱我答应，你咋处理呢？

我请卫生院张大夫来给男生讲这个问题，完了管顿饭。他是医学院高材生，答案你们总放心吧？

哎——看，看。这么简单的个办法，我咋没想到呢。

陈校长一听，哈哈一笑说：

我完全同意。哎呀，前次破盗卷案，这次解古怪题，证明小景比你智商高啊，你找了小景有福气，关键时刻都帮了你的大忙。

任青忙说：

是，景老师智商高。我有福气。

条子上写的是——

老师，我问个问题：我们回民男生大多要割那地方，说是割了找媳妇容易些，生孩子容易生男孩，对吗？为什么汉民男生都不割？我哥去年我爸花钱请人割了，疼得大叫，今年恐怕要割我，我比我哥小一岁。请老师不要讲是我提的，不要点我的名，大家会笑话的！

任青上厕所时看见祁老师蹲在宿舍门口，头垂得很低，几乎俯在膝盖上。任青走过去招呼他，他懒懒地抬起头，目光敷衍地履行着视觉功能，看向天空。

任青也蹲了下去，过了会儿，祁老师才开了口，果然是大事——

祁老师村小学的那个小阮老师，婚后不久又调至另一乡的中心小学。走，是个好办法，走远了，似乎就嗅不到自己丑闻的气味了。到一处新地方，见一群新面孔，自己也很是自新了几成。

"有文化"经常带了小阮喜欢吃的大豌豆去看望，感觉小阮成器了不少。一口一个姨夫地叫，顿顿不离肉。燕子已经双身，小阮对不久荣升父亲一职很是喜不自禁，对燕子好，对燕子的亲人好，对周围的人都好。广大师生对小阮老师印象很是不错。

还是把天踢了个窟窿。燕子坐月子，快坐出月了，一天，一位大汉怒发冲冠式撞进校园，一手抓住小阮的脖领，大喊：

驴！你是个驴！畜生！你把我女儿糟蹋了啊！我叫你死！

一群人围上去死死拉住大汉。拉扯中有人的手上挂了彩，血手糊了好几人的脸、衣。校长大吼：

都放开！都不要拉了！没王法了！天大的事情刀子能解决吗！你杀！你杀了人你要抵命呢，你杀！

乘大汉软了的一瞬，小阮跑进了校长宿舍。大汉被众人劝搡出了校门。校长回屋，小阮跪了下去，颤着手抓校长的腿，求校长救命。校长喝问是不是真的。小阮狠抽自己的脸，承认近期数次性侵班里的女生。校长一脚踢翻了他。

放学铃响，铃声吓了小阮一大跳。出了校长宿舍往自己那间挂着红门帘的宿舍走，身后有人喊：

姓阮的！

小阮转身，一柄刀子冲向了他的左胸。

都不知道刚才出了校门的持刀大汉又是何时进来的。

校园里爆炸了一般。

警车鸣响，声音如狼群下山，划破长空。小学生甩掉书包，抱头哭喊乱跑。

噩耗传来，"有文化"根本不相信是真的。但终是丢下手里的书，慌乱锁门。老婆不在家，走了快一个月了，是过去侍候燕子坐月子。"有文化"又开了锁进屋，装了半袋子生大豌豆。抓起那根经常给他带来安全、力量、镇定的铁棒，掂掂，又丢下了。

去了，一圈人蹲在那里嚎。亲家最先看见了他，他才知道死去的不是年老者。挤进去将他的老师女婿从头到脚看了几遍，跨过趴在旁边哭得面条一般起不来的燕子、老婆，就到处狂走。被人拽住了，才一屁股戳在了地上，目光发呆。忽而扯下背上的袋子，抓出生大豌豆往嘴里塞，狠嚼，嚼得两嘴角牲口一样溢白沫。

阮老夺掉袋子，抱住了他：

亲家，我咋这么命苦啊啊啊啊——

阮老呼天抢地，跌拌得像个疯子；"有文化"却悲伤得像个正常人一样一言不发。忽地跳起，电击了似的，冲过去朝小阮脚上踢了几下，喊：

起来，快起来，金凤叫唤开了！还躺着干啥！

一圈人苦着脸皮将他拉开。

快要满月的女婴金凤的哭声嘹亮，像一曲唢呐牌子。

"有文化"女婿的事全国通报，上面正忙着检查各学校的安全管理，邻乡的中学却发生了潜入女生宿舍强奸案，虽然罪犯一碗饭还未吃完就被抓了，但影响极坏，吓得润水的十六名住校女生晚上不敢睡觉了，家长也找来，看着女生宿舍的门愁眉不展。陈校长当即拆换，加固了门窗，并像病人按铃叫护士一样安了两个门铃，一明一暗，按钮在女生宿舍，铃在校长室。他与值周老师每晚咳嗽着经过女生宿舍巡更查夜。陈校长还将门铃的连线高高架起，防止被剪。陈校长将这些工作做好后，县教育局在全县展开了安全大整顿，按自查—审查—签订安全责任书程序进行。陈校长按文件上的自查要求，将学校每一个地方的建筑安全，水、电、煤、食堂、住宿设施与卫生安全一一做了检查，并形成了文字材料。为了彻底解决个别离校远的女生不敢住校的问题，他决定给女生宿舍晚上配一名做伴的，名之为陪寝员，让景绿叶、他的妻子、老宋的妻子轮流上岗，小王，还有小张的妻子暂时不加入，不过得有个思想准备，算是替补，并让景绿叶做陪寝班的班长。

景绿叶一上岗，女生有说有笑，想问啥就问啥。熄灯后，脑袋交给枕头，争先恐后走“黑城子”旅游去了。

家长们放心了，赶集时遇见景绿叶、陈校长，都连连称谢。

这一做法，被安全整顿进入第二阶段时，下来审查的一位副局长大加称赞，立即列为先进经验全县推广。

陈校长心里的一点点高兴，像枝条上的叶芽绽开了，大起来，绿起来。

女生都睡着后，景绿叶悄悄起来，打开小台灯缓缓进入了写作状态，这些睡在梦里的女孩就是当年的她啊……景绿叶的笔在纸上行走起来。

忽然，一串脚步像贼一样逼过来，景绿叶一把关了台灯，还未抓起床边的木棒，两声咳嗽和窃笑，轻微而清晰地递进门缝儿来，她又打开台灯，把嘴对着门缝儿嗔怪：

吓我一跳！脚步故意走得急燎燎地在干啥，还不睡去？

任青又笑，说：

查岗。胆量还行，能胜任陪寝员工作。别再写了，睡去啊，熬夜不好。

那你咋还在写？

你咋知道的？

你的声音告诉我的。

这段时间,他们都写了很多。

第一节课刚上,一辆警车开进了润中,任青被从课堂上叫了出来,说是要“了解些情况”。警察看了看陈校长、景绿叶等人乌起来的脸,说任老师没事的,是任老师曾教过的一个学生。大家才散到一边去了。

是刘艳。

是叫任老师回忆一下那次跳楼事件,做个笔录而已。完了,警察一合笔录本,说,这哪是你曾经教过的,只能说是与一次跳楼事件有关的。这一说,任青才清楚过来,确实是未曾教,是刚一谋面就发生了事件。

俩警察跑得累,喝了杯水,边喝边给教师们说了几句。原来刘艳被一个黑社会老大,绰号叫“长毛”的强奸了。长毛长期控制着刘艳,叫刘艳帮助物色漂亮女生,每物色一个,长毛奖励一百元。让别的女生也陷入痛苦,就是刘艳报复这个社会的办法。一年来,近十名学生被害。是一位被害女生的母亲报案,才揭开了这起系列恶性强奸案。这么多女生被害,学校、家长竟然都丝毫不知情。警察说,长毛很阴险,一是利用女生羞于说出的心理。说,不要给人说,说了你名声就臭了,你就一辈子毁了,学校门进不去了,也没人娶你了。警察调查时,好几位女生都说,不要给家里人说,说了我马上就去死。二是恫吓,长毛说,说出去我就灭了你全家。还说,你告了也是白告,我公安局里有人,进去也就几天出来了,我出进公安局就像女人浪娘家。我学校里也有人,你想,学校会把家丑外扬吗?那会坏了学校名誉的。三是用小恩小惠,给被害女生买衣服买好吃的,给生活费。

有句老话:怕啥有啥。尽管被树为先进经验推广,尽管陈校长每天倒背着双手,满校园巡查,事情还是发生了。一夜之间,润水中学校墙角上架的檩条掉下来,将一名女生打死了的消息传遍了全县。任青、派出所小黄、景绿叶、陈校长、女生的奶奶(父母出门打工去了)等人,第一时间将女生吊上瓶子送往县医院,教育局长接到电话后报告了分管教育的副县长,一起赶到县医院等着,120 急救车马上迎了下去。

抢救很及时，伤重，女生直到第六天才睁开了眼。女生醒来的时候，女生的奶奶喊了声孙女的名字就昏了过去，陈校长一把抱住老人，在抢救老人的时候，陈校长鼻子里汩汩地往出流血。老人醒过来后，医生强行给老人开了药吊上。陈校长的鼻血不住地流，一会儿一纸杯，一会儿一纸杯，晕得睁不开眼睛。原先也流过，没这样严重。医生又赶紧给他打上了吊针。

景绿叶脸色很差，任青强迫她喝了些营养液。景绿叶自上县，主要是寸步不离照看好老奶奶。

一连串的紧急情况弄得几位有关领导又急又气。

女生的父母被打听着好不容易从外地找来时，女生的脑内伤基本好了，头脑清醒，智力未受损伤。剩下的小腿骨折、脑外伤需要住院治疗一段时间，陈校长才和任青回到了学校。第一件事，拆除储藏室，推倒那堵土墙，加高砌了砖墙，墙头插玻璃，墙外挖壕沟！

任青劝陈校长好好休息，他把二十几位住校男生一一吼喊着训斥了一遍，特别是小眼睛王俊，翻墙钻洞最勤的就是他。

这些年乡下都翻建了学校，用文件上的话说，就是“成了山村里一道亮丽的风景线”。润中在翻建时，将校院东北角的一间面南坐北的好教室未拆，留作了储藏室，其实里面就放着一些扫帚、铁锨之类。储藏室后面，是原先的两堵土校墙，没有拆换成砖墙。储藏室后背墙距离后面的土校墙有三米宽，这三米宽的空间用砖砌封，将土校墙封在外面。站在里面看，全是一砖到底的墙，监狱一样坚固，没一点问题。

北边的砖校墙，与储藏室后面的土校墙相接后，折向南，砌三米，接储藏室山墙。问题就在看不见的土墙上，靠地面的两堵土墙相接处有一个大洞，是原先排水用过的，用土块塞着。陈校长当然知道这些情况，他在土墙与三米砖墙上架了一根碗口粗的檩条，檩条上压了一堆树枝，将那个三米砖墙上方罩住了。几位住校的男生等到熄灯后，熬到值周老师查夜后，十万火急地去街上看录像，小眼睛几人在夜色下潜到三米砖墙下，打起肩架，少林寺弟子一样跃攀上墙头，移过树枝，跳下去，从土墙下的洞里钻出去，奔到录像室里与官兵打斗去了。回来时午夜已过，钻洞、堵洞，都像小兵张嘎搭肩架上三米墙，移好树枝，跳下三米砖墙，用树枝倒退着扫除足迹，而后又像铁道游击队员一样贴着校墙溜回宿舍，啃几口干馍，钻进被窝，抱膀团腿，苦练南拳北腿去了。

那位女生的家正好在储藏室东边的校墙外，所以连她家的狗都知道小眼睛一伙的行径。那天下午放学，那位名叫陈映映的女生留下来布置班里的学习园地，布置好后已是暮色满校院，假小子一样的她屁股上甩打着书包，瞅瞅没老师，便学着小眼睛垫上砖，爬上了那三米砖墙，移开树枝往下跳时，她的书包带不幸套住了檩头，把檩子拽了下去……

陈校长在休息的过程中被后怕攥住了。而在当时，"怎么办""植物人""关键是"……这些词语狗头蜂一样在脑子里乱飞、猛飞，但怎么也飞不到一起，连不成一句完整的话。老奶奶的哭喊声拽长着，像河一样在耳道里奔流，那些狗头蜂纷纷跌进了河里。六天，噩耗般的六天，他熬得走路打晃。当女生醒来时，他感觉他一下子也活了过来。他也到阎王爷跟前喝了一回水。

他就一下子软瘫在床上，浑身散了架。陈映映没醒来的六天，他在"恐惧"里，又被"恐惧"支撑着，在"紧张"里，又被"紧张"捆绑着。陈映映一睁开眼睛，恐惧、紧张一闪，他全身自然垮塌了。

陈映映的一位表哥，正读大三的小伙子发疯般的揪住他，吼：

我要告你们，告你们都去坐监狱！

表妹醒来后，他捧着表妹的脸哇哇大哭起来，待确定大脑没有落下后遗症时，他向陈校长道歉，并说：

如果以后不幸落下腿疾，我还是不会放弃用法律手段为表妹讨回损失的。

一打听，果然小伙子读的是法律学。

陈校长一想起这个小伙子，就觉得有一根无形之绳已经将他困缚了。法！法！法！他去翻他的老辞书。《辞海》："灋，法本字。"《说文解字》："灋，刑也。平之如水，从水；廌所以触不直者去之，从廌去。法，今文省。"又"廌，解廌兽也。似牛；一角，古者决讼，令触不直者。""廌，直蟻切。"陈校长连读了几遍注释，一下子把自己扔在沙发上，他闭上眼，“灋”字在他眼前舞蹈、变幻。

忽然，“灋”字上的“廌”腾空跃了下来。它背上骑着陈映映。陈映映朝他一指，那“廌”一下子跃到他的面前，它额上的一柄独角闪着寒光，像剑一样刺过来。陈校长急“哦”一声，睁开了眼。

陈校长心里一阵地慌，头更晕、更胀。看表，又是深夜两点。

陈校长点上烟，他的舌头早被烟吸麻了。他冷静地想东想西，实话说，《未成年人保护法》《义务教育法》《教师法》，这些“法”，就是教育界的人都很少有人真正掂量过它的分量。原因是这些“法”很少被郑重地像“法”一样地运用过。在这里，大家只是认得这个字，这个印在白纸上的黑字，也偶尔在学习或考试时念一念、写一写，但很少有人把这些“法”同“刑法”“违法犯罪”的“法”字，看成是同一个“法”字。

他白天又上县看了一回，陈映映虽然腿上打着石膏，但还是有说有笑，边吃水果边看课本。他就笑了，双眼飘满了泪花。

几天前，他曾想，假如悲剧发生，他就立即不再是校长，而是囚犯。他狠狠扇了自己一个耳光，自私！他给自己说：

你看，这是多么鲜活美丽的生命之花啊！她的声音，她的笑，她的眼睛！

陈映映是小何老师的学习委员，她每天取作业，交作业，打一声报告，洁净、鲜亮。进门冲老师一笑，一脸的阳光。抱上作业一出门，总是小跑向教室，马尾辫颠得在飞。学习上更是让各科老师满意，上课提一个问题“哑了场”，只要老师朝她看一眼，她总会马上起立，做出回答，干脆利落。

一连几天，白天，他想说些什么，什么也说不出，想干个什么，可不知干什么。他一会儿走出宿舍，急步在校园里到处走；一会儿又走进宿舍，没坐几分钟，又急急地走出去，在校园里到处看，好像哪儿也藏着漏洞，又要出事似的。夜晚，他被睡眠彻底抛弃，只好大眼挣着往天亮捱，他双耳嗡嗡作响，竟然一遍遍地听到陈映映在他的门口打报告，他知道是幻觉，但还是忍不住开门走了出去——

一校园月光，教室，树，还有一些从他脸上撞过去的风。

陈校长吞了一大口夜色，冰凉地咽下去。任青的灯还亮着，景绿叶白天请假回家了，只有回到爸爸身边，她被恐惧灼伤的心理才能得到疗救，恢复得快些。

陈校长敲门进去，看见任青对着一张纸愣神，纸上像分析课文结构、或作文提纲一样，画着一些大括弧：

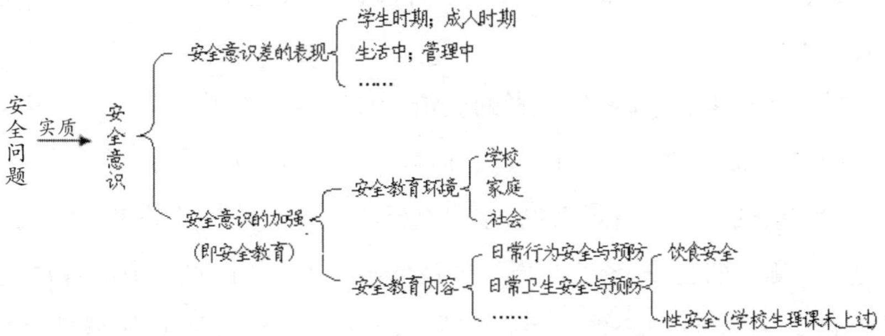

你弄的？

任青苦笑笑，说：

我越来越发现“安全教育”是人一生中，应该接受好的一项很重要的教育。很多人的不幸遭遇，如车祸、煤烟中毒等，都能从其没有安全意识，或安全意识差找到因素。

任青的桌上放满了《法制报》《教育报》《教师报》，还有许多教育杂志。他在剪辑有关安全问题的文章、案例。陈校长拿起几条看看，标题上全是事，全是烦：《学校组织学生外出演出，学生失踪，责任谁负？》《放学后学生在校园内受到伤害，三年里官司两起两落》《学生早恋老师干涉，学生出走谁负责任》……

陈校长知道，任青要写一篇关于“安全教育”的文章了。

直到几个月后，陈映映完全康愈了，陈校长还陷在这起事故里，如同一根筷子插在水里，谁看，都成歪的了。其实，筷子仍然直着，硬挺挺的，但就是物理学家的眼睛，看见的也是歪了，以水面为界折折了，且名之为折射。这起事故及其辐射出去的信号就是这个水，湿了陈校长的形象，折了陈校长的好口碑。任青心里不时滚过一疙瘩一疙瘩滚烫的难受,他目睹了他的老师陈校长的精神受损,他默默地多承担些学校的事,减轻老师的压力。

景文山来看陈校长,一进校长室,久别重逢的难兄难弟一样,两双手攥在一起。没有语言只有泪光;没有安慰,只是手抓着手使劲地摇。景文山等到老朋友眼眶里的潮退了,才将满身都是骨头的老校长扶坐在椅子上。陈校长长出一口气,觉得浑身轻松了许多,同时,也疲软得似乎下一秒就要散架了。

景绿叶进来,一看两位长者的表情,没敢出声,走了。

任青进来,一嗅满房子的气氛,问候了一句,借故出去了。

景文山朝任青的背影努嘴,拿目光盯陈校长。陈校长脸上一晴亮,连连点头。几支烟后,陈校长的声音才被熏出来了。告诉景文山他有几次故意躲起来,把学校的一摊子事扔在那里不管,任青先是急,慢慢地,镇定了。以前,就是没事,任青只要半天看不见陈校长,就有些慌。现在,无事各干各的活;逢事先三思,多商量,出面稳住事。等校长来了,连同解决方案一起呈到校长的桌面上。

二十、差　生

继续教育考试。每次都是交费、发书、考试、发结业证。每次景绿叶都顶一些人填试卷。全学区聚在一起,开卷考。考场如市场。问好声、聊天声、走动声,声声扰耳;旱烟味、纸烟味、口水味,味味刺鼻。景绿叶刚替罗主任填毕,几位村教学点的老年教师就将自己的试卷放在她面前,请她帮忙“写写”。一大群中年教师悠闲地抽烟、聊天,一个说:

活到老、教到老、学到老、考到老。

一个说:

继续教子到老,继续教学到老,继续教育到老,继续考试到老。

他们不翻书,也懒得翻,等景绿叶找到,告诉页码,才一起翻找,写卷子。写毕，本次继续教育结业。写了几页子字而已，字与字组成的含义浮过脑幕，如同滑过冰面，鲜有留下痕迹者。

然后，匆匆上街赶集，忙去了。

培训计算机时，分批上县集中学习，久居山村的肉脑与乘现代风而来的电脑相逢，年轻人非常高兴，上年龄者十分难受，左右两手的食指如正月里踩的高跷，在键盘上蹦跶，到处找 a、o、e，找 b、p、m、f。旁边看的人更累。被操作的电脑是又气又累，半天挤牙膏似的出来一个字，又往往 n、l 未分，前后韵母错位。权力归食指垄断，大拇、中、无名、小拇四指蜷握，统统失业。音乐老师受键盘的欺负小些，他们的指头与琴键、笛孔的配合，比恩爱夫妻还默契。与电脑键盘的初步接触，如同琢磨一样新乐器。

景绿叶学得比任青还快，不时"点拨"夫君的不开窍。忽然，一位浓眉黑肤的中年老师，高声训斥一位头发近乎时髦的年轻教师：

小蔡，你不要二，二啥呢。我问个招儿你懒得说，给长得心疼（漂亮）的女老师撵三黏四地讲。讲去！好好讲去！村里的女子都抓不到手，还想逮城里的女老师，哼！

旁边的一位秀女郎一推键盘，长发一甩走了。

书声琅琅，阳光洒满校园。陈校长刚进门，电话响了。一接，每校抽调一名语文老师去省上培训三个月。润中一个钉子一个卯，哪有闲老师。但不去不行。任青脱不开身，景绿叶有实无名，局里不行。陈校长只好让一位初一语文老师去，让景绿叶顶带一（3）、一（4）班的语文，他生气地问：

让景绿叶带课行吗？

教育局的那位干部躲在电话里，舌头在嘴里打圈圈：

那个，哈哈，陈校长啊，你校的事，你看着办吧。

挂了。陈校长瞪了电话一眼。这叫模糊处理。

过了几天，景绿叶邀请任主任去听她的课。主任看见景绿叶一开始有些紧张，急忙把微笑一个又一个递给景绿叶。看见微笑，景绿叶很快进入了状态，越讲越漂亮。任青的思想一直在跑动，有几秒，他希望景绿叶是个真正的老师,那多好啊!但他马上毙了这个想法。此刻,她就是真正的老师。因为,此刻的她,是站在讲台上的;站在讲台上的她,是全校老师、全体学生认可了的。任青翻学生的课本,装作往本子上写字。他想,景绿叶的课,没有严格按《教育学》课本上规定的框架走,她不懂上课之法,但抓住了核心,正应了那句:真正的技巧是无技巧。她是全身心想着学生,直接进入学生心里的。一句话,她早已忘了自己是个老师,忘记自己是在"讲"课。她只是想把自己备好的、知道的知识点,高兴地、毫无保留地全捧给同学们,一起学习,一起分享。这也就是她经常拖堂的主要原因之一。

任主任再次受邀,给景绿叶的班去上作文评讲课。修正错别字时,他说:

乱写错别字,是一种严重的不负责任!你爱国吗,你就别乱用汉语;你爱自己的名誉吗,你就别乱写汉字。大家要知道,在将来的工作和生活中,人们憎恶错别字,如同,如同你们憎恶家里的老鼠。老鼠,你想想!而且,还会误事,出大事。有一家人,就叫"他她它"(板书)害惨了。

任青拿眼瞄讲台下一排排等待着的面孔, 景绿叶的面孔也学生式地等在其中,任青给了她和大家一个微笑,说:

有一家三口,哥哥出门打工,嫂嫂在家,弟弟读书。几个月后,弟弟写信给哥哥,说家里没吃的了,快寄些钱来吧。哥哥回信说没挣上钱,你把她卖了吧。弟弟就把嫂嫂卖了。年底哥哥回家来,不见自己的媳妇,问弟弟。弟弟说,你不是让我把她卖了吗? 哥哥气炸了,说,我叫你把家里的牛卖了,谁叫你把一个大活人卖了?弟兄俩闹到了衙门,判官找来信一看,惊堂木一拍,喝道:人分男女,男写成"单立人也",女写成"女也",牲畜全写成"宝盖下匕"。兄长回信卖"她"而非"它",弟弟遵命卖嫂而非牛,弟弟无错!惊堂木重重一拍:读书不细乱出笔,她它不分丢了妻。有女莫嫁此等婿,睁眼瞎子气死你! 退堂——

笑倒了一教室的学生。这辈子,估计他们不会再乱用"他她它"了。

一团无聊像胶一样黏着陈校长, 他坐在桌前, 顺手抓起工作笔记翻着,翻到一页,他停下了,站了起来。

是解平。本子上记着:某年某月某日批评解平偷盗试卷,要好好教育该生!

早忙忘了。忘得一干二净。

陈校长马上找解平的班主任王琴音了解情况，得知解平已经有好几天没来校了。

王琴音老师天天通过其初一的妹妹往来叫,天天说明天就来了,可明日复明日,至今未见人。陈校长知道不该将一个未毕业的学生随便推向社会,他马上骑了自行车去家访。解平的村庄与苏芳芳的村庄相邻,路还好走些。陈校长聊发少年狂,蹬得自行车飞快,算是查试自己的体能。到了村口,还是有点上气不接下气,感叹着年龄不饶人。一拐进村子,就看见解平正爬在电杆上赤手抓弄电线。

陈校长吓蒙了,连声喝其下来。

解平土着脸下来,说:

电不打我。

陈校长说:

放屁的话!

陈校长,我知道你是为我好,我在学校里学习不好,谁都瞧不起。有一回,我考了几门全班倒数第一,回家,全家人骂,连我妹也不和我坐在一起吃饭。晚上,家里电灯忽然灭了,我点上蜡烛去看,是保险丝烧了。我接好保险丝,合上闸,灯亮了。这时,我忽然想,活着没意思,不如死了算了。可是死了,家里人、老师、同学们还会骂我跟大人作对。假如手往电线上一放,死了,大家会说是被电打死的,我爸妈我妹也许会同情我一些。

陈校长紧张了,立住车子,一脚跨过去,脸几乎贴到学生的脸上:

你,你要咋?

陈校长别怕。手往电线上放时,我确实也怕。但脑子里全是同学们嘲笑的面孔,我就不怕了。我妹还骂:灯亮了,还笨在那干啥?我就一点不怕了,把手往上一放。

过了一会儿，我发现我还没有死，只是身上麻了一下。我就慢慢睁开眼，一看，手指是捏着明晃晃的电线的。我狠住心，把双手一下子全攥在电线上，过了一会儿，我还没死！我松手，又攥，还是没死！

我就明白了，电可能不打我，电不打我。

我一把扯断电线，全家各屋子都黑了，所有的灯都死了。

我妹又跑来喊叫。

我慢腾腾地，用手把线头拧上，一下，一下。全家的灯亮了，我还在拧，一下，一下。

把我妹吓瘫了！我心里亮得，像挂了一个一千瓦的灯泡：我叫你再看不起我！我吓死你！我要吓死你们！

陈校长一屁股坐在地埂子上，摸出一根烟。

我跑去向我姐借了五元钱，专门找村里的同学打赌，双方都把钱押在公证人手里。我一次次赢了他们的钱，看他们在我面前吓灰了的丑脸，我快活极了！我还赢大人的钱，十元、二十元。你看，我身上穿的，这皮鞋、袜子、裤子，告诉您吧，全是我打赌赢来的。

所以我不念了，不受书的欺负了，不受老师同学的嘲笑了！我到处给人帮着弄电线。我攒多了钱，我就到城里查一下我身上不过电的秘密。然后，我要耍把戏，靠我的这个绝活养活我爸我妈。我妹学习好，我要挣钱供给她上大学。我要走遍天下！

陈校长还是没点上烟，他静静地看着远处的山头。山风流窜，土尘漫卷。

解平站在他面前，流氓一样，一会儿挡住了他的视线，一会儿又挪开了。解平盯住陈校长，学着陈校长的口吻，说：

你说我解平一无是处，是不是？那我问你，我的这个本事算不算一个处？是不是，算不算？

待学生冷静下来后，陈校长站起来，说：

我今天应该手里有一个录音机，把你的话录下来。我多么想把它带给所有的老师，带给全国所有的老师，所有的学生，包括学习好的、学习差的，都好好听听啊！我知道，这些话，是从你心里喊出来的，是你拿命换来的！你骂得好！我向你道歉，我不该那样骂你，你给我上了一课！

陈校长立正，鞠躬。

学生转身走了。边走边抹泪。

陈校长冲学生背影喊：

解平！你不是差生！你敢骂我我很高兴！你是好样的！你是男子汉！

陈校长土头土脸回到家，没有擦脸，关进一间屋子里，大声呵斥自己的名字：

陈维民！陈维民！陈维民！

像领导冲手下大发雷霆，骇得他妻子跑来，一双面手使劲拍门。

陈校长待自己熄了声音，开门出来。妻子紧张地问：

又挨上面领导的骂了？

陈校长走了几步站住了，说：

就是的。这个领导从来没骂过人，今天把我逮住骂了个狗血喷头，骂了个美！

陈校长的脸像土一样。老婆心疼地说：

你这么卖命地干着，还把人骂成这样，是欺负你老实人呢。

陈校长头一甩，把一声苦笑扔在了四月的空气里。

任青代表学校去看祁老师，他受伤了。祁老师家的几亩土地被设施农业了，集中起来种菜。他便和挑担（妻妹夫）合伙养羊养牛。挑担穷，啥都没有，只有一堆娃娃。祁老师主要是出钱，挑担出力。因为钱，打了一架，是祁老师的妻子与妹妹打，他去拉，被女人们的擀杖、铁勺乱敲了一通。头上缠了纱布，像个凯旋的伤员靠在被垛上看电视。

看见一位当官的进了祁老师家的大门，"有文化"便跟了进去。进去了他木偶一样蹲在地上，不说话，只拿眼睛看任青。任青让他坐，他不理；问话，他不说。祁老师说，随他的便，蹲着吧。待任青走了，"有文化"说：

这个人将来能当大官。

你咋知道的?

我感觉的。我感觉的没问题。他的眼睛看我时,我觉得心上发虚,脊背上像蚂蚁在爬。

哈,我咋没这样的感觉。你又不是个女人,任老师的眼光再有电,把男人看不成脊背上蚂蚁爬。

"有文化"生气了:

看看,你们这些文化人,动不动就冒没文化的话!

甩了手要走,祁老师赶紧拉住了,取出任老师带来的水果往"有文化"手里塞。笑着说,开玩笑开玩笑,聊聊,咱俩再聊聊,反正回去你也是闲着。

"有文化"才坐了下来,给祁老师搭起了话架子。

被学校里慰问了一下,而且经"有文化"宣传,村里人都知道单位上来领导慰问了他,祁老师感觉脸上很有光,伤似乎好了大半。次日,就急急去了学校。早操时,边跑操边给任青说,"有文化"发现你的眼光带电。做操时,不想"有文化"忽然出现在了操场上,面对着一面教室山墙做操,太阳把他的影子投在山墙上,他像个鬼魅一样,做着各种怪动作,但投在山墙上的皮影一样的动作并不紊乱,全跟着广播里的节奏。这就惹得学生哄笑不止。校长不在,老师们站着没吭声。几位班主任也在看欢闹。大家都不想黏这个"有文化",一黏上就鼻涕一样打发不掉了。散了操,"有文化"竟跟了任青走。任青停步他停步,任青转身走他跟上走。到了宿舍门口,任青侧身让"有文化"进门,"有文化"不进,站着不说话。任青笑笑,进去了。"有文化"忽然朝任青的宿舍门喊,几乎是命令式地吼喊:

你厉害,就管住女学生,叫长大了不要跟上坏男人跑了!

任青出来了,笑笑,给"有文化"说:

我只能尽力教育,但管不住。假如你是个做瓦罐的,你做了个瓦罐,别人买了去,别人当水罐呢还是当尿罐,你能管住吗?

"有文化"不说话,转着眼珠,似在费力思考着任青的话。任青笑笑,准备走开去,"有文化"喊:

你厉害,你总没有老天爷厉害!

任青站住了：

老天爷厉害，那么老天爷能不能制造一块，他自己搬不起来的石头呢？

二难推理弄得“有文化”张口、结舌，使劲转眼珠。任青走进宿舍，拿出一盘磁带，亲热地放到“有文化”的手里：

拿回去，多听听。

祁老师过来，拽了“有文化”歪歪斜斜往校门口走：

这是好东西，经典音乐，多听你的病就好了。

任青瞪围观的学生：

看够了吗，你们有文化啊？

学生笑着跑散了。任青进了宿舍，“唉”了一声，仰躺在床上，闭上眼，一层严肃覆住了面庞。他想知道“有文化”这种人的思维，经过苦难的摧毁扭曲，现在是什么状态的呢？

第七章　人在日子里走着

二十一、景　梅

人在日子里走着，一切事一切物，也在日子里走着。

走着，风声雨声读书声，声声入耳；家事国事天下事，事事关心。

走着，无情岁月增中减，有味诗书浓后淡。

走到了那么一天，究竟是哪一天，又说不准的。这天，手机，来到了润水乡，几乎领工资的、做生意的，都腰间藏宝似的揣着手机，且用一根螺旋式伸缩塑胶绳拴着。通话时，总使人感觉声音沿螺旋绳进入了腰间。直接揣在兜里的，多是些大小单位的一把手。故事随着手机来了，有人的手机半夜吱吱，短信，一看，竟是"姿势不对，起来重睡"。只八个字，弄得手机主人丢了一夜的睡眠。之前，罗主任的公用电话排着队打。罗主任不做电话生意后，街上的一个商人迅速靠电话发了。那个大嗓门商人在门市部前的一根电杆上架了高音大喇叭。逢集的一天，噗噗两吹，喊：

旺水村的×××来了吗？旺水村的×××来了吗？有你的电话呢。

喊来了人，一接，要交二元。不发财是没有道理的。

有一天，大喇叭忽而喊：

中学里的张玉老师，听见了吗？有你的电话呢，赶紧接来。中学里的张玉老师，听见了吗？有你的电话呢，赶紧接来！

景绿叶走出灶房门，朝小张的宿舍望。

小张正上课。这时喇叭里的声音小到低八度：

找中学老师不往中学打，打你这儿做啥？

我咋知道呢。是个女的打来的，肯定是找对象的，声音甜得很。

哎哟，你还听得细，还连听带尝，声音甜得很！

那天吹南风，清晰的声音全被吹进了润中师生的耳朵。正在讲台上说英语的小张又气又臊，用英语朝南连骂了一大串，类于中国孔乙己的“窃书不能算偷”。

而后BP机。呼得BP机的主人满街找电话，打过去一问，屁事没有，或者就是找事，一个字，烦。

而后IC卡，一卡携带，天下任我行。似乎满大街都装有IC话机。但仍有人出过这样的洋相：不插卡乱按键，打不通，还说：没电了，没电了。

手机出现时，它的短信功能断了邮政局一定份额的财路，只有一部分学生，还继承着手写书信，鸿雁往来这一古老的传统。会议中，此起彼伏的吱吱声一度逼得会议主持人，都患上了重申“关机或将你的手机搁置到震动档”的口头禅。

陈校长迫于形势，也组织老师们团购了手机，没花学校一分钱，但外面还是有人说黑话。陈校长想给教育局做个说明，但觉得画蛇添足。他订了死纪律，上课不准接打电话，不准手机吱吱叫，一律关机。否则，发现一次，一票否决，即年终考核不合格！

手机带久了，似乎成了人的体外器官。遇上欠费或没电，一天不待机，再赶上校长办的座机欠费，陈校长就有些被世界抛弃的感觉。像他一样患上手机依赖症的人在日益增长，世界数字化，人被几位数字连着牵着，在覆盖全球的波段、信号中纠缠着。景绿叶将心爱的手机装备给了妹妹景梅，将妹妹的漂亮与活泼，或说青春魅力，烘托、提升了一个更高档次。景梅来润中实习，顶姐姐的课，将一股活力源源不断注入班级，甚至整个校园。校园的课外活动办有广播“校园之声”，景绿叶编稿、送审，景梅播音，声音往往扰乱一些人的心思，通过其声音偷窥其芳容，如同通过陌上桑偷窥秦罗敷。

陈校长称赞任主任为学校费了心，争取到景梅来润中实习。说，就是嘛，肥水不流外人田。

陈校长嘱咐老宋又一次强化了门卫制度。来客一律登记，借助登记，对有工作、有气质的男青年放行，且尽量多刺探来者的人品、诚意及能力。一致感叹，之前来追景绿叶的那个帅男，他有个从教的弟弟多好啊。可惜，那个帅男，早已枪葬了爱情，眼一闭，进了围城，已婚了。

哪所学校来一位女教师，周边甚至县城边学校的光棍老师，都会以最快的速度赶来"处"对象。大多是"双职工"症的患者，一听景梅还没正式工作，缩回去好多位。还有好多位陷入"鸡肋"状态，恨景梅食之无肉，弃之有味，痛苦得不行。景梅何许人也，统统嗤之以鼻。景梅一茬四年制师范生是"并轨生"，据说是中国中等师范学校的终结者，毕业不包分配，寒了多少学子及父母的心。但景文山劝道，国家是需要一些人做出牺牲的，只要你念下了经，油香迟早有的吃。任青也劝，上帝关上了一扇门，必会打开另一扇门。景梅逼自己利用四年的所有周末自学，自考汉语言大专文凭。师范毕业时如愿拿到了两个毕业证，便有了毕业证一般大、一般硬的一块自信揣在兜里。暂时不用怕，边走边再努力吧。爱情上，碰上优秀的，可以考虑；若嫌自己没工作，统统斩立决——写在自己日记里的话。这丫头！大家都说她是刺梅，梅香袭人，但带刺。而她姐，是叶子，带绿。一对姐妹，两个脾性。景梅也说：

我和姐姐最大的区别是：景绿叶同志，爱用中华牌牙膏；而我，两面针。

景文山给她起的名字本来是景梅花，她长大后就不愿再"花"了，说，把"花"配给"叶"算了，她一个"梅"字足矣。还说，景梅，谐音景美，喊得美、听得美、感觉美——都是胡说。

"校园之声"广播之外，姊妹花办的校刊一期胜过一期。电脑前，一会儿姐姐编稿，一会儿妹妹排版，写爷爷的，文本框插一张长胡子老者图片；写弟弟的，标题下插一个滚铁环的男孩图片，等等，得到了主编任主任和名誉主编陈校长的一致肯定，及广大师生的普遍欢迎。正课，自然是精心地上着；业余，多是以"语文""数学""诗"为关键词的谈话。任青说：

现在许多诗人写夏天热，就来一句，“七月流火”，其实——

任青嘴里丢一颗花生，嚼着。嚼得景绿叶和景梅都把目光盯在他的嘴上时，他笑笑，记起似的接着说：

古人的“七月流火”，是已经热过了。“火”指的是火星，“七月流火”，就是到了七月，火星向西流，意思是天气转凉了。

景绿叶说：

这不是南辕北辙了吗？

景梅说：

比这还厉害，中国的南辕，北辙到美国去了。

笑声。景绿叶说：

不笑了，不然，别人会以为这屋里谁得了笑病呢。

任青说：

笑归笑，想想，我真气不过。你再比如，朱门酒肉臭，是 xiù，香气横溢啊，有的老师还念 chòu，一直 chòu，没办法。如果杜甫还活着——

景梅说：

肯定骂个 xiù 死。

又爆出一团笑。

五月到来，满是青春的气息。义务植树，山野怡情回来，润水中学运动会如期举办。今年新增一项竞赛：队列体操。景梅是一(3)班的代理班主任，跑得满头大汗，真正与学生打成一片。让她哭笑不得的是，她班有一位男生，是“一顺子”：迈左脚，往前甩左胳膊；迈右脚，往前甩右胳膊。越纠正越别扭，进而不会走了，笑得人肚子疼。最后，只好将其编入队列倒三列中行，嘱其夹紧两膊。虽不甩膊，但不出错。这叫两害相权取其轻。

张玉和王琴音两个平行班，竟请来派出所雇用的协警员小贾，合班进行正规化训练。这位警校毕业的中专生也未正式工作。近来他一身制服屡屡出入润中，不知窍的人总怀疑他是在中学查案。但总是调查，不接近目标。一二一、一二三——四！他像个连长一样，将队伍咄咄逼人地喝过景梅班级的队列前面。在景梅能看见的角度上认真辛苦地训练。笔挺的身姿、标准的示范、严格的要求，不时吸引其他班级的学生，严重干扰了别人的训练。

景梅一笑，一声“向后——转”，把小贾的醉翁之意不在酒和志在必得背在身后。

——都在训练，把润中的课外活动吼得像军营。

大问题解决后，景梅让班级的体育委员按她设定的程序，齐步、正步、口号、变队形、做操，等等，一个环节一个环节地消化、训练，然后把所有环节串起来，一遍遍训练。她看着，偶尔抱一下双臂，发现问题，停。说上几句，又开始。完全是一副教练派头。

张玉跑过来说，景梅老师，看你这么认真，季军非你莫属。冠军亚军，哈哈，你看见的。

景梅说，哈哈，你也看见的。

包括陈校长，都认为警察训练的不是冠军，就是第一。

任青写奖状，提前写好，晾干，盖上公章，只留着填班级的位置。看见景梅进来，毛笔指着第一名奖状，说：

我差点写上了初一(3)班。

景梅细看了一遍，说：

这张奖状肯定是你最先写的，没有其他写得好，你再写一张。

任青说：

咋？还真这么自信，志在必得？

景梅说：

谁笑到最后谁胜利，你写你的。

景绿叶笑了：

听，我妹妹这话说得多好。

任青说：

好，教授级水平。

运动。运动将青少年们的朝气绽放得淋漓尽致。陈校长看着满校园的呐喊、哨音、广播、速度以及更快更高更强，心里很是畅快。大家要的是竞争、荣誉，他要的是氛围、过程。

抽签。警察训练的两个班抽在景梅班的前面。一上场，张玉班的体育委员满眼的怯意，早忘了张玉的叮嘱，一连出了几个问题。带队的一慌，队列大乱。这怪不得体育委员的，因为他在训练中只带了一次队，还是赛前热身时张玉让他带的。警察离开嘉宾席，跑到王琴音班里，逮住体育委员一直指导到上场，还是害了同一个病，因为这个体育委员赛前连一次都没带过。两个班都像吃了败仗的敌军，稀里糊涂走过了主席台前，一个学生还将鞋子一脚踢飞，踢出了一大片的哗笑。而景梅的班，体育委员喝着队列不知在假想的主席台前踢了多少遍正步，问题都踢光了，包括防止踢飞鞋子。每一个环节每一位同学都成竹在胸，比赛时只是再走了一遍，走得精、气、神饱满，口号喊得虎虎生威、震耳欲聋。这天逢集，赶集的家长都来做观众，围满了操场。这时都使劲拍起了巴掌。几位评委都满脸绽笑，鼓起了掌。景梅强忍住笑，偶尔教练式抱一下双膀。她瞥见再没回到嘉宾席的小贾，忽然将手机贴在耳朵上，喂喂着挤出观众的包围圈走了。

此后，年轻人穿制服的英俊身影，在润中不见了。

陈校长聊发少年狂，打了一场篮球。刚回到家，鼻血又流开了，卫生院里弄了半晚上，才止住了。

景梅看望父亲后回到润中，提着几颗熟洋芋撞进姐姐的房间，两人一双没在。景梅去办公室，看见姐姐正在电脑上给一位学生找图片。学生的母亲是一位民间剪纸能手，想剪一组马铃薯参加全省的比赛，女生为母亲帮忙，请景老师帮着设计设计图案。景梅也帮着设计。弄好后，景绿叶“哎”了一声，又带上图案找美术老师去了。景梅回到宿舍，一把夺过熟洋芋，说：

你给我姐留两个！

任青说：

你姐的我扣在锅里了。

这还差不多。景梅说。而后又说起姐姐的热心程度，给人帮着设计剪纸，几乎要穷尽她、她妹妹、她的美术同事的智慧。任青抹嘴，边收拾洋芋皮边说：

景绿叶同志是个好同志，经常做好事不留名。是咱校女生的知心大姐姐，课外活动经常忙得像个女生系的辅导员一样。

景梅笑了。一按手机，任青在手机里说：

景绿叶同志是个好同志，经常做好事不留名。是咱校女生的知心大姐姐，课外活动经常忙得像个女生系的辅导员一样。

普天下的儿童，花朵一样将一个日子美丽绽放，用纯粹而纯真的欢乐。

六一来了。

全乡各教学点的学生，集中到中心小学一起过节，与国际同步，与世界儿童共乐。陈校长、乡长、卫生院长、派出所长等各单位部门的领导前去祝贺。家长、学生如织，中心小学成了集市，买零食的大发，照相的大发。这一天孩子为王，谁也不敢惹他们不高兴。他们鲜艳，花枝招展，从上到下更加可爱，从里到外更加快乐。先是看文艺节目表演，然后是拔河、赛跑、跳绳、滚铁环等简捷而直接的比赛。被特邀去排练节目的景梅英雄处用武之地，着实大忙累大快乐了几天，终于和几位音乐教师，将润水乡的六一节目汇演提高了一个大档次。

景绿叶走到哪儿，都听到大家对景梅的称赞，她心里甜得厉害，兜不了，往出溢，赶紧给丈夫分享出去一部分。景梅带来的，全是新鲜，与时代零距离。以往的那些节目，也快乐，但多年不更新，都像这些音乐老师，老了，脸颜蒙上了土尘。

景梅的手机爆满，全是欢颜，一张照片也舍不得删。

实习结束了，景梅要返回师范去考毕业试。培训的老师也回来了，感激得要命，连夸姐妹俩把他的班带活了，四个字，朝气蓬勃！学生强烈要求，要给两个景老师赠送最好的影集。

陈校长代表学校来送景梅。在景绿叶的宿舍里，他的高声称赞使景氏姐妹都有些不自然：

妹是梅，姐如雪。梅逊雪一点白，雪输梅一段香。

陈校长在称赞时，暗中对病逝多年的白梨花老师说：

绿叶和你年轻时一个样；梅花活泼，眉眼还是你的。白老师，你的这一对金凤凰都出息了啊！

陈校长想起他们一茬子人年轻的时候，那都是多么清贫而欢乐的时光啊。陈校长问景梅：

你爸爸这几天在家里干啥？

景梅说：

给梨树浇水、追肥。

陈校长一笑，和他想的一模一样。梨树是景文山给妻子白梨花栽在院子里的，树下，有聊天、吃饭、下棋的石桌石凳。每年，梨花都开得满树雪白。忽如一夜春风来，千树万树梨花开。哪天，我得去拜访一下这隐居梨下的老家伙。

景梅载一身愉快归校，故乡的风掀起她的黑发。班车在黄土高原的丘壑山塬间穿行，愈离开故乡愈伤怀，愈接近校园愈迷惘。进了校门，回首一望，一身的充实和愉快全抖光了，只留下了一个空壳似的躯体。

归来的同学都拖着一具空躯。师范学校速考、速放，一周结束，打发出了校门——学校恋爱成风，并轨之痛助燃伤离之情，校长怕出事，速速交给社会算了。找工作打零工，待业就业，自生自灭。一张毕业证作舟，载一颗折腾着的心漂在社会。“我背了一麻袋钱去上大学，换来一麻袋书；毕业了，用这些书去换钱，却买不起一个麻袋。”这条短信，神舟七号一样在学子们的手机上传播。尤其是景梅这届的学生，不忘将其免费赠给校长，过度的赠送逼得校长数次更换了卡号。

校长气得半死，并轨之年即停招生，但并轨年的四年前、三年前招来的四年制、三年制学生，毕业即失业，他们应找政策算账去，找我干吗。师范校长像个替罪羊一样委屈，令他头疼和如坐针毡的是下一届、下下一届毕业的学生没法管了，老师、班主任不敢管了。他们有的甚至拂袖离校，成双成对租住校外，打工挣钱过名之为同居的小家庭日子。考试时考场一坐，翻书往上抄，反正学费我交了。这张类似于失效粮票、含金量缩而趋零，不如一张身份证用得勤，往往羞于拿出的毕业证我还惦记着，就是还没有忘记母校，不错得很了。

景梅抽身离开待了四年，而今待成伤心的求学之地。她庆幸自己没有谈对象，把谈对象的时间花在了自考上，这使她离开的时候没有悲痛欲绝。她的一位女同学为情所困，剪掉了一头披肩发，将青丝一下一下剪成寸断，从师范教学大楼抛下，如同下了一场青丝雨。景梅回家来守住亲情，哪儿也不想去了。她每天陪伴父亲，说话、做饭，为父亲洗衣洗脚，说是补这几年拉下的亲情功课。在宁静的村庄、淳朴的亲情里，啜品人生的另一番滋味。

邻村村小的吴校长终是被病弄倒了，非上县住院去不可。他的妻子持病人的亲笔信，来求景文山——知道他的宝贝蛋景梅在家里享闲。景文山满脸是笑的巴结女儿，劝她忠诚党的教育事业，权当再锻炼一回。景梅说：

老爸，你发话了女儿能不听吗？

景文山又搬出自己年轻时的教育奉献精神来说服这丫头。景梅朝景文山的左腮帮上猛嘬了一下，说：

行啦，老爸，我去就是，别说啦，谁不知道你当年是追我妈去的。我妈可是全村方圆百里最漂亮的淑女哦。

景文山咧嘴大笑，景梅朝他的右腮帮上又嘬了一下。

景梅吹吹毕业时染上的灰暗心理，把一团乱麻般的心绪塞进衣兜，翻过一架梁，绕过两道山崾岘，终于看见卧在一面阳坡下的小山村。阳光、绿叶恩赐般覆盖着一方水土与生灵。一面国旗标示着教学点的所在。进了校门，像一户人家一样整洁的校园，一下子使她的情绪安定下来。门口的操场上，二十六个孩子尽情玩耍，除过快乐，他们不关心其他的一切。这二十六个孩子就是全校的学生，三年级五个，二年级八个，一年级十三个。全校几十年来只有一个教师，怪不得这名姓吴的校长兼教务主任、班主任将小病拖成大病，大病熬不住了，倒下了，才让妻子去找学区主任，学区主任一下子派不出人来，才出此下策，让他修书一封去求景文山。

似有洁癖的吴老师将到处弄得干净、整齐。小孩子的作业本，他阅完后抹展本子的卷角，压在桌上的一个木箱下，工整得要命。桌上有一张教学清单，各年级的课上到哪儿，哪位学生注意哪儿，清楚得要命。更让景梅吸气的是，吴老师的一笔字如女性所书，工秀得要命。

复式班。景梅不敢误人子弟，更不肯在复式教学中毁了自己挣来的好名声，便全身心投入到二十六个孩子中去。

吴老师的妻子给景梅白天做饭、晚上做伴。她的儿女都为老爸看病去了。晚上，景梅赞起吴老师的整洁与压学生作业本的行为，慈祥如景梅记忆中的母亲的她笑了，说：

这正是年轻的时候，受你爸妈的教育，养成的习惯啊。

她告诉景梅：

当年，你爸妈教书教出了名，名声大得很，全学区的小学教师，都被叫去参观你爸妈的学校。那时，你姐妹就像这些学生一般大。听我们掌柜的说，一个县上来的，戴眼镜的领导一看，小娃娃的书呀本子呀，都叫你爸妈桌子上的书箱子压得没一个卷角。还有，你爸妈把白粉笔浸在红墨水里，浸成红粉笔给孩子画美术课，都把领导感动了，当场掏出身上的钱捐给了学校。后来还几次带来了许多书、本、铁环、跳绳啥的，名气大得很，你们小，都晓不得。

这些话，弄得景梅失眠了。她有空便使劲挖老爸老妈的先进事迹，电报一样记在手机上。她姐肯定也不知道，知道了还不高兴死。这么宝贵的材料，写进景绿叶同志的书里太重要了。景梅严肃地想。

风和日丽时，她中午登上山头，让山风吹拂自己，连同自己的心情。山头上怎么转向也没有一点信号，但她依然手机压在耳朵上，大声给景绿叶、景文山说一通话，连说带笑，再加撒娇。然后翻出手机里的照片、短信，让阳光晒晒。过了一会儿，她掏出之前塞在兜里的湿淋淋的烦乱与伤感，看见它们已经缩皱成一团，便一扬手，丢入了身后的黄土高原。还有一点伤感的气味，游丝般地黏附在她的兜盖上，黏着去吧。

景绿叶抽空去看妹妹，从头到脚地看，从前到后地看，像几年未见似的。她骂：

这丫头，在校时，人倒不注意；出校了，人倒一想起就心急，不看一眼不已心啊。

景梅说：

你这哪里是看，简直是审视，你眼睛把我要吃了啊。

吴老师住了六天院就回来了，回到老家，回到学生中间。一看景梅的教学，高兴得不得了。高兴也是一剂药，促进着他的康愈。吴老师说：

进了住院部，好人都熬成了病人。一吸山野的空气，一晒乡下的阳光，人就像久旱的禾苗，嫩绿起来了。

景梅见他身体还虚，就让他先做他的校长，教务主任兼班主任，她再担任几天。

全村人都来看吴老师，让景梅见识了一幕幕人间真情。大家精心侍弄好吴老师的营养，吴老师的儿子每隔一天，就骑了摩托去乡上买菜。这次回来，说街道上贴着学区招聘老师的通知。吴老师一听，马上嘱咐儿子骑摩托捎着景梅去报名，说：

万万不敢耽搁你的前程！

学区主任一见景梅，连说：

欢迎欢迎，刚给你姐打了电话让通知你，你就来了。

学区设在中心小学，六一排节目，主任对景梅的工作满意得很。主任站起来走了两步，对另几位学区老师说：

小景老师我看就定了啊，干脆叫吴老师的儿子顺便捎到新的教学岗位上去，走马上任，与老高老师交接教学工作。另几位老师，咱们从报名的人里面再选？

大家都点头。主任又说：

那个，小景老师，你的教学能力我们是放心的，你去了有啥困难就直接给我打电话。另外,你的工资从吴老师看病去的那天算起。

景梅要说话,主任抬手挡住:

你要知道,你这不单是帮老吴,你主要是帮了我们学区的工作,再不给你发工资,就不合情理了。

当把二十八个二年级学生交给景梅后,老高老师忽然眼眶里漂满了泪花。他说一声:同学们——再见!从教室里往出走时,孩子们离开座位,跑过去围住了他。景梅和其他老师悄悄站在一边,看头发花白的老高一一疼孙子似的抱抱这个,搂搂那个。过后,景梅才知道,老高老师是本村人,在这个教学点干了一辈子。本来早到了退休年龄,但他又继续干了半年。这不,另一教学点的一位老教师也到了退休日期,学区才下了最后通牒,给老高也一起办了退休。大家都说:

老高的最大"缺点"是只干工作不知埋怨。悄悄儿的,是一个一辈子不会发牢骚的小学人民教师。他是真想干到干不动的那一天,他家里待不住的。

正说着,学区主任打来电话,建议这个教学点的校长招老高为门卫兼后勤。大家一口答应,跑去将还未走到自家门口的老高拽了来。老高笑得孩子一样。说,这下,终于可以在咱学校,干到老啦!景梅以崇高的敬意,请老高老师担任她班的课外辅导员。还有,帮助和监督自己教好"您的这些学生"啊!老高大声说:

行,我都答应了!

这时,景绿叶打来电话,批评景梅,不向爸爸和姐姐请示,就自作主张去了?以后找个对象,说不定也家里人不知道就跟上跑了!景梅说:

谢谢姐给我缴了话费啊。爸知道了吗?我准备给爸一个惊喜呢,我这就给爸打电话。放心吧景绿叶同志,你看,我还是跑不出你的手掌心啊!

两周后,景梅的同事小杨老师,力邀景梅去她家玩。小杨的村子藏在大山的褶皱里,叫三县,也叫三不管。这个不小的山村处于三个县的交界处,三不管是三县村的绰号,实际上还是归小景所在的县管。这个村的教学点建得还可以，但没有一个学生，只有两个本村的老教师在轮流值班，是个空校。九里之距，是邻县的一个乡的中心小学，学生都到那里念书去了。你一个村教学点办得再好，能好过人家一个乡中心小学的规模吗？景梅想知道这里面的两位老师是怎样上班的，便拽着小杨进去了。

本周是老妥老师值班。正是农忙季节，没有闲人进去给老妥做棋友或搭话架子，电视他又不爱看，浑身上下的落寞，脸上更是浆着厚厚的一层，对着宿舍门缓慢地活动着俩眼珠，把一张椅子拿屁股死死坐住。一见来了人，且是两个，且是同行，且一个是本村的，他教过的学生，另一个是老景老师的小女儿，一下子活过来，眉眼都笑了，逮住二人说了个够。

他说：

没学生，一天校园里静得，瘆得慌。一天写教案，轮流看门，接受上级偶尔来一次的检查或研究，没意思极了。这都成了怪事了，不知国外有这事吗？每月领工资时，说个良心话，感觉不美气得很。

他说：

这个教学点，你说设得不合理吧，这个村是咱县最边远的村，人口也多，应该设一个；你说设得合理吧，眼前九里外，是邻县一个乡的中心小学，学生上学问题完全解决了。各县埋头弄各县的，管你邻县的七长八短呢！现在，这个病，到处都害着呢。

他说：

国家规定义务教育，人家家长也没犯法，都把孩子送进了学校，国家又没规定必须在本村上学。逼得没办法，我们两个把家门里的、亲戚的孩子，罩住找来教，而今都三年级念满了，这个教学点，只设一至三年级。三年级一毕业，都走了。再没学生了，只好再等着家门里、亲戚家年轻人的孩子往大长，长到四五岁，就找来当一年级乙班带着。一次，一个领导说学生太少了。我有点气，你总不能叫我家门里、亲戚家，超生着给咱多养几个学生吧？册子上有学生呢，学校里没有，检查的来了，就按学区里安顿的说：都整体性地转学了，转到邻县读去了。

他说：

今年,一个学生都没了。村里别人家的孩子,你不要妄想叫来,倒贴些钱都叫不来。不是我们教得不好,人家也承认我们教得好着呢,但就是不来,真的没办法了。只好一天值班,写教案,一篇不写扣五元。写完了,眼镜一扶,说:哟,今天的课又上完了,只是,不知我的几个学生听懂了没?哈,全世界,再有我们这样滑稽的老师吗?

二十二、女　童

山里景色正盛,各样庄稼像厚厚的绿毯铺覆,将山村装饰如世外桃源。庄稼直奔成熟,直奔金黄,庄稼的气味浓郁,烘托得山村祥和、富足。孩子们读课文的声音不时兑入其中,如清茶中丢入粒粒枸杞,嫩鲜而有营养。

景梅给景绿叶发短信:

《教育·鸡》一师抓学生很紧,对贪玩学生日责一板。家长送鸡蛋,抓愈紧,日责二;家长送鸡,抓更紧,日责三。家长问师:怪,我送得愈忙愈多,你却责打愈忙愈重。假如送你一只羊呢?师说,日责四。假如不送呢?不责。为何?吃得愈多手上愈有劲。

这是景梅听老高老师讲的笑话,刚嘻嘻哈哈,文白夹杂地发给姐,景绿叶同志回复:

一分钟后到你校,请到门口迎接。

景梅朝手机撇嘴,说:

你坐的是飞机!

不到一分钟,校门口鸣号。景梅疑惑着一张脸往门口看,果真是景绿叶同志和她丈夫,便喊:

哇——欢迎欢迎,热烈欢迎!

景绿叶一把抱住妹妹,说:

疯丫头,想死我了!

景梅说:

你是我参加工作后，来看我的第一个人，任主任是第二个。

任青说：

小景老师，这怕不公平吧？明明我们一起来，还是我捎着她。

景梅说：

你说的没错。但进入我视线的，先是她后是你。

任青说：

你说的也没错，你出来时，我在推摩托，在后面。现在好多事都是这样，好多领导也是像你一样。

景梅严肃地说：

你说的没错。

景绿叶说：

你们都没错，错的是我吗？我想我妹妹，向前奔，奔到错上去了？

这时，一个大眼睛小女孩在窗外探头。景梅赶紧出去把她拦进来，说：

这是我干妹妹！

景绿叶、任青吃惊，这小女孩长得特水灵，不时拿一双会说话的眼睛瞅陌生人。景梅急忙给她比划，她一下子笑了，脸颜如花。她把一直背在身后的双手拿出来，是提着几个笑得像她一样的热洋芋。她连连比划，把洋芋往景梅、景绿叶、任青手里塞。景绿叶蹲下身搂着她，心里隐隐地疼。任青问她在比划啥？景梅说：

她说我昨天教给她的字，她写会了，拿来让我看。她妈妈听了很高兴，赶紧煮了我爱吃的洋芋，叫给我提来。还说，不够吃了她再回去提些。

任青大哥哥一样地俯身问她叫什么名字？景梅告诉她，她马上从兜里摸出半截铅笔和小本子，写道：梅丽。笔画横平竖直，工整得像菜畦。

景梅告诉姐姐姐夫，她是在一个下午，放学后散步时碰上梅丽的。她当时在田埂上放一只羊，看见了老师，便又喜又急地比划。景梅使出浑身的劲，也理解不了她输出的交流消息。梅丽的妈妈看见了，赶过来当翻译。梅丽说的是她要念书，请老师给她也教些字。说：

你给我的小伙伴都教，咋给我不教？

把景梅问得几乎掉眼泪，她决定救救这位小精灵，当即给她教了个"羊"字，她高兴得跳个不停。回去后，把"羊"字用废电池里的碳棒，写了满满一院子。她是看见小伙伴在校院里这样蹲着划字的。她不让扫院，不让家里人踏她的字，谁踏跟谁急，逼得忙家务的爸妈踮着脚尖，小心地走，边走边垂泪。

景梅回校后，满眼都是梅丽的影子。她用皱纸塞了自己的耳朵，然后抿住自己的嘴巴，在校院里走。

老天爷，她觉得自己一下子掉入了另一个世界，死寂的世界！她看见几位老师向她喊什么，她干急，心里像着了火，便把手机举在耳边，装作打电话。她又单试聋而不哑，又试哑而不聋，更急且怕，如同阎王在拽人的一只胳膊。景梅的泪簌簌坠在让她健康生活的大地上。聋哑，如同被判死缓，且是不可能转为无期有期的。可是，这样一个单纯的小生命，又有什么罪过，而遭老天如此惩罚呢？

景梅又试盲。老天爷!!如果说聋哑如坠另一个世界，但还毕竟是有个世界可供依栖。而盲，便是被世界绝情抛弃！闭上眼睛，她走了几步，便大叫一声，蹲了下去，双眼瞪得牛眼一样骇人，两手十指，像抓住世界一样抓住大地。她大口喘气，她泪流如河。

景梅抽空向梅丽母亲学习手语，约定每隔一天的下午给梅丽教字。梅丽的聪慧几乎让人吃惊，她已经能用汉字把她的周围，把她看见的世界，大略表达出来了。

此后，一遇烦恼、沮丧、失意等袭来，景梅立马在大脑里重播一遍梅丽，重播一遍她的尝试与体验，如杀毒软件一样，身心里的所有病毒，立即被清理掉了。她便更加热爱生活，更加笑对挫折。

景绿叶紧抓着妹妹的双手，热泪盈眶：

妹妹，你受苦了！你长大了！

任青在地下走了几步，搓着双手说：

景梅，我今天，有幸又听了一堂好课啊！谢谢你！咱们今后都要热爱生活！都尽力帮帮她吧！

任青掏出自己的钢笔，和梅丽在纸上交流了一会儿，最后写道：

梅丽，你真棒！我把这支钢笔送给你，鼓励你多识字，长大了到大城市上大学！

从景梅学校出来，任青捎着景绿叶折向另一条山路。他们要去另一个村子，找那位辍学的解平。陈校长一直惦记着解平，终于在县扶贫办，给他要了一个免费学电脑的名额，在市职中，学一年，毕业了可推荐就业。陈校长忙，嘱任青把报名表赶紧交到解平手里。

天气阴沉。天上的一片阴云，也罩在景绿叶的心上。一连几天，景绿叶被“妹妹”两个字彻底攥住了，妹妹的未来、工作、婚姻，景绿叶禁不住一遍遍去设想，但总是一片又一片的迷惘，这迷惘，把她之前对妹妹的十分自信，无情地往下打压，压到八分、五分。她努力往上提，提上去，被压下来，提上去，压下来。想到，与妹妹一样的更多的妹妹们，她们并不是每一位都比景梅强，像景梅一样已经拿到二次学历文凭的，据景梅说，她们一届不超过十人。大多数人，都剩了一两门，却被这一两门卡住了，任你腾挪跌越，总是过不去！

一缕感冒乘机钻入景绿叶的喉咙，弄得她喉痛、咳嗽。她的情绪像股市一样无法拯救地惨跌。任青忙去了，桌上放着《润水中学“两免一补”申报花名册》，已经盖了公章。她瞅了一眼，发现上面竟然出现了好多名陌生学生。任青回来，她一问，说是多报上几个，套些钱教务上用。景绿叶忽而厌恶地说：

你咋这样做？

任青也被她的烦和感冒感染了，加上忙，冰着脸说：

全县哪个学校没虚报？县城的学校，人家几页子几页子地填假名字，我才报了几个？

其实，任青已经问过陈校长，陈校长也正在忙感冒，说，你看着办。本来，任青也不屑于自己的行为，这下，被景绿叶的厌恶一激，他也生气了。他是跟自己生气，却把气撒在妻子身上。他说：

又不是给我个人弄的！

任青甩手，出了宿舍，蹲在了花园台阶上。

景绿叶意识到自己伤了夫君，“你咋这样做”，只是五个字，但带着的表情与语气，连自己也觉得过分。景绿叶心里的烦一下子喷薄而溢，咳嗽不止，直摁鼻涕。她向陈校长请了假，跑回老爸身边去了。

午饭时，铁将军把守灶房门，大家才记起了景绿叶同志的重要性。重要性一直以正常的程序运转着，以至于正常得大家忽视了其重要。忽然一暂停，重要性才被大家看见了。共同质疑并认定，是任青不关心景绿叶，才使得感冒弄跑了景绿叶。任青只好请大家下馆子，炒面，一人一碗。稿费没有，工资没来。只好赊账。

次日晨，阳光万丈，将天空一扫而蓝，几朵白云装饰在山天交界处。太阳像健康的青年吐纳丹田之气，宇宙之内，一片晴明。

阳光一照，任青也摆脱了亚健康状态，他骑着摩托向岳父家驰去，心情如孤儿赴母。

景绿叶已经被亲情疗愈，容光焕发地炖着荷包蛋。景文山在梨树下活动着筋骨，他享受地吃了自己的一碗。景绿叶收拾了灶火，刚端起碗，任青被摩托载着嘟嘟地撵来了。她赶紧满脸是笑地迎出去。任青也满脸是笑。景文山指着碗里的两个荷包蛋，朝女儿说：

这叫，该你吃一个的，你就吃不上两个。

一碗汤两个荷包蛋，被夫妻二人分享，严格地，二一添作五。

都感觉比吃了两个荷包蛋还香。因为，另一个是被自己的另一半吃了。

任青抹嘴，说：

县上开展活动了，是1+1帮扶乡下的学校。咱校被一家有钱单位瞅上了。

谁？

国税局。今早国税局办公室打来电话，说他们局长最憎恶弄虚作假的单位。说，如果连教书育人都作假开了，这个社会就从根子上烂开了。咱们征再多的税最终还不是瞎忙。局长选媳妇一样连打听带调查，最终瞅上咱们润水中学了。

任青看景绿叶，两眼都是感激。说：

昨天下午，我重造了那个册子，盖了公章，夹在学校橱窗里公示了。今天继续公示。明天，我就报上去。

景文山在正上位坐着，摇一册杂志作扇子。他把目光从院墙上方看出去，大于十五度的仰角，看向远方。他笑着说：

这不，好事找上门来了。多做善事，门前溢香，好事就嗅着香气，进门来了。

二十三、婚　姻

一些情绪被艳阳烤着，已烙上了炭化的颜色，其实景绿叶早就嗅出小何、小王这对双职工婚姻里的焦煳味了。二人被类似于虚伪的心理左右着，好面子，不让别人知道他们的冷战。实在被人撞见了听到了，他们在更加生气之余，装作别人未看见、未听见他们的淘气与争吵，是现代版的掩耳盗铃。有时，还让孩子的哭叫声，或请录音机里的歌手以高声吼喊，混乱他们自己都觉得丑陋的争吵声。时间长了，吵终于发展到了不吵。赫敏的几次请教，促使二人签订了准离婚式的分居协议，一人带一周孩子，一人一室，各过各的。赫敏是高校研究生，从发达地方奔到这里来支教，品尝贫瘠与偏僻。女研究生赫敏不时被初二函数题缠住，只好找润中的数学组长小何不耻下问。小何在讲题的同时，也掂量出了当代中国研究生的含金量，心里暗生着感叹。赫敏拿谦逊与恭敬，掩饰着自己的知识缺陷与实不符名。数次女性化的掩饰反而使小王反感，便将醋浸了的讥讽泼了出去。口角。之后将分居这个新鲜的词语提了出来。小何不能容忍别人包括家人，对他名声与为人的玷污，大笔一挥在小王的分居协议上签了名。签完名，他看了看自己的名字：何云。如书法家一样签得艺术味十足，笔意如云追月，或者是，如云弃月而逸去。之后，小王多去饭馆，或以方便面、水果、牛奶度日。小何上灶吃，不时将自己的伤心遗留在教师灶的餐桌上，景绿叶便在收拾碗筷时一齐抹洗了去。小何解脱似的躺在自己的宿舍(之前是双职工之家的厨房兼书房、办公室),以放松疗治着自己的伤累。听见孩子哭,也不着急,将其看作是进行肺活量的锻炼,使得小王想借孩子折磨他的策略失效,进而暗叹男人的心狠。之前,小何洗衣、做饭、带孩子,还要带累为小王提供浪漫,累!他很羡慕任青,工作结束了,仰身一躺,"大"一样写在床上,浑身上下的惬意。饭成了,张口。吃完,碗一放嘴一抹。衣服,不用操心,上课时衣架上一抓,西装任何时候都是干净的、展妥的。

病根还是在"上调"上,小王数次催小何去教育局跑动,跑过几次后,小何骂着这是亏先人的活,下贱死了,再不跑了。小王讥,别人咋不下贱?别人花几年工夫跑呢,你才跑了几趟。你把当年追我的劲用上,哪个贪官你逮不住?

小何听着隔壁的儿子何大为在嚎,本周是小王带孩子,让何大为哭叫还是不哭叫都是人家的权力。他记起自己小时候特爱哭,吼得他妈敲擀面杖,说:

你挣着吼!能挣着吼来钱了你挣着吼!

而今,他工作了,挣钱了。挣钱为啥,就是为了过得好些,舒服些。又算是找了个双职工,算是双份挣钱的,按说是双倍的过得好,过得舒服。但是,进了围城才明白,各有各的花销,各有各的短长。一句话,脚穿着鞋,脚知道夹不夹。

景绿叶看二人把婚姻,把一份感情推来搡去,眼看推到崖边上了,随时都有可能跳崖自杀,便说与丈夫和陈校长,叫他们多劝劝。陈校长咂嘴:

都是福烧的!

任青说:

也许人家在试离婚,就像大学里的试结婚,试验期结束了,自会恢复到原来的生活状态。

景绿叶白了他一眼,说:

别人痛苦你还看笑,像个主任吗?

任青笑了,说:

不像。

顿了顿，说：

我不是不帮，这人家内部矛盾，人家也不愿让人提及，你咋张口？唉，还是交给时间处理去吧。

景绿叶发了会儿呆，抓起一本书，走了。

景绿叶在灶上多做了一份饭菜，给小王送去。第三天就托小何带去，小王本不吃：饭盒上已经黏附了反感之人的气味，但挡不住景绿叶手艺的诱惑，小何一出去，就弃了女人相，狼吞虎咽了起来。

饭菜送满一周，周末，王琴音领着孩子来示谢，给景绿叶提着些水果。任青说：

你想贿赂本主任吗？

笑着走了，把空间留给小王和景绿叶。

第二周，继续由小何代送。周末，心里顺畅了的小王，要请景绿叶、任青吃大盘鸡。景绿叶说：

行，中午你过来，咱们一起走。

景绿叶在自己的房间做了大盘鸡，任青把陈校长、何云请来时，小王和孩子已过来了。其时，景绿叶已告诉小王，这两周的饭，其实是何云让我给你做的，他怕你不接受，就说成了我。你看，人家心里把你多好哇！

陈校长一进门就说：

今天，是我请你们两家子吃大盘鸡，请小景老师掌勺。你们打听一下，我一个校长，啥时请下级吃过饭？还有，咱校的大厨师，也很少给别人做大盘鸡。

大家都点头，一房子笑声。陈校长说：

今天，我高兴，你们谁也不许惹我不高兴。我说啥，你们都得听啥，记下了吗？

小何、小王都跟着任青、景绿叶忙忙点头。

陈校长说：

哎，坐得不合适。我坐上席，你们两家子坐两边。

任青会意，和景绿叶坐在一边。陈校长看小何、小王，逼得二人也坐在一起。

吃时，陈校长说：

先夹菜。

任青会意，先给陈校长夹，再给景绿叶夹。陈校长看小何，逼得小何给陈校长夹上，也给小王夹上，再给何大为夹上。陈校长、任青、景绿叶都叫“好”。小王脸红，像那个妩媚一样。

开吃。吃到六成，喝几杯啤酒。仍是任青、景绿叶两口子示范，施加压力，逼得小何、小王给大家敬，互敬。陈校长像醉翁亭上的主人一样，睁着半酣的醉眼，看一桌人大吃，到了杯盘狼藉时，摸出一张对折的纸，让小何在上面写上名字，小何问：

写名字干啥？

陈校长说：

写，写上了再告诉你。

再让小王在上面写名字。而后交给任青，一抹嘴，走了。走了两步，又折回，把一条鸡大腿夹进食品袋，说：

差点忘了娃他妈。享福时忘掉贤妻，是罪过！

任青把折在后面的展开，上面写着：

家庭协议

三不：不分居、不吵、不让老校长和学校师生烦心。

协议人：

折线这边是刚才的签名。

任青把协议展在小王面前，绷着脸说：

合同都签了，下来，执行吧。

小何、小王抢那协议，任青跳远了，说：

陈校长不发话，我敢给你俩吗？

晚上，景绿叶陪小王一家子过去，却见小何的门被铁将军冷脸把守着。

大家都认得，那把锁子的主人正是本校的校长！

次日，一家三口，何大为左牵父右牵母，从校门口逛出去了。

任青和景绿叶，同时从窗玻璃后退回床边。任青说：

报告景绿叶同志，你的婚姻拯救计划，我和陈校长协助完成了，拯救很成功！

笑了。

任青说：

哎呀，事实一次又一次证明，景绿叶同志，是一个，足智多谋、善良美丽的好女人！嫁谁，谁得福，真正的贤内助啊！

景绿叶说：

知道就好，要好好珍惜哦！

任青说：

那当然！我的宝，我保证一定会看好！那个，不光要守好宝，还得宝生宝：咱家也要有一个大为，一边牵你的手，一边牵我的手。

景绿叶撵任青，打闹声溢出通风，树头上飘过去了。树上一对鸟，喳喳叫。

祁老师打开自己的手机让任青听，是“有文化”编的顺口溜：

一对骡子一对牛，家家忙着上地头。
碳铵扬，磷肥撺，农民忙成洋芋蛋。
改革开放发展了，摩托奔奔（三轮车）买满了。
家电下乡顶呱呱，开车走路打电话。
咱们县，大改变，现在庄稼不简单。
男人挣钱女人干，家家种成洋芋蛋。
种洋芋，换水土，外地叫作马铃薯。
马铃薯就马铃薯，一种就是几十亩。

几十亩,不简单,家家挖了十几万。
奔奔拉,架车搡,全部进了粉丝厂。
小两口,在咕嘀,别人有的我们不稀奇。
只要我们有土地,明年继续种洋芋。
种洋芋,把钱卖,外地当作上等菜。
城里饭店大量买,吃了上顿下顿来。
今年是个丰收年,一亩挖了七八千,
有的一亩挖一万,真个细账不敢算。
拿起洋芋再瞅瞅,土豆终于变金豆。
秋天忙完冬天坐,洋芋煮上一大锅。
电视看上蒜蘸上,娃娃念书在县上。
两免一补好政策,走南闯北我搞劳务哎……

据祁老师介绍,"有文化"天天听任青给的磁带,精神病明显好转了许多。"有文化"现在听上了瘾,家里弄了一堆磁带在听,都是经典的舒缓曲子。听起来不时晃头晃脑,两眼时闭时开,满面的微笑,陶醉着,似乎脑子里上演着迷人的戏剧。祁老师形容,那个享受样,比吃肉还香。除了听音乐,"有文化" 继续创作了大量的顺口溜,让祁老师请任老师再往美里改改,改得美美的,他要在乡上即将举办的"文化艺术节"上表演呢。说一定要得奖,得了奖一定要请客,让祁老师、任青、景绿叶、陈校长都去,去他们家。他宰一只羊,美美庆贺庆贺。

原来,县上的那个"长"死了,"有文化"的妻子改邪归正了。女儿嫁给了本村的一个青年,是种洋芋的大户。那青年的妻子病殁了,留下一个两岁的男孩。

黄昏。微风。景绿叶赶着难得的清凉,蹬了自行车去看景梅。她打算在妹妹那住一晚,好好聊聊。哎,几天不见,就憋得慌。

你怎么又搞突然袭击?来前不说一声,我正想着去你那呢!

景绿叶说：

我跑山了，去家里爸肯定骂，没处去，跑你这来了。

景梅笑了，说：

姐，没想到，这些年了，你还没学会撒谎。

传来一阵吵闹声，继而一只狗生了气，狂吠着将那团吵闹声撕扯成了条绺状、鱼鳞状。景绿叶朝吵闹的方向看。景梅说：

是学校隔壁一家子，老头经常骂儿子。

门房的老高溜达过来，说：

周老头又开骂了。

景绿叶问咋回事，景梅笑。老高学说起来，说是周老头的独生儿子长得丑，找不上媳妇，周老头骂儿子：

把一身好好的骨肉给我长成这丑样，不怪你怪谁呢？白可怜你娘老子的一疙瘩血肉了。我们苦死苦活地养活了你二十几年，你倒越长越丑，惹得猪嫌狗不爱，连村里最丑的那个女子俊花，都不想多看你一眼，你还娶谁做老婆呀你！

周老头只要一训起儿子，就气得不行。但每次气得再厉害也是白搭，儿子还是不会因他的气而变得俊一点，招人看一点。久了，他也不气了。气啥呢，古人说过了：莫生气，莫生气，气死自己无人替。周老头擦火柴点烟，他脚下扔满了火柴梗。他每次点着吸两口，就因骂儿子给忘熄了，只好再点：

这么个吧儿子，你也大了。也不是你不想往俊里长，我知道你也是尽力了。但是话说回来，你娶不上老婆事小，我还真怕绝后呢。古人说，不孝有三，无后为大。现今，只剩下打工一条路了。你今年出去，挣钱事小，你专往女娃子多的地方去，放大胆子跟她们缠，按年底，瞎好要带一个回来。家里，我和你娘再豁住这把老骨头苦一年，年底，粮有粮，再添了人，就是把天爷爷喊答应了。

老高说：

这庄里的人，重男轻女得厉害，都挣着挣着养儿子。有一家养了六个，取名大虎、二虎、三虎，一直到六虎。村里人都劝养“虎”的夫妻俩：少养，养这么多，养下干啥呢？人家咋说：养下看世界呢。现在，除了大虎、二虎瞎好成了个家，其他四“虎”，都找不上媳妇，只好看世界。

景绿叶苦笑，说：

那计划生育部门不管吗？

老高说：

管，能管到哪去？人家像游击队一样，到城里去，边打工边养，户口也不上，你有啥办法？家里穷得，要啥没啥，打工挣的钱，全糊了一家子的嘴了。

老高愁起眉头，连声叹气：

唉，现在，各庄子光棍一大群，女子都跑到城里不回来了。

老高走了，景绿叶头一仰，把自己扔在床上。景梅说：

别再替计生局长操心了。

拽上姐姐去山上散心。

景绿叶问老高的情况。景梅说：

和咱爸一样，都是干革命的好同志。他生字课一上完，就让学生蹲在院子里划生字，学生像田里除草一样，边念边划，从东墙一直倒退着划到西墙，把校院写成了字院。写不会放学不让回去，家长找来了就等，等着啥时写会了再回。学生怕挨饿，没有不好好划的。有时，他老婆等不住，就提着饭到学校里来了。他放在一边不吃，蹲在门槛上指点学生划字，一直到划会为止，才吃。这时，饭温腾腾的了，老婆就埋怨：你爱吃凉的你吃，不怕饿坏人家娃娃吗？

所以，他当天教的生字，学生当天全部学会。他专教二年级，一茬茬学生经过他的二年级，书写、识字量等方面全达标，汉字一关全过了。为三年级写作文，甚至一辈子的写字，打下了极好的基础。所以，他被誉为这个学校的“汉字教学专家”。

景绿叶站住问：

专家？他一直教二年级？

也教过别的年级，但没有几年，也不太会教。

这样不包班，那，别的年级也有专家了？

当然。一年级，入学教育专家、拼音专家；三年级，作文专家；四年级，阅读专家；五年级，毕业考初一，小升初专家。还有，解应用题专家、押考试题专家、教育差生专家，等等，都一年年长期积累，经验极丰富，任何进入该年级的学生情况，教学上的难点、重点、疑点、要点，这点那点，等等，都装了满满一肚子，闭着眼睛，都能解决得游刃有余。

景绿叶吃惊了，直盯妹妹。

吓住了吧。这个学校全是教学专家，这山沟里，藏龙卧虎着呢。哎，姐，我觉得这个学校实行的，一人专带一个年级的“专家制”教学，有些意思，研究教育的专家应该研究研究。

景绿叶说：

那，你先研究吧，把优点劣点都挖在纸上。

景梅闭着眼睛走路，惊惊诧诧地，伸手抓景绿叶。景绿叶问：

你的那个干妹妹呢？

她爸妈看她太聪明了，把我教的几百个字全写会了，还经常给我写条子。就下了决心，送到市上的特殊教育学校去了。我估计，过一段时间，我就能收到我干妹妹的亲笔书信喽！

景绿叶拉着淘气的妹妹往回走，让她把眼睛睁开。景梅不睁，说：

你知道吗景绿叶同志，我一次到老高家去玩，他眼睛一闭，大步流星，领着我走。路边有几个转弯，上坡下沟的，把我吓得，求他把眼睛睁开。然后我跟着他，边走边听他说学校里的故事，快到他家门口了，有人喊，他一转眼，眼睛仍闭得严严的，瞎子一样，吓得我哇地喊了起来。

景梅睁开眼睛，忙忙眨着，说：

你想啊，一条路，家到学校，学校到家，走了几十年，哪有坑，哪有坎，上坡多少步，跨沟多少步，都地图一样装在心里了！走成走路专家了，他！

他还是个犟人，犟得厉害。儿子成绩不好，就用棒撵着打。儿子跑出了大门，把大门关上。他登梯架爬上墙头，一仗子跳下去追儿子。儿子吓呆了，以后不敢不好好学习，结果都考上了重点。他也是民办教师当了二十几年，奖状得了一沓沓。教育局免试让他进修转正。进修了两个月，有人告他超生。他回来立马领老婆去县医院结扎了。第二年，他每天下午放学后，关在教室里背时事政治，背数学公式。无理数弄不懂，气得大骂：数就是个数，还分有理无理？硬是又一次考上了进修学校。

夜色一层层落在姐妹俩的身上。脸前的夜色，被笑声撞得漾过去，继而漾过来。

第八章　树愈绿，影子愈黑

二十四、病

树愈绿，影子愈黑。暑气罩住了校园。

午睡中，腥气溢满了房间，陈校长惊醒，发现自己的鼻血流满了枕巾。他用餐巾纸塞，用冷水惊，仰头，都不管用。一直流，便抓起枕巾摁住鼻子直奔卫生院。卫生院也止不住，简单处理了一下，陈校长妻子和任青等人赶紧找了车送县医院，折腾了一下午，又到市医院，直忙到深夜，才止住了血。但是头晕得厉害，不敢睁眼。次日，几位专家会诊，最后建议：要治好，需去北京。他们已咨询了北京那家专治血液病的医院，去得越早越好。

大概要花多少？

这要看你的病情了，恐怕最少得八九万。

八九万！就是把一家人的嘴绑了，不吃不喝，一年的工资才能攒多少？

陈校长瘫在病床上，他心里悲苦地叫了一声：老天爷——！

妻子又急又气：

叫你早点治早点治，你一天钻到学校里，啥都扔了忘了。现在拖成大病了，把人拿住了，咋办呐！

陈校长苍老地靠在被垛上，紧闭着双眼，许久，一滴泪挤出来，凝在眼角，不肯往下掉。妻子赶紧伸手揩了，跑出去。抓起电话，她声泪俱下，半天才发现电话未拨通。周围有一圈脸庞朝她看着。她孩子样两把抹了泪，她下决心要救丈夫，不惜一切代价。陈校长刚来润中那年，她上初三。那时，陈老师多年轻啊，一些自知考不上中专（那时的中专是铁饭碗，一百个人中考一个），长得好看的女生偷偷喜欢着陈老师。那年，她的奶奶忽然去世，第一次面对亲人的离去，学习不错的她悲痛不已。她是奶奶疼大的，怎么也接受不了这个打击。陈老师多次帮她调整心态，但还是影响了成绩，中考落榜。第二年她补习，下决心要考上，但她的外奶去世，紧接着母亲病倒，弟弟又小，父亲一个人转不了家务，她被拖在了家里，从此没能回到课堂。双日逢集时，她去卫生院给母亲抓药，碰见陈老师躲得远远的。但从第三次抓药开始，大夫不要她的钱了，说中学里的陈老师交了钱，就等你来取药。

我不能要！

要不要是你的事，反正药费已经付了，药是不退的。

陈老师记着她这个苦女子，为了将她的心甜一点，几经挫折，终于，娶了她。那时，陈老师工资低，又要给父母看病，又要接济她一家。她就办了个小卖部添补家用。之后，她多么想给亲爱的人穿上自己亲手缝制的西装啊！那时，街上出现了好几家裁缝部，她边摸索边请教，小卖部变成了裁缝部。干了十几年，关节炎拿住了她，陈老师坚决不让她再裁缝了。她就卖布料、卖日用品，相夫教子，一步一步走到了今天。

她恨死了自己，恨自己对丈夫侍候得不好，管得不严，慢慢把病拖大了。

任青安顿好学校里的事，连夜和大家租车去市医院看陈老师。罗主任也来了，陈老师的几位在市上工作的学生，已经找记者做了报道。老师活的是学生的势，陈校长看学生们来了，感觉浑身畅快了许多。大夫、护士给了陈老师更多的敬重与帮助。没想到，张长弓也匆匆来了。看到来了这么多干部领导，陈校长的妻子和家里人的紧张，才减弱了些许。

陈校长吸着氧，打着吊针，头晕得稍轻了点，就督促大家赶紧回校，说：

我躺几天，说不定奇迹就出现了。

教育局要求任青写一份关于陈校长的材料，越详越好，越快越好。任青连夜执笔。景绿叶统计全校师生的捐款，她替父亲捐了。父亲又把自己的积蓄全拿出来，说，让先拿去用。这些，还有学生家长，都感动着任青及任青的笔。

长大后我就成了你。任青在做了教师后，才更进一步理解了，一个老师对自己得意弟子的偏爱有多沉。他清楚地记得，那年小麦被雨打了，全家顿顿吃洋芋。早上他背四五个冷洋芋去上学。时间长了吃得他胃凉、酸胀，一提洋芋就泛酸水。一天早上他去抱语文作业，陈老师把半个热油饼强迫他吃了，说自己胃不好，只能吃半个，还说他馋洋芋得很。学生任青便把自己书包里的凉洋芋全掏了出来。陈老师高兴地放到炉子上烤着吃。以后他天天去，总有半个热油饼等着他，陈老师看他吃了才让他抱上作业走。周末他给陈老师背了一袋子洋芋，结果，陈老师说他就喜欢烤着吃凉了的熟洋芋。他觉出老师是在帮他，与其说吃的是油饼，不如说吃的是感激，过多的感激会消化不良。任青便叫别的同学去抱本子，说他肚子疼。结果，陈老师捎话让任青去他宿舍，说有治肚子疼的药。如此，度过了那年的饥馑。曾有几次，任青将二分之一油饼的二分之一偷偷带回家给父、母、妹尝。他父亲掉了泪，说：娃娃，你命大，遇上好人了！任青唯有谨记恩师教导，更加勤奋学习，以最好的成绩回报恩师。此种回报直接促使了他的成才。多年来，只要一个记忆回头一望，那份油饼的清香，就云丝一样飘在他的脸前，把师恩给他鲜亮地清晰着。

景绿叶看见任青在发呆。任青趴在桌子上，他的神智似乎又逆时间回溯到了过去，而把自己的一具躯体扔在桌前。屋外，黑夜在静寂中弥漫，向整个世界弥漫着，似乎在挤压着脆弱的生命。任青的眼眶里蓄满了泪，景绿叶轻轻走近他身后，抓住他的双肩。任青告诉景绿叶，有一次，陈老师的语文教本丢了，是下午第六节空课给他们辅导完作业后，被其他老师叫去打篮球，放在操场边丢的。那一年在试用新教材，这可难住了陈老师，只好借学生的课本备课。他这个语文科代表想了个办法，让全班同学为陈老师抄一本教材。一人分摊了几页子的誊抄任务，一夜之间都完成了。第二天他按页码收好，交上去，把陈老师惊喜得到处给人广播。陈老师装订好这册珍贵的教科书后，又将抄写者的名字记在页码的旁边。上课时加上一句，今天我们学第×课，这几页是×××同学给我抄写的，老师在此谢谢你啊！你抄得多细心啊，或说多工整啊，是一笔一画地抄写的，没有一处错误，等等。被提到的同学便蓄了满心的喜悦。其中有几位书写不好的同学，是请村里字写得好的同学抄的，被陈老师抽了出来。说，你写得不太好是你写的，老师教的是你，又不是他。他写得再好，我还不要。此后，这几位同学的字，都越写越进步。

陈老师将这册教本珍藏在他的抽屉里。任青考上师范来看他时，任青师范毕业了来看他时，他都拿出来，小心翻阅，师生二人重温昔时的快乐，几十位同学的音容笑貌，历历鲜活在他俩面前。

任青连夜写好了材料。教育局长拿着材料找分管的县领导，终于批了三万元给终生奋斗在教育一线的老校长救命——此举又让相关领导在媒体上不亦乐乎了许久。学校师生、家长、社会，各方面的捐助及亲朋帮借，凑了近两万元。

教育局汪副局长来送陈校长。陈校长严肃地提出一个要求，让任青当润中的副校长，他才放心去北京看病。因为，在其位才能更好地谋其职。陈校长说：

多少年了，你们不配年轻的校长，让我一直扛，现在我扛不动了，我把润水中学交给你们了。

汪副局长赶紧拉住陈校长的手：

陈校长，不是一直没有合适的人选嘛。

谁都行，汪局长，谁当都行，就看操心不。

陈校长挣扎着往起翻身，盯住副局长的眼睛：

咱老家耕地，只要牛犊长大了，就要赶紧调。没听见说哪个牛犊是耕地的合适人选，哦，牛选吧？

哎呀，老校长，你真是，到这地步了，还有心开玩笑。行，我答应你，你赶紧放心去看病吧。

汪副局长回去告诉了局长，局长竟记起了任青打作文官司那事。按说，他是很忙的，这些过去了的事，他该早忘了的。局长顿了顿，不愿意也只能答应，但迟迟未下文。结果，陈校长走了没几天，润水中学被县上规划为此次教学楼建设学校，这就得有个人负责了。局长才烦烦地让办公室通知任青来开会。任青未去。会后，局长生气地让人事股长去润中下文，宣其上任。局长看人事股长出了办公室门，摇头、叹气，他给眼前的文件说：

大石头能防住，尽叫小石块碰得脚疼！

任青和几位男教师搭好帐篷教室后，天色向晚，几缕风丝掠过大家汗津津的面颊，送来一些凉爽。老宋土着脸说：

好了，回宿舍洗脸。这正叫只要想办法，没有过不去的火焰山。

大家都笑了。次日，县上下来的建筑公司准备拆除靠近操场的三间教室，三层教学楼规划在操场北边。这是润水乡这片土地上，亘古以来的第一座楼，有些一辈子没走出过大山的老年人，费劲地想象着不久就会矗立起来的楼房，感叹着时世的变迁。拆除工作准备就绪时，教育局长的小车开进了润中。局长只和老宋握了握手，就走进待拆的教室查看，桌椅等一切已腾空。帐篷教室里正在上课，施工区与上课区隔离良好。总之，没有发现慌乱潦草或杂乱无章之类的现象，才吐了口气，和同车来的几位领导说：开始吧？几人都点头。一串炮响，开工大吉。

局长示意秘书让任青在一页《学校建修期间教育教学安全责任书》上的“校长”二字后签名，“局长”二字后他早已签了。任青扫一眼内容，一句话，不能出事，出一点事都是“校长”的，要“校长”全部兜着。任青不签，给秘书说：

再过两周，陈校长就回来了，来了补签。

局长和另几位在指点什么，这时，朝任青这边甩了一眼，目光像一条鞭子。手机响了，局长摸出手机，指着面前的空气大声说：

不要急不要急，再稍等等，我们在润水中学。你们催死了！

啪地合了手机盖子，给那几位说：

下边金泉中学的。

撇一下嘴，忽而微笑着走向任青，说：

哎呀，任校长，我可早知道你的大名啊。陈校长苦了一辈子，他力荐你担起重任,你要好好干啊——哦,小徐,任校长的责任书签了吗?

秘书小徐面部含笑,又把那页纸往任青跟前递。任青只好重复一遍刚才的话。局长边往车里钻边说:

这是个程序。你签了,真正出了事,我也跑不脱。

接着一把拉上了车门。

没办法。任青苦着脸签了。

车子启动,局长启开车窗,微笑着与大家招手,大家也马上微笑起来,招手或目送。

半路上,局长说:

人这边在忙,他那边在催着来吃饭。吃饭归吃饭,他金泉中学的工作做不好我照样骂死他。刚记了个吃!

大家都笑了。秘书把任青刚签的那页纸呈给局长,局长一看,任青在打印的"校长"二字前加了个"副"字,在他的签名后加了括号,括号里写着:"负责至陈校长回校之日"。

局长笑了,抹抹头发,说:

哎呀,有的人,你给扣个官帽就拴住了,点头哈腰唯你是听。有的人,打心底不稀罕这顶要操西瓜心的芝麻官帽子,你就拴不住了。

景绿叶被包工头的妻子硬拽上给建筑工人做饭,多挣一份工资。得知景绿叶有个妹妹,那位财大气粗腰也粗的包工头妻子硬要见见景梅,说她弟弟眼高得很,她给介绍了好几个都看不上。不待打电话,景梅和她的一位同学来了,包工头妻子直了眼,朝景绿叶嚷:

天爷,来了两个金凤凰,一个长得像你,脾性不像;一个长得不像你,脾性像你。

景绿叶说:

你看上谁了你挑。

都好都好!

马上摸出宽大的手机要照相,两位姑娘急忙遮脸躲避,但还是被抢去了几个靓丽的侧面。

正闹着，任青忙忙碌碌一身风尘走进来，问，有馍馍么吃些？

看见景梅时，景梅话已经出了口：

当了副校长，咋像个打工的了？

任青说：

校长本来就是给大家跑腿的，副校长更要为人民服务。

景梅上下审视姐夫：

说的话，已经成了标准的官腔。但是土尘尘的，形象上不像个官，还丢了原先的学者风度和诗人气质。

说得任青差点喷了嘴里嚼的馍馍。

景梅是领着她同学来看任青的。景梅这位外表娴静、性格倔强的女同学，自考大专，别的科目都是一考即过，唯剩一门古代汉语，年年考，年年过不了。她每次考后，一对答案，能确保不低于八十五分，可成绩一出来，总是五十六或五十七。她没辙了，找景梅诉苦，景梅开玩笑：让我姐夫费点脑筋出个金点子。电话里，任青说：问答题、论述题，不要一字不变地把标准答案写在卷子上。景梅问为什么，电话已挂了。景梅瞪电话，把姐夫的原话转告给同学。再次上考场，那位女同学生气地"乱写"了一通，竟然得了八十三分。她不服气，非要见见任青不可。

任青抿嘴笑。景绿叶说：

他是随便说说打发了你们。你是这次发挥得好，真考了八十三分的。

任青忽而记起了什么，要出去，景梅堵在门口。任青说：

考过了就行了，知道别的干啥？

景梅说：

你不是经常给我姐说，要知其然，更要知其所以然嘛。

景梅看她同学：

赶紧把请教的谢礼拿出来啊！

同学忙翻包，是一本厚厚的诗选。

任青高兴了，翻着看。景梅夺了诗选，说：

这副校长真能急死人了！

任青说：

是这样，我进修时，一位讲哲学的教授说过，答案一字不变地写在卷子上，一律不及格。

为啥，我下了苦功夫背的，又不是抄的？那女同学质问。

教授说，因为那是他自己的研究成果。哈，那本教材他是编著者之一，居于首席。他说，他要看大家的理解，对这个问题是怎样思考的。答案雷同，要么是照抄的，要么是硬记的。前者，是纵容学生做贼；后者，说好听，是逼学生当录音机，说难听，是逼学生当奴才，其害有时甚于抄答案的贼。

任青笑笑，示意景梅让路，朝景梅同学说，我当时听了就想，你的卷子也许遇上这样的犟教授了。

都笑。翻着眼睛想一想，三个女人，两个不笑了，又笑；另一个，又气又笑。

任青返回，朝景绿叶一笑：

帮我把诗选的书费，付给这位有质疑精神的女大学生啊。

嗯，像个清官！景梅朝门口说。

景梅给姐姐讲她们自考的见闻。每年四月、十月自考之际，市里的街上行人骤增，据说已达数千以上，以小学老师为最多。跑出租的、开饭馆的、开旅店的、电脑部和考点门口买夹带的，都大赚一把，且美其名曰“考试经济”。师范学校里的学生、宾馆里赶考的客人，都在忙着裁、粘夹带，两指宽的长纸条上小号字清晰、详尽地打印着多种题型的答案，一条接一条地粘连，长如清朝的绑腿带，再一前一后，折叠成一寸见方的纸块，手心一攥，魔术一般看不见了。考试时见机行事，翻到答案处就装做思考状誊抄。巡监进来没收时，笑嘻嘻地交出去。巡监提着几塑料袋中国式夹带走了，考生马上从袜腰处摸出备用夹带，以迅雷不及掩耳之势疾抄大抄，一会儿写满了试卷。

还有技高者，看巡监过来时，故意将夹带往身上藏，然后再将备好的假夹带交给巡监。

之后，夹带被休似的转嫁给别人，或边走边丢在街上。来一股风，吹挂在树枝上或别处，经幡一样飘着，能气死清洁工人。景梅说，几厚块夹带，就能将一本书一网打尽。为了防止到时找不见答案，或翻找时不小心长长地垂到地上去了——像一种猛兽专咬一种动物的屁股，拽出长长的肠子一样——考生们得花费不少时间"熟悉"或练习翻寻夹带。

景绿叶听着，不时惊奇、骤笑。

景梅说，她们的一位老师曾说过，应该将这种中国式夹带，封进陶罐藏于地下，让百千年后的中国人，来研究先人的教育是怎样搞上去的，结论是，抄上去的！

景梅说，这位老师还曾认真地建议一位屡"考"不过的学生，说，可否想到将你的十几门自考课的所有夹带，粘连成一条，申请吉尼斯纪录呢？肯定至少能绕地球一圈半的。一旦出名，在中国，啥都就有了，立即免受勤奋学习及夹带之苦。

任青每晚将次日要办的事写在台历上，办完一条，画去一条。琐事系于一身，牢牢地缠缚住身心，诗的灵感与教授式的敏思、幽默，泉水一样日渐枯减。愈忙愈俗、愈累，晚上身子一扔到床板上，浑身的骨节咯吧吧响着散开去，几乎要散架，话不想说，眼皮不想抬，衣服不想脱。景绿叶像翻一具麻袋一样挪腾，心疼地说：真不知陈校长是怎么过来的？回答她的是一串串鼾声。景绿叶发呆，心想，怪不得陈校长得了那大病！景绿叶拉过被子倒头和衣就睡。真不是人干的，这活！这句话刚显示过她的脑幕，她也跌进了睡眠的深渊。

好几次没来得及关掉床头的灯。灯光彻夜不眠，疗治着两人遍身累累的疲劳。

九年级毕业、七年级、八年级期末考试、放学，配合上面隔三岔五的安检、视察……终于等到了陈老师的治愈而归。放学时不少同学向任青打听陈校长的归期，他说不确定。没想到，张玉从县上送着陈校长回到润中的次日，是周末，几乎来了几个班的学生来看望，下午，全校师生几乎都来了。

彻底感动了老校长！

景绿叶第一时间接来了老爸。

包工头夫妻俩带着厚礼来见识如此有人气的老校长。

之于任青，一下子有了依靠、主心骨，身心大获轻松！随后，就被满校园的感动浸得浑身湿淋淋。

有的人，俯下身子给人民当牛马；有的人，把名字刻入石头想“不朽”。此类诗句噌噌闪过任青的眼前，他抓起笔，写道：

有的人，把一点点权力当品牌穿，光鲜地穿在最上面；有的人，把一个带“长”字的职务放在最“下”面。

写不下去了，一些东西梗住了他，他掀过这一页，直接写道——

> 我的老师，二十岁从教，五十岁时得了一场大病，也得到了一次去中国首都北京的机会。我的老师，用看病剩下的钱，去了趟天安门。不是所有人一生中都能去一趟的。我的老师，终于实现了，不管怎样。除过车费，我的老师，给全校老师买了纪念品，带着“北京”二字的，北京才能买到的纪念品。我的老师，继续在从教，这是他一生的工作，犹如父亲，在田里一辈子的耕作。
>
> 大地没有理由不继续生长，他们没有理由不继续耕作。

陈校长的表侄来看他，连声抱怨这么大的事不该瞒着他。说，我爸爸肯定也不会高兴的。表侄的爸爸，就是陈校长的堂哥，也是陈校长的老师。那年，陈校长给堂哥拜年回来后，被自己的担心压迫得睡不着觉，终于，他一连几夜，给老师写了一封万言书，直陈了自己长达数年的担心。这封数万字的长信终于撼醒了老师，如同一块大石头，终于挡住了快速下滑的一辆车子的车轮，老师革心收敛，终以清廉美名全身而退。退休半年后，他才得到了一条内部消息：其实纪委已经关注他很久了，关注度已近饱和。纪委其实已经在等待了，等待一个机会，或说只要再有一次，就对他开刀了。结果，这一次被他屡屡清廉了过去，持续的清廉，及日益隆起的清廉美名，终于使纪委无声地放弃了对他的等待，忙别的人去了。纪委曾怀疑走漏了风声，然而这是不可能的。他听后无言，仰望蓝天一刻钟后，对传递消息者深鞠一躬。此后，每年，老师都去给学生拜年，直到辞世。去世后，儿子接上了，仍是每年从市上提着大包的吃货，去看陈校长。

陈维民拉住表侄的手，老眼看向窗外。窗外是他的校园，远远的，高于校园的是山，是天。继而，天空模糊，大山也模糊了。陈校长说：

哈，真是，人老了就是眼泪多。

二十五、景　梅

景绿叶坐在一伞树荫下，读景梅发来的短信：

姐，看到你、姐夫、爸，都逢春之树一样泛绿了（问一下你身边的诗人，这个比喻好不好），我就不操你们的心了。我继续去市里打工，还是“教学”的活，这是咱一家的命。你们放心，也不要操我的心了。哈哈，老爸交给你啦，拜拜，挣了钱请你吃麻辣烫。

景绿叶将短信转发给任青，任青马上转发给景梅，加上几字：阅。比较恰当。

景梅正在去市里的车上，诗人的短信刚笑阅，又追来了副校长妻子的叮嘱短信，她装作没看见，不回信。她总结式地想着：全家四口人，你愁我，我愁你；你愁别人，我还要愁你的愁。累得够呛啊！心狠了没几秒，又怕景绿叶同志着急，电话追来，又得重复一遍或 N 遍，长姐如母式的唠叨了。便加急回复了“放心”二字，连同五个“！”。

景绿叶终于等到了回信，骂了句：猴丫头！

景梅去市上如回娘家。下了车，就奔广告牌前搜索，还不忘广告牌的背面——这是她们一代人的功课之一。选定了目标，一个电话应聘过去：普通话，以“您好，请问……”打头，一级乙等水平。马上获邀面谈。手一招，打的过去了。

是帮一位小学女老师"助教"她办的暑假辅导班。四十五个学生。讲解两套资料:状元题库、试卷王。上午讲解,下午改作业,三十天时间。工资一千到一千八百元,视工作能力商定。提供住宿。景梅当然答应。三天试用期满,女老师特高兴,一笑右腮上一个酒窝,深得像个陷阱。称赞小景:你讲得比我校的示范课都好。学生早看厌了自己老师的一张脸及脸上的陷阱式酒窝,忽而换一张更年轻的面孔,课又讲得新鲜,很是欢迎,从而在闷热的教室里能够服刑式地耐心待上一上午。酒窝老师答应给景梅最高工资,再赠一百元话费。羊毛出在羊身上,仅仅拿出五个学生的辅导费,就空手套白狼地将四十个学生的辅导费揣入了兜,不劳而获得胜过买彩票。买彩票的人还得天天面壁式地研究墙上的彩票走势图呢!一个假期大中一次,周末小中,有的每晚七点至九点"小小中"一次,中奖模式不一而足,中奖率百分之百。还有,九十套资料,六折批来,全价卖给学生,也是一笔的赚,不能因数目小就忽略不计吧,都是钱。

酒窝将一切丢给了景梅,自己做起了"学监",每天早晨,边发作业本边与有×的学生交谈几句,交谈很是关心与鼓励,与国家课堂上的"交谈"判若两人。景梅上课期间,又进来转两次,巡监一样。而后关在一间小办公室里(晚上供景梅住)吹风扇,上网。是很漂亮的笔记本电脑,本次收的辅导费买的。她一个学生收四百元,买几个笔记本都够。

一张百元假币,被酒窝用透明胶带×在辅导班的门玻璃上。第三天,酒窝笑着往下揭假币,告诉景梅,有人给她交了一百元话费,并在她的桌上放了一个希望将"示众"的假币去掉的纸条。酒窝说:

终于受到了良心的谴责!就是嘛,欺负教书的干吗?这么辛苦!是为你们孩子的前途!

有些题的怪、难、奥(奥数的奥)、绕,让景梅吃惊,怀疑出题者是否存心要弄坏小孩子稚嫩的大脑。再难,对景梅而言,还是简单得像个o——ok的o,或a、o、e的o,或得了肥胖症的零。练声一样讲题,割粮食一样改作业,洗衣服一样指导学生改错题,都是无限循环的重复工作,老奶奶的干活。可笑的是家长,孩子学习好的家长生怕孩子落下来,补着往前赶;学习中的，要补着追；学习差的，要追着补。反正都急。别人急，自己不得不急。德、智、体、美、劳，只亲老二“智”，其余全是从素质家抱养来的。不畏酷暑地往来挤，挤出了一个市场让老师揽钱。不来不行，别的老师忙，自己这个为师的闲不住。教育局三令五申或强行干预，首先惹的是家长们。等在辅导班门前的家长阴着脸，心里给教育局说：忙你们该忙的去吧，别在这烦！要不，就与老师里应外合、无隙配合，玩藏猫猫或老鹰捉小鸡的游戏。一句话，都在教育的跑道上，马拉松式地往前赛跑。连幼儿也被过度辅导。真是，人一生下来就接受教育，死了才算毕业。

有一位家长，极像景梅的师范舞蹈老师，景梅难忘，舞蹈老师是个极认真的好老师。她把自家的院子，教室一般大，上空用硬塑板一封，饰以塑料花卉，音乐一放，依然是高档的排练厅。由于认真与耐心，身为市舞蹈家协会理事的她，在家长中名气很大。又由于过度认真与耐心，一个小小的女生，在她的坚持下仰面弯得折断了腰，引发了轩然大波。

季节更替，人生的轨道弯折如坐标图上的曲线。秋季开学，景梅结束了乡村田园小学的雇佣教学，去本县城郊乡中学支教。支教经历在今后正式招考教师或公务员时加五分，这是大家最看重的地方。总之，支教算是人生的上升态势，很多支教者借此还解决了婚姻问题，满意度达百分之七十以上。

景梅给景绿叶学说了当时报名的情景。八月份，全省“三支”(支教、支医、支农)网上报名开始，二次文凭的也要。景梅去师范学院旁边的电脑部里报名，遇见了许多同学。或胖或瘦或黑，已经被社会折磨得失去了许多昔日的神采。有几个女的，不堪孤苦，早早嫁了人，只要有房子或有一份工作，身体健康，丑点老点都顾不上嫌弃了，真的。开始粗口，平均下来，说三句中国话约有半句咒语，咒骂的对象是泛指。开始厌世式的烦躁，开始虚伪式的恭维。他们说：啊呀呀景梅，你更美了，风雨摧不伤你啊。她们劝：景梅，你千万别嫁大款啊，花心，没一个善始善终的。他们羡慕，景梅你这下好了，你的昔日不爱情苦自考，经实践检验是正确的，你的前程一片光明啊。他们都在电脑部复制、仿造假文凭，明知文凭查得很严，就是要花钱和手握国家权力，掌控毕业生命运的"食肉者"玩玩。

报考队伍能把沿街的一排电脑部里的人忙死。电脑部挣的是小钱，但是不断地财源广进，公厕收费一样，天长日久，积百成千，还是很不错的。有些前几届没"支"走的毕业生，还在锲而不舍地报名。电脑里存放着他们的照片，及填表资料，他们像回头客一样进来，面色黑黑的，胡子茬茬的，眼镜脏脏的，衣服皱皱的，甚至还有抱着婴孩填"未婚"的，都玩世不恭地把钱一交，鼠标一点，一秒之内就到了审核者的显示器上了。

就在景梅怀揣千几元人民币，提着一套精美茶具、一套衣服、一套丛书回家的次日，传来消息：因为报的人太多，取消二次学历的支教资格。听说报考者把区上有关部门的电话打得不敢接了。经典骂语有：二次学历又不是二婚，为啥嫌弃？当初干啥不挡住我们啊？不知道中国的毕业生多吗？要我们啊？搜刮民财集资发财吗？退退退，退报名费啊爷爷们！

景梅次日立即返回市上，怨声载道，铺天盖地。景梅站在街上发呆，景文山打电话嘱女儿回来，说他头有点晕，回来再说。就挂了。

吓回来女儿，景文山说：

不要多想，静观其变。

然后睡去了。他觉得头真的有点晕，眼前几次黑过去，电脑黑屏一样。

次日的次日，任青、景绿叶打来电话，催景梅拿上自己所有的证件上县确认。听说迫于压力，又回到原先，同意报了名的二次学历者到各县的教育局验证确认。景梅先赶到润中，任青和她一起去。景绿叶一直目送二人坐的班车拖着一股土尘走远。土尘一样的情绪罩在心里，久久散不开。

教育局楼门前排着长龙。任青一看，两眼里有些虚怯，他是第一次见"龙阵"，让人错觉为教育似是一种商品。而景梅早见惯了，景梅捏着一文件袋证件（大专毕业证、中专毕业证、教师资格证、普通话证、小学语文资格证、小学数学资格证，计算机等级证等），排在"龙"尾上，给任青说：

别紧张啦，听天由命。

一会儿，景梅就到了"龙腰"。

确认结束，任青嘱景梅先回去，他有公事办。景梅苦笑，知道他要去跑动了。劝他别折腾，平时没烧香，急来抱不了佛脚的。到了县一级，就是一场权力、关系的大较量，逼一个诗人或“安能摧眉折腰事权贵”的副校长进角斗场，这不是要他的命吗？

任青次日回来，面色蜡黄，咳嗽不停，打了一针睡去了。自从上县见到“龙阵”至回来这段时间，他脑子里有一句课文，一直在反复朗诵着：“那些戴旧毡帽的大清早摇船出来，到了埠头，气也不透一口，就来到柜台前面占卜他们的命运。”任青一时记不起这句课文的出处，气愤地在脑子里使劲搜索，过了很久，才出来了：叶圣陶《多收了三五斗》。

任青朝自己头上拍了一掌。

城郊中学超编严重。平均每人一周二节课，靳校长让年轻人带课，一些妇女在办公室里坚守岗位，打毛衣。这类人都是校长奈何不了的，都有背景，是一步调不到城里的，暂时蛰居于城边上。公交在中学门口终点，五毛钱的票，一天两个来回权当散心。城郊无课，或课轻，检查也少，真是神仙之居。

听到一位人称“马铃薯老师”的上调故事。

“马铃薯老师”叫马灵福，逢人就说马铃薯洋芋同志帮了他的忙。马老师是众多乡下偏远教学点里的一名小学教师，之前没有这样大的名声，默默无闻得很。他的儿子撇下土地不种了，去外面打工闯世界去了。马老师不忍心叫自家的几十亩山地荒着，请了一年病假，种了一年洋芋，恰好这一年雨水旺，他的马铃薯大获丰收，弄了几沓沓钱。他把一沓沓钱连唾带骂带甩，几乎用尽了世界上所有的咒语，然后笑脸送了出去，第三天去找这沓钱的新主人，马上得到了明确答复。另外几沓钱，他在城边上买了一处烂院子。房子不行了，等于买了个地皮。他挣扎着翻修了几间房，两年后一条街道从他家门前修过去时，他的房产翻了三倍。每遇熟人，他真心感慨：是马铃薯洋芋同志帮了我的忙啊。

靳校长给景梅的课不轻不重，既给她锻炼的机会，又给她大量的时间

好好复习,将来考正式教师;还有,靳校长笑笑,说:

小景,找对象也得抓紧啊,就找城里有工作的帅小伙,这可是你那个诗人校长姐夫的重托啊。

果然,就有各色人等不停地来“相”她,西装革履,各行各业的,年轻年老的,或帅或丑的,未婚离异的,从政经商的,等等。共同点是:自负、直接。一来就说个不停,走时就要她的手机号。而后,反复发信息打电话,请吃饭、约跳舞……

但是,没有爱情的一缕儿气味,均是实打实的婚姻奋斗,且把婚姻缩为了吃饭穿衣,养孩子过日子。景梅统统没胃口,没心情,没意思。

闲来她躲入宿舍,翻翻书,静静心。一帘之隔,任窗外的世界喧哗去吧,任门口的红尘滚滚去吧。她顺手翻开一本教育杂志,看见一篇《我把打学生的手洗了》,标题诱人,她靠了被垛看下去。写的是“我”师范毕业分配到山旮旯一个教学点,教九个三年级学生的故事。“我”抓得紧,打了一个背不下课文的笨女孩一手板,笨女孩哭了,晚上来“我”的梦里问“我”:“老师,我是不会着才到学校里学来了,如果会,我就不来学校里上学了,你打我干啥?”如此反复地问,把“我”问醒了,额上全是汗。

景梅把杂志扣在脸上,想起了她的干妹妹,想起了自己的实习,帮吴老师教学、当聘用教师,都美梦一样温馨在满是庄稼与情绪的乡村里。

景梅翻另外几期杂志,看见“我”这个名叫李青春的老师,还发表了不少诗和散文,《雷锋》啊、《致一位支教者》啊,都简单着,宁静着。景梅闭目想象着李青春的形象,而后把其诗抄上几行,发给景绿叶同志。除了哄骗与假装淘气,她真不知道该给姐姐说些什么了。她发现用诗朦胧一下景绿叶同志,进而感染一下任诗人,是个不错的办法。

果然,景绿叶把诗句念给任青听,念完就骂:长不大的猴丫头,还有心情写起了诗。他们自认为通过字里行间,窥见景梅的心态还阳光着,就略微放心了些。夫妻二人都忙得,哪有闲心去翻桌头的教育杂志呢,那杂志是强行征订的,一人一份。

天气湿漉漉的一天,闲来无事的景梅终于大发淘气:她给李青春打电话。杂志上绝对正确地注明着作者单位，一个 114 就查到了。单位通了，找李青春老师，不在，问上了本人的手机号码。默读两遍那十一位数字，呼一口气，一一悄悄地摁过去。数秒后，终于通了：唉，你是谁着？声音苍老得令景梅一下子抬起屁股，站直了身子。

李老师吗，您好，我是您教过的学生的同学，我俩今天在杂志上拜读了您的大作，很感人的，真的！她不敢给您打电话，真的！让我打，问您过得好着吗？

好好。李老师的声音一下子年轻了好几岁，操起了山里的普通话：

她叫什么名字？

李丽。木子李，美丽的丽。还记得吗？

李丽？好像，没有，这么个学生？李丽？

哦，哦——，她好像说过她考师范时改过名字，真的！原先叫啥我没问过。哦，她刚上课去了。她让我告诉您，有机会上县来，希望能见面，聊一聊啊，都多少年没见了，上学时您很关心她的，真的！

景梅连说几个“再见”，赶紧戳了挂机键，长呼一口。呆了几秒，景梅问自己，你没疯吧？你疯了？

回想，全部过程，如同妹妹在骗自己的亲哥哥。

周末，又是湿漉漉的。李青春打电话，说：

我在县上。看你俩有闲吗，过来一块儿吃午饭，见个面。

景梅应约后，才发现自己是个胆大的女子，现代术语叫，野蛮女孩。她对自己的电话一撇嘴：

看你怎么往下演？

景梅没打扮，背上包朝镜子瞄一眼，说：

地方选得不错，小西湖。

去了，没人。景梅按电话，打不出去，欠费了。她急忙走进旁边一个自选书店打公话，一个站在书店里认真看书的人的手机就响了。

李青春似乎是任青的校友兼诗友。但他不认识任青，印象中好像看过任青发表的诗歌。李青春穿一身新西装，习惯性地推眼镜，一定要请景梅吃烩肉。选一个面临湖水的小间坐了,边拿纸擦桌面边问话,把自己的高兴,兄长一样在一个漂亮姑娘面前规范着。问他的学生咋没来?问她啥模样,这些年肯定大变化了,街道碰上也认不得。景梅说她同学请假了,回老家去了,她同学比她个头小些,红脸蛋,戴眼镜,最爱读诗。

之后,因诗而教育,佐以热腾腾的烩肉。景梅感觉的一点没错,对面坐的是大龄未婚者。其心理状态、诗水平、教育水平,连同年龄均属任青的表弟。前三项远低于任青,后一项年龄,低任青几个月至一岁。函授二次学历,中心小学教师,不满现实之心远不及景绿叶口述的任青婚前状态——不是景梅一下子挖得这么多,是他说的,一直在说。景梅已经习惯了此类说。之后,他争着付了钱,他们撑起小伞进入了雨街,无意识状态下散步到小西湖。雨点击乱湖面,李青春忽而转入了忧伤,谈自己的艰难求学,谈近年来的多方奔走、为父母治病,尽孝送终。景梅沉默地听着,沉默是对一个孤儿的尊重。

忧伤才是李青春的真面目,家庭的重压及渺茫理想的向往,使有些心高的他耽误了婚姻。不烟不酒不麻将不找对象,"只有远离人群才能找回他自己",躲在交际之外,以文学安慰自己的孤独。分别后,景梅在街上漫走着,《雨巷》里的"丁香姑娘"一样,期望碰上一个阳光一样的青年诗人。交了话费,又返回去,为李青春交了偿还饭费式的话费,让公交将疲惫的身心,从自己导演的剧情里载回去了。

大雨之夜,景梅忽然想给姐姐大哭两声,直接打电话,关机。给任青发短信试探:黑夜给了我黑色的眼睛,我却用它看不见光明。

没反应。越等越黑,俩耳朵里全是雨声。

景梅忽而下决心要写首诗,还要发表。她不知道,诗及诗人,其实就是这样开始的。

她趴在被窝里,指肚在手机上写下诗题:《无言》。

——一进入诗状态,她渐渐摆脱了巨大的孤独对她的挤压,较轻松地熬到了瞌睡的到来。

这天，景梅静在桌前，心里正在山泉般流淌着情绪。一位留板寸的精敏中年人，腋下夹着公文包，直接推开了景梅的宿舍：

不认识吧，哈哈，我回我的宿舍来了。

景梅的情绪被截断，浑身木起来，一些愤怒跳进她的眼睛，但她的眼帘马上闭合了两下，刷新了自己的目光。

来人自传一样口述自己：他姓黄，是本校教师，不愿一天待在图书室里无所事事，便到城里租房卖起了摩托。

景梅赶紧让自己的脸庞笑了一下，给他倒水。黄老板边喝边说：

小景，我一看你是个好人，优秀的人。校长每月扣我九百元，说是招一个老师顶上我的人头数。没想到招来的是你。可惜可惜！你这样的人才，应该考上的。现在这社会，唉！昨晚我和教育局的谭股长喝酒，我俩是同学，他学习、教学远不如我，但人家会当官。我带着小靳给我撑酒，哦，小靳是咱校校长的侄子，他在我的摩托店里打工，我一月发他一千，不然我能混得这么开吗？我装胃疼，叫小靳把谭股长灌了个稀软。酒后吐真言啦，说他的股长快当到头了，说这次支教招人，几位有关领导都要插自己的亲戚，二次学历，结果内部接到上面的通知：二次的一个也不能招。那为啥让报名让参与呢？是那时群情太激烈了，采取了欺骗办法，政策还是维持原判。

黄老师最后才托出了此行的目的：他外甥上次来学校替他做继续教育试卷，看上景梅了。他外甥也是师范二次学历，在外地上的。

他胆小面薄，托舅舅先探探口风。碍于老姐的面子，他跑一趟，成不成看他的命大不大。

景梅笑着说：

我好好考虑一下，然后一定给黄老师给个话。谢谢啊！

中！中！走了啊！说实话，这里面我不爱进来得很。

出了校门钻进小车走了。

景梅扣了门，拉了窗帘。坐着坐着，泪奔如河。她狠狠地想：她一个世纪不理任青和景绿叶了，为什么要瞒！又不是死人、塌天的事，为什么要瞒！

老爸肯定在装不知道！

金、木、水、火、土，不知道我是火？你们！

路在何方？景梅记起自己小时候常做的一个梦：跌入漆黑的深渊，抓不住，蹬不住，喊不出，急剧的挣扎，恐惧！惊醒，浑身汗洗了。她就抓住母亲低低地哭。

梦魇！

景梅请了两周假，说要集中复习一下，开始考特岗考公务员了。靳校长收了假条，满口答应。到了市上，景梅才给姐姐打电话，说市上有个考特岗考公务员的辅导班，她报了名，去狠狠再学一下。和同学一起去，住在一起，两周后结束，回家给你个惊喜。按了挂机键，她继续说：

对不住了，同志姐，这是向你们学习的！你们瞒我是会付出精神代价的！

一周后，景梅给任青汇钱，斟酌附言时，她不由得悲从中来。她的耳边又响起那位卖摩托的黄老师的话。黄老师大骂靳校长太黑，说：

扣我九百元，发你七百元，黑了二百，还不高兴，不点头。你姐夫着急，找到他说，你每月给景梅发五百，二百元归你，我每月出三百，凑够八百打在景梅的卡上(当时的支教，每月生活费是八百)。我说的没一个假字，至于我咋知道的，你就不问了。这些人类灵魂的工程师！这样几掏，每月就吃四百，你拿八百元，还暗里欠着你姐夫的三百元人情钱。我是对不起党的哺育，但我起码不是党的教育事业的蛀虫，我的钱是我凭本事挣的，都是干净钱……

任青收到了汇款，附言是：“良苦用心费。”

几个钱没必要汇，要汇；几句话可以问，不问。性格使然。

出了邮局，眼前是一片社会。景梅大步流星，两脚踢着街上的滚滚红尘，满心的酸楚翻腾着，煎着她一颗年轻的心。她过街穿巷，进了一家学前班的大门。

景梅在她的师范班主任云老师办的学前班里，当副校长兼教务主任，月薪两千五百元。

请假离开城郊中学的当天上午，景梅仍扣了门，拉了窗帘倒在床上冥想。忽然有人敲门，她坐起来，没有出声。一会儿，一张纸从她门底下进来了。门外脚步声远去，她跑过去一看，是汇款单，十五元稿费，哇，她的《无言》诗，在市报上发表了。她赶紧跑到办公室翻报纸，翻出来后，一群闲老师挤过来看，连连惊呼：不光是美女，还是才女！正闹着，一个陌生电话来了，她按下接听键，紧接着叫了一声：哦！云老师！您好云老师！

云白老师在网上看报，一看见景梅二字，她一指头点住了：景梅，我的班长，你在这儿啊！她立即打电话，报社，城郊中学，不到十分钟，便听到了景梅的惊喜。老师有给学生发命令的特权，云白问了学生的"支教"情况，说：

景梅，你马上到我这儿来！

答应了在老师这儿干的当晚，她细细梳理这一时期的峥嵘岁月，感吁之余，她给李青春打了电话。正是读了其文，见了其人，写了小诗，才让云老师找到了她。景梅高兴着声音问李老师忙不忙，心情好不好，诗还写不写。完了就说，自己去市上了，有机会到市上来了，她要请客。顿了顿，还问他找下嫂子了吗，她等着吃喜糖呢。挂了电话，景梅鼻子里酸酸的，浓烈、膨胀，一股股钻进眼睛里去了，烟得两眼睛都想哭。

而后又给黄老师打电话，告诉了她的考虑结果，结果就是：暂时不考虑。

还有一项遗留的作业，向靳校长，向景绿叶同志、任青副校长，向老爸，向整个社会摊牌。暂缓一缓，反正两周的假还未满，况且她已给任青汇去了信息，连同她的脾气。

收到汇款后，任青、景绿叶先后几次打电话探她的口风，她一概模糊回答：

良苦用心费就是用心良苦费嘛。对象，对象一堆堆，都穿新衣裳，看不出谁好谁坏，正在艰难筛选中。

景梅在笑着通话，脸上，小孩子一样一把一把地抹着泪。含泪之笑，是生而为人的一种表达，是活而做人的一种方式，自己释放，亦由自己品尝。

七彩虹学前班一百四十名学生，四个班，四位女教师。云白让景梅带了她的班兼管理学校，把自己解放出来。

昔日师范的班长不到一周就将一切理顺，她借鉴在城郊中学办公室墙上看见的——好像一直在墙上——量化管理责任制，将安全，尤其是接送、教学、卫生等细化量化，责任到人，奖罚分明。又带着三个和她情况一样的姐妹，晚间、周末办一至九年级各科辅导班，学费全市最低，质量争创最高，且专收差学生、穷学生。一传十，十传百，学生越来越多。收入高了，青春的欢笑与人生的自信，渐渐回到了姐妹们的面庞，忙并快乐着。

景绿叶打电话。景梅打的到市医院门口，一把抱住景绿叶。正午的阳光温馨在姐妹的拥抱上，妹妹说：

吓死我了，没问题吧，说实话！谁再骗我谁是小狗！

任青说：

没问题，教师体检。都往好的医院跑，我和你姐也来了，享受一下市级体检。

景绿叶说：

全身上下都检了，我好着呢。就他缺些钙。你看，这是钙片。

景梅说：

缺钙？副校长缺钙，我信；诗人缺钙，我不信。

任青说：

听听，话里有话。

景绿叶问：

复习结束了吗，进步大吗？

景梅连连点头：

进步大进步大。

景梅要赶回去，她订的制度她得执行。景梅打的，一车把俩同志拉到汽车站，才放心返回。景绿叶盯着妹妹说：

好好复习，说不定我俩要到你那儿检查去呢。

要查了查走，欢迎！景梅唬这两个乡下人。

下午上课时间到了，景梅打的走了。

景绿叶拉上任青悄悄钻进出租车，电视剧里一样，跟了上去。

他们在学前班斜对面的小宾馆里登了一间房，趴在窗台上观察着对面的情形。

被景绿叶的直感、任青的预感直接命中了。

果然在这里，这鬼丫头！

向小宾馆的老板、楼下的水果摊老板，采用聊天方式一打听，全是赞美。说：教得好，尤其那个小景，长得好、能力好，还是师范的高材生，比公家学校里的老师强多了。又说：唉，好归好，就是考不进正式老师里去！

社会调查后回去，景绿叶继续临窗观察，她的韧劲与耐心让任青感动。小娃娃五点多放学，叽叽喳喳往出走。六点半开始，穿校服背大书包的小学生三三两两往进走，明显是晚上补课的。九点结束，景梅送学生出来，看学生走远了，转身拉上那两扇绿色的铁皮校门，拉得咣咣响，锁上了。景绿叶退离窗前，急忙与丈夫讨论到底见不见景梅。

最后，景绿叶决定先探口风。电话一拨，就通了。景梅张口就问：

到了吗，姐？

景绿叶说：

没。姐想你得很，很想和你睡一起说一晚上话。

景梅就软了，说：

我也想和姐好好说说话，就是太忙了，才刚结束。今天你们应该住上一晚，明天再走。

任青赶紧送上去一句：

我们今天没走成啊。

很快，景梅跑进了房间，电话都没挂。景梅朝二人瞪眼，抓起枕头打景绿叶。姐姐赶紧抱住了妹妹。

终于摊了牌。景梅站在二人面前严肃宣布：

相互哄骗到此结束！

二人以家长身份，参观了妹妹打工的私立学前班。

晚上，任青住宾馆，景绿叶跑去和妹妹睡。躺着聊，敞开着心扉。俩姐妹像大学宿舍里的同学，聊爸、聊任青，甚至聊到了李青春、黄老师。记起谁聊谁，快乐得像两只鸟儿。夜深了，瞌睡几次亲近俩姐妹，俩人都张张口，揉揉眼拒绝了。

景梅的电话骤响，像一群鸟被惊吓了。景梅瞄一眼，朝电话问：

这么晚了，你怎么还没睡？

没睡。我们在等爸爸回来。我在做作业，一道题不会，姐姐老师，你睡了吗，我能问一下吗？

睡了能接上你的电话吗？傻丫头，你说，是什么题。

景绿叶爬起半个身子，拧着脖子一直听到挂了电话。景绿叶将头扔到枕头上：

城里的孩子真辛苦，这么晚了还钻在作业里。

景梅的脸沉默着，忽地亮起来，说：

这个小女孩特聪明伶俐，把我一直叫姐姐老师。好奇得很，一次，她妈妈发现她正在偷偷地观察自己的下身。妈妈当即屁股上打了两巴掌。跑去问爸爸，自己是妈妈亲生的吗？爸爸说是亲生的。她问，亲生的怎么还打呢？疑惑了一会儿，说，要不你上网查一下，看我是妈妈亲生的吗？一次挨了打，整着要死，把两支葡萄糖喝了，然后躺在床上等死。爸爸一问，说是在电视上看到的，说妈妈打了孩子，孩子就喝药。一喝药，就死了。死了就再打不上了。还有，晚上不让爸爸妈妈一起睡。说，我们老师说了，男的和女的一起会要流氓。你看电视上也是，男的和女的在一起就要流氓，亲嘴。前几天忽然问她妈妈，流产是什么，她妈妈又气又笑，指头戳一下她的脑袋，问你们老师去。推给了老师。老师又推给了年龄，说，你长大了就知道了。

景梅下巴撑在枕头上，好一会儿没声音，像断了电的午夜广播。景绿叶以为她睡着了，刚要给她拉被角。景梅说：

其实，这方面的教育很乏力。有一次，这个幼儿园的一位老师，问一位和男生拉着手去上厕所的学前班女生：

女生上厕所敢看吗？

敢看。

男生上厕所敢看吗？

不敢看。

为啥不敢看？

羞得很。

为啥羞得很？

我也不知道，我回去问我妈妈去。

景绿叶笑了笑。景梅问：

姐，假如让你来回答这个问题，你怎么说？

景绿叶说：

我也不知道怎么说好。没有这方面的教材吗？

不知道。我没见过。偶尔在电视上看见，一位幼教老师，让几位幼儿给自以为不能摸的男人女人的身体部位贴图片。结果贴对的幼儿很多，但一问为什么不能摸，要么羞涩地不回答，要么难为情地看老师，回答，就是不能摸。

景绿叶说：

教育专家应该提供一些参考。用几句话，既不违背科学，又能让娃娃听懂。

景梅说：

这么说，姐，看来你是支持给孩子讲这些的。现在大部分的家长、老师，都像刚说的回答“流产”一样，不讲不解释，以为孩子大了会无师自通。其实，大人不讲，孩子就更加好奇了。

这个话题明显是有分量的，渐渐压住了一对姐妹。大夜弥漫，将二人带入了幽深的梦境。

早上，景梅拉了姐去买早点，两人的高跟鞋叮叮地踏在城市的街巷上。忽而，身后追来一句“景老师——”，姐妹俩转身，身后有几个人，不像喊人的。她俩回身再走，“景绿叶老师——”，景绿叶转身。这时，后面的一家电脑部里跑出来一个女的，往来跑，“景老师，我是赵兰啊。”

景绿叶进了电脑部。赵兰说：

早看见你像咱润水中学的景老师，怕认错人，我冒喊了一声，还真是景老师你呀。

赵兰告诉俩景老师，这个电脑部是戴老师同事的弟弟开的，生意还不错。弟弟要到省上发展去了，要转让，戴老师得到消息，立马用工资抵押贷款，转让了来，让她经营。转让费才给了三分之二，剩下的明年给，真是遇上好人了。景绿叶比自己发了财还高兴，说：

赶紧过会儿把任老师也叫过来，他肯定会高兴的。

又问：

啥时吃喜糖呢？

赵兰红了脸，说：

快了。这几天在收拾租住的房子，到时把我妈也接来，一边看病，一边帮戴老师带一下孩子。

景绿叶给妹妹说：

你们学前班印试卷啥的，就给赵兰吧！

景梅说：

遵命！就是园长不给我也要夺来的。

都高兴得，俩姐妹成了仨姐妹。

又一个周末，景梅租车回家，越接近故乡心情越迷惘，故乡的风吹起她的衣裳。归心似箭，这个成语此刻要再加一个字：归心似火箭。其实，景梅家走市上比走县城还要近二十里路呢。景绿叶在厨房忙大盘鸡。门口车打号，大家出去看：景梅！大包小包的。

出租车走后，景梅说：

没吓着你们吧？

任青说：

是有一点。你比我们阔气多啦！

景梅拉着老爸的手，看个不停。说：

老爸瘦了。你们怎么照看的？——问责。

边吃大盘鸡边聊。团聚使亲情更馨，使胃口更好。团聚把幸福放大了不止一倍。

电话响，景梅一看，说：

是我干妹妹。

接通后，在问一道应用题。景梅在院子里走，边指点边讲，像个教坛新秀。完了，说，这是她带的辅导班的一个学生，住在学前班隔壁的出租屋里。家穷，交不起辅导费。来了就喊她叫姐姐，帮她扫地、拖地、搬桌子、淘厕所，还要给景梅姐姐洗衣服。

晚上，景绿叶给妹妹洗了头。景梅给父亲洗了脚，补了一次亲情课。然后坐在一起，听景梅讲打工的见闻。景梅说：

离我们学前班不远，有一家 OK 学前班，校长也是女的，不会上课，却是个人精。她给小学的老师发钱，让老师介绍班里的学生，到她那儿参加周末或晚上的辅导班。按人头，每介绍一名五十元。然后招师范学院的优秀学生来辅导，学费二八开，她拿八成，不几年补课补发了。我偶然发现我们校门前的一个买饮料的老婆婆，在说我们办的辅导班的坏话，把学生往 OK 学前班那儿拉。现在社会上，“托”多得很，这就是“学托”。老“学托”还没认下我，我就装成接学生的家长，过去和她聊天，告诉她，我们老家有个老奶奶，去世时一直烂嘴皮，烂个不停地烂，临咽气时，多一半的嘴皮烂掉了，牙齿露在外面，吓人得很。叫来阴阳一看，说，造孽啊，人年轻的时候说了谎骗了人，老天会原谅的；但是，上了年龄，过了四十岁以后，越老越不敢说谎骗人了，说一次谎，骗一次人，去世前，就烂指甲盖大的一片嘴皮，说多少烂多少，老天记得清楚得很，一次都少不脱的。第二天，“学托”就消失了，再也看不见了。

惹得大家笑个不停。小狗前爪搭在门槛上，朝大家直旋尾巴，直叫。

景文山说：

看，你把狗都惹笑了。

景文山拢住了笑，说：

现在的人挣钱挣疯了。你们听我说，特别是梅花要记住啊！

大家直了身子听讲，景文山抿了口茶：

我的金钱观是，比如你一天需要花十元钱，这十元是生活必需的，是最低的限度，那么你一天能挣来十元，就能活；挣十二元，就算活得行；挣十五，就算小康。一句话，很累地挣来很多的钱，与比较轻松地挣来比较多的钱，应该选哪一种活法？人来世上一辈子，不容易，但肯定不是为了挣钱来的。要把钱看作是服务人的工具，不要做钱的奴隶！

夜色渐浓，乡村渐趋宁静。亲情是最好的减压剂。景梅指头弹跳着。这时，景绿叶、任青手机响。景绿叶一看，说：

爸，看，你小女儿的短信。

景文山看，景绿叶念：

刚才，老爸主持召开家庭会议，就"挣钱与活人"这一主题发表了重要讲话。讲话指出，很累地挣来很多的钱，与……

笑得人民老教师抹眼泪，说：

我又不是国家领导！还发表重要讲话！

景绿叶说：

不是国家领导也是家庭领导。

景梅接口说：

反正都是领导。

转头向任青：

当领导吃力得很，对吗主任？

任青忙点头，他将景梅的短信给陈校长、小张、闫老师、罗老师、老宋等人转发，是认真，不是开玩笑。这时，景梅的老师云白打来电话，景梅按了免提键：

景梅，你发的短信很好啊，替我向你爸爸问好……

睡觉时，景绿叶拦着景梅，问她的老师云白的情况，景梅叹了口气，双手枕在脑后，说：

做女人真的吃力啊，吃亏啊！

景梅告诉姐姐：云老师离婚了，很平静，离婚一年了，好多熟人还不知道。她离婚后，辞了职，办了这个学前班。刚开始时只有二十四个学生，教得很辛苦，还要带三岁的女儿。也教得很好，被教育局树为民办学前教育示范点，慢慢地，学生越来越多了……

景绿叶也双手枕在头下，直眼看着屋顶，她想象着一位高雅、倔强，不容蔑视的中年女教师的心路。

景绿叶当然也问了：

最近有没有帅小伙来追你？说！

这是爸、任青、姐，最想知道的。景梅想了想，说：

好像有，好像没有，反正，我告诉你们，我保证，我肯定找个教书的，请你们放一百个心好啦！谁让咱家是教师之家呢！

景绿叶盯着景梅的眼睛，知道这丫头还不肯告诉她：洋芋没煮熟就不肯揭锅盖。景梅张张嘴，示意姐姐瞌睡了，她困了。景绿叶只好闭了口。景梅闭了眼，她的眼前就有一张脸在笑，忽而清晰忽而淡远。

这张脸的主人叫陆军，市一小教师，是一位刚从乡下奋斗到城里的优秀青年。多年的奋斗，使他英俊的容颜已丢失了三分之二的青春气息。他班上的几位差生在景梅那儿补课，在周记里给了景梅一大堆无私的称赞，这些孩童笔下真诚的称赞，吸引他去暗访了一次景梅，暗访的瞬间立即转入正式拜访。景梅一个月挣的，比他多得多，且不要求他买房子。正是房子，使他深深厌恶了城里有正式工作的傲气姑娘。景梅给人的轻松，使他竟然笑了几次，他许久没有笑过了。他给景梅说：

你忙，还有快乐。我那儿，就两个字：忙、累。老师忙学生忙，学生累老师更累。其实是师生在互相制造忙和累，老师没有快乐，学生没有快乐。一句话，教育没有愉快可言！

景绿叶翻起身为妹妹盖了盖肩头。景梅的呼吸安然而幽深，故乡山湾里的洁净空气，暂时淘掉了她的疲累，疗祛了她心灵的一层层创伤。

一两声鸡鸣传来，忽近忽远，恍若一两句经声或祝词，从天庭坠入人间。

二十六、景绿叶

日益康愈的陈校长午睡醒来，神清气爽。他点着一支烟，把一些思绪袅起在面前，往往一支烟后，下午的上课铃就响了。凡事大家都来问他，他全应以一句话：叫任校长看着办。甩手掌柜当得他心里偷着乐。大家知道去找他，他只给那句话，但还是要先去问他，先问他问的是尊重。而后，任青三思，带着处理方案与他商讨。他仔细听，然后高兴地说：

考虑得全面，我看行，你决定。

任青走了。老宋进来冲他点头：

校长这才当到家了啊，知道你的口头禅变了吗？原来是，是不是；现在是，叫任校长看着办。

两人都笑了。

老宋看玻璃窗外，目光盯在任青的行走上，盯在一步一步交替迈进的双脚上，说：

年龄啊，到了一定年龄，人都会稳起来的。

收回视线，一屁股塌在椅子上：

到了一定年龄，就不会再往砖头上刻章子了。

陈校长一笑，闭起了两只更稳的眼睛——任青曾经有段时间，屡屡捉了砖头或者橡皮刻章，然后鲜红或墨黑地戳在藏书的扉页上，轻吹着口哨自嘲着嘴角，笑笑的目光游走在“滴水穿石”或“厚德载物”的字里行间，自我欣赏。久了，书法家似的名声大起来，有几枚刻章被张玉、祁老师、闫老师等人一通称赞后，顺手带走继续“欣赏”去了。一天，就有一位老伯找了来，说他要领几个补助，没有章子，乡上不给领。任青让老人稍等，抓过一枚篆章在水泥窗台上磨了几下，磨平后，问了老人姓名直接往上反刻，不打草图。进门来的老宋看得直竖大拇指。

结果，老人又找来了，说是政府嫌弃呢。任青就找到乡上去了。问：

你是看章子上的字，还是看章子的材料。吃饭用碗，让瓷碗、铁碗吃，不让穷人用木碗吃？

哎呀，你这人。你见谁的章子是砖头做的？

你见哪部法律规定章子不能用砖头做？

年轻会计嘴皮直动，却说不出一字半句，头一抡，要找乡长汇报去。结果，被进门来的老乡长喝了两句：

你赶紧给老人领了，叫拿上称茶叶去，磨叽啥！

任青嘱老人把章子拿回去，以后但有补助，直接拿砖头章子领。这不，乡长都同意了的。

此事，自然被闲人当作鲜料咀嚼了好些天。

陈校长和老宋踱着步子去教学楼跟前转转。这是两位老教师每天要备的一节课。楼已建成，正在收拾场地。看着庞然而矗的建筑，他们很有成就感，如同终生的教育奉献，树起了丰碑一样。有一天景文山来，三人又去踩楼道。下来后，陈校长望楼感叹：

三十年前没敢想，二十年前没有想，十年前开始想，今年，终于要听到润水中学教学楼上的上课铃响了。

陈校长说：

国家没有忘记咱这个乡下中学啊，咱们都在这儿干了一辈子，咱们一群人一年四季在这里忙，是有人知道着的！不管咋样，党的教育事业是在发展着的。一叶知秋，一楼知发展。

这些话，被教师们短信发给好友，好友发给熟人，名言一样传向四面八方。

景文山一把扯住陈校长的胳膊，说：

刚你们中学老师有功劳，我们小学老师，没功劳总有苦劳吧？

有！有！你们是功劳苦劳都有！你们的工作，是这座大楼的地基！地基夯不好，楼咋盖得起？楼成了庆祝的时候，要请全乡的老师来，你们坐前排！

景绿叶牵挂着景梅，景梅动她动，景梅稳定下来她稳定下来。让她年轻的心拼搏吧，只要是在教育上，大家都不会对她说“不”。何况，她答应嫁的也是“教书的”。学校里，陈校长病好了，教学楼成了，任青也干顺了。老宋、小张、小何两口子、闫老师等，都家顺心顺，全心工作着。景绿叶始终让教师灶上的简单饭菜，清香着大家的肠胃。夜间，继续以笔为犁，耕耘在父母昔时耕耘过的田园上、时光里。

台灯的一圈光晕，恬静地映在纸页上。景绿叶顿笔沉思，她想起景梅那次回来，谈起为穷孩子补课时，父亲首次披露了他在省城为母亲看病期间，也曾补过课做家教的经历：服药之余，父亲为母亲读书读报以排遣思念孩子的煎熬。出租房的隔壁也有穷孩子上小学，不会的题就跑来问他们，他们也乐于讲解，恍如为自己的孩子解题，恍如重返讲台。这份愉悦竟然大大阻挡了病情的飞速恶化，让医生非常惊讶。周围问题的孩子多了，几位当地人数次请他作家教，他说他不是为了钱，虽然他们花了更多钱，但还撑得住。家长们便商量着租了一间房，弄来桌椅黑板，俨然成了辅导班。月末，都把或多或少的钱压在黑板擦下。有家长还找记者来，那记者的爹妈也在乡下当过教师，感动得写了半个版面的报道，之后还多次来看望他们……

不是针对景梅，老爸也许会把这些烂在肚子里了。老爸说了，我也办辅助班挣了，我挣的是增加你妈妈的快乐，减少你妈妈的思念和疼痛！这些是拿钱买不来的……

景绿叶眼眶里蓄满了泪，她在心里低低地呻唤着：妈妈啊——妈妈啊——爸爸！

时光在夜幕下流淌而过，景绿叶的笔带着湿润在前行。景绿叶忽而在内心呼喊道：

妈妈啊，您一定要保佑爸爸健康长寿，我们都不能没有他呀！

——上周，待景绿叶知道时，父亲已经在市医院吊完当天的瓶子了。这件事，景绿叶一想起，既后怕又敬佩。是该敬佩的：父亲在家刮胡子时剃刀落地，胳膊酥麻，他立即锁了家门，在村里人的帮助下拦了一辆小轿车，直接去了市医院急诊科。他给大夫说：

我中风了，快吊瓶子。我任务还没完成，病不起也不敢走。

一查，果然是轻度中风。大夫吃惊了：

能自己跑来说自己中风了的中风病人，我们是第一次见到啊！

当年看病，他不知自学了多少医学知识，中老年常见病的症状，像剃刀落地、眼前一过黑这些，他早知道了，没想到的是被自己碰上了。碰上了他争分夺秒往医院赶，而不是打电话，先把孩子吓个半死，还耽误时间！活法千千万，第一不该乱，第二不该慢。到下午下班后，景文山感觉自己的病几乎全好了，他忍不住打电话问景梅在干啥。得知景梅正闲着，才说：

咱庄里的一个老人害了个病，我来看看，这会儿正在市医院里，神经与血液内科，二十六号病室。

景梅跑进来，见病床上只坐着父亲，正和一位大夫笑着说话。

不让告诉景绿叶两口子，后天瓶子吊完，回去了，再说。

景梅想，不告诉姐，姐以后绝对饶不了我。景梅想谁也不能得罪。于是，她在公话上捏着鼻子给景绿叶打电话：

喂，能听出来吗？我是你老同学哈冬梅，能记起吗？我还去过你家的。哎，我刚才在市医院好像看见你爸和你妹了，没事儿吧？

扣了电话，同时，一键将事先输好的短信发了出去，然后关机。被弄糊涂的景绿叶一看短信，竟是：

姐，我手机没电了。

待景梅回到病室，父亲已经举着手机，给九十公里外，润水中学里声泪俱下的大女儿如实招了。景梅坐在父亲旁边，偷着想，我现在才明白了，为啥景绿叶同志爱骗我，我有时就是想骗景绿叶，原来是遗传啊。

“小中风”为陆军提供了机会，他找到市医院时看见景梅在打公话，跟进去，看清科室后，返出医院买了一大堆水果。进去后，以英俊年轻和知书达理迅即赢得了“准岳父”的欢喜，景山文高兴得几次忘记了自己的病人身份。出了病室，景梅拳击陆军，气愤地吼：

我爸已经喜欢上你了！你这个，趁火打劫！你这个感情小偷！贼！

景梅的泪簌簌掉下，她跑远了。陆军追过去：

对不起！对不起！没征得你的同意就贸然拜见了令尊大人。我找不着你啊，急得我！云老师说你去市医院了咋不急呢！眼一转看见你打完电话往进走，不知病情咋样，你关机了，一急就撞进来了。说真的，我太佩服你爸了，自己给自己把病治了！

景梅直指陆军鼻子：

谁说我爸有病？

陆军退步，景梅进步。景梅忽而出了哭腔：

我爸没病的！我爸永远没病的！

景梅蹲了下去，脸上淌下了两股子：

我知道，我知道我是家里人的愁愁！

这一切，都是她景绿叶后来知道的。景梅给姐说：

我要考验他十年！叫他像个贼！

还有不知道的：两个年轻人出去了，景文山摸摸衬衣的衣兜，把盖布仔细扣好了。兜里装的是一只荷包，新手帕包着。这是妻子白梨花年轻时送给他的。这个他一般不离身，景绿叶景梅一直以为父亲包着一叠人民币。

景梅在家里准备好了蛋糕，等姐姐、姐夫回来一齐给爸爸过生日。

景绿叶、任青去县上拉桌椅，区上捐赠的。回来时，三轮车刹车失灵，甩下壕沟时，景绿叶抱住了任青的头部，任青受伤轻，重伤昏迷的景绿叶被抢救了过来。一醒来，景绿叶叫大家回避，她给妹妹急着说了两句话：

假如我好不了，任青就交给你了。不然，他会调走的！

景梅一把抱住了姐姐。

亲情、爱情、友情牢牢拽着景绿叶，终于将她拉回，且督促着她，营养着她，使她很快地康复。景绿叶老是做梦，白天或夜晚，梦醒之后，她大睁双眼，默默注视着她周围的世界，几乎不相信她还在这个美好的世界里活着。任青将自己的睡眠减到了最少，但还是这晚没看住景绿叶。景绿叶梦见出了车祸，她好好的，任青叫不醒了，她哭天喊地就是叫不醒。惊醒后，她反复告诉自己，梦是反的，正好相反。但还是吓了她：紧张，进而颤抖，她怕吵醒身边刚睡着不久的任青，悄悄下床，出了门。满院月光，门前那方树畦里的冰层（先前流进去的水冻住的）明亮如镜，她胸内急得着火，她一下子扑倒在冰上，狠狠地抓住冰凉。任青蓦然惊醒，冲出门来，将她抱起。冰面已被血肉之躯融出一个人体轮廓，木刻那样清晰地烙印着：一只手臂举过头顶，奋力向上，似要抓住这个世界。

景绿叶很快地康复着，她老是做梦。她在午睡时梦见景梅在润水中学上课，还将坐在教室正后面的高个子苏芳芳打了一手板，苏芳芳一哭，景绿叶醒了。景绿叶着急慌忙地打电话问景梅在干啥。景梅说，她在看云老师和她的女儿睡觉。景梅说，云老师隔一段时间就“消失”两三天，最近竟然消失了几乎一周，她带着云老师的女儿上网找云老师，给云老师讲爸妈的故事，讲你的故事，云老师回来了，说，她要帮你出书，印出来好好看看，并且赠给广大从教的姐妹们。云老师说她要振作起来，把学前班办大。她为学校内的离异孩子减了一半学费。说她要给女儿找个好爸爸。云老师还让我们几位姑娘一边好好干，一边抓紧找对象。谁先找上对象，她就帮谁在别处办一个学前班，然后让她好好创业去。景梅说着，哭泣了起来。

景绿叶很快地康复着，她老是做梦。她半夜梦见爸爸在她的书上笑，爸爸笑，妈妈接着笑了；妈妈一笑，她就醒了。任青也醒了，任青用带子把她和他相邻的胳膊绑在一起。任青朝她笑，指桌子上。她看见任青把她俩积攒在墨水瓶里的蘸笔头全摆在桌子上。他俩穿衣，走到桌前看。任青说，我有个想法，想用这些蘸笔头拼焊成一句话，然后拍照，把这句话印在你写的书的封面上。景绿叶笑了。这句话用蘸笔头摆在桌子上，是“嫁给他，留住他！”这句话，是当年旺水村的人，给景绿叶母亲白梨花说过的话，

“他”是指景文山；几十年后，陈校长和父亲给景绿叶也说了这句话，“他”指的是任青。这句话像命令一样，是缺老师缺文化的山里人说出来的。

景绿叶飞快地康复着，她老是做梦。黎明时她梦见了彻天彻地的雨，及彻天彻地的雨声。世界被雨打湿，润水中学被雨浇绿了，绿得如江南。一位年轻老师在讲课，他讲的是雨，板书的是“雨”，“雨”越下越大，成了“雨雨雨”，学生哄地笑了。她醒了，像活过来一样地醒了。任青紧跟着也醒了，解开绑在她胳膊上的带子，看着她，笑了。

景绿叶也笑了，花朵一样。

后记：一枚绿叶，及其他

景绿叶，是本书的女主人公，是一个人物形象。于我，她更是一个人。动意立项、调查构思、取材创作、修改定稿……历经十余年的时光，景绿叶，已成为我生命中的一个人了。

我知道，无数作家穷其一生，只为立起一个或两个不朽的人物而已。

我的景绿叶，她更像是我的亲人，亲妹妹。她是善良的，除了爱，她其实什么也不是。

《景绿叶》是2008年度，宁夏唯一入选中国作协重点作品扶持项目的长篇小说，且被列入“纪念新中国成立60周年专题”（排名第三）。《文艺报》介绍道：“李义的《景绿叶》是一部西北乡村教育题材的长篇小说。作者意在通过对一个乡的教育全方位的叙述，以点带面地对当前中国西部地区的农村教育现状作一次直接、深入、冷静的展现。作品以蕴含深刻哲思的一系列教育故事和典型的教育案例为经，以基层教育人的教学经历和情感、生活为纬，结构出一幕基层教育的鲜活戏剧，从而反映近三十年来农村基层教育革新、前进的步伐，书写坚守基层的教育人丰富而平凡的人生路和心灵史。作品并不止于提供现象本身和描写基层教育原生态的画面本身，更企望通过揭示基层教育面临的诸多问题，为中国农村教育改革提供多向度的分析与思考。李义在接受本报记者采访时说，因为自己有做乡村教师的经历，对基层教师的生活和默默奉献的内心甘苦感受很深，这就为在作品中真实把握细节和人物打下基础。他希望通过作品对人物形象的文学描述,表现民办教师、支教大学生等群体的现状和心理。”(摘自《文艺报》2009年7月30日第一版头条:《中国作协重点扶持作品多侧面展现新中国经济社会发展》)

无疑,这段话说出了《景绿叶》的良好愿望。这愿望是一枚绿叶,多年来一直嫩绿在我的写作与生活里,我为之辛劳,亦因之沉静。

对于一个七至十八岁受教育,十九至三十二岁当教师,之后至今十五年关注教育,仍然是教师身份的我而言,我对教育无话可说。卢梭说:“教育就是生长。”而现在,都在忙着拼命揠苗助长;海德格尔说:“在播种谷物时,农民的活动便是把种子交托给生长力,并看守着它,让它成长苗壮。”之于教育,学生就是种子,教师就是农民,教育就是“看守”。而现在,似是以发展的名义,频频伤害着“生长力”,从胚芽始,至绽叶、开花、结果,伤害不止,贻痛无穷。

对于一个从小怀有作家梦,坚持写作、编辑工作二十六年的我而言,一直坚持做着减法。而今,文章更趋臃肿,文字毒素无所不侵,致使文学病气怏怏。减,先得选择。这有助于甄别,留营养文字于读者,宜人宜己,为文亦为德。

余光慧老师一直鼓励我尽心尽力写好作品,每忆其教,不敢懈怠;李方老师更是兄长般长期关注我的文字,并辛苦斧正;挚友樊文举为此书出版费心奔波,真诚相助;贤妻李蒸内外劳累,唯望我文有所成;女儿添乐无穷:人生之遇,感激不已。唯有笔耕,方减惭愧。

感谢各位老师的勠力辛劳!感谢各位好友的关注督促!

德馨如兰,你们的名字在我眼里都是珍珠!祝福你们!

2017年3月于固原